門玲子

江馬細香

化政期の女流詩人

藤原書店

満幅　煙雲黒く
蒼龍《そうりゅう》　石に傍《そ》うて蟠《わだかま》る
蜒蜿《えんえん》　小窓の底《てい》
疑うらくは　硯池《けんち》を吸うて乾かさん
壬子開春試筆　細香

細香自賛の墨竹画（六十六歳）

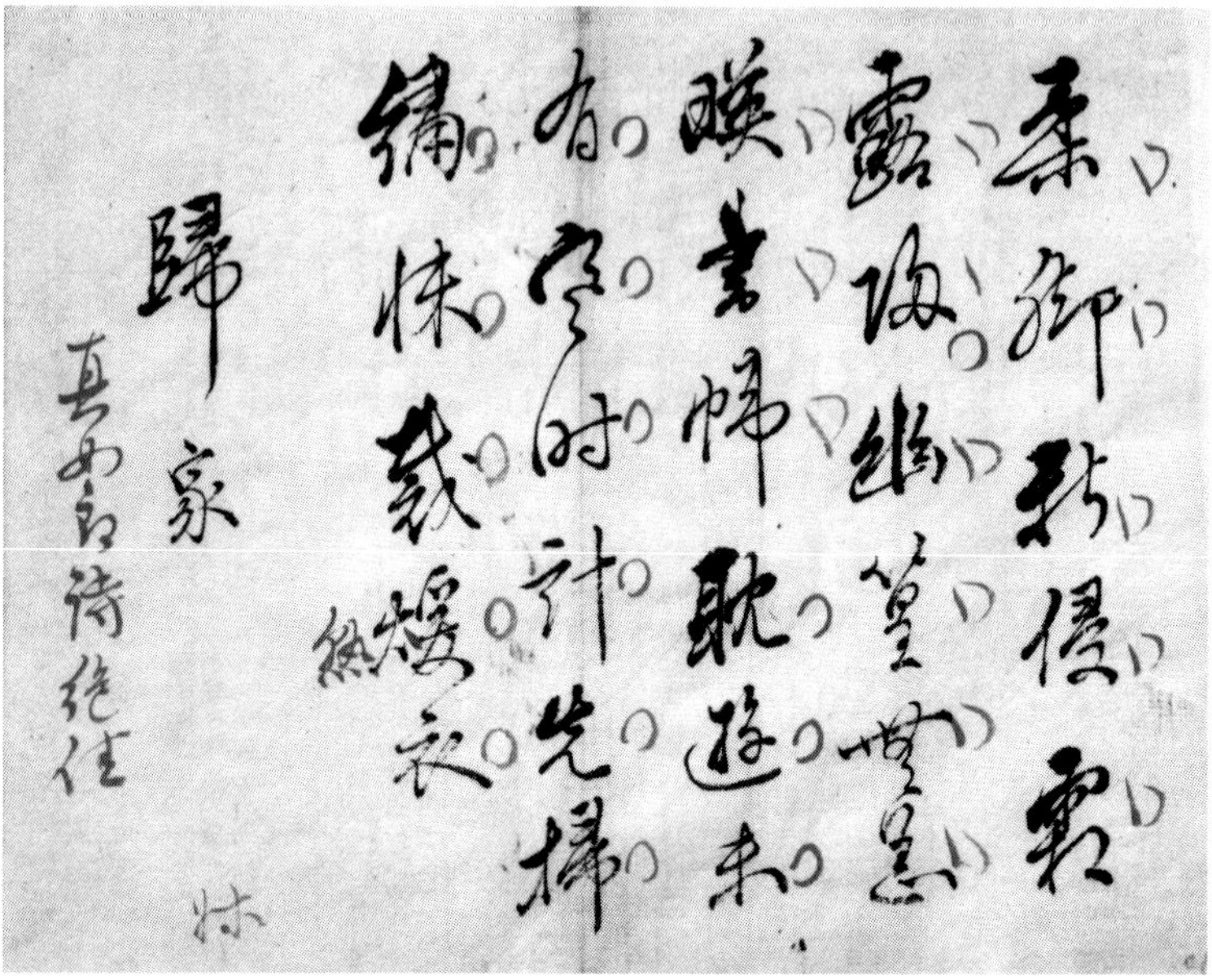

細香詩稿
（批点、添削、評語は山陽朱筆　文化十四年、三十一歳の作）

家に帰る

柔脚《じゅうきゃく》　新たに霜露《そうろ》を侵《おか》して帰る
幽篁《ゆうこう》　恙無《つつがな》く　書幃《しょい》に映ず
遊びに耽《ふけ》りて　未だ寒時の計《けい》有らず
先ず繡牀《しゅうしょう》を掃《はら》いて　熟衣《じゅくい》を裁《た》つ

細香五歳の時の、竹に雀の図　寛政三年　軸装

白鷗社集会図

文政の初め、梁川星巌、村瀬藤城、江馬細香らが結成した詩社。毎月一回大垣伝馬町の実相寺にて詩文を講究した。この図はその時の有様を文政五（1822）年に江馬細香が画家に描かせたもの。上方中央の総髪が星巌。前方中央の女性が細香、右端が紅蘭（原図は江馬家蔵）

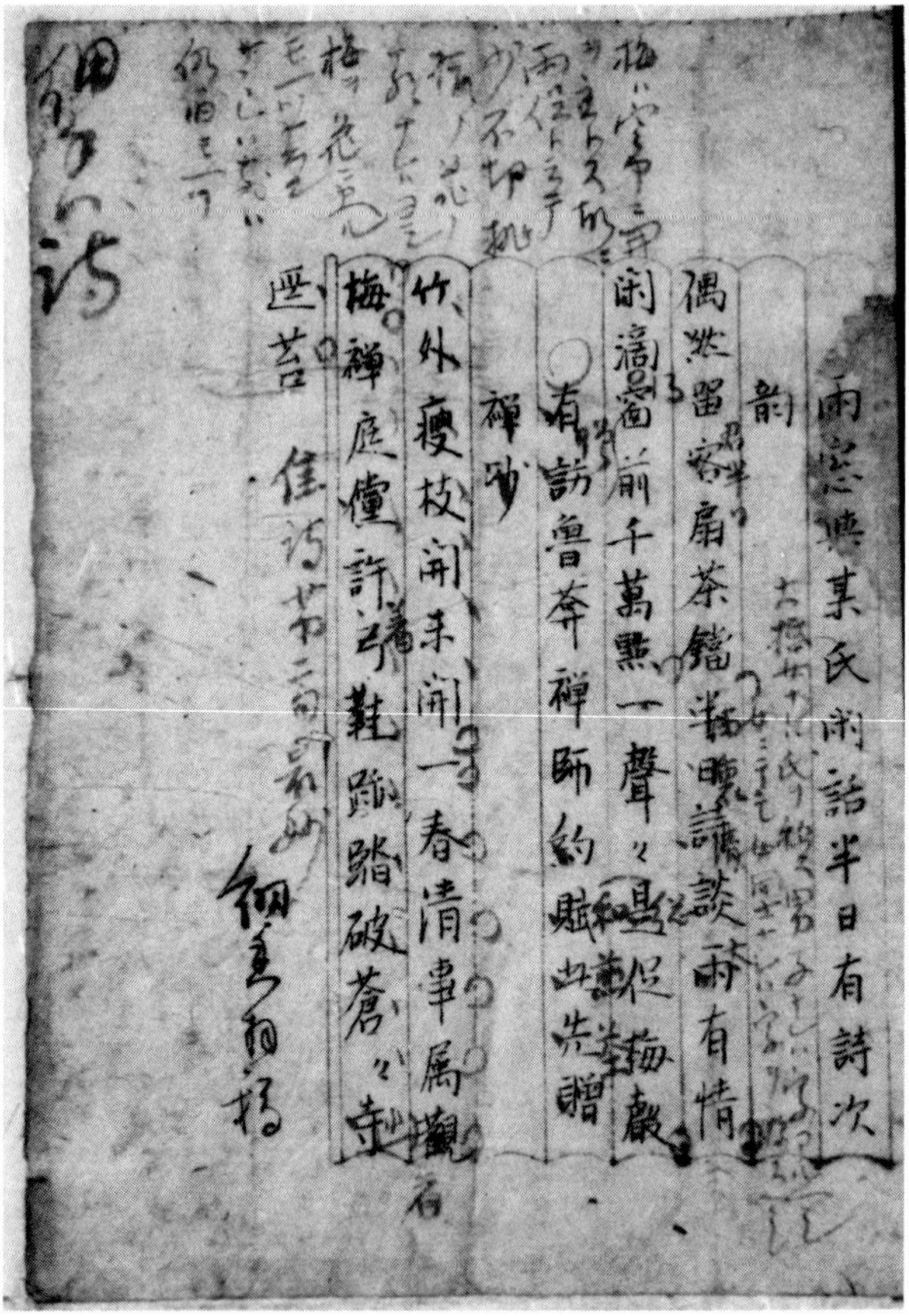
雨窓與某氏閑話半日有詩次
韻
竹外痩枝開未開
一春清事属看梅
禅庭許著弓鞋跡
踏破蒼々幽逕苔
細香自稿

細香詩稿
（批点、添削は山陽朱筆　文政八年、三十九歳の作）

魯菴《ろあん》禅師に贈る

竹外の痩枝《そうし》　開くや未だ開かざるや
一春の清事　看梅《かんばい》に属《しょく》す
禅庭《ぜんてい》　許著《きょちゃく》せよ　弓鞋《きゅうあい》の跡
踏破す　蒼蒼《そうそう》　幽径《ゆうけい》の苔《こけ》

撮影・澤田忠男

『江馬細香』讀後――はじめににかえて

吉川幸次郎

拝啓　過日は鄭重の　尊状並びに御苦心の尊業江馬細香一冊領到　甚感謝の儀です
実は私は日本人の漢詩文は紫の朱を奪うものゆえ　純粋の漢語に習わんには妨げなり　初学は
一切目にするなという教育を　京都大学にて受けました為に　本邦儒先の業には一向に不案内
もっとも近ごろはよる年波と共に気が弱くなり　伊物二氏に就きましては聊か述作もしましたが
幕末の諸賢に就ては　山陽星巌をも含めて不相変の不勉強　細香さんに就いても何年か前　矢橋
氏の強要により　伊藤氏の書に序しましたもの丶　すべては手さぐり　やむなく席佩蘭　王照円
（爾雅義疏の著者郝懿行の夫人列女伝に注す）それにスタール　オースティンを引き合いに出して　お茶を濁した次第でした
今度の御仕事も　実は頂戴のはじめにはあまり食慾をそそられませんでしたが　折角の見恵
又今夏胃の手術のあと　日課の杜注を控えてもいますので　ぼつ〳〵と拝読の処　仲々どうして
〳〵　近ごろの読書のうち　最も感心するものとなりました　重ねて謝々
殊に有難いのは細香その人のみならず　父蘭斎にはじまる美濃蘭学の経緯を　蘭斎の好ましき

人柄をも併せて　始めて知ったことです　なお余事ながら荆妻の里の中村氏は江馬天江の医業の弟子です　但し京都の江馬氏は細香さんとは血のつながりなしと　これは後述野間光辰君の教示もう一つの感謝は山陽についてのあれこれ　これも一向に不勉強でありましたのが　尊業によって　はじめてはっきりした知識を得たことです　山陽という人物も　私の師たちからはせい〴〵読むなと戒められた一人です

　ところで更に最も感心したのは　それらの人、主役達を載せてのこの書の文章の確実さです中国風に批評すれば　翔実堅栗　女流には珍らしいそれ　而も女流でなければ書けぬと思われる部分をも随処に含みつつ　そうであること　そして又主人公細香副主人公山陽　共にあたたかき同情に包まれているのも好まし　序でにいえば　これも曽て矢橋老人の強要によりやはり手さぐりで作りました拙詩に　両人の間柄を　知子天才絶酣吟桃李紅妾心如井水不嫁与東風拙全集二十冊五九七頁といったのも一つの解釈として　全く見当違いではないことになりそうなのを喜んだ次第です

　そうしたことで　二三日は尊著にとりつかれた形のところへ　先妣三十三回忌のため西下中の中野好夫　賤疾を見舞いのため来訪　尊著を話題にした処　彼も仙台大槻家の婿ゆえ　美濃蘭学についてては仲々の知識　また尊著はまだ拝見しないがあらかじめの尊函により今頃は東京留守宅に着いている筈と話しているところへ　野間光辰　やはり見舞いのため入来　期せずして尊著礼讃の集いとなりました

以上ほめ言葉ばかりとなりましたが　序に聊か校字の役をも勤めれば一六頁〔本書二二頁〕また一三七頁〔本書一六二頁〕の横斜は　尊読の如くには非ずして　林逋の梅の詩　疎影横斜水清淺をふまえて　月下の地上にある梅の枝の投影　八五頁〔本書一〇二頁〕取次ギ過グは取次ニとあるべし　九〇頁〔本書一〇七頁〕宗の太宗→宋の　九四頁〔本書一一一頁〕郎其蔕形→即　一四二頁〔本書一六七頁〕同古今→同今古　そうでなければ韻あわず　一五七〔本書一八五頁〕御待輿は侍輿か　一六四頁〔本書一九二頁〕の女士の名は釆蘋に非ざるか　一八五頁〔本書二一六頁〕北ノ国ハ日輪ヲ北ニ見ル　二つの北字一誤あらん　娉婷ハ普通にはヘイテイ　二六七頁〔本書三〇九頁〕先生定之記　記之の誤か　三四三頁〔本書三九八頁〕古住人→古佳人でなければ平仄があわない　以上拉雑自愛至囑

己未（昭和五四年）十二月八日

吉川幸次郎

門　玲子様

＊編集部注　この手紙は、『江馬細香』初版（一九七九年）刊行後に著者から吉川氏に献呈されたことを受け、吉川氏から著者に宛てられた私信である。この度の新版刊行（二〇一〇年）に際し、ご遺族の許可を得て巻頭に掲載した。なお掲載に際しては適宜改行を施した。

江馬細香

目次

題字　江馬細香
装画　同揮毫

江馬細香

——化政期の女流詩人

序章　細香への誘い

「江馬細香、名は多保、字は細香、号は湘夢。天明七年（一七八七）美濃大垣、藤江村に生れた。父の名は元恭、号は蘭斎といい、大垣藩の医師であった。前野蘭化の門に入り、杉田玄白、大槻玄沢らと交わり、蘭学を研修した。……一男二女があり、細香はその長女である。

幼少から絵画を好み、初め京都の玉潾和尚にしたがって墨竹を学んだ。文化十年（一八一三）に頼山陽が大垣に来遊したので、彼について字を習い、詩を学んだ。また、浦上春琴について六法をうけ、さらに中林竹洞、山本梅逸とも往来して次第に名を高めた。しかし一生を独身で過したことについては、種々挿話も伝えられているが、一生筆墨を友として暮し、結婚の意志のないことを父蘭斎に語っていた。頼山陽との関係についても、山陽に求婚の意志はあっても、決して師弟の矩をこえることはなかった……」（『大垣市史』通史編一）

『大垣市史』は江馬細香の生涯について、ほぼこのように述べている。細香のことを紹介するどの文章も概ねこれに従ったものとなっている。

歿年は文久元年（一八六一）。享年七十五歳であった。明治改元より八年前のことである。

細香という、一種の香り草を思わせるこの美しい名前が、私の頭にすべりこんできたのは七年ほど前のある日、中村真一郎著『氷花の詩』の中の「江戸の漢詩人たち」の章を読んでいた時のことである。

「同じ女流詩人でも頼山陽の恋人だった江馬細香の方が、鉄幹夫人となった与謝野晶子よりも自由な恋愛生活を周囲から白眼視されずに行うことができたのである」

という件《くだ》りにぶつかった。この一節が私の心の中に喚び起したものの大きさは今も測り知れない。

江馬細香——全く初めて知る名前であった。

頼山陽——『日本外史』の著者ということだけを知っていた。それは偉人の銅像のような、身じろぎもしない存在であった。偉人である山陽に自由恋愛の相手とは、まことにそぐわない気がした。私は頼山陽とはどんな人物なのか、全く知らなかったわけだ。しかし、そういうこともあったのか、と肯定的な気持になってみると、俄《にわか》にその銅像はなまなましい人間として動きはじめ、その傍に寄り添う佳人、江馬細香が思い浮べられた。『万葉集』や『源氏物語』、日本の古典に現れる幾組もの恋人たちの姿が連想され、外国の歴史にも登場する幸福な、あるいは不幸な恋人たちの名前も連想された。

そして同時に、二人が生きていた江戸時代末期の社会は、私が漠然と考えていたような暗い、息苦しいだけの、固定した社会ではなくて、どこか一ヶ所思いがけず自由な風が吹きぬけていたのではないだろうか、ふとそんな憧れに似た気持さえ湧いた。

それから半年あまり、私は「江馬細香」という名前をすっかり忘れていた。

読書会での友人であるH氏が、ある夕刊紙に書かれた短篇小説「江馬細香のこと」を送って下さった。私はその文章によって細香が岐阜県大垣市の人であることを初めて知った。隣の県の人と知って、その名前は俄に親しみ深いものとなった。おそらく東海地方の人々には昔からなじみ深い名前だったのではないだろうか。私は以前長く住んでいた金沢で、一度もその名前を聞かなかったことに思いあたった。

友人の短篇小説には、細香は蘭学者であった父江馬蘭斎が大そう優れた男性であったためそれ以上の人物に出会わず、一生嫁がないと心に決めていた。頼山陽に出会うに及んで、この人こそと思いこみ、山陽もまた求婚の意をかためたが、父蘭斎の拒絶にあって、以後二人は師弟として永らくつき合うことになったという事情が述べられていた。

私の細香への関心はこの一文によってまたかき立てられた。

私がこの短篇小説に付された案内図をたよりにして、大垣市藤江町禅桂寺《ぜんけいじ》にある細香の墓を訪ねたのは二月下旬の寒い一日だった。時折うす日のさす静かな墓地のそこここにまだ残雪があり、日が翳るとちらちらと風花が舞った。風は名古屋地方の、冷たい乾燥しきった風とは違って、微妙な湿り気を帯び、むしろ私の故郷の北陸の風に似ていた。

細香の墓は父蘭斎の墓と並んで、その墓地の奥に正面を向いて立っていた。碑面には「細香女史江馬氏之墓」とあり、背面には細かく墓誌銘が刻まれてあった。

宗教臭のない儒者の墓というものを、私ははじめて見た。戒名も梵字もなく、線香や灯明を捧げる祭壇もない簡素な墓である。北陸の仏教王国の伝統の中で育った私には、香煙の匂いのない、抹香臭くないこの墓は少し淋しくさえ思われた。

後になって考えてみると、このことは細香の内面風景を知る大切な手がかりとなるのであるが、その時そこまでは考え及ばなかった。ただ父と娘の、死後までもしっかりと肩を寄せ合ったその姿に、つよい愛情に結ばれた父娘の生涯が偲ばれるのだった。蘭斎の妻、細香の母になる人の墓はあたりを見ても、見当らないのである。

蘭斎、細香というこの父娘像に比べて、現代の著名な文学者たちの父娘像が幾組か思い浮べられた。幸田露伴と幸田文氏との厳格な、自己抑制に貫かれた父娘愛。森鷗外と森茉莉氏との、とろけるような甘い愛の姿。そして室生犀星の「杏っ子」における、一種がむしゃらな父の愛。それらの父娘愛に勝るとも劣らぬ愛情が、この二基の墓石の間に今も通いあっているように思われた。

帰途、寄せて頂いた江馬家では、寿美子夫人が待っていて下さって、夥《おびただ》しい数の文書を見せて下さった。紙魚《しみ》の餌にもならず、大切に保存された沢山の細香の詩稿には、頼山陽の批正《ひせい》の朱筆が加えられ、心の籠った丹念な指導ぶりが窺われた。そして折本に表装されている山陽から細香への書簡、幅になっている山陽の書画、山陽の友人たちからの書簡や書画、有名な細香の墨竹画の数々。

ここで私は先刻の墓地における蘭斎と細香との父娘愛とはまた別の、山陽と細香という男女の愛の姿に立ち会うことになった。

寿美子夫人のお話によれば、草創期の蘭学者の家系である江馬家の文書全体を整理する作業が始ったばかりで、歴史、医史学、蘭学研究の専門家たちが月一回集合されているということであった。その作業の一環として、細香の文書類も整理されるということで、詩稿の所どころにメモやカードが挿み込まれていた。

よく保存され、激しい空襲からも大切に守り通された細香の詩稿や山陽の文書類から受ける印象は大へん強いものだった。

それらを見ていると、史上有名だったらしい二人の自由な恋愛について、細香の周囲の人達や、代々の江馬家の方達が、それを恥として世間の眼からかくしたり、卑しめたりすることは全くなくて、その心情を大切に汚さずに守りつづけて来られたことがよく窺われた。それは、細香が大そう優れた女性だったことにもよるのだろうが、周囲の人達も自由で捉われない、澄んだ眼の持主であったことを感じさせた。これは蘭学という新しい学問を家学としてきたこの家の気風と、大垣という好学の土地柄と、江戸末期という時代の息吹とが分ちがたく結び合ってはじめて可能なことにちがいなかった。そして江戸時代が、私が今まで考えていたような、暗い息苦しいだけの時代ではなかったと確信をもって考えるようになった。どんなに暗く圧《おさ》えられた時代であっても、いきいきした人間の営みはあったにちがいない。女性は全く男性の従属物であったと言われているが、果して実態はどうだったのだろうか。次々と知りたいことが湧いてきた。

しかし、私の眼の前に惜しげもなく展《の》べられたこの夥しい文書類が私には全く読めないのである。豊かな、さまざまの様相を秘めているらしいこの世界は、曲りくねった毛筆文と、漢文という二重の厚い障壁に護られて、誰にもその静けさを妨げられずに百五十年余りを眠りつづけている。そして、その世界へ入り込む手段を全く持たない私は空しくまわりをぐるぐる廻るだけであった。

私は勉強をして他日改めて訪問させて頂く約束をして江馬家を辞した。


まず勉強の手はじめとして、私は女性史と名のつく書物を見つけ次第読んでみることにした。どこかに江馬細香の名前は出ていないだろうか。私は漁るように頁に眼を曝した。しかし細香の名前はついに見当らず、かえって女性史とはおそろしく空白の部分の多い分野であることを発見した。近年、多くの人達がさまざまの試みや研究をはじめたものの、まだ一とおりの通史すらない有様である。とくに文学の領域では平安時代の女流文学者についての章のあと、いきなり明治の与謝野晶子、樋口一葉にとんでしまう乱暴さである。長い中世から江戸期にかけて、女性達が全く文章表現をしなかったなど考えられないことなのに。

私が手にした女性史と名のつく書物の中で江馬細香の名前を発見することはついに出来なかった。

次に森銑三著作集の「近世人物研究資料綜覧」を見ると、ここには江馬細香に関して二十点ほどの資料が挙げられていた。後に私はこの中の大半を見ることができた。

これらの資料のうちの多くは細香と同時代、あるいは後の時代の文人、漢詩人など、男性諸家の詩文集、遺稿集である。細香が男性諸家との交流が多かったことが窺われた。女性の筆になるものとしては、頼山陽の母（梅颸《ばいし》夫人）の日記がある。

それらのうち『美濃文教史』などの郷土史の類は、細香を郷土の偉人、才女、貞女というように位置づけている。詩文集や遺稿集の中には細香と唱和した漢詩があり、細香の印象、人となり、山陽との関係に言及したものがあった。

概して、同時代の人の書いたものの中に、細香をよく理解した好意的な記述が多く、後代の明治、大正に書かれたものに誹謗的な記述があるのは興味深いことであった。例えば前者は『雲華上人遺稿集』、大槻磐渓『西遊記程』、松崎慊堂《こうどう》『慊堂日暦』ほかである。後者は坂本箕山《きざん》『山陽大観』、市島春城『随筆頼山陽』などである。

このように多くの資料があるのに、私はなぜごく最近まで江馬細香の名前を知らなかったのだろうか。私の友人、同人誌仲間のうちでもその名前を知っていたのは最年長のAさんだけで、それより年下の人は誰も知らなかった。どうやら明治、大正、昭和の初期までに山陽と細香の関係についてさんざん論じられる時期があって、それ以後細香の名前がぱったりと忘れられてしまう事情があったようである。

昭和六年（一九三一）九、十月号の「婦人公論」に山陽と細香の恋を描いた森田草平の「女弟子」が掲載されるに及んで、山陽研究家、『山陽全伝』の編者、木崎好尚が作者に公開の質問状を送り、

「またまた古いやつが出ましたね、山陽、細香も鼻についているが、もう少しまじめに書いて下さい」

という書き出しで反撃を加え、両者の間に二度ばかりやや感情的な応酬があった。この論争の争点を要約すると、森田草平が「女弟子」を書くにあたって、いわゆるモデル小説として読者の興味を惹くような書き方をしながら、実際には山陽の書簡集も読まず、従って、そこに収録されている友人の小石元瑞や細香にあてた書簡などの重要な資料に目を通さずに、「事実関係が丸でメチャメチャ」であること、登場人物の描き方が通俗的であることを木崎好尚が指摘している。それに対して森田草平は、

「史実を知らぬからと言ってすぐ悪言を吐くのは昔の漢学者などの悪癖……」

と言い返したことから感情的な応酬となった。しかし最後の手紙の中で木崎が、

「山陽・細香両者の心持を汲み、そこに一脈の同情をもって筆を執るならば、今少し暖か味があってほしいのです」

と述べている件りは今もなお事実を素材に作品を書く場合には通ずる言葉となっている。

その後細香の名前はあまり見られず、昭和十七年(一九四二)発行の吉川英治著『日本名婦伝』の中の「頼山陽の母」では、細香の姿は次のように描かれている。

「……あの二人の交情はもう十数年前からのことで、梨影といふ貞淑な妻女もありふたりの子供までありながら……あの女詩人を気どる老嬢がわざわざ綺羅をこらして公然と水西荘へ逢ひに来る。外で

も詩の会、画の会にことよせて逢曳してゐるじやないか……気の毒なのはお人のいい梨影女さ……そんな噂。梅颸はひどく心配した」

山陽の妻梨影の引立て役として、細香はあくどい彩りを与えられている。

また昭和十八年（一九四三）発行の吉川綾子著『頼山陽の母』の中で、細香は次のように描かれている。

「多尾子は細香といふ号をもち、高い学識があり絵が上手であつた。……細香女史は山陽に師事するとともに敬慕してゐた。しかしこの仲のよい二人の縁はとうとうまとまらなかつた。

さうして山陽が他の婦人と結婚した後も山陽に師事し……また山陽の死後も頼家に出入りしその遺児たちをいたはってゐる。静子（梅颸夫人）とは文芸を語るよい友達としてながくつき合ってゐた」

この二冊の書物はほぼ同時期に相次いで出版されている。そして戦時下の青年子女の情操教育という同じ目的で書かれている。しかし書く人によって細香像はこのように大きく違ってくる。

江馬細香とは後世の人にとってかなり理解しにくい、どう処遇していいのかとまどうような存在であるらしい。

当の山陽自身は細香をどのように書いているだろうか。山陽が尾道《おのみち》の知人に細香の墨竹画一幀を贈った時に添えた書簡がある。

「……女弟子細香なるものの墨竹一幀進呈致候。暫時御掛下げ、御楽成さるべく候。この婦人奇女子にて候。容貌頗る観るべし。而れども心に誓って嫁せず……此女の墨竹名高く候へ共、玉潾流の俗竹なりし。僕の門人に入りてより、其俗を医し候て、此の幅などは真の明人と相見え申し候。あまりよく出来、愛すべく候ゆゑ、貴公の事存出、千里贈り奉り候……」

自分が育てた女弟子の画を誇らしげに推薦している。

また細香の詩についても、彼女にあてた書簡の中で、

「……只今老夫女弟子之れ有り候へ共、君（細香）に若《し》く者無きは勿論に候……」

山陽には細香の他にも女弟子はあったのだろう。その中でも細香はもっともすぐれていると賞讃し、彼女に詩集を上梓することを強く勧めた。細香は女の身で詩集を公にするのは僭越の沙汰であるとして固く辞退した。

後年、姪孫《てっそん》にあたる信成が重ねて詩集の上梓を勧めたがやはり聞き入れず、

「自分の死後、お前たちにその志があるのなら任せよう」

と言いのこしたという。

細香の歿後十年を経て、甥の江馬桂、姪孫信成、細香の旧友たちの努力で『湘夢《しようむ》遺稿《いこう》』上・下二巻がようやく上梓された。

今ここに明治四年（一八七一）秋八月に出版された『湘夢遺稿』二冊がある。見開きに明治四年辛未新鐫、春齢庵蔵版とあり、下巻奥付には六軒の発行書店が名を連ねている。

東京芝明神前　和泉屋吉兵衛
同　横山町三丁目　和泉屋金右衛門
濃州大垣俵町　平野利兵衛
同　大垣岐阜町　岡安慶助
大阪心斎橋筋北久宝寺町　伊丹屋善兵衛
京都寺町通松原下ル　勝村治右衛門

いずれも江戸時代から続いた、名の通った書店である。

冒頭に、細香に詩集上梓を勧めた山陽の書簡を掲げ、序文は大垣藩の藩老であった小原鐵心《おはらてつしん》及び姪孫信成が書いた。跋文は大垣藩の儒官であった野村煥及び甥の桂が書いた。

タテ二十六糎《センチ》、ヨコ十六糎、上下合せて五十七丁。木版、和綴。柔かい象牙色の和紙で刷られた詩集は掌にのせれば可憐な軽さである。夥しい細香の作品の中から五絶、七絶、律詩、古詩とりまぜて三百首あまりの詩が収録され、師山陽の批正の言葉もそのまま添えられている。

まず巻を開くと、画数の多い漢字がびっしりと並んでいて、仮名まじりの文章しか読まない現代人を素気なく拒んでいるように見える。けれども鉛の活字とはちがった、板木でおこしたまろやかな字面を一字一字たどたどしく拾ってゆくと、そこに思いがけず柔婉な、匂いやかな女流詩人の世界が展《ひら》けてゆくのであった。その色、匂いは四角い漢字の間から滲み出る故に、かえって禁欲の美とでも名付けたい抑制された美しさが加わってくる。

私は細香を学ぶ手はじめに、大垣図書館の中西忠敬氏よりお借りしたこの『湘夢遺稿』を片はしから筆写することをはじめた。これは不思議な作業であった。

漢詩というなじみの薄い文学作品は、字面を追っているだけではなかなかその世界を開いて見せてはくれない。それはある程度修練を積んだ人でなければ得られぬことである。しかしテクストを筆写しながら読むことによって修練のない私にもその作品の内部に入りこめたと感ずることが屡々《しばしば》あった。作者が月光を浴びながら梅の香を求めて「横斜ヲ踏ム」と詠む時、私の足先が梅の枝の横ざまにのびた影を踏むのが感じられた。「一条ノ沙路舟ヲ捨テテ行ク」と詠む時、私の足裏に草履を通して踏む快いしめった川砂の感触があった。その時私は細香その人であった。

そうして読み進むうちに、師山陽への憧れにも似た愛情、大垣での静かな日常生活、家学である蘭学への理解、勉学にいそしむ父蘭斎や幼い甥たちへの共感、同学の友人たちとの交流という細香の世界が次第に展開してゆく。そして、そこに知性によって自己確立をした一人の女性、煩悩とか女の業とかのどろどろした情念をのりこえた、明晰な精神を持った女性像が現出してくるのであった。誤解を恐れずに言えば、これは儒教的知性というものではないだろうか。とにかくこの女性像は私にとって大へん新鮮なものであった。

昭和二十七年（一九五二）の「文学界」誌上で石川淳氏が「細香女史」という一文の中に、山陽と細香と、賢夫人として名高い梨影との三人が長い年月ついに現実生活上の破綻を見せなかったことを紹介された。「むしろ当時の文苑の美談にすらなっている」と書いておられる。私のうけた印象からすれば、その事が美談としてではなく事実として素直に納得できるのであった。

私は細香の生涯の物語をたっぷりと読みたいと思ってさまざまな書物を求めて歩いたがついに私の願いを満す書物は得られず、きらきら輝く幾つかの断片と、筆写した上・下二冊の『湘夢遺稿』が手許に残った。

とうとう私は自分が読みたい書物は自分で書くしかないということを自覚した。

以下は私の「細香女史」についての恣《ほしいまま》の空想であって、細香の伝ではないのである。

第一章　三従総テ欠ク

その娘は名前を叶《かの》といった。ひそかに梨花という号も自分でつけているらしい。悧巧そうな、黒い涼しい眼をみはって細香の手許を見つめている。細香を訪ね、自分の書いた書や画を見てもらえるというので喜んで幾点かの作品を持って来た。それを黙って眺めている細香の様子を少し心配げに見守っている。

慎しい綿服に包んだ体は健やかによく育ち、若い娘らしい、少し日向くさい体臭を放っていた。初めて訪ねた家で、かねがね噂に聞いていた高名な文人、女詩人江馬細香の前で少し固くなって額にうっすらと汗をかいている。

自分の作品を見てもらいながら、妙に羞らいもせず、ただあるがままを見てもらっている、娘のそのような態度は細香には好もしく映った。暮し向きは質素だが、家族の皆から愛されて大事に育った娘、と細香は見た。

叶の持参した作品は、書も画も、稚《おさな》い筆致ながら悪くはなかった。自分の弟子として育てればかなり上達するやもしれぬ、と思わせるだけの筋のよさがあった。何よりも俗臭がなく、ひねこびていないところがよい、と細香は思った。年齢を聞くと、

「十五でございます」

はきはきと答える。

「はじめは誰方に手ほどきをうけられましたのじゃ」

と細香が訊ねると、叶は驚いたように姿勢を正して、

「亡くなられたおばあさま……」

と言いかけてから、「祖母でございます」と言い直して、顔を赤らめた。

細香は微笑んだ。美濃国大垣といえば、隣の飛騨・信濃に比べてかなり開けた土地である。学問、文芸が盛んで、文人・学者も多い。子や孫に読み書きや画の手ほどきをしてやれる老女も稀ではない。叶の祖母もそのような教養のある婦人の一人にちがいなかった。

「かなりよく描けています。あなたのお年頃としては……」

細香の言葉を聞いて娘は安心したようにほっと息を吐いた。肩が少し楽になった。

この娘は細香が主宰する詩社「咬菜社《こうさいしゃ》」の社中、小寺翠雨《こでらすいう》の紹介で細香を訪ねてきた。翠雨の友人の妹である。翠雨の語るところによれば、叶女は幼い時から祖母の愛し子で、筆を持つこと、物語を読むことを教えられ、それが好きで裁縫の稽古に通ってもあまり気が入らぬ娘だという。それに加え

て、春頃から父親の同僚から持ち込まれた縁談を見向きもせず、

「私は一生嫁がず、詩画を学んで身を立てて暮したい。あの老細香さまが私のよいお手本です」

と言って、末娘に甘い父親や兄を手こずらせているのだという。そのあげく困り果てた兄が友人の小寺翠雨を通じて、細香に、「妹を説得して下さらぬか」と頼みこんできた。

「詩画で身を立てようなどと途方もない。それは余程の才のある人でなければかなわぬこと。そのような途方もないことにあこがれたりせずに、大人しう親父どのや兄貴のすすめる縁談に従うよう言い聞かせては下さらぬか」

翠雨はそう言った。しかし彼は声を低めて言葉を続け、「しかしです。女史の眼からごらんなされてその娘に見どころありと思されたなら女史の門人として育て、鍛えてやって下されてもよろしいのです」

そう言ったのだ。彼は友人の妹のひそかな願いに共感を覚えているのだった。

小寺翠雨は詩人である。その前に、大垣藩の藩士である。嘉永六年、浦賀に黒船が来航して日本中が大きな衝撃をうけて以来、大垣藩の方針は大いに変った。大垣藩の若き藩老小原鐵心はそれまで旧来の兵法に固執していた藩主を説き伏せて、西洋の兵術をとり入れるように制度を変えた。命を受けて小寺翠雨は蘭学を学び、西洋の兵術を学ぶために度々江戸に出府して、新しい時代の空気に触れている。そのせいであろうか、国詰で、誇り高く、謹厳な叶の父や兄たちよりもかなり柔軟な考えができるらしい。女子が詩や書画で身を立てようということを、それほど大それた、途方もない夢とは考

えていない——何よりも、その見事なお手本として細香女史がおられるではないか——彼はそう言いたげであった。

細香はその立場上、大垣藩の若い武士たちと言葉を交える機会はいくらもあった。彼女が社長となっている詩社「咬菜社」の同人には藩老小原鐵心はじめ、十数人の藩士が加盟している。また細香の父、江馬蘭斎の開いた蘭学塾「好蘭堂」には多くの蘭学書生や医師の卵たちが出入りする。細香がそれらの青年たちと言葉を交え、彼らの書や詩を添削する機会はいくらもあった。しかし若い娘たちと言葉を交す機会は意外に少なかった。これをかねがね細香はいささか残念なことと感じていた。

——若い娘たちは何を考えておるのやら。あの娘たちはすぐそこで笑いさざめいていたと思うと、もういなくなってしまう——

時々細香はそう思う。

細香の姪であったお松とお栄はまだ幼い頃に病歿してしまった。成人して今は江馬家の当主となっている甥の元益にはお澄、お仙など四人の娘がいる。彼女たちも成長して少し細香と大人らしい話が交せる頃になると、先を争うように次々と嫁いで行ってしまった。そして里帰りしてくる頃にはもや赤子を抱いて、赤子のこと、夫のことに関心が移って気もそぞろな話しぶりになってしまう。時折細香には若い娘というものが自分とは縁のない、別世界の人のように思われてくることがある。そして自分の娘時代はもう遠い遠い彼方にかすんでしまった。

そんな細香にとって、詩画で身を立てたいという叶の来訪はある楽しさを感じさせた。一方、叶は画家として、また文場の女丈夫として世に聞えた江馬細香の前に出て、はじめは固くなっていたが、細香の優しさに安心してかぽつりぽつりと話がほぐれはじめた。そしてはじめ遠慮して隠していた詩稿も取り出して見せたりした。

「わたくしは細香さまのように、詩や書画の道に入って精進し、それで身を立てることがのぞみでございます。父や兄のすすめる縁に従って、嫁いで、大人しく他人の妻になることはいやでございます」

細香は笑った。はるかに遠い、若い日の自分の声がこだまするように思ったからである。「一生嫁がず、筆硯を自ら娯《たの》しみとして生涯を送りたい」そう言っては今は亡き父蘭斎や、やさしい継母のさいのを困らせていた。

「あなたはなぜ嫁ぐことがおいやなのじゃ。若い娘たちはその日を夢にまで見てあこがれるというのに」

叶は少し羞らって言い淀みながら、

「母のすることを見ていればいやになります。母は十五歳で顔も知らぬ父の所に嫁いで来たのです。そして六人も子供を産んで、日がな一日裁縫や掃除ばかり。父さまの御機嫌ばかり窺って、自分のことは何事も我慢々々です。女の人はどうしてそうしなければならないのでしょう」

真剣な面持で問いかける若い娘は可愛かった。

「あなたのお姉さま方は」

「三人の姉はもうとっくに嫁ぎました。姉さま達も母と同じことをして、母と同じ考えで、父や兄に従えと言います」

叶は不服そうに言う。細香には旧来通りの女の道を信じて疑わない叶の母や姉たちと、この物怖《ものお》じしない若い娘との日々の口争いの有様が思いやられた。どちらの言い分も掌を見るようによくわかった。細香は叶の母親たちの立場に立とうとは思わない。しかしまた、この若い娘の言い分をすらりと呑みこんで、この娘の立場に立つことも出来難いものと感じた。それはやや複雑な感情であった。

――ここは甘い顔をせず、私の考えを言い聞かせねばなるまい――

細香の表情がふと固くなったのを敏感に感じとって、娘は口をつぐんだ。しばらく二人とも黙っていた。

『あなたのお母上は毎日のこまごました女の仕事を無理じいされた仕事としていやいやなされておいでなのですか」

「は……」

叶の瞳に当惑の色が浮んだ。細香が何故そのようなことを言うのか、真意がつかめない。――何と答えよう――叶は母に向ってそんなことをたずねたこともなかった。

「いやいやなされておられるのかどうか、一度家に帰って問うて見なさるがよい。きっと思いがけないお答えがあるにちがいない。それら日々の仕事の中には吾子のためにつくす母親としての喜びや、旦那様のために計らってあげる妻の嬉しい心遣いがあるのですよ。それはまだお若いあなたにはわからぬことかもしれぬが――」

若い娘はいぶかしそうに細香を見た。細香はしばらく口を閉していたが、ややたって、

「あなたの眼には、この私という者がどのように見えているのかわからないが、私はあなたのお母上のような女としての喜びや幸せからは遠く隔てられたところで過してきた身なのですよ。故あって私はそうなってしまった。今はもうこのように老いてこのままで果てますが、あなたのような若い健やかな娘さんが詩画が好き、風流が好きというだけで、人として生れてきた者の務めを怠り、人としての喜びを味わわないと初めから決めてかかる。それは心得ちがいというものですよ」

娘は黙って膝の上に眼をおとしている。肩に力が入って固くなっているのがわかる。細香はかまわずに言葉を続けた。

「徳山玉瀾《ぎょくらん》というお名を聞かれたことがおありか」

「いいえ、ございませぬ」

「かの有名な池大雅先生の御令室じゃ。私の生れた天明の頃に亡くなられた昔のお人じゃ。大そう才に恵まれたお人で、優れた南画を幾点も遺された。しかし人として、女として生れた務めを決しておろそかにはされなんだ。旦那様である大雅先生によく仕え、畸人といわれたそのお人柄に合せて、旦那様がボロ三味線を取り上げてうたわれると、奥様は筑紫琴をかなでてこれに唱和なされるというふうに、まめまめしく真心をこめて仕えられた。その余暇にあの優れた作品を多く世に出された。文人夫妻の鑑《かがみ》といわれておいでなさる」

細香は言葉を切った。しばらくはその名を口にしようかすまいかとためらったのち話を続けた。

「安芸《あき》の国の尾道《おのみち》という所に平田玉蘊《ぎょくおん》という女性がおられた。美しく才あるお人だったそうな。画で暮しの資を得られるほどの力のあるお方で幾点もの優れた作品をのこされた。とりわけ花卉《かき》が艶があって、えもいわれぬ色彩が美しい。しかしこの女性は次々と愛する人を替えられた。ついには文人の歌妓よ、文学芸者よと悪口を言われなさった……。

恐らく心を支える大切なものがなくて、空しい気持でおられたのであろう」

話しているうちに次第に心中に昂ぶってくるものがある。細香は前にいる若い娘に話しているのではなくて、自分に言い聞かせているような気持になってくる。

「……大ていの閨秀の文墨ある者、軽俊憎むべし……ときつい事を言う人もありました。女として生れた務めをしっかり果さずに好きな文墨の道に耽る女に対して世の人の眼はきびしい。そして他人の冷たい眼に遇うと世をすねて身を誤りやすいことにもなるのです」

細香が口を閉すと急に静かになった。窓から裏庭の方を眺めながら細香は自分が今話した事柄をもう一度心の中でくりかえしてみる――自分の生涯はどうであったか――

空がうっすらと夕映えの色に染っているのに気がついて、細香は我にかえった。

「さあ、もうお帰りなさい。おそくなった。お家へ帰って、父上や兄上のすすめられる御縁に従ってけんめいに務めてごらん。詩画の道は余技のたしなみとなさい、それで充分じゃ」

最後は少し冷たく、きっぱりと言った。

叶の眼にみるみる涙が盛り上ってきて今にもこぼれそうになった。今まで思いがけず優しく親しく接してくれた老詩人細香が、急に気難しく、近よりがたい老女になってしまったように感ぜられたのである。

「叱っておるのではありません。今、私が申した事、その心はあなたにもきっとわかる時がくる。それがわかるまで日々の暮しを大切に、心をこめて務めてごらん。詩にも画にもその心が大切なのじゃ。技の巧拙は二の次じゃ。その心さえ会得すれば画などはいつにても一人で学ぶ道はある。画譜を写し、画論を読み、詩話の類を読む。勉強の方法はいくらでもあります」

細香は懐紙を出すと娘の頬の涙を拭ってやった。叶は失態を見せたことを恥じ、

「失礼仕《つかまつ》りました」

と詫びると、持って来た書画をまとめて逃れるように湘夢《しょうむ》書屋《しょおく》を立ち去った。

細香はしばらくその場に何もしないで坐っていた。自分を慕ってきた若い娘を冷たく追いはらった後悔はあったが、あの娘の生涯を考えればそれはやはり言わねばならないことだった。

細香が予期した通り、廊下を急ぎ足で渡ってくる足音がする。不審な顔をした細香の妹柘植子《つげ》が入ってきた。

「どうなさったのじゃ、あの娘さんは眼を赤くして、碌々《ろくろく》御挨拶もできない様子で帰られましたよ。お竹に言いつけて途中まで見送りさせました」

細香は柘植子の顔をちらと見てしばらく黙っていた。そして、

「いや、あれでいいのじゃ、あの娘御は利発そうなお子だった。私が言い聞かせたことの真意をわかってくれたにちがいない。少しきついことを言うたが、その方が結局はあの娘御のためになる」

柘植子は細香からことのあらましをかいつまんで聞くと呆れたように言った。

「可哀そうに。あの娘さんはさぞ思いつめてきたのでしょうに。ちょっと手を取って教えるくらいは何でもないことではありませんか。姉さまはいつも正しいことを言われるのじゃけれど、如才なくやるということができない人なのだから――」

と老いた姉の痛い所を突いて、姉を苦笑させるといそがしそうに部屋を出ていった。

窓から裏庭の薬草園が見える。細香の父蘭斎の頃からの経営で、二百種以上の薬草が植えられている。今年の夏の暑さにも負けずよく手入されて丈高く生い茂った。そして今はその大半が紅葉して秋の風情を見せている。風が冷えてきたので障子を閉したが、室内はまだかなり明るかった。

「あの娘はもうお城下に入ったであろうか」

一人淋しく野道を帰って行く様子が思いやられた。

――あの娘は汚れのない、ひたむきな眼をしていた。あの娘は私の忠告にも拘らず、詩画の道を一途に進むかもしれない、それもよかろう――

と細香は思った。――しかし、二度も三度も人として生れた喜びや苦しみ、悲しみをくぐらなければ、あの娘の詩画への情熱は本物にはならないであろう――とも思った。

細香のように一生を詩画の道で貫くのは、単に詩画が好き、風流が好きというだけではできないことなのである。そのことを細香自身誰よりもよく知っていた。
細香は自作の詩の中の幾つかの句を思いうかべた。

孤房弄筆歳年移　　孤房ニ筆ヲ弄シテ　歳年移ル
一誤生涯何可追　　一タビ生涯ヲ誤ル　何ゾ追フ可ケンヤ

また、

耽書青年誤此生　　画ニ耽《フケ》リテ　青年此ノ生ヲ誤ル
老來疎懶愧浮名　　老来疎懶《ソラン》　浮名ヲ愧《ハ》ヅ

また、

一誤無家奉舅姑　　一タビ誤リテ　家ニ舅姑《キユウコ》ヲ奉ズル無ク
徒耽文墨混江湖　　徒《イタズラ》ニ文墨ニ耽リテ　江湖ニ混ズ

かつて作った詩の中の一節が次々と脳裡に浮んだ。また、

三従總缺一生涯　　三従　総テ欠ク　一生涯

とも詠んだ。「幼き時は親に従い、嫁しては夫に従い、老いては子に従う」と言われた。その女の三従を総て欠く境涯である。そうさせたのは若い日の自分の決意であった。

「生涯嫁がず、筆硯を自ら娯しみとして一生を送りたい」

そう言ったのは他ならぬ細香自身なのである。そして、その言葉通りの一生になった。

――自分はこの生涯に満足しているか――

と自分の胸に問うてみる。決して満足はしていない。

「画に耽りて青年此の生を誤る」

と言い、また、

「一たび誤りて家に舅姑を奉ずる無く」

と言う。折にふれそのような詩句をくり返さずにはいられない細香である。

自分が誤った、とは思わない。しかし運命の歯車が一つ大きく喰い違ってしまった。しかも、その齟齬を来たしたのは若い日の自分の稚い意志であった。そのことに深い悔恨が湧くのである。

「一たび生涯を誤る何ぞ追ふ可けんや」

まさに、とりかえしのつかない、何ものにも癒されぬ深い悲しみがある。辛い思いがある。

――生涯かけて愛しつづけた師頼山陽とはついに結ばれることなくして終った――
しかし、この長い年月を一筋に詩画の道への精進で貫いて来られたのは、その癒されぬ悲しみ、辛い思いという支えがあったればこそだった。報いられぬ、と知って捧げる愛が細香の生涯を支える太い柱となった。

報いられぬ愛がどのように辛く苦しいものであったか。またどのように甘美なものであったか。それは決して遊びや感傷ではない。人生そのものの切実さ、重さであった。細香はその重荷から逃れたりそれを避けたりせずに、正面からうけとめ、自分の責任で長い年月負いつづけた。それは重すぎる荷でありながら、碇《いかり》のように現世に細香をしっかりと繋《つな》ぎとめてくれた。

――その愛があったからこそ、自分はこうして詩画一筋の道を来られた。もしその愛がなかったら、自分の詩画一筋の精進の生涯も危ういものであったろう。寄る辺なく漂うものとなったにちがいない――

だからこそ、たとえ悔まれる生涯であろうとも、師山陽への愛を支えにして貫いた詩画一筋の生涯に誇りがある。何者にも侵させぬ強い誇りがある。

唯恐人間疎懶婦　　唯ダ恐ル　人間《ジンカン》疎懶《ソラン》ノ婦
強將風月倣吾儕　　強《シ》ヒテ風月ヲモッテ　吾儕《ワガセイ》ニ倣《ナラ》フヲ

（人として人間社会に生れてきた務めを怠った婦人がただ風月が好きというだけで私のまねごとをしてもらいたくはない）


自分を慕って来たあの若い、愛らしい娘に対しても、きっぱりとそう言わねばならなかった。

――あの若い娘に今それを悟れというのは無理であろう。しかし何年か後に、あの娘が人の情を解するようになった時、きっと私の今の思いを悟るにちがいない。その時になってもあの娘が詩画への志を持ち続けていれば自ずとあの娘の前に道は開かれよう――

細香は自分の弟子になりたいと志願してきた若い娘を拒否したことに悔いを持たなかった。

細香は女性が嫁がずに詩画への道を一人精進することの困難さを考えて見ないわけにはゆかなかった。それは殆ど絶望に近い。己れ一人よくぞここまで――と思うほどである。先刻若い娘に話して聞かせた池大雅・玉瀾夫妻、また、夫婦して長年放浪の生活に明けくれ、ともに詩画の道に研鑽を重ねてきた梁川星巌《やながわせいがん》・紅蘭《こうらん》夫妻は稀にみる幸せな例だった。若い頃の師頼山陽と関りのあった尾道の平田玉蘊、それにやはり山陽の年長の女友達であった越前福井の片山九畹《くえん》のことどもが思いおこされた。九畹にはいつか一度会って見たい、会う折もあらば、と思いつついたが、ついに一度もその折がなかった。

――どんな生涯をおくられたか、いずれにしてももうこの世にはおわすまいが――

細香より十歳以上は年上である人のことを顔も知らぬのになつかしく思った。

平田玉蘊も片山九畹もいずれも独り身ではなくて、それぞれしかるべき儒者、文人に嫁いだが二人とも同じ様に破局の憂き目に遇っている。女が独り身で詩画の道に精進することが困難な道ならば、また嫁いで詩画の道を捨てないことにも一そうの困難があるように感ぜられた。かなり前の頃、長州萩の人で菊舎《きくしゃ》という女の俳人がいたと聞いたことがある。その人は尼僧となって諸国を放浪し、俳句の道に精進してその生涯を終えたということである。女の身で詩画、文墨の道を全うしようとすればいずれ人並の幸せは諦めねばならないのか、細香は少し納得しがたいと思うのである。

平田玉蘊は山陽の伯父頼春風の儒学の弟子であった。画はことに花卉に優れ、色彩も濃厚で、華やかな女性らしい画風である。彼女の画は多くの人に愛された。文化十年（一八一三）に京へ出た山陽の後を追ってきたが、山陽にその愛を受け入れられないと悟ると俳人に嫁ぎ、すぐにその人の許を去って別の家に嫁いだ。文人の歌妓と噂されるほどに多彩な、奔放な恋愛遍歴をした人と言われている。また、山陽の年上の女友達であった片山九畹は名をお蘭といい、越前福井の豪商、大黒屋の娘であった。彼女の姉妹三人とも風流のたしなみが深く、福井では「風流三姉妹」として知られていた。彼女は細香の友人村瀬藤城《とうじょう》の古い友人であり、早くから京へ度々出てその頃広島から出京したばかりの山陽とも交流があった。後に京都の儒者梅辻春樵《しゅんしょう》に嫁いだがまもなく不縁となった。どういう経緯があったのか婚資を取り上げられて不縁になったということで、山陽はこの女友達のために大いに憤慨していたことがある。

「……春樵は妻を娶り、其の帯来る所の金を収め、しかる後これを出し候人に候……」

細香は近頃越前から治療をうけに来た商人に片山九畹という人を知っておられるか、と訊ねてみたことがある。その人の話によると九畹の生家は福井、九十九橋《つくもばし》に大きな店を構えて蠟燭《ろうそく》、びんつけの商いをしており、その店先に「びんつけ」と大書した大提灯が吊り下っている。

「それはお蘭さんの筆の跡でしてぇ、大黒屋さんでも大事にしてなるんですぅ」

その人は細香の聞きなれない訛りでのんびりと話してくれた。美濃の国から幾重にも山で隔てられた越前福井の城下で、のどかに風にゆられている大提灯を見たいものと細香は思った。


この時代（江戸時代の後期）日本古来の和歌や俳句の道にいそしむ女性の数は多いが、漢詩を作り、男性諸家と同じく学問に志す女性も皆無とはいえなかった。そして彼女らは大ていは儒者、文人の妻か娘である。

片山九畹、平田玉蘊の他に、筑前秋月の儒者原古処《こしょ》の娘、采蘋《さいひん》と、博多の亀井昭陽の娘、少琴とが、詩画ともにすぐれた才があって「鎮西の二女史」と言われていた。ことに原采蘋は女儒者として塾を開くことを志していたが、父の友人松崎慊堂《こうどう》の反対にあって、果せなかったという。

江戸では山本北山の妻緗桃《しょうとう》女史、その女弟子、大崎文姫《ぶんき》、大田錦城《きんじょう》の娘蘭香などが詩をよくし、狩谷棭斎《かりやえきさい》の娘、俊女も才女として有名であった。彼女たちの名は細香も聞いたことがある。

また国学の方面でも本居宣長の塾、本居内遠の塾にかなりの女子の入門者がいたという。大垣にも国学者が多いので、細香はその人たちから聞いた。

細香はそうした女の人の幾人かは知っていた。また、名前のみ聞いていて、会うことのなかった人もいる。

この婦人たちは詩画や学問の道に精進した己れの生涯について、どんな感懐を抱いていたことだろうか。

細香は自分自身の生涯に引比べて、それら同性たちの身の上に思いを馳せた。そして二、三十歳頃の若かった自分の日々、中年の、人生の盛りにいた頃の日々の情景が、細香の脳裡に交々《こもごも》に去来するのであった。

第二章　鴛《えん》鴦《おう》の詩

文政三年（一八二〇）八月の終り頃のある午後である。

細香は久方ぶりの遠出をしての帰り、船で揖斐《いび》川を遡《さかのぼ》っていた。秋の午後の空は高く、日射しも強く、水に照りかえす光は眩しかった。舟の揺れるに身をまかせて日傘の陰で目を閉じていたが、瞼の内側にも光は強く感じられた。桑名から乗ったという商人が途中で船を下りると、そのまま大垣の城下まで帰るのは細香と供につれてきた小女のちよだけになった。

「今日はいいお日和で、朝方は大垣のお城の太鼓が遠くまで聞えました。あの音が聞えるとはればれといたしますのう」

先刻の商人がそう話していた。夜明け頃、内陸から伊勢湾へと吹きぬける風にのって、時刻を知らせる大垣城の楼太鼓が遠くまで響くのである。午後はその風も凪いで、真夏のような蒸し暑さとなった。

やがて船は大垣城下へと通ずる水門川へ乗り入れた。川幅が狭くなって、両岸の堤が高くなる。時折堤の上を行く人の姿が見られた。船べりをすれすれに接してすれ違って行く下り船にも出会った。船町港に近づくとやがて常夜灯の楼が見えて来た。あたりが次第に賑やかになる。幾艘もの船がもやってある。船頭や水夫たちの衣類が干してある。川端に軒を並べる船問屋は夕方船に積みこむ荷を軒先に積み上げて、商いの多さを競いあっていた。

水門川は大垣城下より南に流れて揖斐川に合流する。更に南下して長良川と合流し、伊勢湾に注ぐ。この水路を利用して東海道桑名までの船便があった。桑名は海上七里の渡口である。順風ならば早朝桑名を出帆し、午後二時頃には宮（名古屋市熱田）へ着くことができる。そのため古来、大垣に集散するすべての貨物はこの水運を利用し、旅人もまた多くこれを利用した。

俳人芭蕉も「蛤のふたみにわかれ行秋《ゆく》ぞ」と詠んで、ここで奥の細道の旅をむすんだ。

船町土橋近くの船着場で、舳先《へさき》が岸辺に繋った葦の中に突っこんでざわざわとゆれた。船頭が岸の杭にとも綱をかける。首にかけていた手拭で顔の汗を拭い、それから振り返って細香に会釈した。

細香は坐ったまま船の揺れの収まるのを待って立ち上ると、後にいたちよを促した。船頭に手を取ってもらって船から上る時にちょっとよろめいた。二、三ヶ月家の中に閉じ籠っていて久しぶりに強い日射しを浴びたので軽い目まいを感じたのだ。若いちよが身軽に船から岸に移るのを見てから船頭に心付を渡した。船頭は腰を低くして礼を言い、更に言葉を続けて、

「いつぞやは倅《せがれ》が若先生に御親切にお手当をしていただいて、ありがたいことでございました」

と言った。細香は改めて船頭の顔を見て思い出した。もう二年ばかり前になろうか。寺の高い木の枝から落ちて失神した子供を通りかかった細香の義弟、松斎が手当してやったことがある。上膊に骨折があった。しかし、

「手当の最中に一度も泣かなかったよ、大そう気丈な子供だった」

夕食で顔を合せた時、松斎が楽しそうに笑って話していた。その後、長良川で獲った香魚を持って父親が礼に来た。勝手口で細香はその子供と父親を見た。それで覚えている。

「それで、あの子供はいま達者にしておりますか」

「はい、この船問屋の長八さんで勝手口の走り使いに使うてもろうております。まだやんちゃがぬけませんん子供で……」

「達者なのが何よりです。また遠慮なく来なさい」

そう言って細香は船着場から上った。船中にいる時には感じられなかった涼しい風があって細香はほっと息をついた。

「若先生が御親切にお手当して下されて」

という今の船頭の言葉がふと心に浮んだ。その若先生、細香には従兄であり、妹柘植子の婿であった松斎がいまはこの世にはいない。三ヶ月前の五月に胸を病んで四十二歳の若さで亡くなった。幼い頃から兄妹同様になれ親しんで、いつでも我儘を聞いてくれる優しい人だった。

細香は右手に大垣城を望み、外堀のまわりをまわると寄り道して土産に水まんじゅうを買った。吉

野葛で餡をくるんで、豊富な湧水で冷した涼しげな菓子である。そのあと城下のはずれまで来て小さな祠の前の湧水で手拭をしぼり、汗ばんだ顔と手を拭いた。大垣はいたる所に澄んだ水が湧く。水都と呼ばれるほどだ。そこから藤江村までは稲田と蓮田がつづく。真夏よりも眩しい秋の日射しの中で稲穂は波うち、蓮の葉は丸い大きな葉裏を翻して白く光っていた。

その彼方に江馬家の屋根が見える。

たっぷりと吹く秋の風の中を歩きながら細香はちよに持たせた風呂敷包みの中の書物のことを考えていた。それはかねてから読みたいと思っていた『高青邱詩鈔』四冊である。早く家に帰り、ゆっくりとそれを開いて読んでみたいと細香は思う。

父蘭斎の古くからの患家であり、細香もよく知っている人から手紙が来た。大坂の本屋より『高青邱詩鈔』を手に入れた、とあった。その書物を借りるため、大垣城下より二里ばかりはなれた高田に住むその人を訪ねた帰りである。古くからの馴染であるその人は、若先生、松斎の死をいたんで、蘭斎や細香を慰めようと、入手したばかりの詩集を喜んで貸してくれた。

――今夜からすぐに写しにかかりたい――

家に不幸があって、二、三ケ月外出しなかった細香は、久方ぶりに外気にふれて少し気持が昂ぶっている。訪問した家では書物好きの主人に引きとめられ、大坂の書店で見た新しい書物の話が出、また伊勢、松坂あたりの学者や文人の動静も噂に出て快い刺戟をうけた。

――はやくこの書物を写してしまいたい。父さまもきっと喜ばれるにちがいない――

しかし近頃の父蘭斎の忙しい日常を考えると、それを楽しむ暇があるかどうかと危まれるのだった。蘭斎の優れた後継者と誰しもが認めた細香の妹婿、松斎が亡くなって、再び多くの患者の診察と門人の指導がその老肩にかかってきている。和蘭医学も次第にこの地方の人に知られるようになって患者が多く、また蘭斎の名を慕ってくる門人も多い。松斎を失って現役に戻った蘭斎には城に出仕する日もある。父蘭斎が自分の楽しみのために割く時間はないように思われた。

――父さまもなんと気の毒なお方だ。家督を松斎どのに譲られて、これから俺の好きな勉強ができる、とすっかり安堵されていたのに――

しかし、七十を半ば過ぎてからも少しも老け込まず、背骨をしっかりと伸して矍鑠《かくしやく》とした父の姿を、男らしい男と仰ぎ見る気持も細香には強いのである。時折、細香は錯覚に陥ることがある。他の誰が老いても父だけはいつまでも今のままで、心も体もがっしりと強い人であるように思われてくる。

細香の父、江馬蘭斎は美濃大垣藩の藩医であった。もともと他の多くの医師と同じ様に漢方医であった。寛政四年(一七九二)四十六歳の時に藩主に従って江戸に下った。その際蘭学を学ぶことを志した。まず杉田玄白の門を叩いて『解体新書』の講義を受けて西洋医学の初歩に触れ、次に根岸の里に人知れず隠れ住んでいた前野良沢を探し出してその門人となり和蘭語を学んだ。その後九十二歳でこの世を去るまで和蘭語の勉強を続けて倦まなかった人である。

寛政六年(一七九四)閏十一月十一日、江戸の大槻玄沢の蘭学塾芝蘭堂《しらんどう》でオランダ正月を祝う新元会が催された。この会に江戸の著名な蘭学者達が顔を揃えたが、蘭斎も招かれて出席した。この日のことは晩学の蘭斎にとって輝かしい思い出となった。蘭斎は晩年まで機嫌のよい折には家人にその日の楽しさ、晴がましさを話して聞かせたものである。

大垣に帰ってからしばらくは乱暴医（蘭方医）と恐れられて、いっこうに患者が寄りつかなかった。その頃京都西本願寺の門跡《もんぜき》文如上人が持病の頑固な皮膚病と痔疾に悩んでいた。檀家の一人の計らいで蘭斎がその治療に当ることになり上人の持病は快癒した。それ以後、俄《にわか》に蘭斎の評判が高くなり、遠近より患者が訪れるようになった。最盛期には江馬家の向い側に患者のための旅籠《はたご》までできたと伝えられている。細香はその蘭斎の長女である。


細香の後に従って黙りこくって田圃道を歩いていたちよが、

「あれ」

と言って足をとめた。

「どうかしましたか、おちよ」

細香が振り返ると、ちよはまだあどけない眼を丸くして蓮田の方を指している。

蓮田の水たまりにはいつも水鳥が数羽、群れて浮んでいる。いつもの褐色の水鳥に混って、美しい羽根をした一番《ひとつがい》の水鳥の姿が見えた。寄り添って小波に揺れている。

細香は足を止めてじっと眺めた。写生の用意がないことをふと残念に思う。その形、色を忘れないように記憶する。画譜《がふ》の翎毛《れいもう》の部にある幾つかの水鳥の姿態を思いおこした。細香の眼前にいる水鳥たちには画譜の手本にはない、いきいきした愛らしさがあった。

一羽が水にもぐると一せいに競うようにくるりと尻を逆立てて水にもぐる。美しい羽根の鳥たちも同じようにした。しばらくすると申し合せたように元にもどる。

「ウや、ウや、お前の頭に火ィついた」

いつも黙っているちよが大声で唄った。鳥たちはそれが聞えたのかあわててまた水にもぐった。その様子が愛らしかった。

「ほほ」

細香が笑った。

「おもしろいこと、おちよ、その唄は何ですか」

ちよは困ったように顔を赤くしている。

「お前の在所ではそうやって唄うのですか」

ちよは頷いた。そして「御奉公に上ったら大声で勝手に喋ってはいけない」と母親からきつく言われてきたことを思い出して唇をぎゅっと結んだ。

——まだほんの子供なのだ——

細香はその顔を可愛いと思う。

ちよの母親は昔、細香や妹の柘植子の守りをしてくれた女である。今は揖斐川の上の村に住んでいる。

細香は奉公にきてまだ日も浅く、固くなっているちよの心を和らげて、遊び相手をしてやろうと思う。それに、あまり仲良く寄り添っている水鳥は妬しくもある。近くには人の姿もない。久方ぶりの外出で細香も少し羽目をはずしている。つと手を伸してまだ青い蓮の実をとると、

「それっ」

水鳥の群に向ってぽうんと投げた。水鳥たちは驚いてばたばたっと羽で水面を叩く。美しい羽根の水鳥が臆病なのかいち早く水面を飛び立って隣の田へ、もう一羽はもっと遠くへと飛んだ。

「なんと美しい」

傾きかけた日射しの中を羽をひろげて飛ぶ鳥の緊迫した姿。ちよを遊んでやるつもりで細香はその姿に見とれてしまった。そして無心の中に画家の眼で鳥の姿を見つめている——あのような姿は画譜にはなかった——

ちよが細香に続いて投げると隣の田にいた鳥は更に高く、遠くへと飛翔した。細香はもう一つの蓮の実を手にしたまま、しばらくその姿に見とれていた。村人がそんな悪戯をする細香を見たら驚くにちがいない。人前ではいつも静かな態度を崩さない彼女だった。しかし彼女の内にひそんでいる悪戯気は思わぬ時に顔を出す。

手に持っていたもう一つの実を投げようと身がまえて、ふと止めた。

——二羽仲良く浮んでいたものを、可哀そうなことをしたかしらん。だがあれ達はお互に探し合って、すぐに求める相手を見つけ出せるのだ、気楽な鳥たち。人間はそうはいかないのだよ、会いたい

時にすぐその相手を見つけるわけにはいかないのだよ——ふと会いたい人の俤《おもかげ》が浮んだ。——もう長らくお会いしていない。それに柘植子もとうとう配偶《つれあい》を亡くしてしまったのだ——

浮きうきしていた細香の顔は急に真面目になった。なお面白がって蓮の実をとろうとするちよに、

「もうやめておおき」

小さい声で言った。ちよも細香の言う通りにした。しかしちよの顔はやっと綻《ほころ》んで、子供らしい表情になった。ちよは出かける時から帰るまで殆ど喋らなかったのだ。ここに来てはじめて細香はその声を聞いたように思った。

「おちよのおっかさんは達者にしているだろうかね」

歩きながらふりむくと、にっこりしてうなずいた。そのまままた黙って家までついて来た。

家の門をくぐるまでは誰にも会わなかったが、門の内に村人が二人、沈んだ面持で庭石に腰を下していた。入ってきたのが細香だと知ると二人は立ち上って挨拶をした。細香も黙って会釈を返し、広い玄関の方を見ると人の動く気配がする。誰か急病人でも出たのだろうか。または長患いの人がいけなくなったのか。酷い暑さがようやく過ぎた今頃に世を去る病人が多いことを医家に育った細香はよく知っている。小声で村人に挨拶を返すと足音をしのばせるようにして勝手口の方にまわった。ちよに手伝わせて井戸端で足の埃《ほこり》を洗う。そして上り口に腰を下して一息入れた。三ヶ月ぶりに日盛りの道を歩いた快い疲労があった。

背後に人の気配がする。細香が振り返ると九歳になる甥の千次郎が坐っている。

「伯母さま、お帰りなさい」

袴の膝にきちんと両手をそろえて、行儀よく真面目な顔をしている。

「はい、只今戻りました」

千次郎がにこっと笑った。

なぜ彼が誰よりも早く細香の帰りを知って迎えに出たのか。細香にはすぐわかる。けれども素知らぬ顔で訊《たず》ねる。

「おや、千次郎、兄さまは」

細香の語尾に幼い甥をからかう調子がある。

「清水町の小川先生の塾からまだ戻りません」

「お前さんも今日は小川先生ではなかったのかえ、どうして兄さまより早く戻れたのかしらん」

細香が不思議そうにして聞くと千次郎はしまった、という表情でぱっと襖の彼方へ逃げ出した。そのすばしこさに細香があきれていると、物音に気がついたのか、細香の継母さのが姿を見せた。

「おや、多保さん、いつ戻ってみえた」

「たった今、戻りました。高田の柏淵様からくれぐれもよろしゅうと……」

それから城下で求めてきた水まんじゅうの入った壺をさし出した。

「これこれ、千次郎がこれがお目あてで、さっきから伯母さまはまだか、まだかと待っていたんだよ、叱られてもう逃げましたか」

「夕方のおさらいがすんだらやって下さいね、益也が帰るまではだめですよ」

「はいはい、それまで井戸で冷しておきましょう」

「あの子はまた途中で塾を抜け出したのですね。あとできつく言ってやりましょう。でもあの子は益也とちがってどんなに叱ってもけろりとしているのですから……。柘植さんの小さい時にそっくりですね」

「伯母さまに叱られますよ、と何度も言っておいたのですけどね」

老母と娘は声を立てて笑った。

幼くして父を亡くした子供にはつい不憫がかかりそうになるが、大人たちのそんな気持をよそに闊達さを失わない子供の存在はかえって大人たちの心までいきいきとさせる力を持っていた。


日の暮れるのが心持ち早くなったように感ぜられる。日中の暑さに比べ、夜の風は秋を思わせる涼しさだ。細香は窓近くに置いた机の上の短檠《たんけい》に灯をともした。二、三日前に姉たちが大騒ぎをして、細香や柘植子も手伝って家中の障子を貼り代えた。夏中、風通しのいいようにと紗を貼ってあった窓も白々とした美濃紙にかわった。それが灯の光をうけて暖かく映える。

昼間借りてきたばかりの詩集を写そうとして細香は心をおちつけて墨をする。よく枯れた古墨はすり込んでいるとほのかに龍涎香の匂いがした。細香の使っている硯は彼女の文学上の師であり、生涯の恋人でもあった頼山陽が選んでくれた。その前年、九州の遊学より帰ったあとに、とくに細香のために取り寄せてくれたものである。墨は山陽の親友である文人画家、田能村竹田《たのむらちくでん》が山陽を通して贈ってくれた。墨の入っていた木箱の蓋の上に山陽が詩を書いてくれた。細香の画の師である浦上春琴が梅の一枝を描き、竹田が賛を入れてくれた。他の親しい人々の寄せ書きも入っている。細香はその箱を印箱として使っている。常に机のまわりからはなさない。

その箱を見ているとしきりに京へと心が誘われる。京にいる山陽と、その友人、門人たちの楽しい団欒が思い出され、その中に今、自分が加わっているような気がしてくる。その円居《まどい》の中にいる時の自由でのびのびとした雰囲気、強い作用を及ぼす知的な刺戟、それらは他所ではとうてい得られぬものと細香は思っていた。頼山陽、小石元瑞、浦上春琴、雲華上人、そしてまだ会ったことはないが気持は通じあっている田能村竹田。それぞれに確固とした己れの世界を築いている最高の知識人たちである。その人々の間は友情の強い絆で結ばれ、自分もまたその絆につながれていると細香は確信している。その人々の間に伍している時自分は高められ、そして女子であるからといって控え目にしている必要もなかった。

男性諸家の中に一人混って自由に振る舞う細香は、事情を知らぬ当時の一般の人の眼にはかなり奇異に映った。

「かの女子は何か太夫の揚りにてもありぬべし」

と噂された。細香はそんなことには頓着しなかった。

頼山陽もまた自分たちの仲間に細香がいることをいつも望んでいた。田能村竹田の著作『卜夜快

語』の中に、

「山陽いふ。春琴、登庵の諸君会する毎に必ずいふ。竹田西より至り、女子細香は東よりして至り、詩画社を結ばば吾輩の勝事（興趣）了らんと……」

この事を伝え聞いた細香は一そうその絆を強く感じ、そのように遇される自分を誇らしくも思ったのだった。それにしても、

――先生をはじめ、あの方々は何と強く己れの志を貫き通す男たちであろう――

と時々細香は讃嘆したい気持を覚えずにはいられない。

山陽は自由を欲して親に叛き、藩主に叛いて芸州広島藩を脱藩し、自己の世界を築いた人である。浦上春琴は備中鴨方藩の模範的な武士であった父、浦上玉堂が五十歳の時に精神と芸術の自由を求めて脱藩した。その父、玉堂に従って貧苦の中に諸国を放浪した人である。田能村竹田もまた、豊後竹田、岡藩の領民に対する無謀な圧政に抗議して度々建言書を提出し、それが容れられぬと知ると隠退を願い出て、今は自己の芸術の世界に深く沈潜している人である。小石元瑞は細香の父蘭斎と同じ和蘭医学を修めた人である。雲華上人は詩酒を愛し、女を愛する破格の学僧である。その時代の自由な精神がそこに集っているのであった。

この時代、細香が二十代から四十すぎまでの、人生の盛りの頃にいた文化文政期（一八〇四～一八三〇）は、五十年続いた徳川家斉《いえなり》の治世の後半期にあたる。二百数十年続いた幕府の政治体制は揺がず、

人々の生活にも、文化にも大きな変化はなく安定しているかに見えた。しかしその中で微妙な変化が生じ始めている。鎖国政策はとられているが、外国の思想や文化は浸み通るように入り込んできて、これまでにはなかったような世界観をもった著述があらわれる。封建社会の身分制度からはみ出した人々が独立して学問や文芸上の仕事を始めている。庶民の文化も長い安定と繁栄のうちに爛熟を極め、四世鶴屋南北の、頽廃美の毒を孕んだ世話物狂言「四谷怪談」が大当りをとるような世相であった。細香の父、蘭斎が学ぶ蘭学も初めは奇士の学問（もの好きの学問）として低く見られていたが、この頃からこれまで我国にあった漢学や和学とは異った価値観をもつ異質の学問として認められ、世の中に受け入れられるようになってゆく。そんな時代であった。

細香が京へしきりに心を誘われるのは、師山陽に心惹かれるためであるが、またその周囲の雰囲気、時代の新しい息吹に強く心惹かれるからでもあった。

細香は写本の手を止めてふと思った。――今年はとうとう京へは上れなかった。先生とご一しょに花を観る約束であったが――

妹婿松斎の病歿のためにその年は上京することがかなわなかった。致し方のない事と思いながら、一抹の淋しさがのこる。

細香が初めて山陽を訪ねるために上京したのは、もう七年も前のことになる。その時山陽は細香を迎えて、親友武元登々庵《とうとうあん》とともに嵐山の花を観た。細香にとって生涯忘れ得ぬ一日であった。

それ以来殆ど毎年、山陽から細香の上京を促す書簡の来ない年はない。

「御出京になれば更に妙……」

「盆後には上京待居申候……」

「仲春には御出京の由、是のみ相楽しみ居候……」

このことは山陽が死ぬまで変らなかった。細香が上京できなかった春には桜の押花を送ってきている。

「京の花も落申候。竟《つい》に御来遊なく遺憾《いかん》に存じ奉り候。因て押花を上げ申候。せめて是にて御慰み成さるべく候」

これは山陽が四十五歳の時の書簡である。


前年、文政二年（一八一九）の秋、九州遊歴から帰った山陽に会うために細香は京に上った。その時のことがつい昨日のように鮮やかに思い出された。

京で九月九日の重陽《ちょうよう》の節句を迎え、中国の風習に倣《なら》って山陽、雲華上人その他の親しい人々とともに吉田山に登った。旧暦の九月九日、秋の佳節を「登高の日」と称して、近くの小高い山や岡に登って酒宴を開く。中国ではそれが年中行事の一つだという。ことに唐時代には、野宴の際に真赤な茱《ぐ》萸《み》の実を老人から頭髪に挿してもらって厄払いをするという風習があった。中国の文人の生活や習慣を真似るのが、我国の当時の文人達の理想でもあった。

吉田山から見る秋の京の町は、春霞に煙る京とは趣を異にしていた。空気は水のように澄んで、遠くの家並まで細かくはっきりと眺められた。高い所、平らな所を選んで眺望をほしいままにし、筵をのべて酒を汲み交した。山陽は九州遊歴のみやげ話を聞かせ、また一同詩を作り、杜甫や王維の「登高」の詩を吟じたり、日の傾くまでさわやかな秋の一日の歓を尽した。

その席上でかねてから話の出ていた細香の京都仮寓の話がまた出て、彼女もかなり心を動かしたのであった。

細香が美濃へ帰る日がその月の十二日と決ったと聞いて、

「美濃へお戻りなされても、すぐにまた御上京なさることじゃから、いっそ京にお住いなされては如何かな、いつぞやそんな話も出ていたではありませんか」

と言い出したのは、細香をからかうことの好きな雲華上人であった。

この上人は酒はあまり飲めない性であるが、酒席を楽しむことを愛して、少しの酒で眼許からつやつやした額までもう赤くなっている。京都本山の講師という、いかめしい、最高の学識にある人とも思えない洒脱な、型破りの人である。体格も立派で、端正な顔をしたこのお坊様は大そう人気があり、「お上人の説教の日にはとくにはなやかな信徒衆が集る」という評判があった。

この粋な上人はまわりの者が面と向っては口に出さないようにしている細香の山陽への思いを無造作にすらりと口に出して、細香をひやりとさせることがある。そんな時、山陽は黙って含み笑いをしてやりすごし、細香は身うちに血がのぼる思いをする。もっとも細香自身は後に平戸藩葉山鎧軒《がいけん》から

「文場の女丈夫」と讃えられたほどの気丈な人である。詩酒の席での身の処し方は心得ており、露骨な言葉をさらりとかわす術も会得している。場合によっては顔色も変えず、相手の言葉を取って切り返すこともできる。そんな細香でも不意をつかれるとたじろぐのである。そして上人はふいに細香の心の機微をつき、何くわぬ顔をして彼女が秘めている女心を摑み出す。

その時も上人の言葉に座は一時静まって、細香の顔を窺う人もあったが、

「それは妙案です。そうなれば度々留別の詩を作らずともすみます故」

と助け舟が出て、あとは当の細香をそっちのけにして、

「京に住むにはどこがよかろう」

「東山ふもとの閑静な所が……」

「いや、京は鴨川の流れに臨んでこそ……」

と賑やかに話がはずんだ。

細香はうっとりとしてそれを聞いていた。酒にはかなり強い方であるが、戸外での酒は蜜のように甘く、酔いが早い。傾きかけた日射しが頬に熱かった。

——もしそんなことになれば、先生にお会いしたい時にはいつでもそれが叶うのだ——

細香が大垣に帰ってからも、山陽は度々書簡でそのことを促してきている。

「何卒年のよらぬうちに御上京の計御決め成され度……」

「……春（文政三年）は何卒御一遊待ち奉り候。仰の如く、歳月流れる如し。青春幾何《いくばく》ぞ。早、自ら計を為すを勝ると存じ奉り候」

しかし細香はためらっていた。京に住みたいと言えば許してくれないような父母ではない。細香が頼んだことは大てい叶えてくれようとする。実際に彼女が山陽に会い教えをうけるために美濃から京まで上ることを一度も留めたことのない父であった。藩への届出も細香が頼まぬうちにさっさとすませてくれる。だからなおのこと、身勝手な願いは口に出しにくい。

また細香はこの家にいて、自分を余計者と感じたことは一度もない。父母も、妹夫婦も、甥たちも彼女をこの家の長女として信頼と敬愛の念を持って大切にしてくれる。細香は江馬家になくてはならぬ人物として、一家の家族構成の中にしっかりと組み込まれている。——自分が抜けたあとはどうなるだろうか——心配なわけではないが、ためらわれる。何故ということもなく細香はこの家の長女としての地位と責任を感じている。自分が継嗣とはまた別の意味で、両親の心の拠り所となっていることを感じている。誰が反対するわけでもないが、細香は京都仮寓には仲々ふみ切れないのであった。

逡巡して日を過すうちに、大垣藩主に従って江戸に下っていた妹婿の松斎が過労で病に倒れたとの報せが入り大騒ぎとなった。とりあえず江馬家に永年奉公している庄兵衛が迎えに江戸に向った。

松斎は蘭斎の妹、温井美与の子、元弘であり、細香と柘植子には従兄にあたる。細香の兄になる長男門太郎を八歳で亡くした蘭斎は、元弘を養嗣子と決め蘭学を修めさせた。のち松斎と号し、蘭斎の次女、柘植子の婿となったが、医学にも語学にもすぐれた才を発揮して、蘭斎にとっては大そう頼もしい後継者となっていたのだ。松平楽翁侯の病を治療し、江戸城西丸の中臈《ちゅうろう》の病を治療して評判が高かった。また著述も幾つかあり、その中でも『和蘭医方纂要』は、十数冊のオランダ医書を読破して書き上げた労作であった。彼はこの著述のために毎夜深更に及ぶまで努力し、そのため病に倒れたのであった。のちこの著作は岳父、蘭斎の序文をつけて刊行された。

松斎は藩の許可を得て帰国したが、病状ははかばかしくよくならなかった。

文政二年十二月の書簡で山陽は、

「御病人様兎角《とかく》御勝《すぐ》れ成されず候よし、御老人様御心遣察し奉り候。是にて身を抽んでられ候事、又六ケ敷と察し奉り候」

と細香の京都仮寓が難しくなったことを慰めている。また翌三年二月の書簡で、

「……先々御病人様も少しは御快方に御座成され候よし、吉祥善事に候。世事御嫌にて、人間之歓娯を欠かれ候義も之れ有る所、今般の所にて見候へば、是が却つて苦悩の基と相成り候と相見え候」

夫婦の情愛を知らず、また世間一般の女の持つ衣服や化粧の楽しみ、女同士の気楽なおしゃべりなどの気晴しを好まぬ細香の気質をよくのみこんで慰めている。

不幸なことに松斎はその年の五月、四十二歳の若さで亡くなった。継嗣を失った七十四歳の蘭斎は再び現役に戻り、患者の治療、門人の指導に当ることになった。

こうして細香の京都仮寓の計画は、彼女が一度も口に出さぬうちに立ち消えとなってしまったのである。

——家中が悲しみに沈んでいる時、どうして自分一人勝手なことができよう——

細香はそれを致し方のないことと思う。けれどもやはり残念になる。もしその計画が実現していれば、会いたい時にはいつでも山陽の姿を見ることができる筈であった。

細香はいつしか写本の手をおろそかにしたまま、昼間蓮田で見た呑気そうな水鳥の姿を思い浮べていた。とりわけ美しい羽根をした鳥の寄り添った姿、驚いて緊張して飛び立った姿を思い出した。いそいで手近にあった画紙の切れはしに飛翔する鳥の姿を記憶のままに素描した。

——あの鳥たちはあれからどうしたろう。すぐまたお互を見つけ合ったにちがいない。柔かい胸毛をふくらませて寄り添っている呑気でしあわせなものたち。私はつい妬しくなったのだ。私は時々夢の中でも仲良く寄り添っているものに礫《つぶて》を投げつけたい気持になる。でも実際に投げつけたことは一度もない。それはしてはならないことだと夢の中でさえ弁えているからだ。でも今日は夢の中ではなくて、本当に投げつけてしまった。可哀そうなことをしたのかしらん。いや、あれたちは人間とちがって、何の気がねもなく、すぐまた一しょになれるのだから、別れなどという事は知らないも同じなのだから——

——解セズ　人間《ジンカン》ニ別離アルヲ——

鋭い詩句の一行が、秋の夜の冷気のように細香の意識を切り拓いた。彼女ははっとしていそいで、鳥の姿を素描していた画紙の隅にその詩句を書き留めた。危険を感ずるや否やぱっと緊張して飛びたった鳥たち――

「汝ラ暫クハ離レテ相思ヘ」

細香はじっと画紙の隅に書きつけた二行の詩句をみつめている。昼間見た光景に触発されてむらむらと湧く思いがある。それは細香の胸の中で、実現されないままにくすぶりつづけている思いである。

――なぜお梨影《りえ》さまが先生の妻であって、私がそうはならなかったのか、なぜ私は離れていて想うだけなのか――

何故そうなってしまったのか彼女自身にも不思議な気がするのだが、その思いは時々くすぶり出して細香の心を曇らせる。

――私が本当に欲しているのは何か――

湧き上ってむらむらとわだかまる思いをしっかりと見究め、切りとって言葉の枠にはめこまねばならぬ。しばらく時のたつのを忘れていた。

やがて傍の手控え帳の新しい頁に書きはじめる。

雙浮雙浴緑波微　　双《ソウ》浮《フ》双《ソウ》浴《ヨク》　緑《リョク》波《ハ》微《カス》カナリ

不解人間有別離　　解セズ　人間《ジンカン》ニ別離アルヲ
戯取蓮心擲池上　　戯《タワム》レニ蓮心《レンシン》ヲ取リテ　池上ニ擲《ナゲウ》ツ
分飛要汝暫相思　　分《ワ》カレ飛ビテ　汝ガ暫ク相思ハンコトヲ要《モト》ム

細香は書き留めた新しい詩をじっとみつめた。何とはなしにわだかまって、とぐろをまいていた重たい思いが静かになだめられ、鎮められるのを感ずる。それを乗り越えて、表現し得た喜びが静かに生れてくる。自分の気持が詩の中に盛り切れずに、四角い漢字の間から砂のようにこぼれ落ちると感ずることもあるのだが、今日は言い尽したと思う。

――愚痴ではない――

それは細香のきらいなことだった。――愚痴をこぼすのなら、はなから京へなど行かねばよいのだ――

細香は更に詩句を練り、整え、半紙に清書した。羽根の美しいあの鳥は何という鳥か、唐の彩色画にあるような美しさだった。

「拈蓮子打鴛鴦」（蓮子ヲ拈ジテ鴛鴦ヲ打ツ）

と題をつけると、艶やかな色彩にいろどられた詩の世界が忽然と現れた。

静かな夜更けに彼女は一人で表現し得た喜びをかみしめていた。

細香三十四歳の秋であった。

第三章　雪の日に

「鴛鴦《えんおう》ヲ打ツ」の詩はその年の暮にそれまでに書きためた幾つかの詩稿と一つにまとめて、山陽の批《ひ》正《せい》をうけるために京都に送られた。それとともに歳末の贈り物として美濃産の鳧《けり》（鴨の一種）一番《つがい》と、束脩《そくしゅう》として金二百疋が送られた。

年が改ってしばらくしてから、待ちに待った山陽からの返書と、添削された詩稿が細香の許に送られてきた。

大急ぎでまず展いてみる。細香は手紙より先にぱらぱらと自分の詩稿の綴りを翻してみた。ところどころ朱筆で批正の言葉が加えられ、字句の誤りや崩し方なども訂正してある。それを読む細香の胸は苦しいほどの期待で高鳴るのだ。

――先生は私の詩をどう読んで下さっているのだろうか――

すがるように朱筆の文字を追う。

「鴛鴦ヲ打ッ」の詩には、

「真女子語、又人未経道処、非慧心香口安能拈破」（真ノ女子ノ語ナリ。又人未ダ道《イ》フヲ経ザル処ナリ。慧心香口ニ非ザレバ安《ナン》ゾ能ク拈破セン）と朱筆で書き入れてあった。これは讃め言葉である。しかも純粋な、細香が創造した詩作品そのものに対する讃辞である。「まことの女子の詩である。又何人も未だ表現したことのない境地である。心ばえもよく表現も上手な人であるからこう言えたので、他の人ではこうは言えない」


　細香はくりかえし読む。短い朱筆の文章を、その行間にあるものまで読もうとする。――こんなに讃めて下さった――と思う。しかしどこか淋しい。物足りない。自分があのように思いをこめて作った詩に対して素気ないように思う。

　師山陽は細香の詩を批評する時には彼女の心情には眼をつぶっている。知らないで無視するのではなくて、知っていて無視している。それが細香には物足りなく淋しい。


「解セズ　人間《ジンカン》ニ別離アルヲ」

の別離が、山陽と自分との別離を意味し、

「汝ガ暫ク相思ハンコトヲ」

の相思が二人の相思を指していることを知っていて、しかもそのことを無視して、詩作品そのものとして鑑賞し、批評する。それと同じ態度で、細香の詩稿を周囲の人々にも見せる。それは作者にとっては辛いことである。細香は自分の師山陽を慕う心情と、その心情の表白としての詩作品とはすでに異った次元に属するものであることを弁えているから、それはそれでよいと思う。しかしこの二つは別々のものであるようでいて、細香の心中では分ちがたく一つのものであるから、このような批正の言葉をみると、突き放された淋しさを感じないではいられない。

——しかし先生がこの他に何を言って下されば、私は満足するのであろうか——

細香にも己れの矛盾はよくわかっている。

送り返されてきた詩稿に添えられた返書には、

「貴稿大延引申訳無く候。昨夕　小石（元瑞）も見え、見せ申候。鴛鴦の詩は唐の小説中に置ても然るべくと申候……」

とある。それによって、彼女は自分の詩稿が親しい人々の間で読まれ、話題にされ、批評の対象とされていることを知る。自分の心の奥底に秘めていることを、多くの人眼に曝している恥しさを感じないではいられない。しかし、この心情こそ最も切実な自分の主題なのだから、恥しがっている場合ではない、と思い切る。

その場合、師山陽の持つ暖かい、自在な雰囲気と、絶えず新しい創作へと彼女を向わせる適切な指導は細香を力づけ、援けてくれる。

実際、細香の詩作、書画全般にわたっての山陽の指導は懇切をきわめたもので、京にいる他の門人たちがそれをやっかんだほどだった。

「……御作毎度何も面倒と存じ申さず候。またたんと御作出し成され度候……」

「……洛神賦模写御手本に差上ぐべき御約束に御座候へ共、模写候へば、畢竟《ひっきょう》書に精神無き故、やはり拙書を先づ御習ひ試み成さるべく候。……此度拙詩認め候を上げ申候。是は余程心を籠め認め候故、是を薄紙にて幾遍も御写し成さるべく候。筆法書意御合点早く参り申すべく候。少し大字の方は又倍ほどの大さに御習ひ成さるべく候。且《かつ》写し且臨し候内、会得出来申すべく候。夫故態《それゆえわざ》と同詩を大小に認め上げ申候」

細香のために、たえず手本を書いて送り、これを臨模《りんぼ》させる。また彼女の詩稿の中の字の誤りや筆遣い、崩し方のちがいまで一つ一つ注意する行届いた心遣いを見せている。一般に、山陽は門人に対する指導が親身であったと言われている。

細香は山陽から送り返された詩稿をていねいに浄書する。山陽が朱筆で書き加えた批正の言葉もそのまま朱筆で写しとる。手本を臨書する時と同じように心をこめて写した。そうしている時が、自分の詩の拙さを知る勉強の時間であり、師山陽との一体感を覚える時であった。彼女は長い時間をかけて、そのことに没頭した。

また、山陽が「御浄録なされても可」と書いてくれた詩や、よく出来たと自分でも感ずる詩を、美濃紙を四つ折りにして綴じた帳面に詩集の体裁にきちんと浄書した。

細香には自作の詩を詩集として上梓するつもりはなかった。だからそれは自分一人のために、いや、師山陽と自分との思い出のために心をこめて浄書するのである。

机の上を拭き清め、灯を入れて庭に面した窓辺に坐る。静かな夜更けに一人で浄書に精進しているとまた詩想が湧き、新しい詩が生れることもあった。

「夏　夜」

雨晴庭上竹風多
新月如眉纖影斜
深夜貪涼窓不掩
暗香和枕合歡花

雨晴レテ　庭上　竹風多シ
新月眉ノ如ク　纖影斜ナリ
深夜　涼ヲ貪《ムサボ》リテ　窓　掩《オオ》ハズ
暗香　枕ニ和ス　合歡《ネム》ノ花

（暗香＝闇に漂ってくる花のかおり）

字句の選び方の美しさは細香の詩の大きな特色であるが、詩の中に色濃く師山陽への恋情が漂い、男女の合歓への憧れがにじむ。

江馬細香が頼山陽にはじめて会ったのは、文化十年（一八一三）、細香が二十七歳の時である。大垣禅桂寺にある細香の墓誌銘に「山陽先生偶々来遊ス」と刻まれているように、山陽が美濃遊歴を試みた時のことである。その時、彼は三十四歳であった。

頼山陽は文化八年（一八一一）、三十二歳の時、郷里広島を出て京に住いを定めた。その時彼はすでに『日本外史』の草稿を一応完成し、その文才は広く聞えていた。しかしその年齢で上京するまでに、彼は常人とは比較にならないような経験をすでに経ているのである。

　山陽は広島藩の儒官として有名な頼春水の第一子である。彼は生れ落ちた時から、両親と二人の祖父、一族の者の過大な期待をうけて育ち、幼時から詩人として異常に鋭い感性を示した。まだ五歳の頃、ある日彼はしきりに空を仰いでいたが、母、静子に向って、

「天とはどんなものですか」

と問うた。静子は幼児の意外な問いに驚いたが、

「天はあの通り、昼も夜もいつも動いていて休まぬものです」

と教えた。幼児の頭にはそれがよくわからないのか庭に出て天を仰ぎ、

「不思議じゃ、不思議じゃ」

と言いつつ空を仰いだまま泣き出してしまったという。

　その後、学問を始めると非凡な早熟の天分を発揮して周囲を大そう喜ばせた。十八歳の時に江戸に出て昌平坂の学問所に入り一年学んで帰郷したが、江戸に出る前も、帰ってからも虚弱な体質に加えて持病の神経症と、放蕩と、過度の勉強とのくりかえしで周囲の者、ことに母、静子を悩ませたのである。

　二十すぎた頃、ある日父の代理で親戚の葬儀に赴く途中、突然出奔を企てて京に出た。しかし直ちに連れ戻されて座敷牢へ入れられ、この時廃嫡の身となった。しかしこの幽閉中に彼の代表作『日本外史』の骨格が出来上ったといわれている。許されて座敷牢から出た後も、彼の代りに頼家の継嗣と

なった義弟、権次郎まで誘い出しての遊蕩がやまなかった。

文化八年、三十を過ぎてからの上京も、脱藩同様の、厳格な父春水からは勘当されてのことであったから、国元からの援助は一切受けられなかった。

京都では友人の蘭医小石元瑞や、篠崎小竹の世話でようやく一戸を構えて塾を開くことができた。しかしこれまでの悪評が広く聞えていて京の儒者たちには迎えられず、弟子も多くは集らなかった。そこで生活費を稼ぐために山陽は文筆行商の地方遊歴を試みなければならなかった。各地にいる友人、知人を訪ねて滞在し、その間に彼の文名を慕って集ってくる地方の文人たちの詩文の添削をしたり、頼まれて揮毫したりして若干の謝礼を得るのである。各地に山陽筆と伝えられる書画が多いのはその結果である。山陽自身はその遊歴を「旅芝居」と名付けて自嘲していたと言われている。

文化九年には播州姫路を訪ね、翌十年九月には濃尾遊歴の旅に出た。この旅は美濃にいる門人の村瀬藤城と、名古屋の医師小林香雪の招きであった。

京を出て途中近江の名勝を訪ねて大津に一泊。磨針峠《すりばりとうげ》の難所をこえて美濃に入り、赤坂（大垣郊外）の矢橋《やばせ》家を訪ねた。そこで関ヶ原の合戦の際の徳川家康陣屋跡を見て、その後大垣の東のはずれ、藤江村に蘭医江馬蘭斎を訪ねた。

当時、蘭斎は六十七歳、大垣藩の侍医として聞こえ、また寛政十年に京都西本願寺の門跡、文如上人の難病を治療してからは、関西に於てはじめて蘭方の治療を行った医師として有名になっていた。その上蘭斎は儒者として『論語訓詁解』二十巻の著作もある人で、漢詩文を好み、自分でも詩作する人であった。山陽はそのことを伝え聞いて訪問したのであろう。

一方、蘭斎も山陽の文名はかねてから聞き及んでおり、まだ健在であった養嗣子松斎とともに山陽を歓待し、その席で長女細香をも山陽に引き合せた。

山陽を主客としたその日の酒宴は、話題は豊富で魅力にとんだものであったにちがいない。細香は山陽の人をそらさぬ濶達な話しぶりと、その学識の深さ、きらめく詩才に一挙に心を摑まれた。これらは彼女の知っている美濃地方の真面目で堅実な文人たちにはおよそ見られぬ、強烈な印象を残した。

山陽はやがて江馬家を辞して北濃地方に入る。美濃一円の総庄屋の職にあった門人村瀬藤城の案内で上有知《こうずち》村の善応寺に禅智師を訪ねた。

そこに愛蔵されている文房具の名品、端渓《たんけい》の古硯と程君房《ていくんぼう》の古墨を鑑賞し、そこに集った藤城や他の人々とともに、詩酒唱酬して、「出京三旬この娯しみなし」と喜んだと言われている。京の儒者たちから快く迎えられていない山陽にとって、美濃での友情は有難いものであった。

詩酒唱酬、または詩酒唱和するというのは酒席において談笑しつつ、一人が詩を賦すればそれに応じて他の一人がその詩に次韻（韻を同じくして詩作する）し、また別の一人がそれに畳韻（重ねて次韻）する。幾つかの字を分け持って詩作することもある。文人、学者たちの遊びである。それらの詩を順に巻紙に書いてゆき、所々に画を配して、酒宴の終る頃に一巻の詩華集ができ上ることもある。また扇面に詩を書いたり、画を描いたり、別の人がそれに賛を入れたりする。この娯しみを成り立たせるには、出席者がみな漢詩文の素養がなければならず、また即座に詩作できなければ面白味にかける。

共通の関心や趣味も要求される。それらの条件が満された時、出席者は一様に深い満足を得ることができる。その点俳諧の運座や連歌と似ている。

山陽はその翌朝、長良川を下って岐阜に出て、再び大垣藤江村の江馬家を訪問した。彼はよほど細香の存在に心を惹かれたにちがいない。

蘭斎は思いがけず再び山陽を迎えて、前にもまして彼を歓待し、その時細香を山陽の門に入らせて師弟の縁を結ばせたのであった。山陽は喜んで彼女に詩文や書を教授することを約束し、また細香の描く墨竹に賛を入れたりした。

山陽は細香の才能の柔婉なのに驚いた。そして、

「なぜ貴女は我国古来の和歌をなさらないのですか、僕の母や妹はみなそれを好みます」

と、母の自慢をしたり、「平安の女流のうちでどの人が一ばんお好みですか」と訊ねたりした。

また、彼女の号を「細香」と改めるようにすすめた。当時彼女はまだ「細香」の号を用いていなかった。名を裊《たお》または多保。字を緑玉、別号に湘夢を用いていた。緑玉は山本北山の撰であったが、山陽は彼女の印象から見て、

「それはふさわしくありません。名を裊々《じょうじょう》に、細香を号と字と兼用になさるがよろしかろう」

と言った。細香とは、竹林を吹きわたる風の音だという。

そういう席で、ある時蘭斎が、

「これと妹の柘植子が一昨年、京へ花見に出かけ、御所でお鶏合《とりあわ》せを拝見しましたのじゃ」

と語ったことが山陽を驚かせた。二年前の文化八年、三月三日、御所の紫宸殿《ししんでん》の庭で山陽も鶏合せを拝観している。それとは知らず偶然同じ場所に居合せたことを発見して、みなは一様に奇縁を感じたのだった。

文化八年、閏二月に細香は妹柘植子と、六歳になる甥の益也（のち元益）とともに京、大坂へ遊覧の旅に出た。京都では祇園、清水、知恩院、北野天満宮などに詣でている。その時の様子は甥の元益が後に書いた随筆『藤渠漫筆』に詳しく記されている。

「……六歳の時伯母細香女史及母於柘植君に従ひ氏家庄兵ヱ、僕大石常助を従へ京摂に遊ぶ……三月節句の御鶏合せを拝見せり。紫宸殿に御簾懸り、其前に稚子三人いませり。『稚子の出でらるるが主上出御の合図なり』と聞けり。……鶏は左右より茶筌髪の人持出でて闘はしむ……公卿の装束は黒色にて坊主の衣の如く、しまり無くふわ〳〵としたるものにて、絵にかける菅公とは稍異なり……」

そのあと四条河原で芝居を見物した。外題《げだい》は「伊勢騒動」。貢が十人切りの場になると母、柘植子が幼い益也の肩を抱きよせて、

「怖いから、うつむいていなさい」

と囁いた。そのあと一行は大坂へ向い、また芝居を見物、住吉、天下茶屋をまわり、堺まで足をのばして妙国寺の蘇鉄《そてつ》を見ている。

一方山陽は同じ年の閏二月に上京し、ようやく落着いたところである。『山陽全伝』（木崎好尚編）の文化八年三月三日の項には、

「三月三日御所の鶏合拝観中、木村楓窓に出逢ふ」とある。

「三月三日、大内の闘鶏を縦覧せしめらる、余門生とともに往けり、余群中に跼蹐《きょくせき》して困《くるし》むこと甚し。忽ち一人の笑ひながら来り揖《ゆう》するを見る、これを視れば寉卿（楓窓）なり、吾手を握つていふ、君来ること何ぞ速やかなる……」

木村楓窓とは、山陽が京へ出る前にしばらくいた神辺《かんなべ》の菅茶山《かんちゃざん》の塾で会った。そしていつか京で出会おうと固く約束した仲だった。

「君、ずい分早く出て来られたではないか」

楓窓が山陽の肩を叩く。山陽はなつかしさで一杯になってその手を握った。見知らぬ人ばかりの京で、旧知の顔に出会ったうれしさがこみあげて、見物の中にどんな女人がいるのか見まわしもしなかった。その日、御所の庭にどれだけの人がいたのだろうか。山陽と細香はたしかにその日すれ違った。

「まあ、それは何と不思議な御縁でしたろう」

あまり人混みに出たこともない継母さのは驚いている。

——あの時に……——

細香はただ眼を瞠るばかり。

「いや、私も田舎より上京したばかりの時で、御息女のような方が居られるとは、気づくゆとりもござらなんだ」

山陽も残念そうに言うと細香の眼をひたと見た。

当時山陽は最初の妻淳子を離別して独り身であり、再婚の相手を探してもらうべく、京の友人小石元瑞に頼んでいた。美濃から京の元瑞にあてて頻りに書簡を送り、遊歴中の「一奇事」として、詳しく細香との出会いを報告している。

「……琴心《きんしん》挑むにも及び申さず候へども、両情心目之間に相許す所は的確に御座候。されども一語の通ずべき間隙はなし。此人生涯無偶にて〃尼になりとしてくれ〃と言ふ事のよし、今二十六、七也。淡粧素服、風韵清秀、大に歌笛者妓流之比に非ず候。其上、右の通の清操、誠に子成（山陽）に偶すべき者と再び得難き様に存じ候」

山陽はよほど強く細香に心を惹かれているらしい。

「詩などは以来添削頼候へと申事なれども、其全身添削したく候もの也」

率直すぎるほどの書きぶりである。山陽はこの縁を何とかして成立させたいとさまざまに心を砕いている。小石元瑞にあてて「江馬家のような大医との縁組に自分のような親元勘当同様の儒者では心もとないから、貴家に問い合せがあった場合は請け合ってほしい」とか「師、菅茶山の紹介で京都の公卿侍の某を仮親にしたらどうであろうか」とか相談している。

「……来春上京の折なれば相対にて確約いたし、本人（細香）より厳父に願はせ方近路の様也。然し、それにては私通の嫌ありて、彼（蘭斎）の怒りに逢ひ申すべき歟」

と山陽の不安は大そう具体的なところにある。しかし――一語の通ずべき間隙はなし――と山陽が嘆じているように、二人だけで話し合う折はなかった。

「読後火中」と山陽がのぞんだこれらの率直な書簡は、親友小石元瑞にのみその心底を明したものであったが、元瑞はこれらを大切に筐底に保存して、現在も京都小石家に、特別に大切に伝えられることになった。

大垣に滞在中、山陽は山水画を描き、自作の詩を揮毫し、細香の描いた墨竹画を請いうけて大垣を去った。

その後東下して名古屋に赴いた山陽から蘭斎にあてた書簡がある。

「昨日は罷出、種々御珍蔵の書画ども拝見仰付けられ、御饗応例ながら忝く存じ奉り候。又々御令愛様（細香）御揮灑《きさい》頂戴大慶仕候。其上御願申上置候は、扇面に竹にても何にても一枚御染め下され度、又御詩作必拝見仕度、私へ御贈下され候詩なれば殊に忝く、いつ迄も収蔵、御目にかかり候様に存じ、相楽み申候事に御座候――来春は国元より母梅颸並に妹ども上京、対面仕候。皆々和歌を好み申候。令愛様にも御旧作御座なされ候由承り申候。別に御書付下され御越し下され度、是又見せ申度存じ奉り候……

十二日　　　　　　頼　徳太郎

江馬蘭斎様　」

山陽は蘭斎に太刀打ちできないような威圧を感じている。その上蘭斎は山陽の放蕩の噂を伝え聞いていて、

「貴君は皆川（淇園《きえん》）同様に世間では言っている。貴君には青楼曲（遊女屋の唄）など書いてもらった方がよい」

と面と向って、歯に衣きせずに言っている。皆川淇園は蘭斎と同時代の京都の儒者で、蕩児としても有名な人であった。

蘭斎は別に山陽の放蕩をとがめ立てているわけではない。男同士の遠慮のない冗談の一つにすぎない。しかしこの場合の山陽にとっては手痛い冗談であった。同じく小石元瑞にあてた書簡の中で、

「ここに一大難事は、右厳父、私放蕩名を稔聞致居候由にて、面前にて貴君は皆川同様に申候。貴君には青楼曲など書てもらふがよきなどと戯申候。甚真率なる人なれども、ヶ様の聞へありては大事な閨愛を決而おこしは致間敷《いたすまじく》と奉存候。妙計策はなきや……されども厳父さへ呑込候へば、本人は参る気に相違なく候。うぬぼれにあらず、得ニ的脈一候　是れ所謂一奇也」

そうこうするうちに大垣藩の儒官、菱田毅斎が山陽の高名を聞き伝えて、今一度大垣に招きたいと蘭斎に頼んできた。そこで蘭斎は手紙を認め、細香の詩稿、墨竹画をそえて、名古屋、宮町の医師、小林香雪方に滞在中の山陽の許に送った。

こうして山陽は三度、大垣に来遊することになった。

その日は閏十一月の初旬で、寒気が強く午後から激しい吹雪となった。菱田毅斎は門下生の後藤俊蔵を途中まで迎えに出した。城下の東はずれまで迎えに出た俊蔵は、山陽が連れもなく、駕籠にものらず人気のない街道を、吹雪を笠を傾けて防ぎながら一人で来るのに驚いた。俊蔵は前に江馬邸に山陽を訪ねているので顔見知りであった。

「頼先生でございますな」

村はずれの社の陰で待っていた俊蔵が大声で呼んだ。風が向い風なので、声が届かない。大分近づいてから山陽は自分の方へ駆けてくる青年に気が付いて、

「おお」

と言い、笠を上げて明るい表情で笑った。つい半月ばかり前に江馬家で出会って以来、この才能ある十六歳の青年の温和な人柄を好もしく思っていたのだ。山陽はこの若者を迎えに出してくれた人の好意と、土地の人の暖かさを感じた。

「急にひどい吹雪になりました。お困りでございましたろう、さあ」

山陽の肩の荷を俊蔵が替って担った。

「早朝、名古屋を出る頃はよい天気でござった。こちらに近づくにつれ冷えて難渋いたした」

「もう閏の十一月です故、このように雪も降ります。関ヶ原あたりではかなり積雪がございましょう」

「それでは上有知の村々も雪に埋れているやもしれぬ」

「あの辺りは早々と冬支度にかかります。もう大分積っておりましょう」

思いがけず早く訪れた再会を喜びながら、二人は風で声を飛ばされぬよう大声で話し合いながら久瀬川にある菱田毅斎宅に向った。

この青年はこの日山陽の門人となり、後に山陽の親友篠崎小竹の娘婿となり、終生、山陽の周囲を離れることはなかった。後年、細香の墓誌を撰した後藤松陰とはこの青年である。彼はこの時十六歳であった。

大垣の西のはずれ、久瀬川にある菱田宅では毅斎が待ちかまえていて、早速小宴を開いて山陽を歓迎した。彼は数日この家に滞在することになる。

菱田毅斎の家から江馬蘭斎の許に使いが来て山陽が到着したことを知らせた。それを聞いた細香はすぐその翌日、降り止まぬ雪の中を山陽に会うために菱田宅を訪れる。八歳になる甥の益也をも山陽に会わせようと連れて行くのである。細香の胸の中には山陽に訊ねたいこと、教えてほしいことが山のようにあるのだった。

それは山陽が江馬家に滞在中、二人の間で話題になった和歌のことであり、紫式部や清少納言のことであり、また細香と同じく漢字を並べて詩を作る清の国の女の人のことであり、先頃父蘭斎が名古屋にいる山陽の許に送った自作の詩画についての感想であった。――あれもお聞きしたい、このこともお訊ねしなければ――

細香の胸の中には師山陽に対する問いかけが次々と湧き上ってくる。しかし細香は気がついていないが、それらは一切どうでもいいことであり、山陽に会いさえすれば一時にぱっと眼の前が開けるという熱い期待が彼女をつき動かしているのである。無意識の中に、彼女の胸の中で抑えに抑えられていた何かが、山陽に向ってほとばしるのである。それはこれまでに出会ったどんな異性にも抱いたことのない、はじめての感情であった。

細香はその時すでに二十七歳である。その独身生活は半ばは自分で選んだ道である。蘭斎の娘にふさわしい幾つかの縁談も、好きな詩画の道に精進したいという理由で断った。また細香の婿養子にと蘭斎が決めていた従兄の松斎に対しても、妹の柘植子が彼を慕っていると知ると、妹のためにと自分を抑えて一歩退いた。妹のためにはいい姉、父蘭斎にとってはいい娘、そして名婦伝に讃えられるような行いの正しい立派な女になろうと細香はいつも努めてきた。それに加えて、生活の苦労も責任もなく、日々好きな詩画の道にいそしむという、人も羨む境遇である。

しかしそれだけで人は生きてゆけるものではない。二十七歳になって、彼女は自分の中に少しずつ空ろな部分が広がってゆくのを感じはじめている。これまでどおりの詩画の勉強を続けてゆくことに、あてどのない不安を感じはじめている。

——幼い頃、私は父さまにほめられることが嬉しくて、ただただそのために画を書き、字を習った。他所の人が私の書いたものをほめて下さって、父さまの喜ぶ顔が見たかった。十歳を過ぎた頃だった。和蘭語こそは学ばなかったが、蘭学というものについて父さまからさまざまに教わった。前野蘭化先生のことなどいつも聞かされた。あの難しい序文を清書させられたのは十一歳の時だった。あれは蘭化先生の『和蘭訳筌』に付された父さまの序文で、子供心にも何と難しい文章、何と難しい文字、と泣きたくなった。それでもようやく清書し上げると、父さまは見事じゃ、見事じゃ、と言われて、どこかへ差し上げられた。京都の玉潾《ぎょくりん》上人の御指導を受けるようになって、私は勉強にうちこんだ。妹が結婚することになり、私は心を動かされまいとなおなおその道に励んだ。毎日、何時間も机の前に坐り込んで、清国の画譜を何冊も写し取って、腕が痛くなるほどだった。私はいい人、立派な人になろう、立派な詩や画を作ろうとそれだけを考えて努めてきたのだ。しかし何のために私はそうしてきたのだろうか、私はずっとこのままでいいのだろうか、誰か教えてほしい、何故かしきりに心がせかれる。こんなことを話しても耳を傾けてくれる人がどこにいよう――

心を打ちわけて話し合える対等の女友達もなく、細香は孤独だった。


城下に入るまで雪の道には人影もなかった。城下に入ってから供の常助が駕籠をみつけてくれて、益也をのせ、細香ものった。足袋も着物の裾も濡れていたが、苦にはならなかった。

城下を通り抜け久瀬川の菱田毅斎の家につく頃に雪が小止みになった。案内を乞うて、袂から手拭を出して益也の頭髪を拭ってやる。合羽をぬがせ、袴の裾についた泥をふいてやっていると、奥の座敷の方で何か楽しげにどっと笑い合う声がした。

「伯母さま」

益也が細香を振り返って嬉しそうににっこりした。寒風の中を来たためか鼻の頭が赤くなっている。

「益也。寒い中をがまんして、えらかったのう」

彼女は幼い甥をいたわって、額についていた雫を払ってやった。その時、奥の座敷から誰かが急ぎ足に出てくる気配がして、彼女が振り向くと、そこに、衝立のそばにいきなり山陽が立っていた。

「あ」

と言ったまま手をとめて、細香は山陽の眼に見入ったまま立ちつくした。とっさのことで挨拶の言葉も出ない。

「まあ、まあ、多保さま、この雪の中をどうやってみえられましたか」

横手の方から毅斎の妻女が婢にたらいの湯を持たせて入って来たので細香はほっと救われた。子供の頃からの知り合いであるその人の顔をみると彼女も急に気持がほぐれて、突然の訪問の詫びを言った。

「こんな日に……と思いましたが、この子がどうしても山陽先生に画を描いて頂くのだと申しますので……」

と、自分より甥のせいにして父、蘭斎からの言伝を伝え、常助に持たせた手土産の品を渡した。ふと気がつくと山陽の姿はそこにはもう見えなかった。

足を拭って上り、衣服の乱れをととのえていると落着きが戻ってきた。毅斎、山陽らのいる座敷へ入ると礼儀正しく師山陽へ挨拶をのべ、父蘭斎からの言葉を伝える。山陽も居ずまいを正して丁重に挨拶を返した。

「多保どの、ようみえられた。さあもっとお進みなさい。これは益也君だな。しばらく見ぬまにいかい成長なされた」

毅斎がしきりにすすめてくれる。子供の頃からの細香をよく知っているこの人の前では細香もとり澄してばかりはいられなかった。

席上はついさっきまで交されていた歓談の名残りがまだ漂っているような、いきいきした雰囲気で、畳の上には揮毫のための硯や紙、扇面など置いてあり、毅斎の自慢の美濃焼の大皿や壺も二、三点置いてある。細香の大好きな雰囲気である。

改めて主客の間に盃がやりとりされ、細香の盃にもなみなみと酒が満された。

雪のためか集った人も少なく、話は一そう親密にはずむ。細香は師の言葉を一言ものがすまいと聞き入った。じっと聞いていると、この家へくるまでの思いつめた、飢えていたような気持が次第に満され、蘇るように感ずる。

——こんなお話を私だけで聞くのはもったいないような。父さまにもお聞かせしたい——

益也はこの日、「山陽先生に画を描いて頂くのだ」と言って、扇子をしっかりと握りしめて行った。山陽は喜んで描いて上げようと約束した。ところが山陽は盃を傾けながらの話に熱が入って、なかなかその約束を果さない。益也は子供心に待ち切れずに催促する。細香がはらはらしてたしなめる。山陽はうるさがらずに、

「今しばらくして……」

と益也をなだめながら話している。

「……やはり硯と墨はあのような品をこそ名品と言うべきでしょう。墨が良くなければ筆は滞りがちですし、また硯が良くなければ墨はよく潑しません。硯は墨を磨ればよく、墨は筆を潤おせば足るという人も多いが……」

ここで益也がしびれを切らして山陽の袖を引っぱったので毅斎や俊蔵が笑い出した。

「頼先生、どうでもここは一筆お願いしなければ、益也君が納りません」

そこで山陽はようやく筆を取って益也の扇面に山水の密画を描き、着色して更に次のような賛をした。

「癸酉閏月大垣寓居に写す。蘭翁令孫阿益の為なり。阿益裁《わず》かに八歳。余の画を需《もと》めて已まず。亦以て三重の翰《かん》墨《ぼく》の縁を結ぶに足る也」

蘭斎、細香、益也と三代にわたって、書画の縁に結ばれたことを称えている。事実、益也も、その弟の千次郎も後年、山陽の門人となった。益也は後年、随筆『藤渠漫筆』の中で、この雪の日のことをなつかしく回想している。

細香はこの日の帰り道、自分が山陽に訊ねなければならぬと思いつめていたことを、一つも訊ねなかったことに思いあたった。それにも拘らず、すべてが納得がいったように満ち足りて、心は平らかであった。けれどもこの日山陽が彼女と眼を合せることを避け、直接話しかけるのも少なかったことにも思いいたった。

山陽は大垣を去るに当って細香に次の詩を贈り、来春京で会うことを期待している。


「重ネテ細香女史ニ留別《リユウベツ》ス」

宿雪漫漫隔謝家　宿雪　漫漫トシテ　謝家ヲ隔《ヘダ》ツ
離情欲叙路程賖　離情　叙《ノ》ベント欲シテ　路程賖《ロテイハル》カナリ
重逢道蘊期何處　重ネテ道蘊《ドウウン》ニ逢フ　何処ニ期セン
洛水春風起柳花　洛水春風　柳花ヲ起ス

細香を晋の謝安石《シヤアンセキ》の従妹で才媛のほまれのあった謝道蘊《シヤドウウン》に擬し、来春、白い綿のような柳絮《りゆうじよ》の飛ぶ頃、京都で逢うことを期待している。細香の胸にも当然のように、ある強い期待が生れた。

それにも拘らず、この二人の縁がついに結ばれなかったことについて、その後多くの人がそれぞれに推しはかっている。

山陽が人を介して蘭斎に、細香を妻にしたいと申し込んだが、蘭斎は無頓着に断った。

「何しろ尾張藩家老の子息との縁談も、大坂の大商人との縁談も見向きもしなかった娘であるから、相手が頼氏でも無理であろう」

と。後で娘の気持を知り驚いて、翌年京へ人を上らせたが、すでに山陽は梨影を迎えたあとであった、という話がある。

また、蘭斎は山陽を細香の夫たる資格がないとみたわけではないが、才人同士の家庭は理想的でない、として、その娘を愛するあまりに前途を慮《おもんばか》って許さず、細香もまた父の言葉に従順であった、と徳富蘇峰はその著『女詩人』の中に書いている。

またある人は、友人の小石元瑞たちが細香のことを聞いて、
「そのような婦人では風流三昧の話相手にはよいが、今のような経済状態では切り盛りするのは無理であろう」
と現実的な忠告をして、慎しい、やりくりの上手な江州生れの梨影をすすめたという。

また一説には、山陽自身が、求婚しても必ずや蘭斎の拒絶に会うであろう、と見越して初めから申し込みを断念したという。

一つ一つ、それぞれに考えられる理由である。『山陽詩鈔』の中に、唯一つ失恋の詩だと言われている詩がある。

蘇水遙遙入海流
櫓聲雁語帯郷愁
獨在天涯年欲暮

蘇《ソ》水《スイ》遙々《エウエウ》　海ニ入リテ流ル
櫓《ロ》声《セイ》雁《ガン》語《ゴ》　郷《キヤウ》愁《シユウ》ヲ帯ブ
独リ天涯ニ在リテ年暮レント欲ス

一篷風雪下濃州　　一篷《イッポウ》ノ風雪　濃州ヲ下ル

十二月の初め、菱田毅斎の家を辞し、大垣船町の港から船にのった。水門川、揖斐川を下り、更に木曽川を下って桑名に赴いた。その時の詩である。苫舟に独り身を托して木曽川を下る。故郷を遠くはなれ、両親ともまだ和解していない。天涯孤独の思い。恋を得た人の詩とは思えない。細香に与えた留別の詩の明るい期待と、この詩の憂愁の気分と、山陽の心も明と暗の間を大きく揺れ動いているようである。

縁談不成立の事情は誰でもあまりはっきりと語りたくないものであろうか。筆まめな山陽にもその間の事情をはっきりと書いたものはないらしい。細香の方もまた同様である。

いずれにしろ、事は細香の意志とは無関係に運ばれた。

山陽は細香との結婚が成らずと見ると、翌文化十一年の新春には小石元瑞の紹介で十八歳の梨影を内妻として迎え入れた。細香とのことから受けた痛手から立ち直るため、心の均衡を取り戻そうと急いでいるように見える。恐らく山陽は一人傷心に沈んでいることなど出来ない時期にあったのではないだろうか。これから学者として、詩人として世間にのり出して行かねばならぬ、己れの気分で生活を乱していられない時期であったのであろう。しかし細香に対する愛と執着がこれで断ち切れたわけではなかった。

文化十一年二月半ば、細香は山陽の招きに応じて京に上った。二月末の一日、山陽は友人の武元登々庵とともに、細香を誘って嵐山へ花見に行く。

その時山陽は次の詩を細香に与えた。

山色稍瞑花尚明　　山色稍瞑クシテ　花尚明ラカナリ
綺羅人散各歸城　　綺羅人散ジテ　各々城ニ帰ル
渓亭獨有吟詩伴　　渓亭ニ独リ吟詩ノ伴有リ
共剪春燈聞水聲　　共ニ春燈ヲ剪リテ　水声ヲ聞ク
暮歸話舊歩遲遲　　暮レテ帰ル　旧ヲ話シ歩遅々タリ
挿髻櫻花白一枝　　髻ニ挿ス桜花白一枝
濃國相逢如昨日　　濃国ニ相逢フ　昨日ノ如シ
記君銜雪訪吾時　　記ス　君ガ雪ヲ銜キテ吾ヲ訪レシ時

（江馬家蔵『山陽先生真蹟詩巻』より）

細香は後々までもこの詩を読み返すごとに、最後の一行の切迫した響きに雪の日の自分の思いつめた姿をありありと思いおこし、若かった自分をいとおしく思うのだった。

この詩はその後『山陽詩鈔』に収録される時、次のように改作された。

「武景文細香ト同ジク嵐山ニ遊ビ旗亭ニ宿ス」

山色稍暝花尚明
綺羅分路各歸城
詩人故擬落人後
呼燭溪亭聽水聲

山色稍暝クシテ　花尚明ラカナリ
綺羅路ヲ分チテ　各々城ニ帰ル
詩人　故《コトサラ》ニ人後ニ落チント擬《ホツ》ス
燭ヲ呼ンデ　渓亭ニ水声ヲ聴ク

それは詩作品としての完成を期したためか、山陽の故意の創作か。いずれにしてもこの詩のために細香は山陽と嵐山に一泊したと言われることになった。

第四章　父と娘

「貴方、この頃お多保がふさぎ込んでおりますが、御存知でございますか」

さのが書き物をしている蘭斎の横からそっと声をかけた。それからさのは金火箸でのびた燈芯を剪《き》った。壁や障子にうつる物の影が一時にゆらゆらとして、それから明るさが増した。

「どうしたと言うのだ。何もふさぎ込むことはあるまい。京から帰った夜もずい分と楽しかったと話していたばかりではないか。何かあったのか」

蘭斎は手写している蘭書の頁から眼をはなさずに答えた。蘭斎はあまり気難しい男ではない。妻のさのが自由に彼の書斎に出入りして、勉強中の彼に声をかけても叱らない。適当に相槌をうちながら仕事を進めてゆく。時には黙って妻の話すにまかせている。

机の上の蘭書は『蒲蘭《ブランカール》瓜律内科書』である。細かく横罫を引いた和紙に毛筆で、解読した頁から写してゆき、訳文を書き込む。しかしこれは楽な仕事ではない。日本の文章とは語順の異る和蘭語の文章を理解するために、一語一語分解したり、組み立て直したりすることもある。新しく出てきた単語は別に美濃紙を折って綴じた単語帳に書き記す。単語帳の記入も独得の分類法を考え出した。

bli……juen　残る

……xem　稲妻

blo……eden　血が出る

……ed　血

単語の初めの三字を索引のようにして、後に続く字を接尾語のようにして書く。これが蘭斎自身に最もわかりやすいやり方なのであった。単語帳は数冊になり、書き込んだ単語はすでに一万語をこえた。細かい仕事ではあるが、蘭斎はまだ眼鏡を用いていない。

机の傍には蘭斎の初めての訳述書となるはずの『五液診法』の下書きの稿本が書類籠に入れておいてある。これは和蘭語の医書ボイセン著『プラクテーキ』（内科診療の実際）（H. Buysen; Practijk der Medicine）からの部分訳である。この書は前野良沢のすすめで高崎藩医、嶺春泰が翻訳を始め、その歿後、大垣藩医の吉川宗元がうけつぎ、更に吉川宗元も未完で歿したので蘭斎がその訳業を完成することになった。蘭斎はすでに文化元年（一八〇四）に大垣藩町奉行所へ『五液診法』の開板願いを出した。それ以来十年余り、孜々《しし》としてこの仕事に取りくんでいる。その内容は「人体の排泄物についての論」で、主として尿と便の検査法に関するものである。

「小溲《ショウソウ》ヲ診スルノ法第一」

「夫《そ》レ医ノ最モ要トスル所ノモノハ凡《オヨ》ソ病ノ候ト先兆トニ従ヒテ其由テ発スル所ノ可否ヲ分別シ……」

に始まる総論があり、尿の質、量、色、臭、味から診断する法が述べられている。蘭斎はこの訳述の漢文訳を上梓し、更に和文訳を上梓するつもりでいる。

その前年、文化十年（一八一三）に頼山陽が訪問し、江馬家に滞在中に、蘭斎は『五液診法』の漢文訳の文章を山陽に見てもらった。彼の机の傍にある原稿には山陽が朱筆で各所に文章上の批正を施している。残りの部分も見てもらう約束ができている。蘭斎と山陽、異る分野で仕事をする二人の学者が、ここで異文化を取り入れるための協同作業をすることになった。

蘭斎はブランカールの内科医書を訳述すること、『五液診法』の原稿を練り直すこと、この二つの仕事のどちらかを毎晩やっている。またそのどちらにも気の向かぬ時には、背後の棚にある帳面をとり出して、患家への往診に行く途中に目撃したこと、読んだ書物の内容、藩医として城へ出仕した日の記録などを書きとめる。またふと思いついた漢詩なども書く。江戸時代の医家の多くはまた儒家をも兼ねていたというから、蘭斎にとって漢詩文は基礎的な素養である。目にふれたことがそのまま漢詩の形となって意識にのぼってくる。蘭斎はそのままを書きとめる。上手に作ろうという気取りがないから詩の巧拙に深くはこだわらない。いずれものどかな出来ばえである。

「春日懐友」

芳草和風各自飄
水雲千里路程遙
不知冨士雪幾許
西望伊吹凍盡消

芳草和風　各自《オノオノ》　飄《ヒルガ》ヘル
水雲千里　路程ハルカナリ
知ラズ　冨士ノ雪　幾許《イクバク》ナルカヲ
西ノ方伊吹ヲ望メバ　凍リ尽《コトゴト》ク消ユ

「喜　雨」

旬餘炎旱萎田禾
酷熱如炊濕碧羅
河水急流昨夜雨
魚梁知是香魚多

旬余ノ炎旱《エンカン》　田禾《デンカ》萎《シヲ》ル
酷熱　炊《タ》ク如ク　碧羅《ヘキラ》湿《ウルホ》フ
河水急流　昨夜ノ雨
魚梁　知ル是レ　香魚多カラント

それは肩の凝らない仕事で蘭斎を楽しませた。帳面には「好蘭斎漫筆」と自ら名付けて大きな字で表紙に書いた。その帳面もすでに二冊目の半ばを埋めている。

夜、蘭斎は大ていはその三つの仕事のうちのどれかをやっている。旺盛に仕事をする人の常として、三つの仕事を同時にやりたくなって困ることもある。また時には娘の細香や柘植子をよんで、一つ灯火の下で唐詩や宋詩を読ませることもある。

七十歳を目前にした蘭斎は己れの使命を自覚し、慎しく満ち足り、そして孜々として仕事に打ち込む時間を愛していた。

しかし、妻さのの話はその夜の静けさの中へ一つの礫を投げこんだ。蘭斎はさのから聞かされた娘の様子に不審なものを感じて書物から眼を上げた。読みさしの机の上の蘭書はそのままに、妻の方へ向き直った。

「しかしだな、あれが京から帰ったのはついこの間のことだ。あの晩楽しげにみやげ話をして家中で聞いたではないか。お柘植もお前も羨しいと言うて、お柘植は自分も行きたいとまで言うておったぞ。そして寝る前にあれは俺の部屋へ詩稿を見せに来たのだ」

「昨夕のことでございます。私が縫い物の糸を切らしました。買いにやりますにも遅い時分ですし、お多保に借りようと思いまして、あの娘《こ》の部屋へ入りますと泣いておりました。これは悪い所を見たと立ちすくんでおりますと、あの娘はしばらく顔をそむけていましたが、すぐいつもの様子に戻りまして糸を出してくれました。それだけでございますが、あんなことは初めてで、びっくりいたしました」

「お前、何か気がついたことでもあるか、俺は多保のそんな様子は見たこともない」

「私も何か気がかりになりまして。その時は見ぬふりをいたしましたが、そう言えば京より帰ってからは時折引籠っております。今朝、それとなくお柘植に聞いて見ますと、どうやら頼様からの御縁談がうまくゆかなかったことが気に障っているらしいということで。松斎どのもそれとなく心を痛めておられるそうですよ」

最後は囁くように小さい声で言った。

「しかし何故不調になったかは、あれは承知していたはずであろうが――」

さのはそれには答えず、言葉を続けた。

「これもお柘植がそうっと聞かせてくれたのですが、この間、あの娘が京に上りました時に、頼様にはもう可愛らしい奥様がおみえになりましたそうな――」

蘭斎は黙りこんだ。

これまでの確固としていた自信が揺らぐのを感ずる。自分がなした判断に誤りはないと思う。そして娘もそれを納得し、父の判断に従ったのだから、事はそれですんだと蘭斎は思っていた。しかしそう思ったのは自分だけで、娘にとって事はすんではいなかったのか。娘の柔かな心を大きな斧で断ち切ったように感じた。断ち切られた娘の心は血を流しながらもまだ息づいている。

それは男親である蘭斎の手には負えない問題であった。

突然、彼は昔を思い出した。寛政四年（一七九二）のこと。蘭斎が新しい医学を学ぶために藩主の出府に従って江戸に下る時、六歳の多保と四歳になったばかりの柘植子が村のはずれまで見送りに来た。二人は、

「父さま、父さま」

と、いつまでも離れようとしなかった。その小さな汗ばんだ掌の感触さえ蘇ってきた。もう二十八歳にもなるその娘が、急に不憫でならなくなる。

「もし行きたいと言えば、多保をまた京へやることにしよう。常助にでも誰にでも供をさせて。昨日も京から手紙が届いていたではないか」

「でも、それでは貴方。奥様がおみえ遊ばす所へそう何度も多保が参りましては世間が何と申しますか。それに松斎どのもそう度々では藩へお届を出すのも憚られましょう」

「さの、考え違いを致すなよ。俺は多保を頼氏の弟子として入門させた。弟子が師に教えを乞いに行くのに何の遠慮があるか。多保は俺の娘だ。俺がよいと言うのだからそれでよい。世間を怖れることはない」

蘭斎は自ら恃《たの》む心の強い人間である。自分が理に適っていると認め、自分がそれをよしとすればそれでよい。新しい学問を学ぶ人間としての視野の広さもその自恃の心を裏づけている。世間の思惑に左右されない。

「お多保をここへ呼びましょうか。そして貴方のお口からそれを……」

「いや、それはよろしい。お前が気をつけていてくれればそれでよい」

蘭斎は、今、娘の顔を見るのは辛い、と思った。父親の力ではどうにもならないこともある。

妻が机のまわりの乱れを整えて退ってゆくと、蘭斎はまた机に向った。しかし蘭書の頁を開いたまま、筆をとらず、じっと灯火のゆらめくのを眺めている。幾つかの、立派な家柄からの縁談を断った娘が、頼山陽からの縁談が成立しなかったために打ち沈んでいると知って、彼の心は痛んだ。

——多保にはあれでいいと思ったのだが、俺は無慈悲な親であったのだろうか。もともと俺は甥の祥甫（松斎のこと）を多保の婿養子に、と考えていた。それ故祥甫には蘭学を修めさせ、また多保にはこの家を継ぐ者、蘭学者の家を守る者としての自覚を持つように育てたのだ。しかし妹の柘植が祥甫を慕っていると知ると、あれはこう言った。

「私は一生独り身で、好きな詩画の道に精進します。人の妻にはなりませぬ」

その時俺はそれを言葉通りに受けとって、それもよし、と思った。多保は気位も高いし、少し変った娘だ。華美で賑やかなことは好まない。よそ目には少しとっつきにくいくらいの娘だ。あれには世間一般の女子のように、夫の機嫌をとらせたり、子供の襁褓《むつき》の世話をさせたりせずに、一生好きな道を歩かせるのもよかろう。俺はそう考えた。だから頼氏からの縁談を俺が勝手に断った時もあれは、

「父様のおっしゃる通りでよろしうございます」

そう言ったのだ。おれはその言葉の裏を考えなかった。後になってそれほど悲しむとは思いもしなかった。己れの娘といえども、女子の気持は計り難いものじゃ。

だが、何度考え直しても、あの男に多保を添わせることには無理があると思う。

頼山陽、彼も世間で言うほど悪い人物ではない。親不孝、主不孝、放蕩、極道もの、うぬぼれの高ぞれ。この家に来た客の口からも幾度かその噂は聞いた。あの立派な親御の心痛が思いやられるような噂だった。しかし、噂にされるだけの値打ちは充分持っている人物だった。ただの極道者なら噂にもならない。一晩語り合っただけで、あの人物の衆に擢んでた天分、その学問と見識の高さは俺にはすぐわかった。だから俺は、己れの最初の訳述書となるはずの文章の評閲を乞うたのだ。あの人物は

俺の期待に充分応えてくれた。あれは確かに実力のある人物だ。悪い噂があるからと言って、あの男はそれを恥ずる必要はない。そんなことは男の恥ではない。しかし京、大坂には料簡の狭い儒者どもが多くて、あの人物もずい分と窮屈な目に遇っているらしい。気の毒なことだ。一人前の男にとって世に容れられぬことほど辛い、気を腐らせることはないからな――

　蘭斎にも蘭学修業を終えて帰郷してから、

「あれは乱暴医（蘭法医）だ」

「絵馬医者（はやらぬ医者）だ」

と言われて、全く患者の寄りつかなかった苦しい時期があった。

――しかしもとはといえば、それもあの男の身から出た錆というものだろう。が、そこの所がまた俺には面白い。男は誰でも身から出た錆を背負ってゆくものだ。誰に助けてもらえるものでもない。だが、この俺の気に入ったからといって多保をあの人物に添わせることは難しかろうと俺は判断した。

　あの男の際立った才と、あの我の強さではまだまだ他人の譏《そし》りを受け、世の荒波をかぶることが多かろう。ところが多保ときた日には、凡そ世の荒波から身を守る術を知らぬ。人を信じたら一本やり、詩画の話となったら時の経つのも忘れている。世帯のやりくりなどおよそ出来そうもない。しかしそれでは一家の暮しは成り立たない。どこの家でも暮しを支えるのは内儀の力なのだから。もしそれが出来ない日には多保の落度となる。多保がやりくりに懸命になれば、今度はあれがずたずたに引裂かれるだろう。それではあれの立つ瀬があるまい。

それに、あの人物は何か行く末、危険な場所に身を置くことになるのではないかという怖れもあった。ことの善悪、正邪とは別に、あまりに際立った己れの才のために危険を招く人物も世の中にはままあるものだ。

あれを考え、これを考え、俺はやはり多保を自分の翼の下に置いておくことにした。多保もそれを納得し、承知した筈であったが。

しかし、何と言っても俺の本心は、あれを他家へ取られたくはない。多保は俺の娘だ。江馬の家の者だ。たとえ相手が尾張藩の家老の息であろうと、大坂の大商人であろうと、俺の本音はそうであった。長男の門太郎が早逝したのは致し方のない天命であったが、二人の娘たちは何としてでも手許に置きたい。数少い俺の血筋をこれ以上散らしたくはない——

大垣藩の数ある藩医の中でも上席にあり、実力のある医師として世間の信頼の厚い蘭斎も二人の娘のことになると綿々として思いはつきないのだ。彼の場合、ことに長女多保への愛着と連帯感は強い。古い家族制度の下では、その家の長女は、長女なるが故に特別の地位を占め、ことに深い両親の信頼と束縛をうけるという例が数多くあるが、蘭斎の細香への愛着には更に強い感情が加わるように見える。

しばらくして蘭斎は深い吐息をついて立ち上ると、後の棚に置いてあった細香の詩稿を手にとった。

京から帰った日の夜、仕事を終えて休もうとしている所へ、細香が来て、

「山陽先生に批正をしていただきました」

と言って差し出した。受け取った蘭斎がいつものように、

「どれどれ」

と灯火にかざして声を出して読みはじめると、笑いを含んだような声で細香が、

「父さまの御批評は結構でございますよ」

と言う。

驚いた蘭斎が娘の顔を見ると、敷居ぎわに膝をついていた細香はいたずらっぽい眼で父を見て、

「山陽、登々庵両先生に、たんとおほめをいただいてきたのですから……」

「こいつめが」

蘭斎は急に愉快になって笑った。

彼は詩を作ることも、読むことも好きである。そして自分を詩のわかる人間だと思っている。その蘭斎が、細香の詩には内心で舌を捲くことが屢々《しばしば》あった。それでも一応は父親らしく一言批評を加え、娘もそれを大人しく聞いてきたのだ。それがどうだ。娘はほんのしばらく父の手許を離れていただけで、京から帰ってくると別人のようにいきいきした顔をして父をやりこめようとする。蘭斎は娘のそんな変化を見て半ば驚き、頼もしい話し相手が突然現れたような喜ばしさを感じて快活な気分になった。そして細香を山陽の門に入らせた自分の措置に誤りはなかった、と喜んだのだった。

その娘が人知れず泣いていた、という妻の話が彼を深く狼狽《ろうばい》させている。

――あれ以来、忙しさにとり紛れて、ゆっくり読んでもやらなんだ――

こよりで綴じた詩稿の最初の作品から読みはじめる――こんな時、男親は他に何をしてやることができるだろうか――

「甲戌仲春陪山陽登々庵両先生観花於嵐山」

蘭斎ははじめ黙読し、次に声を出して読む。

微風晴定淑光和　　微風　晴定《セイサダマ》リテ　淑光《シュクコウ》和ス
小隊輕裝取次過　　小隊軽装シテ　取次《シュジ》ニ過グ
不恨看花三日早　　恨ミズ　花ヲ看ルニ　三日早キヲ
滿枝開遍醉人多　　満枝《マンシ》開遍《カイヘン》スレバ　酔人多カラン

蘭斎は眼を閉じた。娘が嵐山でその全身に感じとった馨わしい微風、柔かな日射しがそのまま蘭斎の書斎に満ち、五分咲きの桜の下での清らかな詩宴が目に浮ぶ。自分も昔めぐり会った都の春が偲ばれた。

次の詩稿へと目を移す。

「山陽先生宅観桜」

雨歇春園滴未乾
翠爐烟冷夜香殘
暫雲礙月花梢暗
倩燭簷頭自在看

雨歇《ヤ》ミテ　春園　滴《シタタ》リ未ダ乾カズ
翠炉《スイロ》　烟《ケムリ》冷ヤヤカニ　夜香残《ヤコウザン》ス
暫雲《ザンウン》　月ヲ礙《サヘギ》リテ　花梢暗《カシヨウクラ》シ
燭ヲ倩《カ》リテ　簷頭《エントウ》　自在ニ看ル
（倩リ＝借り、用いる。簷頭＝軒端）

山陽が朱筆で批点をほどこしている。蘭斎の眼がじっとこの詩にそそがれた。声に出して読むのが憚られるように感ずるのは思いすごしであろうか。

嵐山での観花の詩の和やかな明るさに比べて翳りがある。雨に濡れた花の冷艶な美しさ。花々はみな露を含んで、重く俯向いていたのだろう。冷えた火桶、月がかげって暗い庭。軒端で手燭を借りて花を見ている娘の姿が眼に浮ぶようである。京で自分の娘が冷たくあしらわれた、などとは思わない。しかし先刻の妻の話が彼の心を重く支配している。燭を手渡してくれた人は誰なのであろうか。

蘭斎はそれ以上読み進むことを止める。はたと詩稿を閉じた。

蘭斎は細香を幼時から詩画の道に進ませたことについて、それが良かったのかどうか、さまざまに思いをめぐらすのだった。

二人の娘に最初に読み書きの手ほどきをしたのは他ならぬ蘭斎自身である。幼い娘達は忙しい父が暇を作っては傍にいてくれるのを喜んで、筆を持つことを娯しみとした。ことに感受性が強く、三歳で兄と母を前後して喪った淋しさを知っている長女はよけいに父を恋しがり、蘭斎もまた不憫さが増した。

ある時ふと気がつくと幼い多保が襖や衝立《ついたて》のかげをのぞきこんでは小さな声で、

「にいさま、にいさま」

と探している。はて、何をしているのだろうと考えて、蘭斎ははっと胸をつかれた。娘はまだ兄の死を理解せず、遠くへ行ったとだけ聞かされていた。その兄がもう帰って来たかと探しているのである。まだ元気だった頃の長男の門太郎が、よくかくれんぼや鬼ごっこをして幼い妹を遊んでやっていたことがあった。そして「にいさま、にいさま」と後を慕って兄を追いかける幼い多保を、その足許を危がって、生後間もない次女の柘植子を抱いた妻の乃宇がまた追いかけていた。

――ほんとうにあの頃は楽しかった。この家一ぱいに幼い者たちとその若い母親の幸せな笑い声が満ちていたのだ――

その後半年も経たぬうちにその中の二人が前後して帰らぬ人となった。それはつい昨日のことのように記憶に新しい。

突然、気丈な蘭斎の眼に涙が浮んだ。

「多保、こちらへおいで、兄さまはもういないのだよ」

呼び寄せると彼は娘を抱き上げ、その小さい躰をしっかりと抱きしめた。幼子の躰のぬくもりが彼の胸に伝わる。父の切なさがわかったのか、兄の死を理解したのか、娘がぽろぽろと涙を落とした。蘭斎は自分がどんなに大切なものを失ったかを改めて思い知らされ、失った悲しみを共にするのはこの娘だけなのだという思いが湧いた。三人の子までなした、八年も連れ添った妻、八歳にまで成長し、父の仕事を理解するようになった長男、この大事な者たちを二人までもむざむざと死なせてしまった、医者としての自分の力の足りなさが口惜しかった。

もらい乳ながら、よく肥えて新しい母に抱かれてすやすやと眠る妹娘のことはあまり心配にはならなかったが、感じ易い姉娘のことは絶えず心にかかった。

子供を遊ばせる術を知らぬ無骨な父は、手馴れた筆と紙とで花を描き、蝶を描いて相手をしてやった。文字の手ほどきもした。絵手本を買い与えると五歳になった姉娘はそれを何度も写し、

「よく描けた。多保は絵が上手だのう」

父が讃めるとなお一そう懸命に描いた。竹に二羽の飛ぶ雀を配したその絵は、童画らしいあどけなさの中に、いきいきした幼子の生命がこめられていて、蘭斎はそれを表装させ、時々書斎の壁にかけては娯しみとしていた。ある夜のこと、蘭斎が患家から帰ってきて居間に入ると行灯《あんどん》の障子に蘭の絵が描いてある。

——はて、これは——

と着更えも忘れてその前に坐った。おそらく多保の仕業であろう。しかしあまりの出来に別の人かとも疑う。だがこのような所に落書するのは子供しかいない。

「これを描いたのは誰か」

と聞くと返事はなくて、鞠のように走りこんで来た多保が袖でその絵を隠し、

「ごめんなさい、父さま、お許しを」

真剣な眼で父をみつめている。落書を叱られると思っているらしい。

「多保、心配するでない。父は叱っているのではない。あまりよく描けた故驚いて聞いたのだ。だがこんな所に描かずとも紙ならいくらもある。母さまに出しておもらい。それにしても多保はいつの間にこんなに上手になった」

娘は安心したのか父の懐にとびこんできた。

二人の娘とも物静かな後妻のさのによくなついて、蘭斎は新しい医学を学ぶために江戸へ下る決心がついた。細香が六歳、柘植子が四歳になった寛政四年（一七九二）、蘭斎は藩主戸田氏教に従って江戸に下り、許可を得て和蘭医学を修めることになる。その時蘭斎はすでに四十六歳であった。


当時の医学は言うまでもなく漢方が主流であった。漢方の中でも後世方《ごせほう》と言われる朱子学の影響を受けた、思弁哲学的な医学がその大勢を占めていた。それは陰陽五行の理や、五運六気によって病理を論じ、字義の解釈や究明に力をそそぐ医学であり、人体の内臓も五臓六腑と説明される。しかし後世方の医学に疑いを持つ革新的な医師達は古医方《こいほう》に転じた。古医方とは実験を重んじた秦漢時代の医学である。古医方に帰ることを主張する医師達は「親試実験」の標語をかかげて、人体の実際を究明

するために刑死体の解剖に立ちあうようになった。医学の真の発展のために、それは避けられない成行きであったが、このことは世の人々の大きな嫌悪感、忌避感を呼びおこし、従来の後世方を信ずる漢方医達からも大きな非難を受けなければならなかった。

そのような中で、宝暦四年（一七五四）、京都の古医方の医師、山脇東洋が刑死体の解剖に立ち合い、その時の観察をもとにして日本最初の人体解剖図譜『臓志』を著した。それに刺戟をうけて解剖に立ち合うものが次第にふえてきた。明和八年（一七七一）、前野良沢や杉田玄白らが江戸の骨ヶ原で刑死体の解剖に立ち合ったのもそのような時代の動きの中でのことであった。杉田玄白は骨ヶ原の刑場に赴く際に、その直前に手に入れたばかりのクルムスの解剖書『ターヘル・アナトミア』を携えていった。そしてその書と人体内部構造との正確な一致に深い驚きと感動を覚え、その書を翻訳、上梓することを思い立った。さまざまの困難をのりこえて翻訳がなしとげられ、上梓刊行されたのは三年後の安永三年（一七七四）のことである。『解体新書』の刊行は、より真実な世界に向って道を切りひらいた大きな第一歩であり、世の人々に大きな衝撃と影響を与えたのである。しかし杉田玄白たちはこの書を刊行するに際して、世の非難や、公の権力からの批判を避けるためにさまざまな、世俗的な工作をしなければならなかった。

江馬蘭斎も初めは世の多くの医師達と同様に後世方の医師となったが、それにあきたらず古医方に転じた。そして京や江戸の古医方家達の動静に熱い共感を覚えていたのである。蘭斎はもともと大そう意欲的な人であった。まだ漢方の医師であった頃、和漢の医学書の少ないのを嘆いて『太平聖恵方』（宋の太宗の命で編纂された医書）百巻を再版して世に弘めようと志し、二十巻まで刊行したが、大火にあって板木を焼失し、志半ばで終ったことがある。（註＝この書は長らく幻の書とされてきたが昭和五十三年、越後新発田藩の藩医の子孫長谷川エツさんが多くの和漢の医書を国会図書館に寄贈され、その中に確認された）

江戸に出た蘭斎はまず杉田玄白の門に入って『解体新書』の講義を受け、その説明の丁寧で精確なことに感銘をうけ、和蘭医学に転ずる志をいよいよ固くした。そして和蘭医学を学ぶにはまず和蘭語を学ばねばならぬと考えた。その翌年、人知れず根岸の里に住んでいた前野良沢を探し出して、その門人となった。前野良沢ははじめ容易に入門を許さなかったが、蘭斎の熱意を認めて門人とした。一旦門人となると良沢は大そう親切であった。その時すでに四十七歳になっていた蘭斎が、

「この年齢で新しい学問を始めることは、何と覚束ない、心細いことであろう」

と訴えると、

「自分が蘭学を志した時もそなたと同じ四十七歳の時であった。人は熱心に勉強すれば随分と大事を成しとげられるもので、年齢などは問うところではない」

と励した。蘭斎はこの言葉を忘れず、のちに娘や孫に、また門人たちにくり返し聞かせたのであった。

蘭斎は良沢の晩年の唯一人の門人であり、蘭斎は大垣に帰って後も、長く不遇な師前野良沢を援助し、慰めることを忘れなかった。

江戸から帰った年、蘭斎は七歳になった細香を連れて大垣郊外の赤坂村に矢橋家を訪問した。そこで徂徠《そらい》の書いた李白の詩「峨眉山月半輪秋……」を観賞し、その席で蘭斎は細香にその書を臨書させた。同席していた人たちが七歳の細香の聡明さと、その書の見事さに驚いて讃めた。蘭斎は嬉しかった。少し得意でさえあった。そして乞われるままに、娘の書をその家に置いてきた。

——この娘が男であったらなあ——

その思いが屢々蘭斎の脳裡をゆきすぎた。

細香の書画の見事さが大垣藩の家中でも噂にのぼるようになった。蘭斎は漢籍の素読も自ら授け、また蘭医の家を継ぐ者としての教育も心がけた。和蘭語を学ばせることはしなかったが、自分の和蘭語の師である蘭化前野良沢の生涯について、その人となりや業績についても屢々語り聞かせた。そして良沢の語学書『和蘭訳筌』に付する長文の序文を書き、それを細香に清書させた。

『和蘭訳筌』は前野良沢が和蘭語の初学者のために著した手引書であり、蘭斎が入門した時にもまず良沢からこの書を授けられて学び、そして自分の門人にもまた教科書としてこれを使っていた。蘭斎はこの書をいずれ自分の力で上梓刊行し、師の業績を世に弘め、後学の人の手引としようと考えていた。

そこで師の業績を称え、泰西の精緻な学問を学ぶにはその言葉に通暁しなければならぬことを長文の序文に認めた。

「和蘭訳筌序」（原漢文）

「泰西ノ文字僅ニ二十有五。ソノ体衡列《コウレツ》（横列）タルヲ以テ、右行シ万音尽《コトゴト》ク備《ソナ》ハル。
漢土ノ文字ハ凡ソ三万有余。ソノ体縦列タルヲ以テ未ダ尽《コトゴト》クハソノ音ヲ得ズ。
蓋《ケダ》シ天壌《テンジヤウ》ノ間、輿地《ヨチ》（大地）広大ナリ。乃《スナハ》チ分チテ以テ五大州トナス。人ソノ間ニ生レ、足ノ及ブ所、舟車ノ通ズル所、万邦《バンポウ》語ヲ殊《コト》ニス……」

で始まり、最後は、

「三野　春齢庵　江馬元恭謹序
　　女　多保　十一歳　　謹書」

で結ばれている。

このような難解な漢文で書かれた長い序文を、十一歳の細香がどこまで理解するか、そんなことに蘭斎は頓着しなかった。わかってもわからなくても、とにかく大人と同じ高い水準のものを叩きこむのが、蘭斎の娘に対する教育のやり方だった。子供だから、女だからとわかりやすくかみ砕いたり、水準を落したりはしなかった。十一歳の細香が、時折、溜息をつき、足にしびれを切らして清書したこの序文は現在も東京外語大の図書館に保存されている。

蘭斎のこういう教育が基礎となって、後に細香は前野良沢の伝記『蘭化先生伝』を書き、また父蘭斎の墓碑銘を作ることになる。それらはいずれも現在、医史学上の大切な資料の一つとなっているのである。

ともかくも、「和蘭訳筌序」は見事に清書されて蘭斎を満足させた。

――この娘は特別の女になるやもしれぬ――

蘭斎は娘を家中の子弟と同様に学問の道に進ませようか、と考えた。しかしさすがの蘭斎も城下に数多くある学問塾に彼女を通わせるということはしなかった。そして娘のために特別の師を選んで入門させることにした。

その師は京都東山の永観堂禅林寺の住職、玉泓《ぎょくこう》上人の門人で、玉潾《ぎょくりん》という人であった。玉潾和尚は詩文をよくし、ことに竹画に優れた人であった。そして細香はこの人に教えられて書画の道に精進し、かれに導かれて詩文の世界にも深く入り込んで行くのである。

これ以後の細香の勉強方法は描いた画や書を京都の玉潾和尚の許へ送って教えを乞うこと、また中国の画譜を手写すること、そして写生、模写など、書画の練習をすることである。そしてそれは夥しい練習量であった。

現在、大垣市江馬家に残された細香の手写本の一つ『青在堂画花卉翎毛浅説』を開いてみよう。花卉の部では、

「画花訣」

「枝帯花所生。枝葉花為主。写花若未称。枝葉妙無補。……」

「画蔕法」

「梅杏桃李海棠之類。其花五弁。蔕亦相同。即其蔕形亦干花弁尖者蔕尖。団者蔕団……」

丹念に手写し、図譜も丁寧に写し取っている。翎毛の部でもさまざまな鳥の姿態、木の枝にとまり、

身を翻す姿、水を浴びる姿、などすべて写し取っている。

この他にも『十竹斎画譜』『芥子園画伝』など、十代後半から二十代半ばへかけての精力的な勉強のあとがしのばれる。

こうした中で師玉潾和尚の影響をうけてか、細香自身の性格からかとくに竹を好んで描くようになりめざましい進境を示した。

後、文化七年の冬、細香二十四歳の時に玉泓上人が江戸へ下向する途中、大垣藤江村の江馬家に立ち寄ったことがある。その時蘭斎は娘ともども上人を歓待し、その席上、

「娘が年来高庇を蒙って竹画を学びましたが、この上如何なる法によって稽古させましょうや」

と問うと、上人は、

「画法は御息女これまでの稽古の他、別の法はございませぬ。経史《けいし》、詩文集の類、常に玩味せられたい。是れ即ち俗醜を除く法でございます」

と答えた。蘭斎はこの夜のことを「好蘭斎漫筆」に書きとめ、

「これ通俗画師の言はざるところなり」

と註した。書巻の気をことに尊ぶ南画としてはこれは正論であるといえる。

こうして細香は詩画の世界へといよいよ深く入っていった。

――しかし、多保に他に何をさせることができたか――

と蘭斎は思う。もともと婿養子を迎えて、家を継がせる気であったから、他家へ嫁にやる娘のように世間並の女のたしなみをしつけるのに熱心ではなかった。蘭斎自身そのようなことを軽んずる風がある。そんなつまらぬことをさせるより、二人の娘とも好きなことをさせる方がよい。もしくはあちこちへ自分が連れ歩いたり、客が来たら二人をその席に坐らせておく方がよほどよい、と思っている。

蘭斎の率直な人柄を慕って、または彼の新しい学問の風を慕って江馬家には人の出入りが多い。そして大垣は美濃でも最も文芸の盛んな土地柄なので来客があれば詩文の話がしきりに出る。すると蘭斎は二人の娘を呼んでその席に坐らせるのだった。

「おおこれはお嬢様方、何と利発そうな、よいお子たちじゃ」

客は必ず讃める。二人の少女のきれいに切り揃えられた黒い髪と、大きくはないが生き生きした眼とは客たちに快い感じを与えずにはおかなかった。しばらくして妹が倦きて出ていってしまっても、姉は黙って大人の話を聞いていた。少し取り澄して、白い額をかたむけて父の顔を見、客の顔を見、難しい話をじっと聞いていた。

細香の後年の文学活動と、文人たちとの交流における大胆で物怖じしない態度は、少女時代からのこうした環境で培われたものにちがいなかった。

その頃の普通の家の女の子はどんな暮しをしていたのだろうか。山川菊栄著『武家の女性』の中から一節を引いてみると、

「……女の子も満六歳になると手習いのお師匠さんへ弟子入りをする。十三、四にもなれば裁縫の稽

古にも行く。弁当もちで昼すぎまで手習いばかり。まずいろはを習い、それから百人一首、女今川、女大学、女庭訓《ていきん》、女孝経《こうきょう》（これらを和論語という）、まず読み方を、それから手本を習う。平がなばかり、変体仮名のつづけ字で読みにくく意味もわからずただ夢中で習う……」

これがほぼ当時の中、下級武士の子女、または町家の子女の日常である。文中にも出てくる『女庭訓』というものがある。有名な貝原益軒の『女子を教ゆるの法』。他に『女四書』『女かがみ』『女今川』など三十種に余る女子訓が、女子の行動、とくに武士階級の女子の行動をきつく規制している。

「……（女子は）いとけなきより身をおはるまで、わがままに事を行ふべからず。必ず人にしたがひてなすべし。父の家にありても夫の家にゆきても、つねに閨門の内に居て外にいでず。嫁して後は父の家にゆく事もまれなるべし。いはんや、他の家には、やむ事を得ざるにあらずんば、かるがるしくゆくべからず……」

しかし蘭斎はこれらの女子訓に一顧も与えていないように見える。

——女とは一人の夫に仕えて、その機嫌をはからって、子供の世話をして、それだけが務めだというのなら、多保のような女子は一体どうしたらよいのだ。あのように懸命に詩画にうちこんで、親の眼から見てもなかなか優れたものを描く。それが埋れるのはいかにも惜しい。多保は今のままでもよいではないか。山陽の門に入らせたのもその考えからで、間違ってはいないつもりだ——

しかし蘭斎の考えはここではたと行きづまる。それではこれからどのように娘を進ませたらよいのか。「あの人のようになってほしい」と思う手本が見当らないのである。

――女の中にも嫁がずに学問を志す人がないとは言えぬ。しかしそれで一廉《ひとかど》の学者になった女がいたとは聞かぬ。和歌や俳諧をたしなむ女も多い。それとて一家を成すまでには至らぬ。はるかに昔を見れば優れた歌詠みや物語作者として名を成した姫や女房たちがあるが、それはあまりに遠く、異った境遇で、我娘をそのように生きさせるというのも無理な話である。さて、どう考えたものか、それはあれ自身が決めてゆく他に道はあるまいが――

自己の生き方には確固とした信念のある蘭斎も、娘の生きる道、ことに他家へ嫁ぐという一番安全な道を進まなかった娘の行く末には一抹の不安を感ずることもあるのだった。

翌日、夕食の膳に家族揃って顔を合せた時、蘭斎はいつもと変らぬ落着いた細香の様子を見て安心する。

――昨夜の気づかいは無用のことであったやもしれぬ――

人知れず泣いていた気配も見せず、柘植子と話し合っている細香を見てそう思う。

「次郎さんは時々詩が出来たといっては私に見せに来るけれど、そんな内々の話は聞いたことがない。そんな相談ごとは貴女に持ってゆくのですね」

「そうなのです、お姉さま。以前にも身内の人が勝手に嫁を決めてしまって、それが気に入らぬ女だとこぼしにみえたことがあります。それも一大事のようにひそひそ声で話すものだから、何事かと思いましたわ。今度も早く在所へ帰れと矢の催促とか……。でも本人はまだここにいて修業したいそうですよ」

最後の言葉は左に坐っている夫の松斎に向けて言った。それまで二人の話を聞いていた松斎が言った。

「あの男は語学の方は近頃ようやく進歩が見えてきたが、あれで在所へ帰して医者としてやってゆけるかどうか、少々気がかりな面もある」

そして蘭斎の意見を求めるように顔を向けた。

「何と言っても蘭学は語学がその基礎じゃから、まだまだ修業は必要じゃ。在所へ帰っても怠らず勉学にはげむように、そして時々ここへ来るように言わねばなるまい。

しかし、あの男は根気もいいし、人物もいいが、どこか勘の鈍いところがあるのう。惜しいことに。医者には向かぬやも知れぬ。病人の顔色を見るにも脈をとるにも、鈍では勤らぬ」

蘭斎の門人は数多い。尾張、美濃、信濃、近江、それに京から来ている者もいる。彼らの中には年少の頃から住み込んで、家族同様に朝夕顔を合せる者もいるし、すでに自分の在所で医業を営む暇に、せっせと塾に通ってくる者もいる。

今、夕食の膳で話題になっているのは木田村の医者の次男、為次郎のことである。彼は少年時代から住み込んで、この家では次郎さんで通っている。地方の医家の子弟、つまり村医者の子弟には学力の乏しい者がいる。すると蘭斎は細香にその指導を言いつけることがあった。医者は何と言っても漢方がその基礎であるから、漢文が読めなければならない。為次郎も漢方の医書が読めるようになるまで細香が面倒を見た。近頃は松斎が和蘭語の手ほどきをしている。至極のどかな性質で、学問をするより幼い益也や千次郎の遊び相手をしている時が楽しそうだった。それが時々大失敗をする。いつかも益也を抱いて二階から降りようとして、益也の頭を梁にぶっつけて大きな瘤をこしらえさせた。

「抱いた子供の頭が己れの頭より高くにあることぐらいわからぬか」

蘭斎があきれて嘆いていた。

江馬家の門人たちにもさまざまの個性が集っていた。

「好蘭堂塾戒」と大書した板切れが入口にうちつけてある。

　高声雑語者笞
　俚歌戯謔者捶
　禁夏窓之昼眠
　戒冬炉之仮寝

それでも若い塾生たちは羽目をはずす。こっそりうたた寝をむさぼるものがいる。喧嘩口論、または放蕩のあげく破門になる者もいる。少しの暇に漢詩を作っては細香に添削を頼みにくる者がいる。為次郎のように柘植子に甘えて、頼みごとをしにくる者がいる。また遠慮して全く口を利かぬ人もあった。しかし大凡はみな勤勉で、塾ではボイセン著『プラクテーキ』、ムンチング著『アアルド・ゲワッセン』その他十数種の原書を使って水準の高い教育が行われていた。そしてそれは蘭斎の方針に添って、文法を重視した方法で行われていた。ここで教えをうけ、後に社会的に大きな活躍をした人が多い。小森玄良、藤林泰助など蘭学者として大きな仕事をした人であり、また後に丸善を創立した早《は》矢仕有的《やしゆうてき》も、この塾ではじめて異国の言葉に出会った人だった。

家族だけの夕食の集りにはよく門人たちのことが話題にのぼった。細香の思慮深い観察と、柘植子の鋭い印象批評とが話題をいきいきとさせ、黙って聞いているさのも思いあたることがあると笑い出してしまうのだった。そして蘭斎は自分の前では真面目くさっている門人たちの思いがけない側面を聞かされることが多かった。

食事を終えたあと、蘭斎は細香に彼の書斎へ来るようにと言いつけた。彼は細香の山陽に対する気持をことあらためて聞きただそうなどと考えたのではない。前々から溜っている書き物の写しをさせようと考えただけなのである。

夜更けて、心配したさのが二人に茶を持って書斎へ入って行くと、彼女はそこに、一つ灯火の下で蘭書の解読に熱中する蘭斎と、書き物の写しに精出す細香の姿を見出した。

静かな部屋の中に紙をめくる音と、さらさらと筆の走る音のみ聞える。

さのは何事もなかったような、何時もと変らぬ二人の姿に安心し、そして世間並から見ればやはり少し風変りなこの父娘のそばに、自分も静かに坐った。

第五章　ひなまつり

その年（文政三年、一八二〇）も秋が深まる頃、霖雨《りんう》が続いて、例年のように出水の恐れが人々を脅かした。長良川、揖斐川、木曽川の三川にはさまれた輪中《わじゅう》の村々では穫入れの前に水の出ることを恐れて稲刈りを急いでいるという噂が広がり、藤江の村人たちもせき立てられるようにして冷たい雨の中を稲田へと急ぐのであった。

家々の壁や土塀には、先年（文化十二年）の大出水の際の水の痕がいまだに緑色の線を引いたようにしみついており、長雨が続くとその痕がじっとりと湿りを帯びてくる。

その折の大出水には城下ではもちろん、藤江村でも多くの家々が床上まで浸水し、長い間水が引かなかった。そのため病人も出て大きな被害を残したのだった。

さいわい江馬家では地盛りを高くしていたため、わずかな被害ですんだが、心掛けよく、資力もあって地盛りをし、床を高く出来る家と、わかってはいてもそれをする力のない庶民の家とでは、受ける被害も異なり、惨状は目を覆うばかりのものがあった。せめて少しでも被害を少なくしようと、家々では普段から軒下に舟を吊して常備したり、水に備えて様々の工夫をこらしているのだった。

もともと濃尾平野は伊勢湾に発達した低地である。木曽、長良、揖斐の三川と、その多くの支流が運ぶ土砂が堆積して三角州を形成し、それが発達して平野をなした。一帯に低地で年毎に出水をくりかえす。この地方の歴史は、そのまま水との戦いの歴史でもある。慶長十二年(一六〇七)に尾張藩が木曽川左岸(尾張側)に御囲堤という大堤防を築いて右岸(美濃側)より高くした。そして徳川幕府の力を背景にして、美濃側の堤防を高くすることを許さなかった。それ以来、出水の度に美濃側に惨憺たる被害が出る。大垣藩の所領は長良、揖斐川の流域に点在するところから、その被害をまともに受けることになった。

水は堤防の切れた箇所から、褐色の奔流となって村々を襲うこともあったし、また多くの場合、正確に最低地からじわじわと浸透しはじめ、次第に水嵩を増していって人々を逃げ場のない状態に追い込んだ。

美濃側の村々では、地域ごとに輪中《わじゅう》と称する囲い堤を築き、また水屋といって高く地盛りをして石を築き、その上に住居や土蔵を建てて自衛していた。しかし部落ごとになお水をめぐっての争いが絶えず、堤防を一尺高くしたことが流血の惨事をひきおこす原因になった。

度重なる治水工事と、水害の後の凶作とで大垣藩の財政はいつも苦しかった。家臣の知行削減、倹約令が度々行われ、藩内の気風はことに質素であった。

さいわいその年は出水を見ずに秋も酣《たけなわ》となった。しかし松斎の亡くなったその年の秋は江馬家の人々にとっては一しお淋しさが感じられた。人々の胸にそのように淋しさを感じさせ、惜しむ気持を起させたのはひとえに松斎の人柄による。

松斎は優しく誠実で、家族の者それぞれによく気を配り、子供たちの養育にも細かい所まで配慮した。それに比べ、家付の娘である妻の柘植子は少し呑気で、鷹揚で、あまり細かく気を配らず、松斎の配慮を当然のように思っていた。松斎は藩主に従って江戸に下る時も、度々便りをよこすように、子供たちの様子もくわしく知らせるように、その時には町たよりに托す方が早くたしかに届くから、などと細かく指示して行くのであるが、柘植子はつい忘れ、月に一度くらいの便りになってしまう。すると、

「……月に一度の御たよりにてさんざんに待久しく、先年も弐度のたよりにても待遠しく……　三人の子どもたちそく才のよし一筆御したため御越し下され候よふ……」

と怨み言めいた便りをよこし、柘植子が笑って姉に見せたこともあった。松斎は旅に出るとはじめ心持がふさいで、食事も一時すすまなくなるほどで、文面には家族を慕う松斎の優しい気持が溢れていた。

柘植子はそんな夫の松斎にすっかり頼り切って甘えていたので、思いがけず夫を亡くしてからはその悲しみからなかなか立ち直れないのである。細香にとっても何事も遠慮なく話し合える従兄松斎を失った傷手は大きかったが、悲しみにくれる妹や幼い甥や姪、継嗣を失って一時呆然としている老蘭

斎を見ると、悲しんでばかりはいられなかった。その頃計画していた京都仮寓のこともついに口に出さず、父や妹を励すことに心を遣った。気を取り直した七十四歳の父が、再び家長として立ち上ると、家の者も徐々に明るさを取り戻した。細香自身も以前のように机に向うことが多くなった。

京にいる師、山陽から手紙と詩が送られてきていた。

その詩は、長崎に滞在中の清国の商人、江芸閣《こううんかく》が山陽を介して細香へ贈った詩であった。江芸閣から詩が贈られたのはこれがはじめてではない。はじめての詩はその前年、文政二年の春にきた。

能書能畫總文章　　書ヲ能クシ画ヲ能クシ　文章ヲ総《ス》ベ
有女清貞號細香　　女有リ　清貞細香ト号ス
京洛風華遊藝學　　京洛ノ風華芸学ニ遊ブ
此生不喜作鴛鴦　　此ノ生　鴛鴦ト作《ナ》ルヲ喜バズ
　己卯又清和月　細香女学士ニ寄セ贈ル
　崎陽客舎ニ出稿、姑蘇　江芸閣

江芸閣は清の姑蘇《こそ》の商人で、商いのため屢々長崎に来て滞在していた。詩文をよくする才人であったため、当時、長崎に遊学する学者、文人たちの多くが、伝手《つて》を求めて彼と詩を唱和することを好んだ。後に九州に遊学した山陽の友人、田能村竹田も、梁川星巌、紅蘭夫妻も、ともに長崎で江芸閣と交流を持った。しかし山陽が長崎滞在中は彼は清国に帰国していた。

江芸閣には長崎の花街花月楼に袖咲という愛人がいた。この女性は長崎で第一の名妓といわれ、多くの人の詩にうたわれている。才色兼備の、杏の花のようにあでやかな女性であったらしい。しかし山陽から細香のこと、細香の作る詩画のこと、そして細香の生き方を知らされた江芸閣は、花街の女性とはちがった、清新な魅力を感じたのであろうか。その感想が前年の詩になって贈られてきた。

清国でもこの頃になると詩画や学芸を志す女性が多くなり、詩人袁随園は何人もの女弟子を持っていることで知られていた。

そこで山陽は細香に答詩を作るように命じ、答詩の認め方、書法、落款《らっかん》の位置まで、書式の雛型を作って丁寧に指導し、細香と清人江芸閣との詩の唱和を成功させるように骨折った。

師、山陽の添削をへて細香の答詩が出来上り、長崎の江芸閣の許に送られたのは、文政二年の暮のことであった。

翌三年の春、細香の答詩に対して、再び山陽を介して江芸閣から詩が贈られてきた。その折の細香にあてた山陽の手紙には、

「此節江芸閣より去年の書牘《しょとく》の返事を催促申来候。日本人無沙汰愧入候。唐人は案外親切なるものに候。おまへ様へも畳韻の詩且憶といふ詩も参り候。海外知己といふべし。女といふものは人に可愛がらるるものと相見え候。令尊（蘭斎を指す）にお見せなさるべく候……」

江芸閣に細香のことを得意そうに吹聴して知らせたのは山陽自身であるが、芸閣があまり熱心に詩

を贈ってきて、その内容が細香に対する讃辞にみちているので、山陽も少しばかり苦笑しているように見える。唐人の婦人に対する態度はこのように親切なのが普通なのかもしれない。

多謝瓊瑤報短章　　多謝ス　瓊瑤《ケイエウ》短章ニ報ユルヲ
筆痕瀟灑墨痕香　　筆痕瀟灑　墨痕香シ
……………
清詩麗句好文章　　清詩麗句　好文章《コウブンシヤウ》
嫋嫋風懐字字香　　嫋嫋タル風懐　字字香《カンバ》シ

この詩に対してまた答詩を作らねばならない。早春の頃に贈られてきた詩であったが、義弟松斎の病気、死去ととりこみが続いて、まだ草案も出来ていなかった。細香は自分の部屋に引籠って、試験の前の女子学生のように緊張していた。

漢詩文を学ぶ以上、清国人との詩の唱和はいつか一度はしてみたいと願っていたことだった。自分の詩が清の人にも通じ、その国の人にも訴える力を持っているかどうか、細香にとって大へん気にかかることである。それに師、山陽の骨折りにも応えなければならない。——立派な詩にしたい。彼の国にもいるという女詩人たちに負けないものにしたい——

山陽に出会う前と、出会った後とでは、細香の世界は一変したといえる。以前は大垣を中心にした美濃地方の文人たちと、父、蘭斎を訪れる蘭学者たちが細香の知る世界であった。山陽に出会ってからは、彼に導かれて細香の世界は京、大坂へと拡がり、長崎へと拡がり、そして清国人との交流まで始まった。細香が気負うのも無理はない。

――かの国の人が読んでもおかしくない、見事な詩を作ろう――

細香が気負うほど、詩句は現実ばなれした大仰な字を選びがちで、彼女の得意とする、日常の真の姿を描く詩とは遠いものになる。しかし詩の主題はあくまでも彼女の生涯の主題。結ばれぬ愛への怨み。それをのりこえて詩画の道へ進もうとする決意。細香の生涯を貫く中心的な主題であった。

「再畳前韻奉答江芸閣先生」

天涯兩度領瓊章
五彩吟箋墨有香
…………
結他翰墨因縁在
何恨孤鴛不遇鴦
女兒何足接文章
自訝相知情意香
百度千回思不得

天涯両度　瓊章《ケイシャウ》ヲ領ス
五彩ノ吟箋　墨ニ香リ有リ

他ノ翰墨《カンボク》　因縁ヲ結ンデ在リ
何ゾ恨ミン孤鴛　鴦ニ遇《ア》ハザルヲ
女児　何ゾ文章ニ接スルニ足ラン
自ラ訝《イブカ》ル　相知情意ノ香シキヲ
百度千回　思ヘドモ得ズ

前身或是兩鴛鴦
停鍼聊欲報來章
先拂几牀先爇香
一片情懷達千里
乃知鴻雁勝鴛鴦

前身　或ハ是レ両鴛鴦
鍼《シン》ヲ停《トド》メ　聊《イササ》カ来章ニ報イント欲シ
先ヅ几牀《キシヤウ》ヲ払ヒテ　先ヅ香ヲ爇《タ》ク
一片ノ情懐　千里ニ達ス
乃《スナハ》チ知ル　鴻雁《コウガン》ノ鴛鴦ニ勝ルヲ

（鍼＝縫い針。几牀＝机。鴻雁＝雁のこと、または雁の便り。鴛鴦＝おしどり、男女の愛をさす）

この答詩は江芸閣が清へ帰国中であったため、長崎の文人、水野媚川の手を経て清国・姑蘇に帰省中の彼の許へ届けられた。その年は芸閣との詩の贈答で暮れた。

文政四年の春となり三月の雛の節句となった。まだ冷たい風が吹くが、うららかに晴れた日となった。

細香の部屋の障子にも明るく日が映える。彼女はそれまで閉ざしていた北側の窓も開け放った。

その窓から見える裏庭は父蘭斎の経営する広い薬草園である。その頃の医者の常として、蘭斎は本草学にも精通していたので、薬草園には二百種以上の植物があった。蘭斎には自筆の『本草千種』の著書もある。

広い薬草園で、朝からこつこつ鍬の音をさせて畑の手入れをしているのは老僕庄兵衛である。細香の部屋の窓の雨戸が開け放たれたのを見ると、彼は手を休め、体を伸して言った。

「多保さま、そこに見えられたか。その窓を開けられるとまだまだ風が冷たいですぞ」

「冷たくとも春の風、いい匂いがしています」

細香はそう言うと、胸いっぱいに春の空気を吸いこんだ。春霞のたった空に遠くの山々がうっすらと見える。

「爺や、去年の秋に植えた草はうまく根がついたかしらん」

「これを見て下され、旦那さまが信濃から持って帰られた草も、わしが伊吹山から採ってきた草も、これ、みな芽を出いて。このヤブランというのは丈夫な草で。このナルコユリもどうやら芽を出しそうな工合です」

庄兵衛が太いごつごつした指で畑の土を掘りかえして見せてくれた。

「あのヒカゲノカズラは失敗しましたわい。植える時期がおそかったで、すぐ霜におうて。薬草はこれでなかなか、気難しいものだで。それより多保さま、あそこをごらんなされ。おととし赤坂からいただいた芍薬も牡丹も、赤子の掌のような芽をだしとるで」

庄兵衛の指さす裏庭の一隅の日溜りに芍薬の赤い芽が簇生《そうせい》して、たっぷりと春の光を吸い込んでいた。庄兵衛の言うように、生れたばかりの赤ん坊が何かをつかみとろうとせいいっぱい手をのばしているようだった。そこら一面、地面が暖かさに満ちている。細香はそれを見ると気持がはずんで、子供の頃よくしたように、身軽に裏庭にとび出して、足裏に暖かい地面を感じてみたくなる。

「爺や、手伝ってあげようか」

窓に手をかけて言うと、

「滅相もない。こんな畑仕事は爺めにまかいて。ほれ、もうはやお客さまが見えられますぞ。早うお支度なされ」

と叱るように言った。古くからこの家にいる老僕は、まだ独り身でいる細香のことを本気になって心配する。

「桃の花は朝、爺が折ってきて井戸端のかめに挿してあります。千次郎坊っちゃまは〝がんど打ち〟じゃというて、勇んで出て行かれましたぞ」

庄兵衛の言う〝がんど打ち〟とは、士分の家の子弟の作る子供仲間の年中行事の一つである。仲間十数人が組んで雛飾りのある家を廻り、接待にあずかるのである。

夏の水泳会や納涼会、冬の夜ばなしや読会など、藩士の子弟たちのための年中行事は次々と催され、男の子を鍛え、社会的にも訓練することに熱心なのは、どこの藩でも同じであった。しかし女の子のためのそんな配慮は殆どない。女の子の節句さえも、きれいに雛飾りをして女の子は大人しく家にいる。「お雛拝見」と賑やかに叫んで、あちこちの家で接待にあずかるのは男の子で、結局は男の子の楽しみになってしまう。細香は幼い頃より、その日をいつも口惜しく思っていたものだ。

――あのように肩いからせて、思い通りに振る舞えたらどんなに快く、楽しかろう。男の子は羨しい——

幼い頃から書物好きの、大人しい従兄の祥甫さえも、その日ばかりは元気よく仲間と組んで、江馬家の雛飾りを拝見に来た。小さかった柘植子は大好きな祥甫を追いかけて、自分も行くといって大人たちを困らせた。その祥甫が蘭学を修業して松斎と名乗り、柘植子の婿として江馬家の人となってからも、細香と三人で昔の思い出話になると〝がんど打ち〟のことが出て笑ったものである。

今日は、その松斎の忘れ形見の甥や姪が、その楽しみをする。

——さあ、あの子たちのために早く支度してやりましょう——

細香は着更えをするために簞笥をあけた。多くはない着物をえらびながら、ふと、今日は親戚の女たちもみな集るだろう、と思った。何時頃からのことか、三月の雛の節句には江馬家の親戚の女たちもきまって顔を合せることが続いている。早くに母を失った多保、柘植子、二人の娘を慰めるためにそうなったと蘭斎は話していた。一般の武家とちがって、固苦しさのないこの家へ集ることを、女たちも楽しみにしている。ごく内輪の、気心の知れた人ばかりで、子供の頃細香も柘植子もその日を待っていたものだった。

細香は一ばん気に入っている青竹色の小紋ちりめんの着物を出して、ふと手を止めた。

——この着物は私に似合いすぎる——

昨夕、さのが細香に言った。

「おりとさまの御縁談が整いましたよ。明日は皆さまと心ばかりのお祝いを」

さのはそうさり気なく言ったのだ。

――そうすると、今日はおりとさんの内々のお祝いということになる。私はなるべく目立たぬように――

細香は着なれた、目立たぬ縞のお召を着ることにした。細香は華やかな着物は殆ど持っていない。蘭斎は、書物や、画材の絹や筆などを買うのに少しも金子を惜しまないのに、衣服や日常の贅沢はきつく戒めているので、細香も時には人前へ出るのに恥しくなるくらい、着物の数が少ない。その中でも今日は地味な着物を着た。

おりとというのは細香の七歳年下の従妹であった。細香たちの亡母乃宇《のう》の姪になる。彼女の母紀久は最初の夫とは早くに死別し、おりとを連れて二人の男の子のある下級武士に嫁いだ。そこでまた男の子を生んだ。夫である人は決して気の悪い人ではないが、暮しの貧しさからつい笑い声も跡絶え勝ちな家である。蘭斎はこの亡妻の姪のことを気にかけ、何かある毎に遊びに来るように、細香や柘植子と従姉妹同士を親しませるようにしていた。おりとは細香より若いのに、生さぬ仲の父親の許で苦労して、早くから大人びている。それで世帯の苦労も知らない細香は、時折、この若い従妹に脅かされる。おりとは細香の顔を見るときまって次のように言うのだ。

「多保さんはいいのう。けなるいのう。伯父さまに大事にされて、画を描いたり詩を詠んだり、好きなことをしてみえる。私など、弟の世話ばかりで何の楽しみもない。息が詰るようじゃ。たまに夜書物を開いていると父さまが油がもったいない、と言われ、話し込んでいると口数が多い、と気難しい顔をなさる。それに引きかえ、この家に来ると生命がのびるような気がする。多保さんはほんとにいいのう、けなるいのう」

細香はその言葉を聞くと、咎められているような気がした。自分が恵まれた境遇であることはわかっていた。有難いことだ、とも思っていた。しかしおりとの言葉を聞いていると、自分が彼女の分まで幸せを奪っているような、後めたい気持になる。それにつれて、いつも心の底にくすぶっている一つの思い――三十すぎて、未だに仕えるべき夫も、舅姑もなく、世話するべき子供をも持たない――というひけ目が強く意識に上ってくる。――三十もすぎて、自分の好きなことだけに没頭していられる。これでいいのかしら――

三従総テ欠ク一生涯

折にふれて心に浮ぶ、自作の詩の一節である。恵まれすぎているようで、何か大事なものが欠けている自分の状態に対する恨みとも諦めともつかない、この割切れない感情。それは早くから細香の心の底に影を曳いている。そして他人のためにいつも己れを抑えて我慢しているおりとのような存在に出会うと、反射的に引出されてくるのだ。柘植子の他には同年輩の女友達をほとんど持たない細香にとって、おりとの存在は貴重なものなのだが、おりとの相手をしているとひどく気疲れがしてしまうのであった。

その従妹おりとと、蘭斎の門人、稲川求迪との間に縁談が持ち上り、蘭斎の仲介で、ほぼ決りそうだと、細香はさのから聞かされていた。

箪笥から出して拡げた着物をまた畳み直して片づけてしまうと、中庭をへだてた座敷の辺りが賑やかになった。その中で蘭斎の妹、温井美与の声が一きわ大きく聞える。

「多保さん、多保さん」

と呼んでいる。

美与は亡くなった松斎の母でもあるから、この家とは二重の濃い血縁で結ばれていて、何の遠慮もない。

細香が急いで着更えをすませて行くと、温井家の幼い孫娘たち、それに美江寺の本陣であるさのの実家からも、さのの姪になるおゆいが来ている。この家の娘お松と同じ年頃で、娘たちはそれぞれに晴着を着てはしゃいでいた。

美与は細香の姿を見るといきなり言った。

「まあ、お節句と言うのに、そんな古ぼけた着物をいつまでも着て、もっといいのを作ってもらいなさい」

「もうそんな年齢ではありませんのよ、叔母さま」

「でも、お前さんはまだ嫁入り前ですよ」

と美与は少し声をひそめて言って、細香を苦笑させた。

「私がすすめてもこの人はこれでいいと言うて聞き入れないのですよ。それに旦那さまは一こうにそんな気がのうて」

さのが横から口をはさんだ。

「でも、多保小母さまは、そんなお召物をきちんと着てみえると、派手な着物の女の方よりよほどきれいなのはどうしてでしょう」

十歳をすぎたばかりのおゆいが夢見がちの眼で細香を見て言った。

「それはね、この人が書物ばかり読んでいて、自分が女であることを忘れているからですよ。お前さん方も気をつけなさいよ。この家のおじいさんは、この人を男と間ちがえて育てたにちがいない。ほんに、困ったおじいさんだこと」

遠慮のない温井美与の言葉に、幼い娘たちはころげるほどに笑った。いつに変らぬ、賑やかな女の祭である。細香も楽しくなり、桃の枝を井戸端から持ってきて大きな花瓶に挿して枝ぶりを直していると、門の辺りが騒がしくなった。やがて、どしどしと幼い足音がして、

「お雛拝見」「お雛拝見」

と口々に叫んで、桃の枝をかざしながら、数人の男の子がそのまま座敷へ通ってきた。みると、この家の次男、千次郎が先頭に立っている。すでに一、二軒廻ってきた様子で、雛あられの紙包みを懐にねじ込んでいる。

子供たちは皆、汗ばんで、上気した顔をして、この家の雛壇を仔細らしく前から、横から眺めた。そして真面目くさった顔をして坐り、父母から教えられてきた通り、

「結構なお雛でございます」

と口上を言った。

　この口上を聞くと、まわりにいる女たちの間にひそやかな笑いが拡がる。赤い顔をして坐っている子供たちに白酒をついでやりながら、細香は何年も何年も、こうして同じ行事が繰り返されることを思った。柘植子も笑いながら、子供たちの汗ばんだ掌や汚れた口元を、濡れ手拭で拭ってやっている。

　江馬家でも他の家と同じように、雛あられの煎米と白酒を出す。昼時にかかれば、串刺しの煮しめをそえて赤飯を出す。

　子供仲間のうちには、まだ箸をうまく使えない子もいて、こぼしたり、胸元を汚したりする。それで集った女たちが世話を焼く。そして、

「あの子は何家の次男坊で、だから何様の孫にあたる。眼元はおじいさま譲りじゃ」

とか、

「あの子はどこ様の総領で、えらく背が伸びた。何塾では筆頭らしい」

とか話の種にする。それが毎年の例で、女たちの楽しみとなっていた。

　千次郎は自分の家なので大威張りである。

「もっと喰べろ」

とすすめている。

「元益どのの顔が見えぬが……」

　美与が誰にともなく言った。

「あの子は、もうこんな子供の遊びには混らぬそうです」

柘植子がそう説明した。

「そう言えば、普通ならまもなく大人仲間に入られる年頃ですわな」
十五、六歳になると、子供仲間を退き、大人仲間に入る慣例になっている。しかし元益は医師としての修業がいそがしく、やがて亡父に代って、祖父、蘭斎の後を継ぐという責任も重く、遊んでいる暇はなくなっていた。
「以前には、元益も千次郎と連れ立って、たくさんの仲間を連れてきましたが……」

「今年はいつもより頭数も少ないような」

「あの頃の元益の連れが皆、抜けましたので……。それで、年齢がゆかぬけれど、千次郎がこの辺りの親玉です。それが、この間の赤坂行き（子供仲間の遠足）にも一番暴れて、袴を破いて帰ったのはあの子だけです。情なくなりました。あんなことで親玉がつとまるのかどうか。来年はもう十歳ですから、少しやんちゃが納ってくれるといいのですが……」

しかし千次郎には不思議と友達を惹きつける魅力があるらしく、何処へでも彼の後をついて廻る数人の仲間がいて、彼はすでに一方の棟梁なのであった。

〝がんど打ち〟の子供たちが、最後の一軒を目指して立ち去ると、あたりは潮が引いたように静かになった。幼い娘たちも気が抜けたように大人しくなった。

「毎年のことながら、子供連中が引上げると力が一ぺんに抜けますね」

「ほんに、今年も楽しみをさせてもらいました。元気な子供らを見るのが、この年寄りには何よりの薬ですのじゃ」

遠縁の老女が言った。その老女は前日から泊りがけで来ていた。後片づけをすませて、ほっとして女たちが話し合っていると、しばらくして後れたおりとが姿を見せた。

「おりとさん、おいでなさい。まあ、今日はなんとお美しいこと」

女たちが一ように驚いて見上げたので、敷居ぎわでおりとは赤く頰を染めた。薄く化粧して、髷も高く結い上げて改っている。めったに出て来ない母親の紀久も続いて現れて、温井美与と久潤の挨拶を交した。

隣の部屋に茶菓の用意をさせていたこの家の主婦さのが皆に声をかけた。

「今日はおりとさんの御縁談が整いましたので、皆さま、御披露のお祝い菓子でございますよ」

紅白の花型に打ち抜いた干菓子をすすめる。女たちは口々に「めでたい」「めでたい」と言いながら、隣の部屋へと移動した。

「お前たちも、早くおりとさんにあやかれますように」

美与がそう言って、二人の孫娘に菓子を取ってやった。

「どうしてもおりとさんでなければと、稲川さまのたってのおのぞみなのですよ」

さのが披露すると、おりとは一そう羞らって赤くなった。

おりととの縁組みの決った稲川求迪は安八郡林中村の医者である。二十五すぎてから蘭斎の門人となって、江馬家の塾に住み込んだ。すでに漢方の修業を積んでおり、基礎的な教養もある穏やかな人物だった。蘭斎の気にも入り、家の者からも好感を持たれている。しかし細香は少し困っていた。彼は邸内で細香に出遇うと、はっと息をのんで、棒のように立ち竦んでしまう。それがあまり際立って目につくので、細香も固くなってしまって、他の人に対してのように気軽に声をかけられないのである。何時か、話のついでに、

「稲川さんにも困ったものだ。ほんとに話しづらい人で……」

と柘植子に話すと、

「いいえ、そんなことはありませんよ。私には何でも気軽にお話なさいます。松斎どのも、あの方は人柄もいいし、和蘭語もよく進んで見込みがある、と大そう褒めておりますよ。お姉さま、どうかなって。何かありましたか」

と柘植子が不審そうに言うので、細香は口をつぐんだ。何かがあった、というわけではないのだから、話にもならない。話はそこで跡切れてしまった。しかし細香にとっては、求迪は気にかかる、目障りな存在であったのだ。

その稲川求迪が在所の林中村に帰って家業を継ぐことになったのが二年前、まだ松斎が健在だった頃のことである。その後、細香は彼のことを殆ど忘れていた。それが、どのような経緯があったのかわからないが、おりととの縁組みがまとまったと知って、細香は少し複雑な気持を味わっている。おりとの義父になる人は、彼女を武家に嫁がせたいとかねがね口にしていた。しかし求迪は人柄も

よく、家も裕福で、礼を尽しての求婚であったために、大そう喜んだ。そして嫁入り支度にとくに衣裳も二、三点あつらえるほどの力の入れようになった。

「父さまがあのように喜んで下さるとは、思いがけませんでした」

おりとは細香の傍に坐ると、小さな声でそう言った。細香はおりとの手をとって祝いの言葉をのべ、そして、

「今日はほんとに美しいこと、こんな美しい貴女を見るのははじめて」

と言った。

強く望まれて嫁ぐ、という華やかさが、嫁入るには少し薹《とう》のたったおりとをとりまいて、彼女を若く見せていた。その華やかさの中で、おりとは微笑んでいた。いつもの、他人を羨むような、責めるような強い眼差しは消えて、穏やかな顔をしていた。彼女の母も親戚の女たちの祝いの言葉に面目を施して、上気した明るい顔をしていた。

——男から強く望まれている、という自信が、女をこのように美しくするものなのか——

細香はおりとの横顔を見ながらそう思う。

——これで、この人は私より幸せになれる、もう私を責めることもあるまい——

これまで幸せ薄かった従妹の結婚を、心から祝福してやりたいと思いつつ、逆に従妹を羨んでいる自分に気がつくのである。

そして細香は、数年前の自作の詩を思い出していた。

「冬日偶題」

流光倏忽箭離絃
小姪過腰大姪肩
閨裡看他兩兒長
儂身更覺減芳年

流光倏忽《シュクコツ》トシテ　箭《ヤ》　絃《ツル》ヲ離ル
小姪《ショウテツ》ハ腰ヲ過ギ　大姪《タイテツ》ハ肩
閨裡《ケイリ》ニ看他《ミ》ル　両児ノ長ズルヲ
儂身《ワガミ》　更ニ芳年ノ減ズルヲ覚ユ
（姪＝甥、姪両方を指す語）

――いつの間にか歳月は矢のように過ぎて、我家の甥や姪がどんどん成長していくのを見ながら、私の身からは一年、また一年と若さが失われて行くのです――

この詩を作った時、細香は二十八歳であった。当時、彼女の肩くらいであった元益はとうに彼女を越えてしまい、すっかり大人びた。小柄だった千次郎も、はや彼女の肩をこす成長ぶりである。細香の「芳年ノ減ズル」の思いはいよいよ深く、痛切である。

この詩を京にいる師、山陽に送って批正を求めた時、山陽は「風情凄惋《フウジヤウセイエン》。真ニ是レ閨秀ノ語」と朱筆で評語を加えてくれた。

その時、細香は師の評語の中の「風情凄惋」という言葉に満足した。

――先生の眼からごらんになって、私をそのように、痛ましい、と思って下さればそれでよい――

その頃はそれでよかった。

しかし今は、それでは満足できない。

——何が足りないのか。私は何を望んでいるのか——

痛ましいと思われるだけで、奪われるほどには強く望まれていない辛さは、いや増してくる。その辛さは、誰に訴えようもないのである。

夜、女客たちがすべて帰ったあと、自分の部屋に引きあげてからも、そのことは彼女の頭を去らなかった。つい先刻、もう暗くなった道を母親紀久と肩を並べ、庄兵衛に送られて帰っていったおりとの幸せそうな顔がしきりに思い出された。あの母娘が、こんなに遅くまでゆっくりと話し込んでいったのも珍しいことで、それも彼女らの幸せのあかしであるように細香には思われた。

嫁入りするには、もう薹のたった年頃なのに、今日のおりとは、うら若い少女のようにふっくらした表情をしていた。何を言われても微笑んで、自分自身の中からさす光に包まれて坐っていた。

——もう、あのような美しさは、私にはない——

と細香は思う。

京にいる山陽の妻、梨影についてもそれと同じことが感じられるのだった。京へ上る度に、次第に女らしい美しさを加えてゆく梨影に、細香は驚かされるのだ。

——お梨影さまは、ほんとうに、見る度にだんだんと美しくなってゆかれる。子供を一人生んで、少し世帯やつれのした二十すぎの女の人のみずみずしさ。女が一番美しいと言われる時期だ。少ししどけなくゆるんだ衿元には、いつもむせるような乳の匂いがする。男に連れ添って、子供を生んで、そうすると女の人の体は次第に成熟し、体の中から湧き出てくる、みずみずしい泉があるにちがいない。男の人なら誰だってそんな甘やかな胸に顔を埋めたくなるのだろう。それに加え、夫なる人の家の内を取り仕切っているというあの誇り――

細香は、自分より十歳も若い梨影に、時々気圧されるように感ずることがあった。

彼女は文化十一年（一八一四）の春、はじめて山陽を訪ねて上京した時のことを思い出した。

――もう七、八年も昔のことになってしまった――しかし、その日のことはすべて鮮明に細香の脳裡にある――あの夜、車屋町の先生のお宅での観桜会で、お梨影さまにはじめて会った。あのお方はまだ稚く、娘々しておられた。うちにいる小女のちよぐらいのお年齢にみえた。だからあのお方が先生の奥さま、と気付くまでに間があった。それを知った時、驚くより訝しさが先に立った。先生からのお申し入れを父がお断りしたことは聞かされていた。そのことが実際にはこんな形となって現れている。そのことへの訝しさ。それも、あの方があまりに稚く、一生懸命だったので、痛々しさに変ってしまった。きっと、まじめで、実直な御両親に育てられた方なのだろう、と私はその時思った。あまりに異った環境に投げ込まれて、とまどっておられるのがよくわかった。文人、墨客などという人達は困った連中が多いのだ。我家へ訪ねてくる人でもそうだけど、唐、宋の詩文や南画の真髄を論じて深遠な話をしているかと思うと、一転して話は洒脱なものになり、更に一転して卑俗な話に落ちて打ち興じている。まじめなのやら、ふざけているのやら判断できないことがある。そんな大人たちをどうもてなしたらよいのか、まだ十八歳のあのお方は必死の御様子だった。私に手燭を渡して下さる時でさえ、お手はふるえていたほどだった——

七年前の細香は、まだ少女のような梨影をいたわりをもって眺めることができたのだ。その稚かった梨影が、二人の男の子を生み、静かな落着きと、犯しがたい自信にみちた山陽夫人へと成長している。そして、「三従総テ欠ク」細香を圧倒するのだ。

何が梨影をそのように成熟させたのか、細香はそこから眼をそらせることができない。——私にもそのような成熟が訪れたらどんなに嬉しいか。しかし口惜しいことだけど、私にはそれはとうてい訪れないであろう。おそらく私は自分自身を切り拓いた子供を持つこともあるまい。お梨影さまや、おりとさんのように、みずみずしく成熟することはあるまい——痩せた竹のような、寒々とした自分の姿が思い浮んだ。己れ一人を恃む、強い姿ではあるが、どこかふくらみに欠けている。その姿を佗しいと、細香は思う。

やがて細香は、自分を慰めるつもりで、背後にある棚から、こよりで綴じた幾冊かの詩稿を取り出した。

山陽から朱批を入れて送り返してきた詩稿を、その日付の順に綴じてある。時折取り出しては別紙に清書する。彼がふさわしくない、と指摘した字句は、なぜいけないのかを考えつつ直す。山陽の指導は親切で、よく考えると大ていは納得がゆき、再び質問するということはなかった。

それらの詩稿を読み返していると、細香は自分の心の遍歴を見るように思った。

一番新しい綴りを取り上げて見る。

「冬夜作。時有瓶中挿梅花水仙」

小閤沈沈靜夜長　　小閤《セウコウ》　沈沈トシテ　静夜長ク
微明灯影照書牀　　微《カス》カニ明ルク　灯影　書牀《ショシャウ》ヲ照ラス
可憐瓶裏雙清態　　憐レムベシ　瓶裏《ヘイリ》ノ双清《ソウセイ》ノ態《タイ》
人定更深暗合香　　人定《シヅ》マリ　更《コウ》　深クシテ暗ニ香ヲ合《ガッ》ス

（小閤＝小部屋、定リ＝静まる。更深＝深更、夜ふけ）

読み返していると、この詩を作った夜ふけの静けさ、身を噛むような寒さ。濃密に混り合っていた花の匂いまで思い出されてきた。

朱筆で山陽が「雙字合字終見不能免情」（雙字合字、終ニ情ヲ免ルル能ハザルヲ見ル）と書き入れている。

細香は突き放して眺められている、と感ずる。しかし、これは詩の批評であるから、と自分を納得させる。

——それにしても、先生は「情ヲ免ルル能ハザル」私を、どう考えておられるのであろう——

それこそ細香の知りたいところであった。

更に古い詩稿をめくる。

「閨裏盆梅盛開偶有此作」

花比去年多幾枝　　花ハ去年ニ比べ　多キコト幾枝《イクエダ》ゾ
慇懃愛護下簾帷　　慇懃《インギン》ニ愛護シテ　簾帷《レンイ》ヲ下《オロ》ス
縦能清操堪寒夜　　縦《タト》イ能ク清操ノ寒夜ニ堪フルモ
不遣風霜迫玉肌　　風霜《フウソウ》ヲシテ　玉肌《ギョクキ》ニ迫ラシメザラン

（慇懃＝ねんごろ、ていねい）

山陽評「珍重珍重吾祈其晩節益烈也」（珍重珍重、吾レ其ノ晩節ノ益烈《マスマスレツ》ナルヲ祈ル也）。この評語を細香は、自分の生き方への評語、あるいは讃辞と受けとめた。

その盆梅を細香はとりわけ大切に育て、寒夜には部屋の内に入れ、晴れた日には縁先の日溜りに置いて、心をこめて世話をした。いつしか蕾がふくらみはじめ、まだ冷たい風の吹くうちに、去年より多くの花をつけた。部屋に置くと清らかな匂いが拡がる。白磁の丸い花弁のどれ一つにも傷がなく、細香の愛護に応えて、せいいっぱい咲ききった。もちろん、梅は寒空の中ででも、凛として咲くものであるが、敢て風霜にさらしてこの愛らしい花を傷つけるようなことはしまい。

——そして私自身も、この梅のように汚れなく生きてゆこう。敢て身を風霜にさらすような危いことはしないつもりだ。先生の御批評も、結局はそのことを言っておられる。私がそうあるようにのぞんで下さっている。そうだった。先生は私に対しては、お梨影さまに対するお気持とはちがって、心の友、風雅の友を求めて下さっているのだ。「……唯、閑談の伴侶これ無きを歎き候……」。いつかのお手紙にもそう書いてあった。私はそのお気持を大切にして、節操を固く守って、清らかに生きてゆかなければならない——

昔もらって、忘れかねていた手紙のことを思い浮べた。

昼間の女客たちが帰ったあと、うつうつとして楽しまなかった細香の心の一隅に、ぽうっとほのかな明りがさして、気持が和やかになった。

三月に入ったばかりだが、雛祭の宵はどこか部屋の隅に、暖かい気配が漂っていた。

細香がいつまでも忘れかねている手紙とは、文化十二年に山陽から細香に来た書簡である。その中で山陽は、

「……独り一解事之姫妾を得ず是のみ長嘆に候。されども多病羸弱《るいじゃく》。伐性之事は謝絶仕候。唯、閑談の伴侶これ無きを歎き候……」

風流を解する妻でないことを嘆き、生来多病であるから伐性の事（情事の意）はごめんであるが、風流の話のわかる伴侶がほしい、と求めている。同じ書簡の中で、

「去々冬、去春の離合共存出で闇然魂を銷し候。御作を見候へば其方にも亦復之を楽しむべく存じ奉り候」

ともある。この書簡が細香の気持をしっかりと捉えている。
梨影夫人と円満な家庭を築きながら、一方では、細香をしっかり自分に繋ぎとめておこうとする気持が露わである。山陽の身勝手さといえる。それを全く疑ったり、腹を立てたりしなかったのは、細香の人の好さであろうか、自己抑制であろうか。その点に細香の幸も不幸も胚胎していた。しかし山陽もまた、終生、細香から逃げ腰になったり、彼女を辱しめたりすることはなかった。

雛祭の夜、細香はおそくまで眠らずにいた。そして、つい先頃描き上げたばかりの墨竹画に賛を入れようとしていた。
その画は、揖斐川に沿って墨俣村より更に上ると、川が大きく彎曲している。その傍らに繁る竹林を描いたものである。竹は美濃三川に挾まれたこの地方の特産で、到る所に竹林がみられるが、その竹林は一段と見事に、太く真直な竹が盛んに生い繁っていた。竹林が風にざわめいて、濃淡の緑が大きな弧を描いてゆるやかに波うつと、竹林全体が一匹のしなやかな生き物のように息づいて見えた。また、朝靄にけむる姿も、遠い鈴鹿の山脈を背景にして夕映えの中に黒々と立つ影絵も美しかった。細香はその見事さに魅せられて度々足を運び、幾枚かの素描を試みてから仕上げた。墨の濃淡、にじみの技法も存分に駆使した、愛着のある画であった。

「題自画墨竹」

誰種脩篁傍水灣
猗猗挺挺凌霜寒
不饒容易窺全節
半抹朝烟掩碧竿

誰ガ種《ウ》ヱシ脩篁　水湾ニ傍《ソ》フ
猗猗《イイ》挺挺《テイテイ》トシテ　霜寒ヲ凌グ
容易ニ全節ヲ窺フヲ饒《ユル》サズ
半抹朝烟　碧竿ヲ掩フ
（脩篁＝竹やぶ、竹林。猗猗挺挺＝真直に、美しく盛んな様子）

細香はその題詩を清書しながら、朝靄に半分隠れた竹林の景に、自分の生き方を重ねて眺めていた。美しく真直に生い繁り、朝靄に半身を隠して容易に人を近づけぬ神秘的な姿。節操を固く守り、人にぬきん出て汚れのない自分の生き方。それらを重ね合せてみて細香は満足した。

「題自画墨竹」の詩は、それまでに書きためた幾つかの詩とともに、例によって京にいる山陽の許に送られた。一ヶ月ほど後にそれらの詩稿は送り返されてきた。しかし「題自画墨竹」の詩に付された山陽の言葉は、細香に訝しさを感じさせるものだった。

「上半已窺下半如何。然終不如伴梅花之得其所也。抑所謂節者何節。殆不可解。得非懟也」（上半已ニ下半如何ヲ窺フ。然レドモ終ニ梅花ヲ伴トスルノ、其所ヲ得タルニ如カザルナリ。抑モ所謂節トハ何ノ節。殆ド解ス可カラズ。懟《ウラ》ムニ非ザルヲ得ンヤ）

細香はさっと眼を通した時、その言葉が一体何を意味しているのか、よくわからなかった。一通り詩稿全部に眼を通してから、またこの箇所にもどり、くりかえし読んだ。

「竹林の上半を見れば下半の様子はどうであるか、わかります。しかし何と言っても梅花を一しょに伴っている方が、ふさわしいのではありませんか。そもそも、所謂節とは何の節ですか、殆ど不可解です。恨んでいるのではありませんか」

この場合「梅花」とは山陽自身を指す言葉なのであろうか。

細香は考え考え、何回も読み返した。

「貴女は〝猗猗挺挺霜寒ヲ凌グ〟などと、いい気になって、一人衆にぬきんでて身を保っているつもりらしいが、何と言っても私がそばにいる方がふさわしいのではありませんか。貴女は節、節とふりまわすが、一体全体節とは何の節ですか、それは節操ということですか」

細香はからかわれているのではないか、と自分の眼を疑った。他人にからかわれることの少ない彼女には、何度読んでも不思議で、納得がゆかない。

――「殆ド解ス可カラズ」私の方こそ、先生のおっしゃることがわかりません。私はあの竹のように真直に、操正しく、人々から離れた所で生きて行ってはいけないのですか――

――「懟ムニ非ザルヲ得ンヤ」恨んでいるのではないか、ですって。どうして私が先生をお恨みいたしましょう。そんなことはございません。でも結局のところ、私は先生をずっとお恨みしているのかもしれません。初めてお会いしてからの長い年月、私は先生の妻でもないのに、一日だって先生をお忘れしたことはないのですから――

細香がこれまで理解していると信じていたのは、師、山陽の半面に過ぎなかったのかも知れない。

いつも親切で、優しくて、行き届いた心遣いの師であった。しかし、別の半面も感じられる。山陽の男性としての全貌がおぼろげに感じられる。

——しかし、それは私に向ってむき出しに示されることはないであろう。私は終にそれを理解できないであろう——

何故かそんな予感がする。

細香には深い眩暈だけが残る。

第六章　日永金針覚微倦（日永く　金針　微倦を覚ゆ）

ここで、話は少し脇道にそれる。

前章に書いた「題自画墨竹」の詩に付された山陽の評語は、私の勝手読みであって、あるいは読み違えているかもしれない。大そうわかりにくい文章である。後年、徳富蘇峰はこの言葉にとまどって、『女詩人』という一文の中で、次のように述べている。

「……此詩、奇とするに足らず。但だ見逃し難きは山陽の評言也。……吾人をして直言せしめば山陽のこの言こそ殆ど解すべからざる也」

そこで私は自分の興味の赴くままに、次のように解釈した。世間一般の女性に比べれば、やはり深窓の女性である細香の自己愛と、独りよがりの聖女ぶりを感じた山陽がそれを揶揄して、少しとぼけた、遠慮のない、意地の悪い批評をした、と。その時代にしては珍しく自由な二人の交際のあり方から考えて、そんなこともありそうな気がした。別の解釈もありうるだろう。

京都にお住いの頼新氏のお話によれば、山陽は手紙の名人だ、ということである。一日に十数通を書くことも稀ではなかった。木崎好尚編『山陽全伝』上下二巻には、それらの手紙が可能なかぎり、年代順に編纂されていて読みあきることがない。その夥しい手紙の中で大そう私の興味を惹いたのは、備後福山の儒者、菅茶山にあてた多くの手紙である。

菅茶山は江戸末期の人で、一代の碩学といわれ、また当時の最高の詩人といわれた人である。山陽の父、頼春水とは年来の親友で、幼い頃から山陽を知っていて、その才能に嘱望していた。彼は郷里の神辺《かんなべ》に私塾を開き、「黄葉夕陽村塾」と名付けていた。そこには茶山の学殖と温和な人柄を慕って、多くの青年が集っていた。

前にも述べたが、山陽は少年期から青年期にかけて、病弱と、放埒な、奇矯な行動によって両親を大いに悩ませ、その挙句、脱藩の行為に出て幽閉され、廃嫡となった。そのままであれば一生部屋住の、日陰の身分で過さねばならない。その時、山陽の才能を惜しんだ茶山が彼に救いの手をさしのべて、神辺の塾に迎え入れることを申し出た。頼春水夫妻は山陽を、藩への遠慮から廃嫡にしたものの、最愛の息子の行く末に大そう心を痛めていたので、茶山の厚意を喜んだ。そして茶山の厚意に叛かぬことをよくよく誓わせて神辺へ送り出したのであった。一方、後継者のいない茶山は、山陽を自分の後継者として塾をまかせ、また福山藩へも推挙するつもりでいた。しかし山陽は地方の一儒官で一生を終える考えは全くなかった。いずれ京か、江戸へ出て学問で身を立てる心づもりで、郷里、広島を出て神辺に来たのも、そのための第一歩と考えている。そこで山陽は京へ出たいという自分の望みを手紙に書き茶山に訴えた。その書簡は何通かあり、見事に詳細に、委曲を尽し、言葉を尽して己れの気持を説明している。

結局、山陽は引きとめる茶山を振り切り、茶山の厚意を踏みにじって京へ出る。ここに至って温和な茶山は激怒した。山陽自身も、茶山の厚意を踏みにじった痛みを生涯忘れることができない。そこで、京から茶山にあてて出す手紙は、どれも茶山の心を和らげようとする山陽の気持が溢れているのである。まめまめしく京の儒者たちの噂を伝え、また「貴方の戒めを紙に書いて壁に貼っています。貴方は人眼につかぬ所に貼るようにおっしゃったけれど、私は堂々と見易い所に貼っています」とか「仰せのとおり、酒は過さぬようにしています」などと書いている。茶山の心を和らげようとするその意図は丸見えなのであるが、無邪気で、陰湿なところが全くない。暖かさに溢れているのである。

戦時中の女学生であった私にとって、頼山陽という人物は、偉人の肖像画そのままの、何の興味も感じられない人だった。その人が、このような率直で気取らない手紙を書いていることに驚かされ、俄に親しみを感じないではいられなかった。

同じく手紙のことを言えば、山陽は細香の父、蘭斎に対しても、尊敬しているという態度を崩したことがない。細香に対する夥しい手紙は、蘭斎の眼に触れることを考慮してか、礼を失するような言葉は全く使っていない。まことに端正な、美しい手紙である。しかし人間同士のつき合いで、礼を失しないよう、うやうやしい態度を崩さないだけでは、率直な、いきいきした交流は生れない。どこかでお互の生地をむき出して、ぶつかり合うことがある筈である。そう思って『湘夢遺稿』を読み進んでゆくうちに、「題自画墨竹」の詩と、その批評の言葉にぶつかった。これがむき出しの生地かどうかわからないが、いつもの平明で、よくわかる言葉ではない。細香が理解していたいつもの礼儀正しくて、親切な山陽ではない、違った山陽が現れているように思われた。

細香は山陽の弟子となって詩の指導をうけ、山陽に鍛えられてから、次第に少女趣味的な自己愛から抜け出していったようだ。そして後に「文場の女丈夫」と讃えられるにふさわしい柔軟で、広がりのある人格を獲得していったように見える。『湘夢遺稿』を順を追って読んでゆくと、そのことが感じられた。

大垣の漢学者、伊藤信氏の著書に『細香と紅蘭』という本がある。江戸末期の大垣の二人の女流詩人、江馬細香と梁川紅蘭について書かれている。この本に中国文学者、吉川幸次郎氏が序文を寄せておられる。その中の一節を引用すると、

「二女子（細香と紅蘭）の時は清の中葉に当り、棲霞には、書を著はす夫婦あり。随園には詩を選ぶの弟子ありき。仮りに、二女子をして照円や席佩蘭の輩に遭遇せしめば、必ずや繊手を握りて故《ふる》きを道《い》ひ、芳草を班《わか》ちて心を談じ、議論を上下して、その文芸を較べしならん。徳の斯達児や、英の奥斯丁に至りては、更に、これを風馬牛として、相聞かず。恨らくは、大同の世に在らざりしこと、惜む可しと為す也……」

王照円（一七六三〜？）、席佩蘭（一七六〇〜一八二九）は清の詩人、袁随園の女弟子。徳の斯達児

（ドイツのスタール夫人、一七六六～一八一七）、英の奥斯丁（イギリスのジェイン・オースチン、一七七五～一八一七）。いずれも細香とは同時代の女の文学者である。

この一文に導かれて、眼を広く同時代の世界に向けると、ごく少数の女流の文学者の活躍が見られる。この場合、作品そのものよりも、その行動、その存在が目立つのは致し方ないことかもしれない。

中国では詩は士大夫の文学とされているが、抒情詩の流れは細々ながら女流詩人によってうけつがれている。「子夜呉歌」以後、魚玄機《ぎょげんき》や薛濤《せっとう》などをへて、随園の女弟子たちが伝統をうけつぎ、抒情的な美しい詩を作っている。

同じ頃のドイツでは、ドイツ・ロマン派と呼ばれる文学・芸術上の運動があって、ロマン派の女性といわれる才色兼備の一群の女性たちが、詩や小説、絵画の分野で活躍していた。その中で『ドイツ論』を書いた、あまりにも大きな存在であるスタール夫人を別格として、調和的な性格と聡明さを具えたカロリーネ・シュレーゲル。美貌と才気によって青年詩人たちにとりまかれていた小柄で青い眼のゾフィー・メロー。『ゲーテと一少女の往復書簡』の編者、ベッテーナ・ブレンターノなどがいた。

その頃、イギリスではジェイン・オースチンが南イングランドの片田舎でひっそりと暮しながら、『高慢と偏見』その他の大作を書きつづっていた。

そして我国では、細香や紅蘭の他に、やはり山陽の女弟子であった越前の片山九畹、多情な男性遍歴を重ね、すぐれた画を残した尾道の平田玉蘊、美人ではないが、詩画にすぐれた才を発揮した筑前の原采蘋などがいた。

この時期の女性たちの意識は、女性は男性に対して慎しく従うものだ、という当時の道徳や習慣について、あまり疑いを抱かずにいるように見える。女性の自我の確立とか、社会的、政治的な解放とかが、つよく主張される時代より少し以前の時期である。

ドイツ・ロマン派の女性たちは、社会の思惑を気にせず、自己の燃える、純粋な情熱に従って勇敢に生きたと言われるが、その生き方も恋する女、生命をかけて愛を貫くというところにあり、そこから出て、女性の社会的、政治的地位の獲得、という所までは発展していない。

細香より十七歳年下の梁川紅蘭の生き方には、積極的な自己主張もあり、晩年、女子のための私塾を開くという社会的活躍もある。その後に続く明治には、社会に向けて自己を解放し、活躍する女性が輩出する。しかしそれより少し古い年代に属する細香は、その活躍は文学、芸術の領域にのみ留り、まだ深い自己抑制の内にいる。しかしそれは外部から束縛されているのではなくて、自覚的に自分を規範の中に結びつけているように見える。「詩集を出版するように」とすすめられても「女子としては僭越にすぎる」という考えから、それを断っている。

ジェイン・オースチンもまた同じような考えから、『高慢と偏見』を発表するのに、匿名で"By a lady"として出版している。彼女より三十年ほど後のシャーロッテ・ブロンテは、その作品『ジェイン・エア』の中で、女性の自我の樹立、男性と同等の人間としての自覚を描いている。が、オースチンの場合は作者も、作中人物も従来の社会のあり方の中にどっぷりとつかっている。しかし無自覚にそうしているのではなくて、オースチンは自分のいるべき場所をそこと定めて、しっかり腰をおちつけ、そこから凡庸ならざる眼で、かなり辛辣に社会を見ているのである。

この時期の女性の知識人は声高く自己を主張したり、男と同等の立場を要求したりはしていない。しかし自己の立場をはっきりと自覚し、日々の務めを怠らず、賢く、責任のある生き方をしている。周囲の人々とも誤りなく交渉を保ち、自分を卑しめず、人を傷つけずに生きている。

細香よりやや若い人で、紀州和歌山藩の儒者の妻に川合小梅という女性があった。この人が厖大な量の日記をのこしている。この日記を読むと、日々まめまめしく立ち働き、歌を詠み、画を描き、知人と親しく往来し、そして社会のめまぐるしい動きもしっかりと見つめている、一人の賢明な女性の姿が彷彿と浮んでくる。

このように賢く生きた女性に対して、周囲の人々もその人を軽んずることがなかったのは当然のことであった。

頼山陽は細香をはじめ、他の女弟子に対してもその価値を率直に認め、一個の人格として対等に扱っている。そういう感覚を山陽がどこから得たのかはわからないが、人を教える立場にあれば、いやでも相手の真価は見えてくるのであろう。しかし幾人もの女性との自由で対等なつき合いは、当時の一般の人の眼には奇異な、不可解なことに見えたにちがいない。山陽をとりまく悪評の一つ「女に手が早い」という話もこんなところから出たのかもしれない。一方、山陽やその周囲の文人たちと自由に交際する細香の姿も、一般の人の眼には奇異に映ったようである。細香の父、蘭斎も世間一般の思惑に捉われることは全くなかった。彼は悪評にとりまかれた山陽を警戒することなく、娘や孫を次々と弟子入りさせ、娘が度々京の山陽に教えを乞いに行って、一月、二月と滞在することに、一言の異議もはさまなかった。山陽と蘭斎との世間の常識を越えた信頼関係には、心を惹かれるものがある。話を細香にもどそう。

細香は日記を書いていない。少しでも細香の経歴に目を通したことのある人は、きっと彼女の日記を覗き見たい気持を抱くだろう。しかし細香は日々の想いをきちんと完成された漢詩の形式に盛ってのみ表現している。自己の心情を、くだくだしく書き散らすことを自分に許していないようにさえ見える。日記のような日々の丹念な記録よりも、詩作品の方を優位において考えていたかどうかはよくわからないが、少なくとも漢詩を学ぶ以上、すべての表現を、詩の型に造型しようという決意があったように感じられる。それほど彼女は詩の勉強に力を注いでいた。

自己の人生態度、その志、思想などの重要な感情を詩に託して述べることが中国の韻文の本流だと言われている。

細香にもそのような詩はある。しかし彼女の詩はそれだけではない。『湘夢遺稿』を読んでいると、恰も彼女の日常に立ち合っているような、きめこまかな作品によく出会う。

頼山陽は彼女の詩について、屢々「香奩《こうれん》中の陸務観」という評をしている。「女性の中の陸務観」という意味だ。陸務観とは南宋の代表的詩人陸游のことである。愛国詩、田園詩に優れたものがあり、ことに自分の生活の周囲、家庭の中の子供や、家畜の姿まで愛情こめて詩に描いている人である。山陽自身も「詩は真を作るべき」と言い、彼の詩は有名な多くの詠史の類よりも、日常の些事を題材にした中に佳詩が多いといわれている。細香はその点でも、彼の忠実な弟子であった。
『湘夢遺稿』の中から、細香の三十代頃までの作と思われる詩で、彼女の日常を彷彿とさせるものを幾つかあげてみよう。

「閑居初冬」

僻村常甘市塵疏
小小閨房樂有餘
細筧分泉堪洗硯
深窓換紙好看書
楓園墜葉呼婢掃
藥圃寒苗倩叟鋤
急景身閑猶覺永
吟詩學畫代粧梳

僻村《ヘキソン》　常ニ甘ンズ　市塵《シジン》ノ疏《ソ》ナルニ
小小閨房《ケイボウ》　楽シミ余リ有リ
細筧《サイケン》　泉ヲ分チテ　硯ヲ洗フニ堪《タ》ヘ
深窓　紙ヲ換ヘテ　書ヲ看ルニ好シ
楓園《フウエン》ノ墜葉《ツイエフ》　婢《ヒ》ヲ呼ビテ掃《ハラ》ハシメ
薬圃《ヤクホ》ノ寒苗《カンビョウ》　叟《ソウ》ヲ倩《ヤト》フテ鋤《ス》カシム
急景　身閑《ノドカ》ニシテ　猶ホ永キヲ覚ヱ
詩ヲ吟ジ画ヲ学ビテ　粧梳《ショウソ》ニ代《カ》フ

（疏＝疎、遠ざかる。楓園＝江馬家の庭の一隅に中国から取りよせた楓《ふう》の木という薬用の樹があった。叟＝老人。粧梳＝化粧し、髪をとくこと）

山陽が女性中の陸務観と評したのは、このような詩である。

大垣城下の賑わいからは遠ざかった、閑静な蘭斎の住居。この地方の豊富な湧水は絶えず筧から滴り落ちている。障子を貼り換えて、明るくなった部屋。薬草園では老僕が手入れしている。すべて、細香が幼時から親しんだ生活の周囲の有様である。そして細香は、と言えば、化粧もせずに詩や書の勉強をしている。まじめで勉強好きな女子学生のような日常。しかも彼女が学ぶのは、当時では唯一つの外国文学である漢詩文であった。

細香の書架には『五雑俎』『輟耕録』『随園詩話』など明・清時代の詩話の類をはじめ、『文章軌範』『唐宋八家文』『東坡集選』『歴史綱鑑』その他、多くの書物が積まれている。書架の横には、画を学ぶ彼女のために『芥子園画伝』『十竹斎画譜』『青在堂画花卉翎毛浅説』などが積んである。

蘭斎は細香のために書物を買う費用を惜しんではいない。しかしどんな書物でも手に入る時代ではない。手に入らない書物はそれを借り受けて筆写することになる。細香の勉強の多くの時間が、この筆写に費されたものと思われる。それが当時の知識人の勉強方法でもあった。

江戸時代に、一人前の漢籍の素養を身につけるに要する時間と費用は、莫大なものであったそうだ。細香もその例外ではない。

「新 竹」

微雨抽來粉節長
嬋娟傍母已過墻

微雨　抽《ヌキ》ンデ来リ　粉節　長シ
嬋娟《センケン》　母ニ傍《ソ》ヒテ　已《スデ》ニ墻《カキ》ヲ過グ

風搖翠羽聲猶細
恰似新鳴小鳳凰

風　翠羽《スイウ》ヲ揺ルガシテ　声猶ホ細ク
恰《アタカ》モ似タリ　新鳴《シンメイ》ノ小鳳凰ニ

女性らしい細やかな情感と、清潔感の溢れる詩である。なよやかに、母竹に寄り添って伸びた新竹。共にさやさやと風に鳴っている。薄緑色の光がみなぎる竹林の中での聖母子のたわむれ。幼い、育ちつつある者へ愛情をいつもそそいでいる。一生独身であった細香は、ついに自分の子を持たなかったが、甥や姪、またその子供たちがたえず身近にいて、彼らの成長する姿に常に接していられたことは、細香の大きな幸せであった。

「梅辺歩月」
梅月嬋娟奈夜何
微吟移歩踏横斜
満身疎影清如水
但認幽香不見花

梅ト月ト　嬋娟《センケン》トシテ　夜ヲ奈何《イカン》セン
微吟《ビギン》　歩《ホ》ヲ移シテ　横斜《オウシャ》ヲ踏ム
満身ノ疎影《ソエイ》　清キコト水ノ如シ
但《タ》ダ幽香《ユウコウ》ヲ認メテ　花ヲ見ズ

この詩に付された山陽の評は「清思清入骨」であった。「清思、その清らかさは骨にしみ入るようである」という意らしい。印象をポツポツと発する独得の文章で、詩の一節のようだ。

梅林の月が美しい。この良夜を何としたものであろうか。小声で詩を吟じつつ歩む。「横斜ヲ踏ム」という表現を細香は好んで使っている。林浦の「山園小梅」の第三句「疎影横斜水清浅」をふまえている。疎影は梅の枝のまばらな影。その影を全身に浴びて立っている。作者の位置が明確に感じ取れる。花は定かには見えないが、夜気の中にかすかに匂っている。すべて水のように澄んだ月光の中でのこと。ひたすら清らかな境地である。また細香は晴れた日に戸外へ出かけることが大そう好きである。

書斎に閉じこもって詩作に耽ったり、画を描いたりする時間は、傍目でみるほど閑雅なものではあるまい。作品の出来栄えは、自己の内部へと凝集する力の強さにも比例する。それだけに結ばれて固くしこった心は反対に外界へ解き放たれることを求めるのだろうか。明るい自然の風光の中でいきいきと楽しんでいる詩が多い。

妹や甥たちを誘って出かけるのだろうか。良家の婦人が外出することはまれで、盆暮の挨拶、親戚の吉凶、社寺への参詣、墓参り、ぐらいに限られていたという時代に、細香たちの自由さは例外と言える。

「遊　春」

昨雨新晴麗日暄
弓鞋歩到海棠村

昨雨《サクウ》　新タニ晴レテ　麗日　暄《アタタ》カシ
弓鞋《キュウアイ》　歩ミ到ル　海棠《カイドウ》ノ村

隔花小閣箏聲響
縦未相知欲扣門

花ヲ隔テテ　小閣《シヨウカク》　箏声《ソウセイ》響ク
縦《タト》イ未ダ相知ラズトモ　門ヲ扣《タタ》カント欲ス

夜来の雨が晴れて麗らかな日。思わず遠くまで来てしまった。ここは海棠の花咲く明るい村。花の向うの家からは床しい箏の音が聞えてくる。どんな女性が弾いているのだろう。是非知り合いになりたいものだ――

細香は物怖じせず、人とのつき合いを求めることに積極的である。

「江行即事」

渡口無人垂柳青
一條沙路捨舟行
斜陽影徹江潮底
照見飛魚潑潑輕

渡口《トコウ》　人無ク　垂柳《スイリユウ》青シ
一条ノ沙路《サロ》　舟ヲ捨テテ行ク
斜陽　影ハ徹《トオ》ル　江潮ノ底
照見ス　飛魚《ヒギヨ》　潑潑《ハツハツ》トシテ軽《カロ》キヲ

夕方ちかい日光が湖の底まで明るく透って、魚は銀鱗をひらめかせて跳びはねる。快く湿った砂地を踏んでゆく細香の足どりは軽く、さまざまな物象を明確に捉える彼女の視線そのものが感じられる。

しかし遊びに出かけているばかりではなく、一日部屋に坐って裁縫に精出すこともある。

「春　閨」

窓間雙雙燕語親　　窓間　双双　燕語《エンゴ》親シク
窓外嫋嫋柳絲新　　窓外　嫋嫋《ジョウジョウ》　柳糸新タナリ
閑取剪刀終日坐　　閑《ノドカ》ニ剪刀《セントウ》ヲ取リテ　終日坐ス
裁成輕衣懶上身　　軽衣ヲ裁成《サイセイ》スルモ　身ニ上《ノボ》スニ懶《モノウ》シ

軒端ではうるさいほどの燕のさえずり。柳は柔かく緑の芽をふいている。こんな日に一日坐って裁縫していると閑かすぎて、単衣が縫い上るころには懶くなってしまう。

また「春詞」という詩の中でも、

日永金針覺微倦　　日永クシテ　金針　微倦《ビケン》ヲ覚ユ

とある。金針は縫い針のこと。春の暖かさのせいばかりではなく、縫い針を持つとどうしても懶く、眠くなってしまう。そこで、

欲破睡思頻思茶　　睡思《スイシ》ヲ破ラント欲シテ　頻《シキリ》ニ茶ヲ思フ

生憎冷爐深深院　　生憎《アヤニク》ノ冷炉《レイロ》　深深ノ院

眠けをふりはらおうと濃いお茶がほしくなる。火桶の火も消えて、呼んでも誰も来ない。詩や画には熱中できるのに、どうしても裁縫には気がのらない。そこでつい無頓着に綻びたままの着物を着ていて、人に見とがめられるという失態を演じたりする。

細香があくびを噛みころしながら縫い上げて身につけた着物類、それらは今では一枚も見ることができない。

大垣の江馬庄次郎氏御夫妻に伺ったところによると、敗戦前後の混乱の頃、無人の江馬家の土蔵の壁に穴を穿って、そこから細香の着物類はみな盗み出されてしまったとのことであった。しかし幸いなことに大切な文書類や蘭学関係の書籍は盗難からも空襲からも免れた。そして真に貴重な文書類、前野良沢や杉田玄白からの書簡や頼山陽からの書簡などは、御夫妻がリュックで背負って信州まで疎開させて守られたそうである。

「そのかわり、自分たちのものは皆焼いてしまいました」

そう言って寿美子夫人は笑っておられた。

もう一つ、着物についての詩がある。

「帰　家」

柔脚新侵霜露歸
幽篁無恙映書幃
耽遊未有寒時計
先掃繡床裁熟衣

柔脚《ジュウキャク》 新タニ 霜露《ソウロ》ヲ侵《オカ》シテ帰ル
幽篁《ユウコウ》 恙無《ツツガナ》ク 書幃《ショキ》ニ映ズ
遊ビニ耽《フケ》リテ 未ダ寒時《カンジ》ノ計《ケイ》アラズ
先ヅ繡床《シュウシャウ》ヲ掃《ハラ》ヒテ 熟衣《ジュクイ》ヲ裁《タ》ツ
（繡床＝裁縫台。熟衣＝冬着、綿入れ）

山陽はこの詩を絶讃して、「真女郎ノ詩。絶佳」と評した。
――京から美濃への帰り路、足がびっしょり濡れるほどの露だった。こんなに秋が深まるまで遊びに耽っていた。もちろんただの遊びではなくて、詩を学び、画を学び、あちこちの会合に加わって文学論を闘わせ、心の糧をたくわえるのに忙しい、充実した日々だったが、帰って来れば朝夕のこの寒さ。急いで冬着の仕度をしなければ――

暑さ寒さに先がけて、困らぬように衣類を準備するのは、昔も今も変らぬ女の大事な仕事の一つである。それを疎かにして文墨に耽っていた。そしてあわてて冬着を裁つ。そのことを詩に作る。

このような女性らしい詩ばかりではなくて、山陽から「男性の詩ならば真の傑作だ」と評されるような詩も作るようになる。

文政七年、美濃へ帰る細香のために、祇園の福屋で開かれた送別の宴での詩。

「福楼集留別京師諸彦」

東楼一夜邀儂祖　　東楼ノ一夜　儂《ワレ》ヲ邀《ムカ》ヘテ祖《ソ》ス
酒如黄鵞膾如縷　　酒ハ黄鵞《コウガ》ノ如ク　膾《カイ》ハ縷《ル》ノ如シ
飛觴交錯無獻酬　　觴《ショウ》ヲ飛バシテ交錯《コウサク》　献酬《ケンシュウ》無ク
坐上畢竟誰是主　　坐上　畢竟《ヒッキョウ》　誰カ是レ主ゾ
燭煙漠漠春霧暄　　燭煙《ショクエン》漠漠　春霧暄《アタタ》カシ
歌珠一串陽阿舞　　歌珠一串陽阿《カシュイッカンヨウア》ノ舞
何知戸外不堪寒　　何ゾ知ラン　戸外　寒ニ堪ヘザルヲ
萬瓦飛霜夜已五　　万瓦《バンガ》　霜ヲ飛バシテ　夜　已ニ五《イツ》ツナルヲ
歡娯極時易生愁　　歓娯《カンゴ》極ル時　愁ヒヲ生ジ易シ
本知此歎同今古　　本《モト》ヨリ知ル　此ノ歎キ　今古《キンコ》ニ同ジキヲ
踏雪明日向濃州　　雪ヲ踏ミテ　明日　濃州ニ向カフ
別思苦於食蘖苦　　別思ハ蘖《キハダ》ヲ食ラフ苦ヨリモ苦《ニガ》シ

（祖ス＝旅の安全を祈って見送る。觴＝盃。蘖＝きはだ〈皮が苦い〉）

この詩について山陽は「作家ノ手段閨閣ノ技倆ニ類セズ。当ニ士錦輩ノ鬚眉男子ニ示シ、其ヲシテ愧死セシメン」（この作家の手法は本当に女性の技倆に相応しくないほどだ。まさに士錦らの男子に示して、彼らを愧死せしめたいくらいだ）と評した。

雑誌か、詩歌の結社の同人会と思えばよい。送られる細香を主賓に、山陽、雲華、春琴、ほかにおなじみの人たち。山陽門下の若い人もいる。――燭煙がもうもうとたちこめる暖かい座敷、宴が酣になるにつれ、盃は飛び交い、談論風発。平常の身分の違いなど一切なく、終には誰のための送別の宴か、主も客も混然としてしまう。ふと我にかえって戸外を見れば夜は更けて、瓦には霜がおりている。美濃はもう雪がくる頃だ。明日はその美濃へ帰らなければならない。この親しい人たちと別れるつらさは、きはだを食う苦さより苦いのだ――

山陽の評言の中で引合いに出された士錦とは、美濃上有知《こうずち》の庄屋、村瀬藤城のことである。藤城は山陽の最も早い時期の弟子であり、故郷の庄屋という実務と、家業の農業を着実に勤めながら、一方で自己の学問、詩文の勉強を怠らなかった人である。細香とは山陽門下の友人であり、この他に梁川星巌、紅蘭、他の人達を加えて、白鷗社という詩の結社を作り、毎月一回、大垣の実相寺に集って詩の会を開いていたことがある。細香、藤城、星巌たちの間に流れる友情と信頼は大きく、その点で細香は稀にみるほど恵まれていたと言える。

後に嘉永六年（一八五九）細香は大垣より十里ばかりの上有知村に藤城を訪ねたことがある。あいにく藤城は不在であった。三日待ったが帰って来ない。洪水による飢饉や、用水の敷設や様々の用務があって藤城は常に忙しい。細香は詩を残して帰った。やがて藤城が道を枉《ま》げて大垣に細香を訪ねてくる。藤城を迎えた細香の喜びの詩、それに応酬した藤城の詩も残されている。

更に老年の細香が書画会で名古屋へ出かけた時、宿舎で偶々藤城と出会った。共にその邂逅を喜び合った詩もある。

藤城は有名な曽代用水の事件の訴訟などを抱えていて、常に江戸へ往復していた。この曽代用水事件は、水に悩まされる美濃地方の庄屋に負わされた宿命であり、故郷の人々のために藤城が「渾身の勇をふるって」幕府の権力と闘った事件であった。

藤城や星巌と細香との間の終生変らぬ友情は、この時代にどうしてあり得たのであろうか。不思議な話でも聞くように思われる。漢詩文が培った情操なのであろうか。私の乏しい知識から言っても、漢詩の中でうたわれる情愛は、男女間の愛情よりも、友愛の情が圧倒的に多いのである。

また細香は詩の表現方法に様々の工夫をしているようである。少し感じのちがう「竹」という詩がある。

幾箇脩篁淇水隈
雨過新筍破青苔
歳寒知得持清操
已自土中胎節來

幾箇ノ脩篁《シュウコウ》　淇水《キスイ》ノ隈《クマ》
雨過ギテ　新筍《シンジュン》　青苔《セイタイ》ヲ破ル
歳寒　知リ得タリ　清操《セイソウ》ヲ持スルヲ
已ニ土中ヨリ節ヲ胎《ハラ》ミテ来タル
（淇水＝川の名、この場合揖斐川）

この詩は文政三年頃の作。前出の「鴛鴦の詩」と同じ頃に山陽の批正をうけた。この詩稿を送り返した時に添えた山陽の書簡によると、ちょうど来合せた小石元瑞がこの詩を見て、

「已ニ土中ヨリ節ヲ胎ミ来ル……などと云ふ六ケ敷事《むずかしきこと》よくいへる事。此方共が云ふと何時にても叱られる」

と言った。「……文章出来る人の詩は無理なきものにて、小石など文が出来候故、外の人とは違ひ候。然る所時には（小石の詩にも）無理御座候。閨秀手なみにては出来ぬ筈故驚き候也。先は申し留め候……」

結局は讃めているのである。

二人の男性が額を寄せて細香の詩を批評し合っている。気心の知れた親しい人々の間でその作品を批評してもらえる幸せな風景である。

山陽の書簡にもあるように、この詩は表現上の苦心を感じさせる作品である。

雨上りの竹叢で頭を少し出している紡錘形の筍。割ってみれば象牙色の肉質はすでに整然とした節を形成している。土中にある稚い時からそうなっている。この具体的で、しかも微妙な意味を感じさせる事柄を、決められた漢詩の詩型の中でどう表現するか。

天性の歌人と言われた和泉式部、その唇からこぼれおちる言葉が、そのまま和歌になったようなこの人でも、人目を避け、閉じ籠って苦吟したと言われている。「和泉はひきかつぎてよみけるとかや」、すらすらとそのまま歌になるのではないのであろう。

細香といえども、長い時間かけて、自分の感情や経験、目にふれたことを正確に表現するために苦しんだにちがいない。一字一句を探し求め、苦吟することも多かったのであろう。詩の実作者であった山陽、元瑞の二人には、この辺りの作者の苦しい息づかいがよく理解出来たのだ。

この詩は一見したところ、彼女の数多くの「竹」の詩と同じように見えるが、どこか少し違っている。「已ニ土中ヨリ節ヲ胎ミ来ル」の一行に妙な雰囲気がある。土中にある時からすでに節を形成しているという植物の、あるいは生物全体の生成過程の不気味さ、「胎」という字の持つ薄気味悪さ、などから萩原朔太郎の「竹」という詩が連想される。

「竹」

光る地面に竹が生え、
青竹が生え、
地下には竹の根が生え、
根がしだいにほそらみ、
根の先より繊毛が生え、
かすかにけぶる繊毛が生え、
かすかにふるえ。

もちろん、細香の詩から朔太郎の詩を連想するのは飛躍しすぎというものだ。細香は彼女の多くの竹の詩と同様に、筍の節にも倫理的な節操という意味を持たせているのである。その点からいえば、細香は凡庸なくらい健全な人であった。

しかし「節操」を言うのに、何も筍の節まで持ち出さなくても、と思わせる。鋭い細香の感性は、健全な彼女の意図を裏切って、暗黒の土中の秘かな営みにまで、思わず言い及んでしまったと言える。ここに物事の核心にまで一気に迫らずにはいない、彼女の資質がある。これは細香の悲劇である。

脇道が思わず長くなった。

第七章　伏見梅渓に遊ぶ

文政十年（一八二七）の春である。二月半ばなのになお風は冷たく、美濃の山々にも斑《まだら》に雪が見え、山峡《やまかい》の日陰にはうず高く雪が残っている。しかし日の当る野面からはゆらゆらと陽炎がのぼり、空はみずみずしい青さをみせていた。

美濃路を閑《のど》かに談笑しながら行く一行がある。駕籠にのっているのは老母のさので、それに先立って歩くのは細香と十六歳になる甥の桂《かつら》、後から従って行くのは下僕の常助と、江馬家に一ばん長くいる婢のさとである。

甥の桂は幼名を千次郎と言った。柘植子と亡き松斎の間に生れた次男である。兄の元益は二十二歳となり、祖父蘭斎の後を嗣いで、今は江馬家の当主となっている。元益と桂の他にお松、お栄という二人の姉妹があったが、何れも十歳になるかならぬうちに他界した。桂は千次郎と呼ばれていた幼い頃から活潑な子供で、塾の講義を抜けて仲間と遊び歩いて叱られたり、家中のものの声色をまねて家人を笑わせたりしていた。十六歳になった今も、兄よりは責任の軽いところから、子供の頃の気分のどこか抜けない、屈託のない若者である。しかし背丈はとうに伯母を越えて骨格の逞しい若者となった。

乾いた野の道を行く一行の足どりは軽い。道の傍を流れる小川の水はまだ少ないが、暖かそうな色をした枯草の間から、蓬《よもぎ》、芹《せり》などの若々しい芽が萌えはじめている。

畑の遠近に、もう野良仕事に精出す百姓の姿が見られた。鋤を深く斜に突きさして、深い所の黒土を掘り返しては丹念に日光にあてている。土に研がれた鋤が時折きらりと光をはねかえす。そのあたり、一面に陽炎がもえている。山々の南側には、枯木に混って梅の花が咲いているのが見られた。左手を見れば鈴鹿の山々の連なりが見える。細香はその広々とした眺望を目のあたりにして、心がのびやかに展がるのを感じ、胸一ぱいに春の空気を吸いこんだ。

――またこうして旅に出ることができた――

「伯母さまは外出なされた時はほんとうに楽しそうですね、一人でにこにことして。家で書斎から出てこられる時は怖い顔をしてみえるのに、どうしてだろう」

「そんなにいつも怖い顔をしていますか、でもお前たちを叱ったことなどないでしょう」

「お叱りになったりはしません。でも私は何故か近づき難く思う時がある。それに……」

と桂は口ごもった。

「それに……。遠慮はお前らしくもない。言ってごらん」

「兄上とは時折楽しそうに詩文や画のお話をなさるのに、私とはいっこうに……」

「ほほほ」

と細香は笑った。

「お前さんは話しようにも、落着いていたためしがない。もうお前さんも十六なのだから大人らしく、身を入れて学問しなければ」

桂は話が自分にまわって来たので口を噤んだ。道傍の猫柳の枝を通りすがりに折り取って、びゅっと振った。

――伯母さまの話はいきなり痛い所をついてくる。これだから油断ならない――

桂はそう思う。けれども言葉には出さなかった。細香はちらと甥の顔を見て笑いながら、

「お前のお母さんからは、山陽先生にとくに厳しくお願いするようにと頼まれましたよ」

駕籠の中で二人の話を聞いているさのが相槌をうつのが聞えた。

「そうですよ、そのためにこうして皆で京へ行くのですから」

桂の兄の元益は、すでに先年山陽の門人となって〝藤渠《とうきょ》〟という号をつけてもらっている。今度は弟の桂を医学修業の傍ら、山陽の門に入らせて詩文を学ばせようというのが、老蘭斎はじめ家族一同の願いであった。当人ももちろん異存はない。家族の話に度々出てくる「山陽先生」を知らないのは桂だけで、その名が出る度に、桂は自分だけ子供扱いされているようで不満だったのだ。

「先生はきびしいお方でしょうか。私はお顔も知らない」

桂はまだ左手に猫柳の枝を振りまわしている。

「昔、藤江の家にしばらく御逗留なされたことがある。お前の兄さまは先生にまつわりついて、画をおねだりしていたが、お前は覚えていまい。まだほんの赤ん坊だったのだもの。ほんとに遠い昔になってしまった」

細香は、その昔はじめて自分の前に現れた山陽の姿を、まだありありと思い浮べることができる。まだ四十には間のある、気鋭の学者詩人であった。年齢よりずっと若々しく見えた。その人をはじめて見た時の驚き、息をのむように見つめ合った瞬間を、まだ忘れもしない――しかし、それを忘れないのは、私だけであろうか――

細香は陽炎のもえる遠くの野辺に眼をやり、それからまだ稚気ののこる甥の顔を見て微笑んだ。

その日はまだ日の落ちぬうちに、柏原の宿舎に入った。宿で早めの夕食を終えて寛いでいる時、さのが思い出したように言った。

「ほんに、多保さんは今日は顔色がよくて、見ちがえるように明るいの」

「一日、日ざしの中を歩いたからでしょうよ。体全体を心地よい流れがめぐっているようです。でも、私はいつもそんなに難しい顔をしていますか」

「そんなことばかりではないがの。しかし先程、千次郎が言うていたように、書斎から出てくる時は、たしかに青い、怒ったような顔をしておることがありますよ」

「まあ、少しも自分では気が付かなくて……」

はじめて聞く話である。そんな顔をしているのだろうか、一人でいる時に――

「やはり詩を作ったり、画を描いたりの坐り仕事で、根をつめるのではないかのう。私にはようわからぬが。ほれ、旦那さまも時折蘭書に疲れると、おかしな顔をして坐ってみえることがあろうが。腹を立ててみえるわけでもないのに」

細香も時々見かける父のそんな様子を思い出した。

「この頃は私に画を描いてくれと頼みに来る人があります。私の画を好んで、お頼み下さるのは嬉しいのですが、画債というものはとても気の疲れるものです。それに、謝礼など持ってみえるとなおのこと気が重い。私はそんなものをもらうために、詩画の勉強をしているのではないのですから」

――ほんとうに、この人には良い夫を持たせて、ごく当り前の女の暮しをさせてやりたかった――

とさのは思った。

細香の人並はずれた詩画の才を考えると、なお痛切に思われる。人の妻であれば、その才を余暇の楽しみとしておくことができ、作品を作り出すために身をさいなまれることは少ない。独り身であれば、余暇の楽しみに留めておかれず、それが日々の仕事となる。そうすれば先程のような歎きもつい口に出ることになる。また夫があればそのような歎きを分ち持ってもくれようが、両親では決して代ってはやれないのである。

――それに――と、さのは思う。

女の独り身は、それだけでもずっしりと肩に重いのだ。生涯ついに良縁にめぐり会わずに独り身で過し、後栖となる父親や兄弟の亡き後は〝厄介伯母〟という境遇で、肩身狭く暮す武家の女性は決して少くない。さのの知人の中にでも二人や三人はいるのだった。――この人がそんな侘しい思いをせずにすめばよいが――

しかし、久しぶりに京へ上るといって、明るい顔をしている細香を見ると、そんなことも年寄のいらざる心配かと思う。

「明日は朝が早いから、もう休みましょう。それに多保さん、明日はあなたも駕籠をお頼みしなさい。足を痛めたようじゃったから……」

細香は元来丈夫なたちで、京まで歩き通したこともある健脚であるが、垂井の峠の下り坂で、割り石につまずいて足を痛めていた。

いつもはそれぞれ自分の部屋で休む三人が、旅のこととて一つ部屋で枕を並べて横になった。それだけのことで、旅の楽しさは増した。

翌朝早く、さのと細香は駕籠を連ねて出発した。夕方までに彦根につけば、蘭斎の古い門人の家がある。いつもその家で宿を頼むことになっている。気兼ねのない家だ。近江から京にかけて、蘭斎の古い門人が多かった。彦根から大津までは舟を利用できる。大津へつけば京はもう近い。そこまで思い至った時、細香は、はや京の町並を眼前に見た時のような、胸のときめきを感ぜずにはいられなかった。

駕籠にゆられつつ、細香は先刻から短い一行の文句を幾度か胸の中でつぶやいている。

「能不記乎哉」（能ク記セザランヤ）

――どうして覚えていないことがあろう――

そのあとに細香は、

――決して忘れはしない――

とひそかに補ってみる。それは、

「先生定記之」（先生定メテ之ヲ記セン）

――きっと先生は覚えていらっしゃるでしょう――という細香の問いかけに応じた山陽の答であった。

旧歓一夢十三年――もう十三年も昔のことなのだ。前日、歩きながら桂に話して聞かせたように、美濃遊歴の途中、山陽が大垣の蘭斎の許を訪れたのは。それは文化十年、細香が二十七歳の時であった。その時、別れに際して山陽は細香に詩を贈った。

重ネテ道蘊ニ逢フ　何処ニ期セン
洛水春風　柳花ヲ起ス
（来春、柳の白い花の飛ぶ頃、京で逢いましょう）

細香は遠くその詩を思いおこして、次の詩を次韻した。

「奉次韵山陽先生戯所賜詩」

舊歡一夢十三年　旧歡《キユウカン》一夢　十三年

猶記投儂詩句妍　猶ホ記ス　儂《ワレ》ニ投ゼシ　詩句ノ妍ヲ

何識雪花春絮語　何ゾ識ラン　雪花　春絮《シユンジヨ》ノ語

如今賦及鬢絲邊　如今《ジヨコン》　賦シテ　鬢糸《ビンシ》ノ辺ニ及バントハ

——あれからもう十三年たってしまいました。私はあの時頂いた詩が忘れられず、昨日のことのよう。けれども考えもしませんでした、あの詩の中で白いといえば雪や柳の花を指していたのに、今では白いといえば私の鬢の白さを指す言葉になってしまおうとは——

そして、その詩のあとに思わず、

「先生定記之」

と書き加えてしまった。彼女は書き加えずにはいられなかったのである。

——一筋に燃やしつづけてきた想いを、あの人は知っているのか知らないのか、淡々とした師と弟子で、何の波瀾もない。それはそれでいい。私の恋は詩の中に美しく歌いあげるだけと心に固く決めたのだから——

しかし彼女の心は時折妖しく波立つのである。

——それは故のない波立ちだ——

そう自分に言い聞かせている。何故波立つのか、深く考えることは恐しい。なるべく眼をそらせている。しかし、遂に心の奥底から細い叫びのように突き上げてくる情念に揺さぶられて、彼女は詩と現実との境をいきなり飛び越えてしまう。そして書いた。

「先生定記之」

その言葉を、彼女は山陽の胸の深奥めがけて、発止と投げつける。そして思う。

——この言葉は無視されるだろう。この言葉は虚空に吸われるように消えて、谺《こだま》も返ってこないだろう。そうにちがいない。それでもいい。私の心は変らない。淋しいとも思わない——

しかし、その詩稿が返って来た時に、細香は自分の投げかけた問いが優しく応えられているのを知る。

「能不記乎哉」

と。そして細香は思いがけず返ってきた優しい言葉の前に立ち止る。

いつも多くの文人たちと交流する時、男まさりの風をよそおい、さっぱりと色艶をそぎ落している細香であるが、偶々問いかけた言葉が優しく受けとめられると、ふとたじろぐ。表には出さないように努めている恋心が、ぐっと引出されてくる。

——能ク記セザランヤ——

幾度か唇にのせて、呟いてみる。それを山陽がどういう思いで書いたのか、そこまでは考えない。細香の心をいつまでもつなぎとめておこうとする男の身勝手さ、などとはつゆ考えない。

「伯母さま、水です、水が見えます。あのようにきらきらしていますね。近江の湖ですね」

駕籠の傍を歩いていた桂が、はずんだ声で言った。見ると、行く手のはるか彼方に、春の光をはねかえしている湖面が、縹渺《ひょうびょう》と横一線に広がっている。右手の方に伊吹山がのっそりとした感じで、その全容を現した。


京に入った一行は、いつも宿舎に決めてある烏丸松原の平等寺の僧房に落着いた。細香と桂は、早速、二月二十日、山陽と雲華上人らに誘われて、伏見の梅を見に出かけることになった。桂が書き残した『黄雨楼文集』の中に「梅渓ニ遊ブノ記」がある。黄雨楼は桂の号である。

「余、濃の万山中に生れ、幼より伏見梅渓の勝《しょう》を聞くこと久し。而れども未だ一たびも到るを得ず。丁亥《ひのとゐ》二月、家姨《かい》（おば）細香に従って始めて京師に遊び、花時に逢ふを得たり。因つて一遊せんと欲す。然れども良伴無きを以て、未だ果さず。偶《たまたま》、山陽先生及び雲華上人、家姨を拉して梅渓の遊を計る。余、亦た陪す……」

その朝は未明に起きて、雲華上人を誘いにその住居に立ちより、町はずれから南へと向い、深草瑞光寺の元政上人の墓に詣でて更に進む。元政上人の墓には三竿の竹が生えていた。

「……村端始めて漸く梅あり。数里にして逾《いよいよ》多し。上人曰く『是れ梅渓なり』と。

余、行々之を閲するに、疎々花を著くる者、樹古くして蟠竜《はんりょう》の如き者、清瘦《せいそう》竹に倚《よ》る者、曲折路を夾み、逾行けば、逾多し。終に千堆《つい》玉雪中に堕ちて、其の源亦測るべからず。乃《すなは》ち一株盛開せる者に就き、もたらす所の酒を開き、具《とも》に満を引く。山陽先生曰く『恨むらくは樹高くして花摘むを得ず』と。乃ち皆酒瓢を樹に懸《かか》ぐ。枝撓《たわ》みて花亜《つ》ぐ。坐して摘むべし。花香《かこう》酒に和し、其味清冽《せいれつ》、酔ふべし。（中略）先生以下酔熟し、詩成り、相扶《あいたす》けて帰る。路傍《ろぼう》時に梅の最も清絶なる者を見、幸いに折て担荷《たんか》し去らんと欲す。

上人曰く『熟梅の時に至れば、一顆《いっか》五銭に当る。故に軽々しく折るを許さず』と。強ひて一枝を乞うて持ち帰る。

山尽くる処に至れば村あり。これより細逕《さいけい》曲折す。日全く暮れ、村舎上燈す。又行くこと一里。平等寺寓舎に帰る。（後略）」

この文章は漢文と、読み下し文の二通りが文集に収められている。これは作文の練習で、こうして山陽に添削してもらったものであろうか、或は後年、追憶して書いたものであろうか。

「細香君が来たから、さあ梅見に行こう」

と、早速一遊を企てる山陽と雲華上人。梅の枝を折り取ろうとする少年を、

「これは農家の大切な収入源だから軽々しく折ってはいけない」

とたしなめる上人。それを無理にねだって一枝だけ折りとって、旅先の寓居で待つ祖母に持って帰る少年。

華やかで平和な化政期ももう終りにちかい、閑かな春の一日であった。

しかし、その年（文政十年）は、山陽にとって記念すべき大切な年であった。彼の畢生《ひっせい》の大事業『日本外史』がようやく完成し、五月楽翁松平定信の需《もと》めに応じて献上した。そして翌年一月定信に題辞を書いてもらうことができた。その年の八月、師であり、またさまざまの迷惑をかけた菅茶山が八十歳で歿した。

その年は社会一般には大きな事件もなく、穏やかで、文化の華やかに栄えた年である。しかし翌十一年には、幕府天文方の高橋景保が、オランダへ帰国するシーボルトに日本地図、その他を贈ったことが発覚し捕えられた。いわゆるシーボルト事件で、これは日本の蘭学者たちに大きな打撃を与え、日本の蘭学の発展も大きく妨げられた。

表面は華やかで、平和な化政期であるが、やがてくる動乱の時代の波が遠く海鳴りのように聞えはじめている。

細香に愛された二人の甥、元益、桂は、ともに山陽の門人となり、詩文の才にめぐまれて多くの文章を書き残した。「梅渓に遊ぶの記」を書いた弟は、名は桂、字は秋齢、通称元齢である。兄の元益は名は椿、字は春齢である。桂は号を金粟《きんぞく》、又は黄雨楼主人と言った。桂の名は山陽がつけた。黄雨とは、桂の花に降る雨のことだという。

桂は後に大垣藩医師取締、大垣藩洋学教授となり、明治維新後は信州飯田病院長となり、また多くの医学上の著述を残した。

細香たちが京に滞在中、山陽は度々その寓居平等寺に使いを出し、自分も一度はそこへ立ちよって、彼女を会合や遊覧に誘い出すことにつとめている。

二月二十日の伏見観梅より五日あと、細香にあてた山陽の手紙。

「……明日、智恩院より双林寺辺賞桜成さるべくと存候。私夫婦連、君も同伴も之れ有るべく候。月峰庵に泰山府君と申す名花あり。是が盛開故見に来よと申事に候。月峰へ参り候はば話も之れ有るべく哉。花もすべて両三日中と相見え候。油断なく遊覧成さるべく候。御差支なくば、御侍輿《じょ》（老母さのの供をして）なりとも、御独りなりとも、八つ頃（午後二時頃）に智恩院楼門前の広みの所にて、茶店に御待ち下され度、彼境静閑東山最勝絶処に候。アレニテ花の夕映を見、一杯を傾け候はば如何……」

「油断なく遊覧成さるべく候」という箇所に、山陽の人柄、思想が躍動して、彼が細香に何を教えたかったかがよく窺える。花の夕映えの美しさも眼に浮ぶようである。

細香は、山陽に誘われての観梅、観桜、また老母さのの供をしての名所めぐりや買い物に忙しい。さのは、京は初めてではないが、老齢の身でまた再び来られるとは思えないところから、行ってみたい場所（古歌に詠まれている名所）や、参詣したい社寺は多いのであった。

さのは三月に入ると、婢と老僕につきそわれて一足先に美濃へと帰り、細香と桂が残った。

さのたちと入れ替るようにして、広島から山陽の母梅颸と、叔父杏坪たちの一行が京、吉野の花見のために入京している。細香は三月十日、山陽の母梅颸、妻梨影とともに、聖護院森の奉納能を見に行き、また十三日には一行とともに、桂も連れて、洛北加茂の馬場に桜見に出かけている。

梅颸日記の中、三月十日、十三日、十四日に次のような記事がある。

「三月十日　晴小雨、聖護院森に奉納能ありて見物に行く所、雨にて敷ものも無し。立ちながら井筒一番、狂言一、見て帰る。お梨影、細香も行く」

「十三日　加茂の馬場花見に行く。盛なり。折節細香一緒に行く。お梨影跡より来る。細香宿る」

「十四日　夕かた本宅にて酒宴。折節内海の人来り、同宴済む頃、細香、秋齢（桂）帰る。今日人数子供かけ二十一人の由」

子供も入れて二十一人という盛会であった。その後も嵐山花見、平野夜桜と続く。

山陽は美濃より細香を迎え、また広島より最愛の母梅颸と、放蕩無頼の青年時代のどんな惨めな時にも彼を理解し、励してくれた叔父杏坪、その他一族の人たちを迎え、心を許し合った友、浦上春琴、小石元瑞、雲華上人らも誘って、賑やかに、連日の花見に忙しい。生涯の歓びを一時のうちに味わいつくそうとしている様子である。

三月二十七日の朝、雨を冒して、一人の見知らぬ青年が細香を平等寺の寓居に訪れた。寺僧の案内で細香たちのいる僧房へ来た青年は、磐渓《ばんけい》大槻平次郎となのった。有名な蘭学者、大槻玄沢の次子である。まだ二十七歳の青年であったが、江戸昌平黌の秀才として、また詩文に秀でていることで、細香はその名を聞いていた。彼は後に父祖の郷里仙台藩の儒官となり、また洋学に明るいところから西洋砲術の研究家として一家をなし、国事に奔走するようになる。しかし、今はまだ一介の青年である。育ちの良さと、繊細な感性とを思わせる顔立ちをしていた。

彼は部屋に招じ入れられると、朝から細香と桂が机を向い合せにして読書していたらしい有様を見てとって、

「おおこれは、これは」

と顔を綻ばせた。「いつもこのようにして勉強なされるのか」

と桂に笑いかけ、そして細香を眩しいものでも見るようにして見た。

「本来なら道を枉《ま》げて大垣に立ちより、蘭斎先生に御挨拶する筈でした。父がそのように言い付けました故。しかし名古屋で思わず滞在が長びき、京の花に後れぬようにと道を急ぎました」

と言い、「一昨日、小石先生をお訪ねして細香女史がこちらに御逗留と伺いました故、雨ならば御在宅であろうと参上しました」

「玄沢先生は御息災であられましょうか、私の父よりはかなりお若いと承っておりますが」

「父も七十を過ぎて少し弱りました。しかし気力はまだまだたしかで、今度私が西遊致しますにも、あちらこちらと訪問先を指図します故、おかげで私は大へん忙しい」

と笑った。

細香の父蘭斎は、この年八十一歳になっている。両方の父とも、草創期の蘭学者で、今も親交があった。

「父がいつも私どもにくりかえし聞かせる話は前野蘭化、杉田玄白両先生のこと、それに、玄沢先生のお宅に招かれた、あのオランダ正月のことでございますよ」

「ああその話ならば私も幾度か聞きました」

桂が横から口をはさんだ。

寛政六年（一七九四）の閏十一月十一日、江戸の大槻玄沢の芝蘭堂で行われた第一回の新元会のことである。当時江戸にいた主な蘭学者が芝蘭堂に参集し、西暦一千七百九十四年の元旦を祝ったのである。

「それがいつも昨日のことのように鮮明な話しぶりで――」

「新元会は今でも我家の大きな話題となっています。父は何とかして、蘭学の発展のためにまた新元会を開きたいといつも口ぐせのように話しています。あの日の感激は父にとっても忘れられないことのようです。しかし、あの日御出席なされた方々の、何人が御健在でしょうか」

「もう三十年余り昔のことですからね。父は新元会に出席した感激を次のように詩に作り私共に見せてくれました」

細香は傍の紙片を取ると書いた。

言是遠西改暦辰
高堂開宴列佳賓
叨逢文運隆盛化
蘭籍孜々務日新

江馬元恭

言フ 是レ遠西改暦ノ辰《トキ》
高堂 宴ヲ開キ 佳賓ニ列ス
叨《カタジケナクモ》 文運隆盛化ニ逢ヒ
蘭籍 孜々《シシ》トシテ務メ 日ニ新タナリ

「この詩は決して上手なものではないのです。けれども父の初心とその喜びがよく表されていて、私共はこれを読むといつも身が引締るように思うのです」

「考えてみれば、あれが我々の父たちの青春というわけですね」

それは初期の蘭学者たちが西暦の一月一日にあたるその日を期して一堂に集り、医学はじめ科学全般にわたる知識を交換し、蘭籍翻訳をすすめるために協力することを誓い合った、同志的な会合であった。その日の出席者は主催者の大槻玄沢をはじめ、杉田伯元（玄白の養子）、森島中良、稲村三伯、桂川甫周、江馬元恭（蘭斎）等二十九人。その中には寛政四年ロシヤから送り返されてきた伊勢の大黒屋光太夫もいた。

長く大槻家に伝えられ、今は早稲田大学図書館に所蔵されている「芝蘭堂新元会図」がある。壁に医聖ヒポクラテスの画像を懸けた大広間に大きな卓を囲んで二十九人が思い思いの姿で坐っている。中に一人洋服姿の人もいる。卓の上には酒肴の用意。各人の前には小皿とスプーンが並べられ、ナイフとフォーク、ワイングラスが添えられている。

新元会より三十数年後に、それに出席した蘭学者の子と孫が、京の一隅で、春雨に降りこめられて、静かに父たちの事跡を語り合うのである。細香は父たちの、同じ学問への情熱で結ばれた、深い友愛の絆を感じないではいられなかった。それは子をも孫をも包みこむ。両家ともその一族中に漢学、蘭学両方に通じた人が多く、ことに言語に関心の深い人が輩出した。後に磐渓の長男大槻如電は『新選洋学年表』の著者となり、次男大槻文彦は『大言海』の著者となった。

桂は十歳年長の磐渓に、兄のような親しみと尊敬を覚えて言った。

「大槻先生、またお目にかかれましょうか、京には何日程御滞在になりますか」

「そのことです。私はまだ吉野へも行かねばならず、またこの機会に西国にも足を伸したいと考えています。あまりゆっくりとはしておられません。しかしその僅かの間に、山陽先生にも是非、御意を得たいのです」

と細香を見た。

磐渓は細香の紹介状をもらって、ようやく雨の上った午さがりの明るい道を、水西荘へと向った。

その日の午後、山陽の水西荘を訪れた磐渓は、自作の詩文を示して山陽に認められ、翌日の平野の晩桜見物にと誘われた。平野へは山陽と母の梅颸、叔父杏坪、元瑞、春琴、雲華、それに細香と桂ほかである。

桂は再び磐渓に会って、小躍りして喜んだ。平野行きは、梅颸日記によれば、

「廿八日　晴陰　平野花見に行く。かごなり。つれ大倉、袖蘭夫婦、小石、大含、雲華、細香、甥、江戸の大槻平次郎、同行の坊主等なり。何とやらいふ本屋も行く」

とある。一行はまず北野神社に詣で、金閣寺をへて平野に至る。晩春のおそ咲の桜は満開で、はや吹雪のように散りはじめ、日暮れになると茶店は一せいに、幾十となくぼんぼりを枝にかける。花は遠近、照り映えて、花も人も頽然として酔い心地となった。皆々詩を作り、細香もまもなく美濃へ帰るために、詩を賦して別れを告げた。大槻磐渓も席上、次の詩を細香に送った。

満樹薫風半緑陰　　満樹ノ薫風　半バ緑陰
旗亭勸酒説同心　　旗亭ニ酒ヲ勧メ　同心ヲ説ク
與君共是蘭家子　　君ト共ニ是レ蘭家ノ子
休怪相逢臭味深　　怪シムヲ休メヨ　相逢ヘバ臭味深シト
　席上戯賦奉送　　　大槻　崇拝呈

磐渓はその後、吉野まで行った時に、父玄沢の急病の知らせをうけて江戸へ急ぎ帰った。大槻玄沢は三月末に歿した。

磐渓はこの西遊の旅の印象を『西遊紀程』にくわしく書きとめている。その中の三月二十七日の件り。

「二十七日、細香江馬氏の寓居を叩く。江馬氏、名は多保、大垣の人。父執蘭斎翁の長女、幼にして文詩を好み兼ねて墨竹を善くす。大抵閨秀の文墨ある者、往々軽俊憎むべし。独り細香は然らず。之と対唔すれば柔順和易にして、其の著す所を見れば清秀奇抜。殆ど丈夫をして走り且偃《たふ》れしむ。奇女子也」

二十七歳の青年の瞳は、噂にのみ聞いていた閨秀詩人に対する憬れに濡れているように見える。

ところで、少し話は脇道へそれるが、この文中の「大抵閨秀の文墨ある者」とは、一体どのような女性たちを指しているのであろうか。是非とも知りたくなってくる。「軽俊憎むべし」と、一言の下に葬り去られているが、愛すべき、軽佻浮薄の文学少女は、何時の時代にもいたにちがいない。そして新進気鋭の詩人、磐渓の眉をひそめさせるような、危険な魅力を振りまいていたのであろう。

富士川英郎著『江戸後期の詩人たち』の中には「閨秀詩人たち」の一項があって、当時の数人の女流詩人の名があげられている。それらの多くは学者や詩人の妻、娘たちであった。山本北山の妻細桃女史（今川氏）、北山の女弟子文姫（大崎栄）、大田錦城の娘蘭香（名は晋）以上が江戸の人。九州では亀井昭陽の娘少琴と原古処の娘采蘋。美濃では、江馬細香と梁川紅蘭が挙げられている。

その他にも前にのべた越前の片山九畹や、尾道の平田玉蘊、また京都の大倉袖蘭《しゅうらん》も加えられる。江戸には狩谷棭斎の娘で、才女の名の高かった俊女もいた。これらはいずれも漢詩文に通じた女性たちであるが、この他に、国風の和歌や俳句をよくする人がどれほどいたであろうか。山陽の母梅颸も和歌に堪能で、また流麗な紀行文をいくつか残している。少し時代を遡ると、仙台には政治批判の文章「ひとりかんがへ」を書いた只野真葛という人がいた。また萩には漢詩文、俳諧にすぐれた菊舎という女性もいた。これらの中には、かなり数奇な生涯を辿った女性もある。

当時の女性は、もし教育がうけられ、その才を発揮できる立場にあるならば、かなりの水準にまで進んだのではないかと思われる。

林屋辰三郎編『化政文化の研究』の中の「京都の文化社会」の項に、国学の分野で、賀茂真淵の門人の内、四十人が女性であり、本居宣長の門人の内、二十二人が女性であったことが表によって示されている。それらがどういう出身の女性であったかはわからない。

長崎のオランダ商館の医官であったシーボルトは、丁度同じ頃（文政九年）にオランダ商館長の江戸参府旅行に随行しているが、その著『江戸参府紀行』（斎藤信訳）の中で二、三ヶ所、日本婦人についての印象を述べている。

「六月二日　……二人のたいへんきれいな婦人がわれわれを訪ねてきた。ひとりはある商人の娘で、もうひとりは肥後介（皇室の侍医）の娘である。身分の高い未婚の婦人は長い袖の着物を着ていて、物腰がたいそう優美で、女らしい教養をもち、たいへん可愛らしく着飾り、少し気取って、ヨーロッパの娘と同じように恥ずかしそうにして姿をみせる。書道、音楽、和歌のたしなみが彼女たちの学問的教養となり、なかには漢学のできるものもある」

「六月五日　夜、友人肥後介およびその親切な家族とともに過ごす。若い婦人たちは、これまでにも述べたとおり、高い教養があるので、この人たちとはヨーロッパの流儀で本当に楽しく歓談することができる」

また、これより少し前、江戸城に伺候して西の丸において、

「五月一日　……その枠には、私の国では普通ガラスがはめてあるがその代りにうすい紙が貼ってあった。そのうすい紙には小さい穴があけてあって、穴を通してわれわれは、好奇心をもってジロジロ見ているこの屋敷の婦人たちのいろいろな部分を観察することができた。かわるがわる眼がのぞいているのが見えたし、小さい口、髪飾りの一部分、それに衣裳のけばけばしい色をたびたび見極めることができた。こういう楽しみがあればこそ、苦しい姿勢もこらえて、望まれる間はわれわれは足を組み静かに畳の上にすわり続けていたのである……」

障子にあけた小さな穴を通して、大奥の女中たちとヨーロッパ人たちが、互に相手を観察している。シーボルトは好奇心にみちて、女中たちの大漁旗のようなうちかけや、黒く染めた歯や小さな口許までも見定めている。

細香とほぼ同じ時代に生きていた女性たちのさまざまな姿が、こうしてあちこちに散見されるのである。しかし、いずれもその魅力的な姿をちらりちらりと垣間見させるだけで、全体像を捉え難いのがもどかしい。

二十八日の平野の花見のあと帰郷の日が迫ったので、細香は山陽の母梅颸に、

「留別詩呈山陽先生北堂」

の詩を捧げ、また京の多くの友人たちに別れを告げた。

この春は四十一歳の細香にとって夢のように美しく、充実した日々であった。これから京にとどまって医学と詩文の修業をする桂を残して、美濃に帰った。

細香が大垣に帰ってまもなく、その跡を追いかけるようにして、山陽から彼女が滞京中に作った詩稿が送り返されてきた。

それらの詩の中の一つ。


「平等寺僑居偶作」

平安城外小禪龕
重寄唫囊靜裏參
窓外垂楊翠無恙
東風吹展舊毿毿

閑身寂寞寓僧家
一帙唐詩一鼎茶
盡日春寒人不到
滿城風雨送梅花

平安城外ノ小禅龕《ショウゼンガン》
重ネテ　唫囊《ギンノウ》ヲ寄セテ　静裏《セイリ》ニ参ズ
窓外《ソウガイ》ノ垂楊《スイヨウ》　翠《ミドリ》　恙《ツツガ》ナシ
東風　吹キ展《ノ》ベ　旧《キュウ》ニヨリテ毿毿《サンサン》タリ

閑身《カンシン》　寂寞トシテ　僧家《ソウカ》ニ寓ス
一帙《チツ》ノ唐詩　一鼎《テイ》ノ茶
尽日《ジンジツ》　春寒ウシテ　人　到ラズ
満城ノ風雨　梅花ヲ送ル

この詩について山陽は朱筆を入れ、「僕奉訪且坐半餉。覚荒涼太甚為狐所魅便不知其境。而見此詩則無不以為蒨深招提也」（僕奉訪シ且ツ坐スルコト半餉。荒涼ノ太甚《ハナハダ》シキヲ覚エ、狐ノ魅スル所ト為リ、便チ其ノ境ヲ知ラズ。而シテ此詩ヲ見レバ、則チ以テ蒨深《センシン》招提ト為サザルハ無キ也）と書いている。

「僕は訪問して半時ばかり坐っていたことがある。まことに荒涼とした荒寺で、狐につままれて何処へ迷いこんだのかわからないような気がした。ところがこの詩を見れば、誰だって草に埋れた趣きの深い寺だと思うにちがいない」

現実の寺のたたずまいと、詩文に表現された様子との違い、両者の間にある微妙な間隙を山陽は指摘しているのだ。細香がことさら美しく表現しているわけではない。それは実際の景色と、カメラのレンズを通して表現された景色との間に感ずる裂け目のようなものである。

細香はこの批正の言葉を読んでいて、山陽が平等寺の寓居を訪れた時のことを思い出した。するとそれより早く、あるなつかしさが暖かい潮のように、胸一ぱいに広がるのを感じた。

それは京について間もなく、伏見観梅の計画をたてて、細香を誘うために山陽が出先の帰りに立ち寄った時のことであった。さのは伏見稲荷へ参るといって、婢のさとと一しょに出かけ、桂は町を見物に行こうとして寺の門を出たところで立ち寄った山陽と出会った。桂は寺の境内の敷石道を通って、細香のいる僧房まで案内してくると、山陽の話を聞いたものか、町へ出かけたものかとしばらく迷っ

ていたが、やがて、

「すぐに戻ります」

と一礼して足早に出て行ってしまった。

「千次郎君は一体どこへ行くのですか」。彼は桂を幼名で呼んだ。

「町の見物でございます。ここへ着きました日から、毎日出歩いておりますが、まだ見倦きませんそうな。いろいろと心づもりがあるようでございます」

「今のうちに見るものは見て、やりたいことはやっておく。それが大器を成す道で、小成に安んじてはいけない、とけしかけたのはこの僕です。彼は早速実行に移しているのですね」

山陽は茶の用意をしている細香に笑いかけて言葉をついだ。

「しかし若い人は羨ましい。見たもの、聞いたことがすぐ心の滋養になる。あの年頃での一年の見聞は、我々の十年の見聞にも匹敵するでしょう。……ところで、ここはまた大へんな寺ですな。上人に聞いたとおりだ」

山陽は細香が出した茶をすすりながら、呆れたように言った。それから立って行って手入れの行き届かぬ庭を見、しげしげと朽ちかけた廂《ひさし》のあたりを見まわした。

「お上人は私がお寺の西廂で、西廂記（中国の恋愛小説）でも読んでいるのだろうとざれ言を申されました。とんでもない。この年齢になって、今更何が西廂記なものですか。朝のおつとめを聴きながら朝寝しているくらいがせきの山ですのに」

「それは僕と同病だ」

二人とも恋人同士のようではなくて、長年の友人としてさばさばと笑った。

山陽はそれから二十日の伏見観梅の計画を説明し、時刻と、雲華上人の家への道順を教えると、さて、と立ち上ろうとしたが、また細香の方へ向き直った。

「千次郎君はまだまだ帰りませんか」

「ええ、何処へ行きましたやら。輿にのれば一向かまわずに何処へでも行く子で、小さい頃からもその手でお講義を抜け出しては兄を困らせておりました。妹も申していましたがどうぞきびしくお願いします」

「元益どのは真面目一方の堅人だが、弟君は大分ちがうとみえる、後々たのしみな子です」

「ほんに、兄の方は亡くなった父親の代りをして、早く老人を安心させたい一心で来た子です。あれもこの頃では和蘭語が大分上達したようで、聞いておりますと老人と二人で和蘭語をまじえて治療法を話しております。ええ、ジキタリスとやら、キナキナとやら妙な名前の新しい薬も使っておる様子で、それをまた老人が嬉しそうに相槌うって聞いていますの。その代り、詩文の方の勉強は一向にお留守になりました」

「それでいいのですよ、詩文の勉強というのは、本来が遊びなのだから」

「あれも昨年嫁を取りまして、まもなく子供が生れます」

「おお、それはそれは、老大人も御安心。柘植どのも一息というところですな」

細香はふと我身を省みて言った。

「妹も苦労いたしました。それに私がこうして出歩いてばかりで、一向に何の手助けもしてやれませず……」

「次に御出京なさる時には、是非柘植どのをお連れになることだな。そうだ、それがいい。是非そうなさい」

山陽は一人決めしたように言うと、ようやく腰を上げかけた。

「それにしても、千次郎君は何処まで行ったのか、伯母さん一人をこんな荒寺におき去りにして。鼠に引かれぬものでもない」

「なんの、鼠が、こんなおばあさんを引いて行くものですか」

すると山陽はちらと細香の横顔をみて笑って言った。

「多保どの」

山陽は細香を呼ぶのに「細香君」と言ったり、「女史」とからかったり、「多保どの」と呼んだりする。その時はたしかに、

「多保どの」

と呼んだ。「女はこんな時、もっと甘えてみるものですよ」

細香はとっさに山陽が何を言ったのか測りかねて、その顔をまじまじと見つめた。すると彼は、細香の驚いたような顔を見て、楽しそうに、高らかに笑うと背を向けて歩き出した。その時になって細

香は、はじめてその言葉の意味がのみこめてきた。すると山陽の眼に、自分がどんな姿に映っていたかということに思いあたって、急に頬に血がのぼってくるのを感じた。

――先生のお眼には、私がまるで悟り澄して、色気も艶もそぎ落した尼法師のように見えたことだろう。いや、尼法師に見えたというよりも、ことさらに尼法師を装っていることを、先生はお見通しであったのであろう。心の中では乙女のように先生への想いを燃やしているのに――

そう思うと、近頃「情懐灰ニ似テ冷シ」とか、「人盛年ヲ過ギテ情総テ灰」とか、いい気になって吟じていたことが気恥しく思われて、細香は去って行く師の後姿を見送りながら、寺の門の脇にいつまでも立っていた。

細香は送り返されてきた詩稿を読みながら、その時のことを思い返している。

――荒寺に住まう狐が尼さんに化けて出たというお見立てであったのか――

細香は自分でもおかしくなる。その時の師山陽のたのしそうな笑い声まで耳によみがえってきて、彼女の胸は暖かい潮で一ぱいに満された。

第八章　出版差止め

九月に入ってから、暑さがぶり返してきた。中庭の萩はもうすっかり散って、こぼれた花が庭を汚していて、夜は虫のすだく声も涼しいのであるが、日中は梅雨時のように蒸し暑い。何か天候に異変の感じられるような日々である。そんな日は、裏庭で煮る膏薬の匂いが漂ってきて、いっそう耐えがたく、うっとうしさが増した。

蛤の貝殻に詰め、「桃花膏」と名づけられた江馬家の膏薬は、水銀を主剤として幾種類かの動植物の脂を配合して煮つめた、うす桃色の美しい薬である。これは小児の皮膚病によく効くので、遠近から買いに来る人が絶えない。ひどい吹出物で眼のまわりまで腫れ上った子供の手を引いて、揖斐川を舟で下って買いにくる老婆もあった。

この頃の蘭方医は主として外科であり、そのうえ、江馬家では皮膚科の治療に力を入れ、湿疹、ひぜん、梅毒潰瘍の治療に、蘭斎以来さまざまの工夫があった。「桃花膏」の他にも「癒《なお》り薬」と呼ばれる膏薬があった。これは単軟膏と赤降汞膏をまぜたものである。蜀基根二十匁、かみつれ三十匁を煮つめた汁で梅毒潰瘍の化膿部を洗い、更にこの「癒り薬」を用いると良好な結果が得られた。これらの膏薬を買いにくる人が多く、そのため年に二、三回は裏庭の薬草園の隅に築いたかまどに大鍋をかけて、一日がかりでその膏薬を煮つめるのである。

以前には細香や柘植子も、手伝いにかり出されたことがある。今は若い門人たちが協力している。しかし獣脂の煮つまる匂いはいつでも、どこにいても家中の者を悩ませる。その匂いは風向きによって、数町も先まで漂うのである。すると野良で働いている村人たちは、

「今日は江馬《えんま》さんでなおり薬を煮とらっせる」

と話し合った。


「柘植さん、どうしたの、元気がないこと。あの匂いのせいですか、顔色も悪いようだし。ちょっとこちらを向きなさい」

「お姉さまこそ、手を止めてぼんやりしておいででした。何を考えていらしたか、あてて見ましょうか」

「話をそらすものではありませんよ。私は縫いものに少し疲れただけ。何と言ってもこの暑さと、あの匂いですもの。少し涼風が立って、あれを追っぱらってくれるといいのだけど……。でも精出して縫っておかなくては。またいつぞやのように涼しくなってあわてるのは困りますからね」

そう言って細香は自分の肩を叩いた。

「柘植さん、ちょいとこっちを、明るい方を向いてごらん。ほれ、あなたの顔色の悪いのは窓紗のかげりのせいではない。昨夕のお酒のせいですよ」

「おすすめになったのはどなたさまでしたかしら」

「すすめたのは、私が悪かった。湯上りに虫の声が涼しくて、かるく唇を沾すつもりだったが……。あなたは一杯ではすまなかった。これからは強いてすすめますまい」

「お姉さまは芯からお酒がお好きですねえ」

「だんだんと髪は白くなって、楽しいことはなくなる。酔い心地の時だけですよ。若い頃と同じ気分になれるのは……」

「――頻々《ヒンピン》トシテ酔ヲトル　君怪シムヲ休《ヤ》メヨ――ですか」

柘植子は笑いながら、細香の詩の一節を口ずさんだ。

「私をからかうつもり。よしなさい」

柘植子はかまわずに続ける。

「――暫ク情懐ヲ少時ニ似ント擬《ホツ》ス――」

「許しませんよ。もう私の詩稿は見せないから」

柘植子は笑った。

「お姉さま、赤くおなりになって。でも私はこの詩が大好きですの。私だって同じ気持ちになること

になる。

「ほんとに、あなたも私もすっかり年をとって……」

ついに嫁がなかった姉と、早くから配偶をなくした妹とは時として沈みこんだ気分に支配されそうがよくありますもの」

になる。

――これではいけない――

と細香は思う。二人して沈みこんでしまってはいけないのだ。一人が沈みこんだら一人がはげまさなければ、沈みこんだ気分は強い酸のように心の内を腐蝕させる。そうならないように詩の勉強か、画を描くか、手仕事をするか、とにかく自分を鞭うたねばならぬ。そして妹の気分も快活にしてやらねば……。

「暗くならないうちに早くやりましょう」

細香はまた縫い物を取り上げたが、柘植子は手を止めたまま足を崩した。

「千次郎が近頃少しも私の言うことをききません」

柘植子は少しおこったような口ぶりで言った。

「放っておきなさい。京から帰ってから自分ではすっかり一人前のつもりなのだから。しかしあの子は生れつき活気があって勘が鋭い。親を無視しているようでも、あなたの言いたいことはちゃんと察していますよ」

「早くから父親を亡くした子はいつまでも気懸りな……」

「柘植さん、しっかりなさい。元益がついているではありませんか。それに、よほど手に負えぬなら父さまも私もいます。横道にそれるはずはない」

「そうでしたわね。さあ、仕事を片づけましょう。気分が勝れぬとつい弱気になってしまって、悪い方にばかり考えが向きます。あの子がまだ幼くて、母さま、母さまとまつわりついてくれた昔がなつかしくなるのです」

そう言って気を取り直した柘植子は、また思いついたように、姉の方を向いて坐り直した。

「そんなことよりお姉さま。父さまには何か心配ごとでもおありでしょうか」

「柘植さん、あなたも気がつきましたか。ここ二、三日の父さまの浮かないお顔……」

「ええ、変だと思っていました。やはり何かありましたのね。父さまは家のものにはいつも機嫌よく、怒った顔などお見せにならず、私などはそれがあたりまえのように思っています。だから、父さまの浮かないお顔をみるとそれだけで家の中が暗くなるようで心細い」

細香は声を低くして囁いた。

「蘭化先生の『和蘭訳筌』、ようやく開板までこぎつけられたのですけどね。それを刊行することはお見合せなさるのですって」

柘植子は眼を丸くした。

「どうしてですかお姉さま。あの御本を世に広めることは父さまの長年の念願で、板元での仕事ももう大分進んでおるのでございましょう」

細香は声を低くするようにと柘植子を手で制しながら、

「元益はあなたに何も言いませんでしたか」

「いいえ、なんにも」

「昨夜、父さまの書斎で、藩のお役人から元益にあてて来た書状を見せてもらいました。それは勝手に開板して不心得である、以後心得るように、という御忠告でしたよ」

柘植子もあたりを見まわして、小さな声で訊ねた。

「それは、どなたさまから……」

「わかりません。私が見たところでは、書状には日付も署名もありませんでした。父さまも黙っておいでだった。あのように長年の念願が叶うと喜んでおられたのに、お気の毒で……」

「ほんとに、いつもそれを願っておられたのに」

と、柘植子もうなずいた。そして、

「それにしても、うちの父さまくらい和蘭語の好きなお方も珍しいですね。いつかの夜も私が書斎で勉強のおつき合いをして詩を読んでいましたの。ところが、いつまでたっても父さまの勉強はおすみにならないでしょう。私の方が飽きてしまって、欠伸をかみころしていると〝柘植子や、お前、おなかが空いたのだろう。母さまに言ってお芋でも頂いておいで〟ですって。もう孫までいる私をつかまえて」

柘植子は大袈裟におこってみせる。

「でも、そういう時の父さまは、いつもの楽しそうなお顔でしたろう」

「ええ、あのお顔は昔と少しも変らなくて」

そして二人の姉妹は父への愛に溢れて笑いあった。

「でも、あのように根をつめて、よくお疲れがでないものね。前野蘭化先生は、殿さまから〝お前は蘭学のお化けじゃ〟と言われて〝蘭化〟という号をつけられたそうだけど」

「お姉さまが先年書かれた『蘭化先生伝』にも、そのことを真っ先にお書きになりましたわね。あれを読むと、何か私ども常人とはちがう人のように思えてきます。でも、父さまも〝好蘭斎〟というだけあって、蘭化先生とは勝るとも劣らぬくらい」

「しかし蘭化先生の場合は中津藩の殿さまが大へんなお力の入れようで、高価な書物もいろいろ買い与えて御助力なさったのですよ。うちの父さまは誰の後押しもなく、全く一人でここまで切り拓いてこられたのですもの。それだけに、なお今度のことが私には口惜しくなってくる」

「ほんに、父さまがお気の毒」

話は再びそこへ落ちていって、二人は黙り込んだ。

今、二人の間で話題になっている『和蘭訳筌』とは、前にも述べたが、前野良沢の著した書で、和蘭語を学ぶ初心者のための手引書である。安永の初め頃（一七七〇頃）杉田玄白らと『解体新書』を翻訳した前野良沢は、その刊行には加わらず、ひっそりと江戸の郊外、根岸の里に隠れ住んで、ひたすら和蘭語の勉強をしていた。そして初学者のために『和蘭訳筌』を著したのは天明五年（一七八五）

のことである。しかし良沢はこれを本箱の底にかくして誰にも見せなかった。寛政五年に蘭斎が良沢の門人となった時に、良沢はこの書を蘭斎に示して、筆写させた。

大垣へ帰ってからも蘭斎はこの書で学び、また自分の門人たちの教科書としても使った。そして師良沢の志を推量して、この書を世に出すのは自分の務めと考えていたのである。

細香はまだ十一歳の頃を思い出す。父の書いた長い、長い文章。それも曲りくねった草書体の、わかりにくい漢文を清書させられたことがあった。意味もわからず、あまりに長く難しいので、何日も稽古に費やして、すっかり厭気がさしてしまったものだった。しかし蘭斎は、娘にわかるように、かみ砕いて説明することをしなかった。

「多保、くり返し、何度も読みなさい。百遍も読めばわかる。お前にわからぬはずがない」

そう言った。

その文章が蘭化先生前野良沢の『和蘭訳筌』に付した、蘭斎の序文であった。

「泰西ノ文字僅ニ二十有五……」

で始る、五十行に及ぶ序文である。くねくねした、読みにくい父の草書を臨書するうちに、十一歳の多保はいつしかそれをすっかり暗誦してしまった。

「……ソレ泰西ハソノ人則チ明敏高識。ソノ学則チ星暦、医算、研尋、精確各々其ノ理ヲ窮ム……何ゾ必ズシモ漢字ヲ以テ記スベケン。況ンヤ徒ラニ旧聞ヲ守リ、以テ華夷ヲ分タンヤ……」

それから三十年たった今でも、少女の柔かい頭脳に叩きこまれた一節は、ふとした折に細香の唇をついて出てくるのである。呪文のような不思議な言葉と思った部分を、何年か後に、ことんと胸におちるように理解したこともある。そんな時、細香は思わず、

「ああ」

と声を出した。

その清書が見事に出来上った時、蘭斎は大そう喜んだ。何度も讃められたことを覚えている。今度の『和蘭訳筌』の開板には、その序文ももちろん付けることになっていた。

――なぜあのように難しいものを、父は私に書かせたのであろうか――

細香は時折、不審に思う。

蘭斎はくり返し蘭化先生のことを幼い娘に教え、とうとう細香はのちに『蘭化先生伝』という伝記を執筆したのである。細香の師山陽は、この伝記に朱筆を入れ「是史筆老手段　不料柔荑能辨之　真山陽外史女弟子也」と讃めた。

――今にして思えば、父は蘭学者の家を守る者としての自覚を、私に植えつけたかったのではあるまいか――

細香は縫い物の手を休めたまま、夕方ちかい空を見上げた。そして自分が生れ育った蘭方医の家、いつも日向臭いような薬の匂いが漂っているこの家が、普通一般の庶民の家とも、普通の武士の家庭とも、どこかちがっていることに思いあたるのであった。

――殿さまから知行を頂いているからといっても、一般の武士の家庭のような堅苦しさは殆どない。

家長である父も、家人である私たちも、言いたいことを言う大らかさがある。世間の人々からも敬意を払われ、世間の眼をはばかることもない。だからといって、勝手気ままをしてよいというわけではないのだ。普通の人以上に、落度なく身を処してゆかねばならないし、同業の漢方医から徒《いたず》らに反感を招くことのないように気をつけねばならない――

蘭方医とは、常にある危険を伴った職分なのであった。それ故に蘭学に対して深い理解と、強い自覚を持っていなければ、家学として栄えてゆかないのだ。

細香は前夜、父蘭斎が黙って彼女に見せた一通の書状が、そのことを物語っていると思った。

「御祖江馬春齢儀、和蘭訳筌相願はず開板いたし候趣相聞え、右躰の儀は心得も之有るべき所、不束の事に候。向後相止め申すべく候。此旨申渡の旨これを　仰せ出され候。此段仰渡さるべく候。

以上

猶以て著述ものの儀は近年　公儀にて御制度もこれ有る故、向後心得違ひこれ無き様、御口達にて仰渡さるべく候。　以上」

宛名もなく、差出人の署名もない。文章の推敲もよくしていないような、あわただしい文面であった。蘭斎のことを「御祖」と書いてあるところを見ると、それは蘭斎の孫、江馬元益にあてたものにちがいなかった。細香が読み了って父の顔を見ると、

「小役人メ」

と蘭斎が呟いた。彼の、長い白髪のまじった太い眉が、不快そうに動いた。蘭斎には、この書状を受

取った時の孫、元益の困惑が手に取るようにわかるのだった。

「爺思いの、まじめな若い者に」

と、また言った。

その書状を受取った元益は、『和蘭訳筌』の開板を着々と実行に移している祖父に、それを見せるにしのびなかったのであろう。しばらくは自分の胸に納めておいたのだ。しかしさまざまの情況を考え、『和蘭訳筌』を刊行して世に広めることだけは中止しなければ、と考え、ようやく書状を祖父の机の上に置いた。

宛名も、差出人の署名もないその書状は、ある無気味な雰囲気を漂わせている。長崎にいたシーボルトが国外に追放され、彼に日本地図と蝦夷図を渡した高橋景保が獄死したのは、つい先ごろのことである。そのことが、この書状を見たものの脳裡をよぎる。書状は、幕府の方針が蘭学者に対して厳しくなりそうな気配を、風見鶏のように敏感に察して、いち早くその意向を先取りしていた。

蘭斎の身の上を案ずる親切心からのようでもあり、藩に疵がつかぬための配慮のようでもあり、また、差出人自身の保身のためのようでもあった。およそ、当時の大垣藩の蘭学に対する配慮といえば、蘭斎に蘭学の修業を許し、塾を開くことを許しただけで、積極的な援助というものはなかった。好蘭堂塾が盛況を見たのは一人、蘭斎の努力と情熱によるのである。大垣藩が洋学の取り入れに熱心になるのは、もっと時代が下ってからのことである。

蘭斎には、差出人は誰であるか、ほぼ見当はついていた。以前に悪性の皮膚病を治療してやったことのあるその武士は、かなりの要職についていたが、小心な役人であった。

——決して気の悪い男ではないのだ。おそらく親切心で言ってくれたのであろう——

しかし、学問の進歩より先ず事無きを大事に考える、その配慮をつまらぬことに思った。だが、蘭斎はつまらぬことは無視してよい、と考えるほど若くはない。彼は老練である。短慮の一失から身を滅し、家を滅した例をその年齢までに数多く見てきていた。

「『和蘭訳筌』などは、一たん上梓してしまえば、それでどうということはないのだ。これは語学の書で、御政道を批判するような内容ではないのだから」

と蘭斎は細香に言った。彼はこれを教科書として使い、多くの門人がこれを写し取り、すでに写本としてかなり広まっている。それに著者である師良沢や、杉田玄白など、草創期の蘭学者たちの大方は物故して、自分はその最後の生き残りである。先達の志を形にして、世に残しておかなければ、という気持が強い。今、中止するのはいかにも無念だ。細香は父の気持を汲んで言った。

「では、そのようになさいますか。板元での仕事は大分捗っているのでしょう」

「稿本も大分以前に渡して、彫刻もかなり進んでいるはずだ。しかし、今回はしばらく見合せることにして、ひとまず稿本を引きとることにしよう」

「何故でございますか」

こんな書状一本で、父が急に弱気になったのかと疑う。——これくらいのことで、引下るような人ではなかった——

蘭斎は憮然として呟いた。

「元益が辛い立場に立つと思わぬか、あれはまだ弱年だ」

元益は、今は祖父蘭斎の跡を継いで、江馬家の当主となっている。十八歳ではじめて藩主の診察を命ぜられてから数年たち、医師としての実力も次第に備わり、周囲の期待を一身に集めている時であった。今、彼の身に疵がつくようなことは避けねばならなかった。

細香は怒りを感じた。年弱い孫を楯にとって、祖父の事業に枠をはめようとする。そして、そのやり方でなければ江馬蘭斎という人物を抑えることはできない、と見てとって、蘭斎の優しさにつけ込んできた。その役人のやり方を卑劣だと思った。

「しかしな、多保、おれはこれしきのことで恐れ入りはしないぞよ。刊行のめどが立たぬというて『和蘭訳筌』を諦めたりはしない。しばらく見合せるだけだ。一体にお上の方針などというものはまた風向きが変るものでな。多保、おれも甲羅を経てきただけのことはあろう。これからも和蘭語の勉強を止めるつもりはないし、若い者たちにも盛大に学ばせる。彼の国の優れた医術はどしどしとり入れねばならぬし、猫の眼のように変るお上の顔色などにはかまってはおれぬわ」

そう言って、父蘭斎の若々しい気迫に気圧されている細香の肩を叩いた。

「さあ、明日は膏薬を煮る日だな。手順よく用意がととのっておるか、見てくるとしよう」

蘭斎は、己れをも他人をも励すように言うと、先に立って書斎を出た。

その時、細香の心の中で、以前から書きあぐねていた詩の最後の一節が出来上った。

堪愧精神不及爺
爺歳八十眼無霧

この詩はある冬の夜、父蘭斎と細香、柘植子の姉妹が、書斎で勉強に励む姿を吟じたものである。その結末の二句が決らなかった。今はぴたりと決った。

「冬　夜」

爺繙歐蘭書　　爺《チチ》ハ繙《ヒモト》ク　欧蘭《オウラン》ノ書
兒讀唐宋句　　児《コ》ハ読ム　唐宋ノ句
分此一燈光　　此ノ一灯ノ光ヲ分カチテ
源流各自泝　　源流　各ゝ　自《ミズカ》ラ泝《サカノボ》ル
爺讀不知休　　爺ハ読ミテ　休《ヤ》ムコトヲ知ラズ
兒倦思栗芋　　児ハ倦《ウ》ミテ　栗芋《リツウ》ヲ思フ
堪愧精神不及爺　　愧《ハ》ヅルニ堪《タ》フ　精神　爺ニ及バズ
爺歳八十眼無霧　　爺ハ歳八十　眼ニ霧ナシ

「眼ニ霧ナシ」は、まだ眼鏡を用いていない蘭斎の眼であり、また彼の心の眼をも意味しているつもりだった。父の眼は遠い将来をも曇りなく見通していると思った。

——この詩を見せたら、父は何と言うであろうか、きっと喜んでくれるにちがいない——

その時の父の楽しげな笑い声さえ聞えるようである。細香は父の、いつまでも一つことにくよくよと捉われていない、平衡のとれた性分を好もしいものに思った。

この時期、蘭学はまだ庶民には遠いものであった。そのことを、蘭医の家に育った細香は身にしみて感じていた。

鎖国政策を維持するために、蘭学を一般に広めるにはさまざまの制約がある。それを学ぶ人は次第に増してはいるが、蘭斎が学びはじめた頃は、いっそう厳しい条件下にあった。何れかの藩の藩医であり、藩主の許可と庇護のある者が学ぶことができた。しかも、勉強の途中で知り得た海外の事情を公にすることは、鎖国政策に反するので固く禁じられている。

林子平が『海国兵談』を刊行して日本沿岸の海防を論じ、板木を没収されて禁錮に処せられたのは寛政四年（一七九二）のことである。これは蘭斎が江戸に下って、蘭学の勉強をはじめた年である。翌年、林子平は禁錮のままに歿し、江戸の蘭学者たちの間で度々話題となった。蘭斎には印象の深い事件であった。

蘭斎はそのような事情をよく弁え、慎重に身を処して、政治的、社会的な事柄について、公に発言するような軽々しいことはしない。しかし勉学の途中で知り得た海外の事情で、強く印象に残った事柄を、彼は「好蘭斎漫筆」に記しておくのである。これは自分一人のための帳面で、他人に見せるものではない。時折それを身内の者にのみ読ませることがあった。

蘭斎は己れの心覚えのために、天・地・人・雅・俗などの項目に分けて書いている。

天「按ズルニ、和漢ノ暦ハ月ヲ以テス。故ニ月ノ始テ見ルヲ朔日トシ、満月ヲ十五日トス。和蘭ノ暦ハ日ヲ以テス。冬至後十一日ヲ以テ元旦トシ、是ヲ正月トシ……永々此如ク月ノ晦朔《カイサク》ニ拘《カカワラ》ザル故ニ気節ヲ失フコトナシ。年号支干ヲ用ヒザルユヘ繁雑ナルコトナク、往昔ノ年数ヲ尋ヌルニ甚弁知シ易シ……」

地「漢学ヲナスノ輩、漢土ヲ指シテ中華ト呼ブ。可笑《ワラウベキ》コトナリ。漢人自分ノ国ヲ称シテ中華トシ、四方ノ国ヲ指シテ夷狄《イテキ》トス。和朝人擬之《コレヲラギ》シテ中華ト呼ブコトニアラズ。世界ハ六大州ニ分チ其一ハ亜細亜、其二ハ……日本漢土等ハ赤道ノ北ニアリ。故ニ日輪ヲ南ニ見ル。故ニ南風暖ニシテ、北風寒シ。赤道ヨリ南ノ国ハ日輪ヲ北ニミル。故ニ北風暖ニシテ南風寒シ。漢土古来南ハ陽ト為シテ暖トシ、北ハ陰ト為シテ寒トスルハ区々タル私言ナリ。孰《イズレ》ヲ中国トシ、孰ヲ夷狄トセシ、漢人吾国ノ外六大州ノ大ナルヲ不知《シラザル》ガユヘナリ……」

蘭斎はこの文中で、従来の日本にとって絶対的なものであった中国を、六大州の一つとして相対的に捉え直している。これは何も蘭斎一人の創見とはいえない。

蘭斎の師前野良沢の著書に『管蠡秘言《カンレイ》』（安永六年頃）がある。彼はこの中で西洋の自然観の紹介、儒教的自然観の批判をしている。また、杉田玄白にも、中華思想を徹底的に批判した『狂医の言』

（安永四年）、ロシアの脅威とその対策を説いた『野叟独語』（文化三〜四年頃）などがある。いずれも一般に刊行されなかったが、当時の蘭学者の間ではかなり話題となったものである。また、前に述べた林子平の『海国兵談』の他にも、コペルニクスの地動説をはじめて紹介した本木良永訳『天地二球用法記』（寛政四年）、西洋の文化、世界観を日本や中国より更に古く、優れたものとして紹介した本田利明著『西域物語』（寛政十年）などがある。更に早く、新井白石の『西洋紀聞』（正徳五年）もある。もちろん、これらの書はすぐ入手して読めるという時代ではなかったが、新しい世界観、ものの考え方は止めても滲み出る水のように、蘭学者、知識人の間にじわじわと広がり、普遍的な知識となりつつあった。しかし一般の庶民とは遥かに懸隔があったのも、致し方のないことであった。

細香は、美濃の一隅に住んでいながら、我父より海外の広い世界について教えられるのを、有難いことに思うのである。

数日後のある午後、蘭斎が『和蘭訳筌』の稿本を預けた板元の書肆、岡安の主人が番頭を伴って江馬家を訪れた。通された座敷で、番頭が抱えて来た紺木綿の風呂敷包を開くと、中から『和蘭訳筌』の稿本、最初の部分の彫り上った板木、そして数枚の試し刷りが出てきた。

「いずれはこの御本も、お奉行からお許しがでましょう。その折には必ずまた手前どもにお申し付け下さい。これまでも旦那様の御本がお咎めをうけるなどはないことでした。それが開板途中でこのようになりますとは。何かのお間違い、でなければ、お取締りの行きすぎでございますよ」

最後は少し声をひそめて、岡安の主人はしきりに蘭斎を慰める口ぶりであった。しかしいつもより口数の少ない蘭斎の気持を汲んで、二人は早めに切り上げて帰った。いつもなら蘭斎が引きとめて、探してほしい漢籍や、医書の話がつきないのである。二人を見送ってから細香がとって返すと、蘭斎はまだ座敷に黙然と坐っている。稿本と、彫りかけの板木を手にとって見比べている。不具の吾子を見ているようである。『五液診法』が上梓された時の、家中湧きかえるような喜びに比べて、なんと割り切れない結末であろう。しかし蘭斎は閾ぎわに膝をついて、じっと見ている細香に気がつくと、

「案ずるな」

いつもと変らぬ声で言った。

その夜、蘭斎は書斎で墨を磨っていた。長い時間かけて静かに磨っていた。相かわらず暑さが去らなかったが、日が落ちると秋らしくなった。患家からの薬礼を包んだ紙を、皺をのばして綴じさせてある。彼はそれを手習い帖にしている。蘭斎は米芾《べいふつ》の草書体を好んだ。使いなれた筆で千字文を書き写しつつ、やはり『和蘭訳筌』の事を考えていた。彼はやはり今回のことが無念であった。

——元益の言うとおり、もう『和蘭訳筌』は古いかもしれぬ。それよりも更に内容の充実した大槻玄沢どのの『蘭学階梯』が刊行されている以上、今、改めて『和蘭訳筌』を公にすることは無意味かもしれぬ。しかし、おれがはじめて入門した日に、先生が筐底深くに蔵しておられたかの書を授けられた、そのお心を思えば、かの書を世に出すことが、おれの務めであると思われてならぬ——

蘭斎は師良沢の、やや偏屈ではあるが世俗に潔癖で、己れにも厳しい生き方が好きであった。それ故にいっそう、亡き師の業績を世に顕したかったのだ。

——しかし、多くの蘭学の先輩たちが、一冊の書を世に出すために、いかに多くの困難に耐え、細心の注意を必要としたか。更に多くの先輩たちが危険と迫害に遭ったことか。今、我家が藩医として揺がぬ地位と実績を持っていても、身を処するに細心の注意は必要である。我家に疵をつけ、ようやく根付いた美濃蘭学の芽を摘むようなことは控えねばならぬ——

藩の公認の蘭医という、この自由で窮屈な身分。それは何も蘭斎のみではない。蘭学を学ぶ多くの仲間が等しく耐えていることであった。

半時ばかりも手習いをしていると、蘭斎の鬱々とした心は次第に晴れてくる。蘭斎はその夜、いつもの蘭書の訳述とはちがう仕事をした。

もう大分以前のこと、蘭斎がオランダの医書『バルベッティ・アベリウス』を読んだ時に暗示を得て、書きとめておいた覚え書を書棚の下の方から引出してきた。

それは蒸気風呂についての覚え書であった。蒸風呂は伝説によれば、白鳳の頃より日本にあったといわれ、全国各地で広く親しまれていたものである。蘭斎はその構造に自分の工夫を加え、それに伊吹山の薬草を入れた蒸気を通すことを考えついたのである。これによって、梅毒第二期の化膿したものの、皮膚の靡爛した肉芽などの治療をし、醜い瘢痕ののこらぬようにする。また刃傷の予後、リウマチ、神経痛、胃腸病などの治療に役立てようと考えた。

蘭斎の工夫した蒸気風呂は、柾板で大きな酒樽を二つ重ね合せたような形の湯槽を作り、これを五右衛門風呂の上に据える。下で釜を炊き、蒸気を湯槽内に上昇させるのである。蘭斎の考案した湯槽には一つも気孔がないために蒸気がよくたちこめる。その頃合を見て扉をあけて入る。中に椅子が一脚あり、坐れば一人、立ったままなら、大人が三人入れる大きさであった（この蒸風呂は現在もなお、大垣市内で行われている）。

新しい美濃紙を一枚机の上に展げ、物指しを使って図面を引く仕事は、彼の心をさわやかにした。実際的な医療の仕事に立ち向う時、彼は一切のことを忘れてしまう。

秋の夜風が開け放ってある窓から冷んやりと流れ込むのを感じて、蘭斎は筆と物指しを傍に置いた。湯槽の高さを訂正しようとして、今度は朱筆で線を引いた。一息入れて図面に見入っていると、何時もの時刻に細香が熱い、香ばしい焙じ茶を運んできた。するとその後から柘植子と、「今日は気疲れがしました、早く休みます」と言っていたはずの、老妻さのまでが顔を見せた。

「貴方、お邪魔してよろしいですか」

「どうしたのだ、女が三人もぞろぞろと」

蘭斎は笑って言った。

「日頃、おれを敬遠しておることぐらい、察しはついておるのだぞ」

女たちもまた顔を見合せて笑った。

そういえば、蘭斎が書斎に入って蘭書の訳述に没頭している時、家の者も書斎の近くでは足音を忍ばせるようにしているのであった。

ゆらめく灯影の下で、機嫌のよい父を見出して細香と柘植子はほっとした。父を力づけようと、それぞれに話題を心づもりしてきたのだが、それも要らぬ心配になった様子である。

「そんなところに居らず、もっと近くに坐らぬか。今夜は大事な仕事もない」

女たちは蘭斎のまわりに坐った。父の机の一ばん近くに坐った柘植子が、机上に展げられた、蘭斎が今書き上げたばかりの図面を指して言った。

「父さま、これは何でございましょう。珍しい形ですこと。まるで大きな酒樽を二つも組み合せたような」

柘植子は横から、斜から不思議そうに見た。蘭斎は墨の乾いたばかりの図面を取り上げると、女たちの前に展げて、灯火を近づけた。香ばしい茶を一口啜り、そして従来民間で行われてきた蒸風呂と、自分が蘭書を読んで考えついた蒸気風呂の構造について、女たちに説明してやるのであった。

「……そこで湯気がもうもうと立ちこめる頃を見はからって、患者をそれ、この扉をあけて入らせるのじゃ」

蘭斎は指で湯槽の一ヶ所についた開き戸を示した。

「病人がむされて眩暈をおこさぬよう、あらかじめ冷水でしめした手拭を頭にかむらせる。やがて皮膚が湿潤《しめり》をおび、汗が淋漓と流れる頃合を見はからって、一度外気に浴させる。更にもう一度湯気にあてる。こうして病気の治療に著しい効果をあげることができるのじゃ」

蘭斎は一息いれて茶をのんだ。

「また湯気は下より立ちのぼらせるため、釜はこの下部に据える。釜を炊くには枯木を用いずして、常盤木を用いる。さらに伊吹山の艾《よもぎ》を加えることによって、湯槽内に薬草の香りがたちこめ、神気をさわやかにするのじゃ」

蘭斎は珍しく熱心に話し、女たちも黙って聞き入った。蘭斎は話しつつ、なごやかに、気持のときほぐれるのを感じていた。

どれだけ時間がたったであろう。蒸気風呂の説明を聞いたあと、珍しく寛いでいる蘭斎を囲んで、四方山の話をしていると、ふと柘植子が手で皆を制して、庭の方を窺った。それにつられて、一同口をとざして気配を窺う。遠く、表門の方でざわめいて、どんどんと叩いている音がする。

「風ではありませんね。人声がします」

細香が窓ぎわに立った。

風ではない。門を叩く音に混って、大声で呼んでいるのが聞える。そのうち、表の二階、塾生たちの部屋から、どどっとかけおりる門人たちの足音がして、表門が開いた様子である。数人の人声と、女の泣き叫ぶ声がはっきりと聞きとれた。

「何でしょう。私、見て参ります」

柘植子が、す早く部屋を出ていった。しばらくすると表の気配が少し静かになった。薬室に入ったのだろう。何か事故がおきたのか、それとも刃傷沙汰か。もし大事故であれば、誰か蘭斎を呼びに来るはずである。皆それを待つ姿勢になった。

「昔はよくこんなことがございましたね。多保さんたちのまだ小さかった頃でした」

と、さのがひっそりした声で蘭斎に言った。

「この頃はおだやかで、怪我人もありませんようで、いい按配と思うとりましたが……」

「そうであったの。寛政三年の大水の時も大事じゃった。堤は崩れる、怪我人は運び込まれる、雨は降り止まぬ、であった。多保の生れる以前、あの鵜森の伏越樋の工事が出来るまでも、度々ひどいことじゃった。それに決って工事場でのいざこざと、他部落との争いじゃ」

木曽三川にはさまれた低湿地帯にある大垣では、大事件の思い出といえば、きまって水害と結びつくのである。それがこの地方の宿命であった。

宝暦三年(一七五三)に木曽三川を下流で分流する大工事が始められた。三川は下流で合流するため、いっそう水害を大きくしていたのである。幕府より手伝普請を命ぜられた薩摩藩は多くの、痛ましい犠牲を出してこの難工事を遂行し、宝暦五年三川分流に成功した。それによりかなりの水害を防ぐことができたのである。この地の人々は、薩摩義士として、今も心に刻みつけている。

表へ様子を見にいった柘植子が走り戻ってきた。怪我人は重傷が二人、軽いものが三人だ、という。案じていた通り、輪中堤で数人が打ち合ったのだ。輪中堤の高さは他部落との間できびしく定めてあり、堤の上の草丈まで決めている。夜陰にまぎれてこっそりと、堤の上の草を刈っているのを、見廻りに咎められた。秋雨の降る前、収穫時をひかえて、こういう争いがあちこちにあった。

「もし必要ならすぐおじいさまにおねがいするが、今のところはまだよろしいそうです」

と、柘植子は元益からの言伝を伝えた。

「うむ、心得た」

と、蘭斎がうなずく。

「元益にできましょうか」

「大ていの事はな。それに門人にも手馴れたものが揃っておる。その程度であれば、できるであろう」

元益はすでに数回、外科手術の執刀をしていた。しかし、蘭斎は呼びに来たらすぐ立ち上る心構えで、表の気配にじっと耳を澄している。八十をすぎた父の顔に、壮年の頃のような気力が溢れるのを細香は見た。

二、三日過ぎた。二人の怪我人も動かせるようになって、付き添っていた家族ともども引取って、しんと静かな午後である。塾生たちが和蘭語の医書を読み合せている声が聞えてくる。日が傾きかけた頃、ひっそりと裏口から細香を訪ねてきたのは、梁川星巌の妻、紅蘭であった。星巌夫妻はこの年の春、故郷の曽根村へ墓参をかねて帰っていた。紅蘭が長旅の疲れで病気になり、かなり長く病床にいたこともあって、そのまま故郷に腰を落着けていた。ようやく二人は故郷に定住する気になったのか、と細香は喜んでいたのである。婢の知らせで急いで迎えに出てみると、紅蘭はまだどこか病い窶

れのこる顔で、細香からの度々の見舞いの礼を述べた。そして少し沈んだ声で、

「ようやくなつかしい故郷に落着きましたのに、また他国へ出ることになりそうです」

細香を見上げる紅蘭は、ふと泣き出しそうな表情を見せた。

「何とおっしゃるの。とにかく私の部屋へお上りなさい」

先に立って部屋に案内した。いつになく淋しげな若い友の様子が気になった。部屋に入ると、坐るか坐らぬうちに、

「私はやはりひとつ所には、ゆっくりと落着けぬ定めのようですわ」

と、吐息のように紅蘭はもらした。涙がぽとぽとと、膝におちた。

星巌夫妻が故郷に落着くことを一ばん望んでいるのは、細香や、村瀬藤城たち、白鷗社の同人仲間であった。星巌夫妻の長い放浪の生活の間に、紅蘭の吟じた望郷の詩を読んで、細香は同情を感じないではいられなかった。

彼らの放浪生活は長い。文政五年、十九歳の紅蘭は、夫星巌に従って西遊の旅に上った。大和から山陽道を経て、備後、広島など各地に滞在しつつ、九州に渡った。長崎に長期滞在ののち、豊後日田をへて、山陽道から京に至った。こうして美濃に帰ったのは文政九年の春、出発からすでに四年の月日を経て、紅蘭は二十三歳になっていた。

この長い、不如意な旅の暮しの中で、紅蘭は故郷を想い、姉妹を恋うる哀切な詩を幾つも作っている。その後ようやく曽根村の梨花村草舎に落着いた星巌夫妻と細香は、足繁く、お互に訪ね合った。

また、大垣、実相寺で行われる白鷗社の勉強会も、彼ら夫妻を迎えて急に活気のあるものとなった。細香は二人のためにもそれを喜んでいたのだ。

しかし星巌は故郷に落着かず、その翌年、再び妻を伴って京に上り、浪華に移り、志を得られなかったのか、文政十二年（一八二九）の春、帰郷した。この度は墓参と称し、すぐにもまた、京へ上ると言っていたが、紅蘭の病が思いがけず重く、そのまま滞在が長びいていたのだ。それで、今度こそは故郷に居る気になったのか、と細香が考えていたところだった。

「また京へ出る」という話に、少からず細香が驚いていると、紅蘭は、

「田舎住いではやはり私の夫のような詩人の暮しは成り立ちません。あの人の志は大きすぎて、とてもこの地には納りきらぬのです」

と言った。

――まことにそうであろう――と細香は想う。紅蘭の夫、星巌の鬱屈した志は、どこかにはけ口を求めていて、それはどういう形で表現されれば満足するのか。彼自身さえまだ摑んでいないようなのである。その志は、何れかの藩に儒官として登用されれば満足するのか、あるいは、それ以外の形を求めているのかもわからず、そしてひと時も彼を安住させずに追い立てているようである。

「彦根藩へ仕官なさるという、あのお話は如何なりましたの」

「はい、山陽先生がそのお話を強くお勧め下さって、暮しを安定させるようにと計らって下さいましたが、夫は気が向きません。あの人の気に向かないことは、私もさせたくはありませんの」

紅蘭は眉を上げて、きっぱりと言い切った。とすれば、生活は不安定でも、自由な詩人として、また、一介の巷の儒者として文筆での暮しをしてゆくには都へ出るより他に道はない。そして、都へ出たからといって、それがどんなに困難なことであるかは、山陽の暮しぶりを具《つぶさ》に見ている細香には、よくわかっているのであった。しかし、今、紅蘭にそれを言う気にはならなかった。

どこからの扶持も庇護もない、一介の浪人である山陽は、絶えず経済のために気を遣い、綿密な計画を樹てた上で、ようやくその生活は成り立っているのである。しかしまた、彼の生活の自由は、そのことによって支えられてもいるのである。

山陽と同時代の詩人、中島棕隠は『錦西随筆』の中で、そのことについて書いている。

「……文化末より天保の初までを以て云へば、都下にて詩文著作のみを以て業とし、世を渡る者は、山陽外史と余とばかりなり。……余輩収る所の潤筆は微なりといへども奔走の労なく、応接の煩を省けば自珍《じちん》して、研田の筆耕を苦力すること也。……山陽嘗て余に語て云、一日に二三方金或は一両の仕事を為し了りて後、晩酌せねば快からずとなり。……又対酌して世事人情の談に及びしとき、乱世の英雄、太平の金もふけと言はれしも面白し。道学家に此の如き談をきかせなば唾して走るべし。然れども其情実を剖拆せば、多くは外廉に内は廉ならずして、所謂偽君子を免れず。いづれにしても都下儒者文士の風は三十年来一変せり。」

潤筆料《じゅんぴつりょう》によってのみ暮しを立てる自由な文筆家の困難と、その抱負がよく窺われる。星巌夫妻にしても、山陽とはごく親しい間柄であるから、その困難な事情を知らぬわけはない。しかし、それを知っていて、敢て夫星巌にやらせようという、紅蘭の若さと献身とに、細香は返す言葉もなかった。うっすらと垢じみた、くたびれた着物を着ているが、紅蘭の若さと気負いは匂うようであった。

結婚して献身的に仕え、尽すべき対象を持っている紅蘭と、仕え、尽さねばならぬ対象を持たない自分の、気楽なようで味気ない境遇を、細香はつい比べてみる。それは細香がいつも心の奥底にひそませている引け目であった。

三従総テ欠ク一生涯

またしても、旧作の詩の一節が脳裡に浮んだ――夫もなく、舅も子供もない私の生涯。おそらく私一代の悔恨となるにちがいないこの生涯――

自分たち夫婦のことで頭がいっぱいの紅蘭は、年上の友人のこの複雑な胸の裡には思い至らないようであった。そして、つい先頃まで自分が病床にあった時の、細香からの心尽しの見舞いに礼をのべ、紙を一枚請いうけて、次のように感謝の詩を書いて細香に贈った。

「病中細香女史見贈早梅」

閑窓臥病養幽慵　　閑窓病ニ臥《フ》シテ幽慵《ユウヨウ》ヲ養フ
忽見寒梅附一封　　忽チ見ル寒梅ニ一封ヲ附スルヲ
花自清癯字疎淡　　花ハ自《オノヅカ》ラ清癯《セイク》字ハ疎淡ナリ
想君平素好儀容　　想フ君ガ平素ノ好儀容

（幽慵＝かるいけだるさ。清癯＝清らかにやせている。儀容＝身じまい、身づくろい）


細香は喜んでこれを受けた。

「また、しばらくはお別れですね。でもきっとあなた方お二人は、また故郷へ帰ってこられますよ、あなたが美濃を忘れるはずはないのですもの」

細香はそう言って慰めた。それにも拘らず、星巌夫妻はその時故郷を後にしたきり、京へ出て、やがて江戸に下り、永く江戸に住むことになる。

帰りがけに、紅蘭はふと思い出したように言った。

「京では山陽先生に大へんよくお世話になりましたが、どうなさったのでしょうか、とてもおやつれになりましたね」

細香がそのことを知っているものと決めているような紅蘭の口ぶりであった。紅蘭が帰ってからも、そのことが心にかかった。

——どうして私は気がつかなかったろう。たしか眼が少しお悪いように書いてあったはずだが——

急いで書斎へとって返した。一ばん新しい詩稿の綴りを取り出して、心当りの部分を開いて見る。

詩稿の右肩に、大きく朱筆で走り書きがしてある。

「以後文ヲ見示《シメ》サルルハ大字濶行、間ニ雌黄《シワウ》ヲ容ル可キ余地有ル様ニ成サレ下サル可ク候ハバ、病眼曇天困リ入リ候」

細香はそれを読んでからは、詩稿の字を大きく書くように心がけているのであるが、今読み返してみると、眼が悪いだけ、というよりも、神気が疲れているような書きぶりである。

——どうして私は気がつかなかったろう。先生はお仕事のしすぎで、どこかお悪いのではあるまいか——

紅蘭の別れぎわの言葉と思いあわせて、急に気がかりになってくる。

第九章　別れの予感

草葺の屋根に、春雨が吸いこまれるように降りそそいでいる。雨はさほど繁くはなく、縁側から鴨川を隔ててのぞむ彼方の空は、ほの明るい光をのこして暮れなずんでいた。

晴れた日ならば、鴨川を隔てた彼方に、遠く東山、比叡山をのぞむことができる。夕刻、鴨川の水際にまだ明るさののこる申の刻（午後四時ごろ）、それらの山々は濃い紫色にかげる。「山紫水明の刻」と言って、山陽が最も愛した時刻である。彼は、「山紫水明」の言葉をこの草葺の書斎の名として、この建物からの眺めを愛し、この時刻から酒を飲みはじめることを好んでいた。客を招くにも、この時刻に到着するように、と屡々指定している。

山陽の住居は京、丸太町三本木通りの鴨川にのぞんだ場所にあった。隣家は料亭で、夜毎に弦歌のざわめきが聞えてくる。学者の住居としてはふさわしくない場所である。しかし、その地からの眺望が彼の好みに合った。文政五年にこの地に移り、ここが山陽の終生の棲家となった。その地に家を建て、書斎を作り、そのまわりに梅、竹、桃、杏など二、三十株もの樹を植え、その間から見る東山や叡山の姿、そしてそれらが鴨川の水に映る眺めを愛した。京師第一の眺め、と彼は師の菅茶山に自慢している。

雨がやや繁くなると、山々の姿は鈍色になった。雨が霧のように流れ込むことを厭って障子を閉めたが、夕暮の光は障子にはめこまれたガラスよりさしこんで、室内はほのかに明るかった。

山陽は琵琶を抱えて柱に背をもたせかけている。これから平曲の一節を細香に語って聞かせようとしていた。この小さい書斎の中には山陽と細香の他に誰もいない。先刻まで中島米華、塩谷宕陰《しおのやとういん》、その他の門人たちもいたのだが、山陽が興にのって琵琶を手にすると、彼らは一人去り、二人去り、残るは細香一人となった。山陽自身も琵琶を手にしながら、

「春愁や、重たき琵琶の……」

と、少し照れる。それにはわけがある。彼の琵琶は、お世辞にも上手とは言えない代物なのであった。そのことは彼もよく弁えている。が、それに追い討ちをかけるのは、母の梅颸である。

以前にも細香に平曲を聞かせよう、という山陽をみて、梅颸は笑いながら席をたった。

「細香さん、およしなさい、聞くのは。久太郎の琵琶だけはどうにも聞けたもんではありませんよ。この人は何でも器用にこなす人やけど、琵琶だけはいつまでたっても上手にならん。眠うなるだけですよ」

柔かい上方なまりでそう言うと、娘のように屈託のない笑い声をのこして、部屋を出ていってしま

った。浪華の爛熟した文化の中で育った梅颸の耳はたしかなものなので、彼は老母の酷評には一言の異議もなく、苦笑しているだけだった。

そのことはいつか門人たちにも知れわたり、山陽の琵琶がはじまると一人去り、二人去り、ついには彼一人残ることになる。それでも彼は時折、嫋々と哀切極りない琵琶の曲の中に、ほれぼれとして溺れてゆく気持を抑えられないのである。

その日も居合せた門人たちはいつかいなくなり、細香一人、暮れゆく鴨川の水面を見つめながら、山陽の語る琵琶の曲に聞き入っていた。決して上手ではないのだが、切々とした心はこめられているのである。勇ましい合戦の件りも、落人の旅の件りもよかった。ことに、三位中将、平重衡が捕われて、東国へ落ちてゆく件りは細香も好きな場面であった。

「……宇津の山辺の蔦の道、心細くも打越えて、手越をすぎてゆけば、北に遠ざかりて、雪白き山あり。問へば甲斐の白峰といふ。その時三位中将、落つる涙をおさへつつ、

惜しからぬ命なれども今日までに

つれなき甲斐の白峰を見つ」

細香は眼を閉じて、師の声に包まれて坐っていた。隣の料亭の弦歌のさざめきもいつしか遠のき、うっとりと平曲に聞きほれていた。

どれだけ時間がたったであろうか。ふと気がつくと、ひたひたとしめやかに庭石を渡る足音がして、地窓がそっと開けられた。そこに茶道具をのせた盆を置いたのは、山陽の妻の梨影であろう。彼女は

書斎にいる山陽の世話を、決して他人まかせにはしない。

細香は山陽の方を見たが、彼は気づかずに琵琶に没入している。細香は梨影を呼びとめて、二人で琵琶を聞こうと思い立ちかけたが、また思い直して坐った。やはり、一人で聞いていたい気がする。それに梨影は、山陽と細香が詩文の話をしている時には、決して入ってこようとはしない。

――それに、お梨影さまはまだ落着いて琵琶を聞く気にはなれぬであろう――

母屋の方では、つい先刻まで末娘の陽が泣く声がしていた。厨では家族、客、門人と、大人数の夕餉を仕度するざわめきが聞え、外からかけ戻った六歳になる三樹三郎が、

「母さま、母さま」

と、せわしなく母を呼ぶ声もしていた。

――お子たちが寝静まられぬうちは、決してゆっくりとは坐られぬのだから――

と細香は思った。

梨影は子供たちのことに、少し神経過敏になっている。ことに山陽の二男、梨影にとっては最初の子供である辰蔵を六歳の可愛い盛りに疱瘡で亡くしてからは、よけいに気を使うようになった。次に生れた又二郎は少し体が弱い。そして弟の三樹三郎は元気にまかせて腕白の度がすぎる。末娘の陽は、まだ母の乳房の恋しい年齢である。梨影は気の休まる時はないようである。ことに三樹三郎はちょっと目を離すと、水嵩の増した鴨川へ、恐れ気もなく入ってゆこうとする。門人に頼んで連れ戻してもらうことも度々である。そして夏になれば、河原の焼石の上を、裸足で走りまわる。つかまっては父

に灸を据えられる。それでもある時、とうとう鴨川を向い岸まで渡り切って、家中の者の度胆を抜いた。

　梨影はいつもはらはらし通しでいるように見える。

「嫁は姑に似ると世間では言うが、あれはまこと、人の姿をよくうがった言葉だな。梨影はだんだん昔の母上に似てくる」

と、山陽は笑う。

　彼の心の中には、幼い頃、屡々発作からひきつけては、母をうろたえさせたこと、青年時代には狂人と見なされるほどの、数々の奇行を重ねて、母に心配をかけたことがいつも消えない。その頃の母と幼い自分の姿。そして妻梨影と子供たちの姿が二重に重なって見えるのである。

　部屋の中がすっかり暗くなった。細香は灯をともそうと立ち上って、その時戸を開けて外を見た。母屋にはすでに明るく灯が入って、賑やかにざわめいており、中庭はとっぷりと闇に沈んで、敷石の上に白い辛夷《こぶし》の花片が夥しく散っていた。山陽と細香、二人だけがいる小さな草葺の書斎は、闇に漂う小舟のように思われた。


「水西荘書事」

春窓聴雨夜沈沈　　春窓　雨ヲ聴キテ　夜　沈沈
自覺簷聲撩客心　　自ラ覚ユ　簷声《エンセイ》　客心《カクシン》ヲ撩《ミダ》スヲ

微酔醒時猶未寝　　微酔《ビスイ》醒ムル時　猶ホ未ダ寝《イ》ネズ
琵琶曲裏坐更深　　琵琶ノ曲裏《キョクリ》　更深《コウシン》ニ坐ス
（水西荘＝山陽の住居。簷声＝軒の雨だれの音。客心＝旅情）

この夜、山陽もまた筆をとって、まもなく美濃へ帰るという細香のために、次の詩を書いて与えた。

「雨窓與細香話別」
離堂短燭且留歡　　離堂ノ短燭　且《シバラ》ク歓ヲ留ム
歸路新泥當待乾　　帰路ノ新泥マサニ乾クヲ待ツベシ
隔岸峰巒雲纔斂　　隔岸ノ峰巒《ホウラン》　雲ワヅカニ斂《オサマ》リ
隣樓絲肉夜將闌　　隣楼ノ糸肉　夜マサニ闌《タケナハ》ナラントス
今春有閏客猶滯　　今春閏《ウルフ》有リ　客ハ猶滞マレドモ
宿雨無情花已殘　　宿雨情無ク　花スデニ残《ザン》セリ
此去濃州非遠道　　此ヨリ濃州ニ去《ユ》クハ遠キ道ニアラザルモ
老來轉覺數逢難　　老来ウタタ覚ユ　シバシバ逢フコトノ難《カタ》キヲ
（巒＝峰。絲肉＝糸は琴、瑟の類、肉は歌）

細香は最後の二節に、

此去濃州非遠道　老來轉覺數逢難

とあるのを、不思議な気持で読んだ。

この詩には歌人土岐善麿氏の美しい口語訳があるので、ここに引用させて頂く。これは「明日の友」（婦人之友社）十七号にのった。

「雨の夜の窓に細香と別れを語る」

はなれやの灯のもとになごりは尽きず
かえるさのぬかりみち乾くを待てかし
岸をへだてて山なみに雲は消えつつ
となりたかどののさざめきの夜やふけぬらし
うるうの春まろうどはなおとどまれど
よべの雨つれなくも花はちりぢり
ここよりは美濃のくに遠くもあらね
老いづけばしばしばも相見がたきに

また、この詩には、コロンビア大学のバートン・ワトソン教授の英訳もあるという。

その四日後のことである。美濃へ帰る細香を送って、山陽は門人三人を伴い、琵琶湖のほとりまで足をのばした。

朝早く丸太町三本木通りの山陽の住居を出て、白川に沿って上り、比叡に連なる尾根、田ノ谷峠を越える、通称山中越えと呼ばれる道を通り、志賀の里に下りた。途中、詩を吟じたり、小憩したりしながら、琵琶湖の南岸、唐崎の松についたのは午後も大分すぎた頃であった。

湖上には春霞が一面に漂い、それがかすかに左手の方へと、たゆたいながら動いている。向う岸には近江富士の姿がかすんで見え、此岸に頭をめぐらせば比良の峰々が連なっている。広い湖上に幾つかの舟影が認められ、時折、快い風があった。

一行の関心は途中、北白川を過ぎる辺りで後から追いかけてきた使いの者が持参した、言づけの包みに集っている。それは、山陽の留守宅からの使いであった。

包みには走り書きの手紙が添えられている。それによると、一行が出発してからしばらくして、伊勢の国の長谷川という人から名物の生鮓が届けられた。それを包み直して、瓢の酒も添え、味の落ちぬうちにと、走り使いをやとって一行の後を追わせたのは、梨影の気転であった。このような心遣いを山陽が大そう喜ぶことを、梨影はよく心得ている。

瓢の酒を汲み交し、一切れずつ分けて、ほどよいなれ加減の鮓を味わいながら、

「お梨影さまのお心づくしですね」

と細香は言った。

そこに、夫の世話をすることにかけては、一点の落度もなくなしとげようとする梨影の気持と、ある悲しみを感じとらずにはいられない。四日前の夜、ひたひたとしめやかな足音をさせて、書斎の地窓を開けて黙って茶菓を置いていった梨影のことが思い出された。

山陽は後日、伊勢の人、長谷川某に、

「……先頃は御国産二品、遠方の処御心頭に挂けられ忝存じ奉り候。別て鮓は妙品。折節湖上へ遊に出かけ候処へ相達し、辛崎古松下にて美濃、豊後、淡路の三客と各一切づつにて一杯仕候。摂州の酒を、勢州の魚にて、四箇国の者一酔、江州の風景を賞し候」

と書き送った。

夫の好みをよく弁え、その風流を理解して、到来物をちょうど味の良い頃に賞味できるようにと気を配る。細香はそこに梨影の意志を感じとるのである。

しかし、その日細香は、いつまでも梨影の上に思いをめぐらせていることはできないのだった。

何故かその日の別れは、いつにも増して別れ難く、心にしみて辛く思われるのである。

「数々逢フコトノ難キヲ」

先夜、山陽から贈られた詩句の気分が自分にも乗りうつってくるようである。

夕暮近くになると湖水の色が一ときに変った。濃く深い藍色になった。別れの時刻である。山陽と門人たちはここから舟で大津へ向い、細香と供の老僕常助はさらに北に進んで、堅田から舟にのって八幡に向うことになっている。
細香に別れを告げた山陽が門人たちとともに、舟で湖上を去ってゆく。その船の帆が順風をうけて大きくふくらみ、船足が早いのを心の中でののしりつつ、細香はいつまでも唐崎の松の下を去り得ずにいた。

「唐崎松下拝別山陽先生」

儂立岸上君在船　　儂《ワレ》ハ岸上《ガンジョウ》ニ立チ　君ハ船ニ在リ
船岸相望別愁牽　　船ト岸ト　相イ望ミテ　別愁《ベッシュウ》牽《ヒ》ク
人影漸入湖煙小　　人影《ジンエイ》　漸ク湖煙《コエン》ニ入リテ　小サク
罵殺帆腹飽風便　　罵殺《バサツ》ス　帆腹《ハンプク》　風ニ飽キテ便《ベン》タルヲ
躊躇松下去不得　　松下《ショウカ》ニ躊躇シテ　去ルコトヲ得ズ
萬頃碧波空渺然　　万頃《バンケイ》ノ碧波《ヘキハ》　空シク渺然《ビョウゼン》タリ
二十年中七度別　　二十年中　七度ノ別レ
未有此別尤難説　　未ダ有ラズ　此ノ別レノ尤モ説《イ》イ難キハ

この詩の終りの二句の元の形は、
別恨極時幾度誦　　別恨極マル時幾度カ誦ス

途上賦賜送別篇　　途上賦シ賜リシ送別ノ篇

であった。これに対して山陽は次のように批正の言葉を加えている。

「結末雖是実事微覚不振。以其無情語爾。当言廿年来相逢相別。未有如此別之難別之意」（結末是レ実事ナリト雖モ、ヤヤ振ハザルヲ覚ユ。其ノ無情ノ語ナルヲ以テ爾《シカ》リ。当ニ廿年来相逢ヒ相別ル。未ダ此ノ別レノ如ク別レ難キハアラズノ意ヲ言フベシ）

この時の山陽、細香両者の切実な心情と、山陽の文学観が窺われる評言である。

細香はこの指導に従って結末の二句を、

二十年中七度別　　二十年中七度別ル
未有如此別恨纏　　未ダ此ノ如ク別恨ノ纏《マト》ハルルハアラズ

と改作し、更に推敲を重ねて、

二十年中七度別　　二十年中七度別ル
未有此別尤難説　　未ダ有ラズ此ノ別レノ尤モ説イ難キハ

と改めた。『湘夢遺稿』には、この形で収録されている。

この事実は次のことを感じさせる。

このように説明し難い別れの予感に胸がふるえる時の詩でさえも、その詩は辛い思いを相手に伝えるだけではすまない。その詩は批正を乞い、何度も推敲を重ね、執拗に詩としての完成へと練り上げてゆかねばならないのだ。山陽と細香という師と弟子、この一組の恋人たちがその最も大きな情熱をかけたのは、言語による表現、つまり、詩作という作業にほかならなかったということである。

すべての歓びも悲しみも、等しく詩作という一点に向って、全身全霊の力をこめて、きりきりと引絞ってゆくのである。この作業は細香の胸を締めつける。

――これまでも、いつもそうであった。どんなにあの人を恋しいと思う時でも、侘しい思いに眠れぬ時でも、私はその思いを詩に託して述べたりはしなかった。その思いを詩作品へと昇華、凝集させたのだ。それが私のやり方だった。そして先生もそれを私の恋文としてではなくて、作品として扱われ、批評された。突き放して眺められているように辛い時も幾度かあったが、それが私の取り得る唯一の道であった。そして今は、何故か胸がふるえる……。もう今生では逢うことができないような不安に脅かされる。そんな時でも、やはり私は力を尽して作品を立派に完成させる以外に道はない。私には縋りつくべき人もいなければ、抱きしめる子供もいない――

細香の胸はきりきり痛んだ。生身の彼女はこの緊張に耐えられず、心弱くなり詩稿の終りに書き加えた。

「わかれてもまたあふみ路をかくる身は

あわずてふ地をよけてこそ行
おわらひ遊し可被下候」
すると山陽は批正の朱筆をそのまま使って、
「わかれてもももぢにみたぬももくきね
　みのあるかぎりあわんとぞおもふ」
と返歌を書きそえて詩稿を送り返してくる。山陽への愛情を対象化して詩作品にするという、この辛い作業に大胆に挑む細香。そしてその表現をあえて許す山陽。この二人の心に流れるものは、地上の男女の愛情をこえた、高い友愛の情ではなかったろうか。

この微妙で、理解しにくい二人の関係を、同時代の人たち、少くとも山陽と細香の周囲の人たちは理解していたように思われる。それは、細香に対する同時代の人たちの畏敬の念さえ含んだ、洗練された遇し方を見ると、それが感じられる。

細香が誤解の霧に紛れるのは、後世に至ってからのようである。

細香に「数々逢フコトノ難キヲ」という惜別の詩を与えた山陽も、その時に限って、何時にもまして別れを惜しむ気持が強いのは、異常なことであった。三人の門人をつれ、北白川から比叡の南に連なる尾根を越え、ほぼ一日行程の道を、湖畔の唐崎の松まで細香を送ってくる。こんなことは二人の長い年月の間でもはじめてのことであった。

現在はドライブ・ウェイになっているようであるが、標高四百メートルの田ノ谷峠から志賀の里へと下りるこの道は、当時は修験者の通るかなりの険路であったにちがいない。

この時が、師弟の今生での最後の別れとなった。

細香も不思議に思うのである。

――此の度の上京ほど心にしみて別れ難いことはなかった。何故であろうか――

山陽から送り返された詩稿を見ていると、すでに出発する時から詩があるのだ。何か見えない力が働いているようである。

「庚寅三月、発家」

吾性與花熟　　吾ガ性　花ト熟ス
花期得預卜　　花期《カキ》　預《アラカジ》メト《ボク》スルヲ得《ウ》
乗晴忽理装　　晴ニ乗ジテ　忽チ装《ヨソオ》イヲ理《トトノ》ヘ
欲遠趁芬馥　　遠ク　芬馥《フンフク》ヲ趁《オ》ハント欲ス
朝日升起程　　朝日《チヨウジツ》　升《ノボ》リテ　程《テイ》ヲ起シ
夕陽未傾宿　　夕陽《セキヨウ》　未ダ傾カザルニ宿ス
筆研又詩嚢　　筆研《ヒツケン》　マタ　詩嚢《シノウ》

一肩煩老僕
當逢京城花
暫領此清福

一肩《イッケン》　老僕《ロウボク》ヲ煩《ワズラ》ハス
当《マサ》ニ京城ノ花ニ逢ヒ
暫ク　コノ清福ヲ領スベシ

（熟ス＝熟知する。……に詳しい。トスル＝占う。理メ＝ととのえる）

私は性来、花のことにとても詳しいので、花期を前もって占うことができます。後、幾日かすれば、都の花は見頃になるにちがいない。さあ出発しよう――心が弾むような出立である。これに対し『山陽遺稿』にも、「将ニ嵐山ニ遊バントス　細香至ル」という詩がある。

將欲看花君恰來
相携明日即佳期
滿懷喜氣眠難著
起看春星帶屋垂

将《マサ》ニ花ヲ看ント欲シテ君恰モ来ル
相携ヘテ明日即チ佳期
満懐ノ喜気眠リニ著キ難シ
起キテ看ル春星屋ニ帯シテ垂ルルヲ

三月二十二日、山陽は細香を迎えて、妻梨影と八歳になる又二郎、その前月に入洛していた梁川星巌たち、それに門人も連れて嵐山に花を看た。文化十一年、はじめて京の山陽を訪ね、武元登々庵と

三人で嵐山に遊んだ日から、早や十六年の歳月が流れている。細香は四十四歳になっていた。その日の細香の詩には、

十五年前同酔地　　十五年前同酔ノ地
一渓猶作舊時聲　　一渓猶ホ作《ナ》ス旧時ノ声

があり、また、

即今鬢上無多緑　　即今鬢上緑多ク無シ
却憶渓亭閑夢時　　却ツテ憶フ渓亭閑夢ノ時

があった。

その数日後、浦上春琴宅で催された会に細香は出席した。山陽、梨影夫妻、大倉笠山、袖蘭夫妻、それに大坂の岡田半江も妻絲桐女史を伴って訪れて、賑やかな会となった。その席上、「女たちがこのように顔をそろえるのはめったにないことであるから」と男性たちからの提案があって、女流が一巻きの紙に各々その腕をふるうことになった。

大倉袖蘭、岡田絲桐、それに浦上春琴の妻瀧、みなそれぞれに、順に筆を取って、好みの草花を描

いた。珍しく梨影も山陽に励まされて、日頃の稽古の程を披露して一株の蘭を描いた。細香は別格であるから、さすがに一同遠慮して別紙に竹を描いた。細香が竹を描くのを傍でじっと見ていた春琴の妻が、書き終って一息入れようと縁側へ出た細香のあとを追ってでてきた。

「細香さま」

そっと耳うちする。「おみ帯のくけが綻びております。今、針箱をお持ちします故、少々お待ちを……」

細香は笑った。

「これはお恥ずかしいところがお目にとまりました。実は美濃を発ちます時から気がついておりましたが、早く京へと、そればかりで気があせりました故」

そう言いながら、綻びの箇所をぐっと中へ押しこんで、そのまま座敷へ戻ってしまった。客へもてなしの用意をしようと台所へ向う春琴の妻は、呆れてその後姿を見送った。

宴が果てて客が帰ったあと、彼女はそのことを夫春琴に告げた。

「なんぼ細香さまでも、女子の身としては恥しいことやと思いますけど……」

「いや、女史はそれでいいんだよ、そんなことは大事ではない」

と春琴は言った。「一体全体、あの女史が何故足しげく京へ出てくるとお前は思うかね。女史は頼氏に逢い、そして我ら仲間の集いに加わって心の糧、己れの詩画の肥になるものを吸収しようとしてくるのだよ。全身全霊で学びとろうとしてくるのだよ」

春琴はしばらく沈黙してから続けた。

「お前は頼氏の書いた『百合伝』なる一文を読んだことがあろうが。あれは池大雅夫人、玉瀾女史の母御のことを書いたものだがな、あの中に大雅夫妻の姿が活写されておる。『夫妻、終日紙を展べ、墨を舐り、琴酒を以て相娯む。釜甑《ふそう》塵を生ずれど晏如たり……』とな。鍋釜など磨かずとも風流三昧。羨むべきことではないか。この夫妻はある意味では我らの理想の姿だよ。帯が破れていたくらい咎めるな。まず学び、精進し、娯しむことだ」

春琴は妻を相手に話し疲れると煙草に火をつけて大きく吸った。

「しかし、女史はあれで頼氏に対する恋心は昔のままの一途さなのだから、その心根は憐れむ可きものがある。先日の嵐山行きの夜、水西荘で女史の詩を見せてもらった。その中に『却憶渓亭閑夢時』とあった。お梨影どのもそこにいること故、彼の氏は慌てて、これはいかん、この語句は改めるように、などと言うておったが、女史の方がかえって気にもとめない風で、けろりとしておった。省みて心に疚しいことがないからであろう」

「それはまことにあなたの言われるとおりです。そもそものなれそめの経緯を伺えば伺うほど、私などは頭の下るように思いますけど」

「大体、山陽とあの女史との間を不縁にしたのは小石氏だよ。やはり彼氏は町医者らしく安全第一の男だ。もしはじめに相談を受けたのが僕ならば直ちに賛成したろうよ。その後二人の仲がどうあろうと、それは当人次第。たとえ、それ、越前の蘭女史のようになろうとも、人間はやりたいことはやってみるものだ」

その艶麗優美な画風に似合わず、春琴はその父浦上玉堂の激しい、一途な性格を受けついでいる。いつまでも学ぶ初心を失わず、山陽へのひたすらな恋心を失わない細香に強い共感を示した。

「細香女史の最近の画業の進境は著しいものがある。近頃は山水も手がけている。必ずや女流としては一境地を開くにちがいない。かの玉瀾女史の境地に迫り得るのは細香女史に違いない。何より俗臭がなく、気韻の高いのが尊い。日頃詩を作り、書を読み、精進を重ねていることがようわかる。お前なんぞ、僕が折角手ほどきしてやったのに、近頃一向稽古に励まぬではないか」

「いいえ、私は子供の世話、あなたのお世話で手一ぱいでございます。その点お暇な細香さまとはわけがちがいます」

「それはちがう。お前、一心に学ぶ人は、そんな言いわけは初めから用意せぬものだ。あのお梨影どのを見ろ。はじめは眼に一丁字もない女性だった。それがこの頃は結構手紙の走り書きもする。近頃では御亭主の講義を隣の部屋にかくれて書き写しているという噂さえある。今日もどうやら形のととのったものを描いたではないか。ところで、あの一巻はどうした。今日の女流たちが各々に妍《けん》を競った……」

「あれは細香さまが今日の記念にと持ってお帰りになりましたよ」

「ふうむ、そうか。それはお前にとって恥しいことであったかもしれないな」

春琴夫妻が細香とその芸術について、時のたつのも忘れて語り合っているうちに、空はいつしか白みはじめてきた。

翌月の閏三月八日、一行は下加茂に遊び、翌九日、まもなく美濃へ帰る細香のために山陽宅で餞別の宴がもうけられた。春雨の煙る日であった。「水西荘書事」や「雨窓細香ト別レヲ話ス」の詩があるのはこの夜である。

この年、天保元年の暮、江戸の大窪詩佛が校訂した『随園女弟子詩選選』上・下二巻が山陽から細香の許に届けられた。これは詩佛から山陽へと贈られたのを、細香にこそふさわしいからといって、彼女へ贈ってくれた、袁随園の女弟子たちの詩華集である。それに添えて、細香に詩集を上梓するようにと勧める書簡があった。

「……只今老夫女弟子之有り候へ共、君に若《し》く者なきは勿論に候。世間の女子と違ひ、何も外に御楽事と中事も之れ有るまじく、御生涯の思出に是迄の詩を選み候て、上木成され候はば面白かるべく候。名を世に求むるにては之れ無く自ら娯《たのし》むのみ、老夫も相楽み申すべく候。中に唐人贈答も之れ有り、芸閣詩も中間に挿入し候はば、屹度《きっと》面白き詩集出来申すべく候。……老大人（蘭斎）御老後の御一楽とも相成るべく哉。選と序文評語など、拙に御任せ成さるべく候。人の笑ひ候様の事は致さず候。……不備」

と心からの詩集出版の勧めであった。またその中で、

「……ケ様の事、先にと言て居り候へば出来《しゅったい》の期之れ無きものに御座候」

とも書いている。詩集出版ということには応じそうにもない細香の気質をよくのみこんだ上で、なお現実的な知恵を具えた山陽の勧めであった。

細香はこの手紙を読んでいて、いつか水西荘の書斎で山陽と二人で話し合ったことを思い出した。

その時細香は、

「自分の描いた画が売れてゆくのが大へんいやなのです」

そう言って師に訴えたのだ。

細香の詩画の評判が高くなるにつれて、画嘱《がしょく》や揮毫《きごう》の依頼に訪れる人が増してきている。細香は描くことは大好きで、自分の一生の道と決めているからそれ自体は一向にかまわない。写生をしたり、構図を考えたり、依頼主の好みに合せて工夫することには楽しみがある。しかし依頼した人はそれでは済まず、礼の品を持ってくる。或はそれだけではなくて金員の謝礼を持ってくる。そのことが細香には腑におちない。

詩、書、画のうちで、おそらく画が一ばん早く金に換える道が開けている。寺社や城の壁画や襖絵など、はじめから画工として雇われて描くことは古くから行われていて、何人も疑問を抱かない。しかしそのような装飾画と、自分の描く、自己の胸中にあるものの表現としての南画は全く違う、と細香は思っている。そこにひそかな矜持もある——金を得るために描くのではない——と思っている。

「私が描くのは、それを金に換えたり、名を売るためにしていることではありませんのに、どうして世間は私の好きに、書くままに放っておいてくれないのでしょう。私は自分の画を他人さまに差し上げることとは少しもいやではありません。その人が私の画を喜んで見て下されば、私とその画の縁はいつまでも切れません。けれども金に換えられて人手に渡ってゆく時は身を切られるように辛いのです。その画との縁が切れる。自分のものではなくなってしまう。お金を得るために、こんな辛い思いはしたくございません」

山陽は細香に言った。

「金の他に、眼に見えるもので、あなたの画の価値を測るものがありますか」

と。細香は言った。

「心があるではございませんか。その方が私の画を心から愛して、喜んで眺めて下されば私はそれで満足です」

「心などというものは、有るのか無いのか、結局はわからぬようなものです。そのように眼に見えぬものを屢々口にする人を要心した方があなたの身のためだ。眼に見えぬ価値は、眼で見える金によって測るのが一ばん確かな道で、それ以外にはない。金を汚れたもの、と思ってはいけない」

と、山陽の口ぶりは子供でも諭すようであった。

「お言葉を返すようでございますが、先生はそれでおよろしいのです。先生は男の方で、一家の柱でいらっしゃいます。それにもまして、果さなければならぬお志がございます。しかし私はそうではございません。私は女としての務めも果さずに、好きで筆硯を弄んできただけなのですから……」

なおも言いはる細香を、山陽はおかしそうに見ていた。

詩集出版を勧める山陽の手紙を見ていると、細香の心の中にその折の会話が思いおこされて、彼女は幾度か読み返した。

「……名を世に求むるにてはこれなく、自ら娯むのみ、老夫も相楽み申すべく候」

細香の気性をよくのみこんだ山陽の思いやりが溢れていて、細香の胸をうつ。あまり固執しすぎるのも、かえって頑なにすぎる、と幾度も思いかえしたが、やはり決心はつかなかった。

――私の詩は作品である。誰に見られても恥ずることはない――と細香はそう思っている。しかしまた――私の詩は私の子供。私の心そのもの。誰にも見せたくはない――とも思う。この二つの思いの間を、彼女はゆれ動く。

結局は「女の身としては僭越にすぎる」という理由で、山陽の親切な勧めを断ることに決心し、小石元瑞、田能村竹田の二人に頼んで、丁重に山陽に断ってもらったのである。

細香歿後十年目、明治四年に出版された『湘夢遺稿』は、この折の山陽の構想に準じて編纂されている。

山陽から詩集の上梓を勧められて断ったということを、しばらく後で細香から聞かされた蘭斎は、

「惜しいことよのう」

と、一言ぽつりと言って、それきり黙って細香の顔を見つめていた。何か言いたそうであったが、親娘の間でも触れられぬことがあるとでもいうように、口をつぐんでいた。二人とも何故ともなく淋し

く、その淋しさはしばらく尾を引いた。

第十章　三つの死

二年ほど前から体の工合がすぐれず、寝たり起きたりしていた老母さのの容態が急に悪くなったのは、暑さも峠をこして、稲田を渡る風が涼しく感じられる頃であった。壮年の者にも酷くこたえる暑さの最中も、がまん強いさのは人の重荷になるようなことはなく、身のまわりの始末もし、食事もつとめて食べるようにしていた。それが急に悪くなって身のまわりの世話に人手を借りるようになると気が弱ったのか、しきりに細香や柘植子を呼ぶようになった。何も用事がなくとも枕から頭を上げて、顔が見えないと呼ぶ。そして、

「そばにいてほしい」

と言う。顔が見えると安心してとろとろと眠る。うすく唇をあけて、娘の手を握って眠る。

生母の顔を全く覚えていない細香や柘植子にとって、さのはかけがえのない母であった。さののおかげで二人とも生母を喪った淋しさを知らずにすんだ。幼い娘たちはいつもまつわりつき、手を引い

て甘えた。後を振り返ると、いつもそこに見守っている、控え目の人であった。さの自身、子供を産まなかったせいか、娘々したところが老年になっても失われず、陽気に楽しい一面もあった。その人が病が篤くなって、命が危ぶまれるような瀬戸際に、やはり細香たち姉妹を頼りにして、姿が見えないと枕から顔を上げては探す。傍にいると安心して眠る。そのことに二人とも血の繋り以上の深い絆を感じていた。姉妹は代り合って厨に立ち、さのの口に合うものをこしらえた。何よりもその喜ぶ顔を見たいと思った。

生余與鞠余　　　余ヲ生ムト　余ヲ鞠《キク》スルト
慈恩熟與厚　　　慈恩　熟《イツ》レカ厚キ
懐裏三年雖無愛　　　懐裏三年　愛無シト雖モ
四十歳中承顔久　　　四十歳中　顔ヲ承《ウ》クルコト久シ
宛如甘瓠纏樛木　　　宛モ甘瓠《カンコ》ノ樛《キウ》木ニ纏《マト》フガ如シ
不知生余別有母　　　知ラズ余ヲ生ム別ニ母アルヲ
…………　　　…………

（鞠す＝育てる。甘瓠＝ゆうがお。樛木＝曲った木）

さのは時折四年前に京へ行ったことを語った。細香と桂を供につれて、名所旧蹟を訪ねたことが昨日のことのように鮮明によみがえるらしかった。

「それ、あのなんとやらいう大きな寺で、鳩がいっぱい私たちをとりまいて……。あれあれ千次郎の頭にも肩にも鳩がとまっておる……」

夢の中でのように語りつづけた。あの旅が老母にとって、そのように楽しいことであったのか。

——細香はそれを知ると胸が熱くなった。

さのの容態は徐々に悪くなった。よくなる兆しは少しも見えなかった。六十六歳という年齢に不足はないかもしれないが、八十五歳の蘭斎のことを考えれば、何とか今一度元気になってほしい、周囲の者は皆一様にそう願った。

新しい医学を学んだ孫の元益や桂の手厚い看護にも拘らず、さのはその秋、十月に歿した。ひっそりと慎しかったその生命は、皆の心の中に優しい俤《おもかげ》をいつまでも残した。

静かな悲しみの日が続いた。そのような淋しい日々の中で、父蘭斎が倒れた。

さのが亡くなる少し前から、急に蘭斎の気力の弱りが目立ちはじめて、目が離せなくなっていたのだ。

その年（天保二年）の終りから翌春にかけて、細香は殆ど外出せずに、父の病床につききりの看護となった。さのの亡くなった家の中はひとしお淋しさがましたが、細香は父の前ではつとめて明るさをよそおっていた。

その冬はことに寒さが厳しく、また長い冬であった。雪が五尺ばかり積って、門人たちが二、三度総がかりで屋根の雪おろしをしなければならなかった。見馴れた庭木や石燈籠もすっぽりと雪に埋り、泉水にも厚く氷が張って、池の魚たちは簀のかげでじっとかくれているようだった。地上のものすべてがじっと息をひそめて耐えている。何処へも外出せず、父の傍に付き添っている細香には、この冬はいつまでも続くように思われた。

ある晴れた一日、南側の屋根に積った雪がずるずるっと滑ると、ずしんと地上に落ちて砕けた。その響きが明るく晴れた雪の面に谺した。その日は終日雪どけ水が雨だれのように落ちる音がして、それにあちこちの屋根から雪が滑り落ちる音がまじり、賑やかな一日となった。それはもう春が間近いことを知らせる音であった。

細香は、父の枕許で心がけて明るい顔をしていたが、もう一つ、心にかかって晴れない心配ごとがあった。

近頃、京の山陽からの便りが跡絶え勝ちで、つい半月ほど前に出した細香の手紙に対してもまだ返事がこない。そんなことは珍しいことで、しきりに心にかかった。

亡母さのの忌服も明けた頃、細香がその前後の詩稿をまとめて送ると、しばらくしていつものとおり返送されてきて、さのの逝去をいたむ丁重な手紙が添えられていた。

「……御老母様御病気に在らせられ候処、御養生叶はせられず、御逝成され候よし、御力落察し奉り候。御除服の御作、真情藹然《あいぜん》感吟仕候。小生も九月中旬より老母を帰省し、臘初五日京に帰り候。詩も多く候へども永日を期し致上すべく候。今日便急ぎ草々此の如くに御座候」

それは暮ちかくに届いた。それによると山陽もまた広島の母梅颸を見舞うために帰省している。お互に親を見送らねばならぬ年齢になっていることが思われた。それにしてもあれから三ヶ月近く、何の便りもないのはどうしたことか。

――広島の御母堂がお悪いのであろうか。それとも先生の御身に何かあったのか――

前年京に上った時の師山陽の様子が思い出される。気力はいつにもまして盛んであるが、どこかやつれた姿だった。一進一退ではかばかしく治らない父蘭斎の病床に付き添いながら、細香はしきりに案じていた。山陽から便りの来ないことを不審に思っていた。

山陽は二、三年来肺を病んでいた。その前年、広島の母を見舞いに帰るにも、いささかの無理を押して出発した。またその前にも広島に帰ってから風邪が長びいて病臥したことがあった。しかし、その往き帰りの道中は、健康な時のそれと少しも変らず、知人を訪ね、談笑し、酒を飲み、幾通もの手紙を書いている。詩文の批評を乞う人には懇切に指導をした。ことに帰路、尾道の門人で、また彼の後援者でもあった橋本竹下宅では、竹下のために「日本楽府」六十六闋《けつ》を一気に揮毫した。しかも一字も書き損ねなかったが疲れた、と京の門人に書き送っている。異常な神経の集中ぶりと、疲労が感じられる。

その時は広島にいる母梅颸といつにもまして辛い、別れ難い別れをしてきているのであった。

「別　母」

強舎行杯拝訣還
寧能仰視阿娘顔
萬端心緒憑誰語
付與潮聲櫓響間

強《シ》ヒテ行杯ヲ舎《ス》テ拝訣《ハイケツ》シテ還ル
ナンゾ能《ヨ》ク仰イデ阿娘《アヂヤウ》ノ顔ヲ視ンヤ
万端ノ心緒《シンショ》誰ニ憑《ヨ》ッテ語ラン
付与ス潮声櫓響ノ間
（行杯＝別杯。阿娘＝母）

これが最後の別れになると虫が知らせたのか、母の顔をまともに見上げられないような心持で別れて来た。

京へ帰ってからも、江戸へ行くことを考え、また、広島の母のことを考えてそれを取り止めている。彦根に遊んだり、大坂に大塩中斎を訪ねたり、あわただしく、追われるようにして忙しい日々を過している。大塩中斎とは文政七年、大坂で出会って以来の親しい交りであった。そして六月十二日にはじめての喀血をした。医師新宮涼庭と、小石元瑞は、不治の病であることを敢て彼に宣告し、今一人の医師秋吉雲桂は「なお治療すべし」という意見であった。

「……先生曰ふ。死生は命あり。然も我れ、上に老母あり、且、志業未だ成らず。たとひ一の生理なからんも、宜しく医療を加ふべし。我れ慎みて薬を服し、傍ら死計をなさんのみと……」（江木鰐水著『行状』）

そして山陽は医師の調合する薬を飲み、養生に専念する一方、自分のやりかけの、すべての著述を完成させるべく、文字通り死力をふるって働きはじめたのである。

京にいる知人からの手紙や言伝てで、細香はこのことを知った。何か暗い予感がする。

「老来転タ覚ユ数々逢フコトノ難キヲ」

の詩句がふと脳裡をよぎる。細香は手で払いのけるようにして、その考えを打ち消した。しかし、どんなに心が焦っても、ようやく病いが快方に向った老父をそのままにして京に上ることは、彼女にはできないことだった。

——厳しい暑さがすぎて、秋風が吹くようになったら、そして父がすっかり回復して元のようになったら急いで京へ——彼女は祈るような気持で自分に言い聞かせ、不安な胸を抑えていた。

九月も半ばをすぎ、父蘭斎がようやく以前の健康を取り戻し、家中にほっと笑いがよみがえった頃、しかし、細香の許に届いたのは山陽の訃報であった。

「奉挽山陽先生」

乾坤分氣忽歸空　乾坤《ケンコン》　気ヲ分カチテ　忽チ空ニ帰ス

痛哭迍邅吾道窮　痛哭《ツウコク》　迍邅《チユンテン》　吾ガ道　窮ル

突然先生は空しくなってしまわれた。私は痛哭し、道きわまって行き悩んでいます。

相約歡期不隔年
暫離何事忽凄然
寄詩曽怪逢難字
前讖今知永訣篇
…………

相約《アイヤク》ス　歓期《カンキ》　年ヲ隔テズト
暫ク離ルレバ　何事ゾ　忽チ凄然《セイゼン》
寄詩《キシ》　曽テ怪シム　逢ヒ難キノ字
前讖《ゼンシン》　今知ル　永訣《エイケツ》ノ篇ト
…………

二年前、水西荘の書斎での詩句の中に「数々逢フコトノ難キヲ」とあったのをいぶかしく思った。その詩句は時折黒雲のように頭の中に浮んだ。果してあれは前讖（悪い兆）であったのだ。「二十年中七度別ル」、遂に八度逢うことはなかった。「未ダ有ラズ此ノ別レノ尤モ説イ難キハ」今こそ、あの時の別れの意味がわかる。なぜあのように別れ難かったのか。あの人は私を唐崎の松下に置き去りにしたまま、帆に風をはらませて縹渺とした湖面を遠ざかり、私の視界から消え、そのまま空に帰してしまったのだ。

列媛詩選今在箱
研朱題贈短文章

列媛《レツエン》ノ詩選　今　箱ニ在リ
朱ヲ研《ト》ギ　題シテ贈ル　短文章

癡才弟子非金逸
授業先生是小倉
…………

癡才《チサイ》ノ弟子　金逸《キンイツ》ニ非ザルモ
授業ノ先生　是レ小倉《シヨウソウ》
…………

その後贈って下さった『随園女弟子詩選選』は今も手許から離しません。不肖の弟子の私は金逸（随園女弟子の一人）には及ぶべくもありませんが、教えて下さった先生は袁随園に勝るとも、劣らぬ方でした。
後にこの細香の「奉挽山陽先生」の詩を浦上春琴より呈示されてそれを読んだ田能村竹田は、直ちに筆を執ってその詩稿に、自分は哭山陽の詩を作らず、また他人の作った哭山陽の詩を読むこともいやであったが、細香の詩を読むに及んで悵然《ちようぜん》として涕《なみだ》が下った、という意味の言葉を書き加えた。
細香の詩は以後、後藤松陰、小石元瑞その他の人々の批正を受けることになった。

山陽の壮烈とも言える死の前後の有様は、後に妻梨影が下関の知人広江秋水夫妻に書き送った、哀切きわまりない手紙の中に、目に見えるように書かれている。
「一筆申上候。先々其後打たへたへ御無礼打過候……扨、久太郎事、此六月十二日より、ふと大病に取あひ、誠にはじめはち（血）も誠に少々にて候へども、新宮（医師）にも、けしからぬむつかしく申候。久太郎もかくごを致し、私どもにもつねづね申してゆひごんも其節より申おかれて候やうな事にて、かくても何分と申、くすりをすすめ、先々天とう次第と自身も申いられ候。

六月十三日より、かねて一両年心がけのちよじつ（著述）ども、いまださうこう（草稿）ままにて、夫《それ》を塾中にせき五郎子（関藤藤陰）いられ、一人にまかし候てかかさし、又自分がなをし候てうつさし、日本せいき（政記）と申物に候。又なをし、其間に詩文又だいばつ（題跋）、みなみなはん（版）になり候やうに、さつぱりとしらべ申候。右せき（政記？）も九月二十三日迄、ばつ文迄出来上り候。廿三日夕七ツ（午後四時頃）前迄、五郎子かかりうつし候。夫《それ》を又、見申し候て安心いたし、半時たたぬ内ふし被申候所、私むねをさすり居り候。うしろにいるは五郎かと申、もはや夫《それ》きりにて候。くれ六ッ時（六時）に候。誠に誠にたしかなる事にて、とんととんとくつ（苦痛）はなく候へども、だんだんとのよはりにて、気分ははじめよりたしかにて、しよくじもおいしく候ゆへ、私ども大病とは存候へども、此方主人人なみの人とはちがひ候ゆへ、めつたな事はあるまいと存候……」

病中に長い文を書くのは大毒だと承知しつつ、山陽はあちこちの知人に長文の手紙を書く。書けばいくらでも書き続けられる。また見舞いに来てくれた友人に詩を贈る。

死の十日ばかり前のこと。山陽の病気が重いことを知った猪飼敬所が見舞いに来た。敬所は山陽より二十歳も年長の先輩で、京都の儒者たちのうちで唯一人山陽を理解し、その奇才を愛した人であった。病臥中にも拘らず、話が南北朝のことに及ぶと、敬所と山陽とは激論を闘わせた。敬所が帰ったあと、山陽は一気に南朝正統論を書き上げて、「日本政記」の初論の次に加えた。

この病気の常として、最後まで精神ははっきりと、冷静である。しかし、さすがの山陽の気力も次第に衰えてゆく。

「しかしながら廿三日八ツ（午後二時）比に、何かとあとの所もよくよく申、此方なくなり候ても、何もかはり候事はなく、とんととんと此儘にて、此所地がり（借地）ゆへ、家は此方家ゆへ、ほそぼそに取つづき、二人の子ども京にて頼二けん（軒）立て候やう、夫《それ》をたのしみいたしべくと申、かつへぬやうにいたし置、又二郎、三木三郎、内に置候へばやくにたたずになり候ゆへ、はん（飯）料出し候ても外へ遣し候やう申置候」

自分の死後、のこる者たちの生活設計をこまごまと指示し、子供の教育の方針も言いのこす。

「……誠に誠にのこりおほき事かぎりなく、日々何かとおもひ出し、せめてと存、誠に大切に百箇日迄ちういん（中陰）中同やうにつとめ申候。日々こうぶつのしなそなへ申候。猶さら此せつは、主人すきなすいせんの花どもさき、ひとしをひとしをおもひ出し候ていく度かいく度かかなしみ候。子どもらぐわんぜなく候ゆへ、猶さらわたくしはむねせまり候。此上はどうぞどうぞ二人の子どもよき人になり候て、かなりなあと（跡つぎ）になり候やうと誠に誠にこれのみいのりい候」

又二郎は十歳、三樹三郎は八歳、末娘の陽は三歳という幼さである。

「……誠に誠に此せつも遠方へゆかれ留守中と存候て、日々つとめ申候。左様なくばむねふさがりやるせなく、御さつし可被下候」

「私も十九年が間そばにおり候。誠にふつつか、ぶちようほうに候へども、あとの所ゆいごん何も何も私にいたし置くれられ、私におきまして誠に誠にありがたく、十九年の間に候へどもあのくらいな人をおつとにもち、其所存なかなかでけぬ事と有りがたく存候。誠に誠にけんやくいたしくらし候事に候」

この手紙はたどたどしい文章であるが、その中に十九年間日常生活をともにした妻の悲しみがのこりなく表現されている。梨影は山陽の歿後、このような手紙を幾通も書いて、夫山陽の死の前後の様子を知らせているのである。

山陽の長子聿庵《いつあん》へ「……九月三日よりそろそろと御よわり、一日一日と御つかれ出申候へどもさしておかわりはなく、……十日頃よりだつこう（脱紅）とか出、御こらへお出遊ばし候へども、御帰り誠に御なんぎ遊し、塩をいりて御あたため遊し、又塩をやきかえやきかえして私事つつみ上候。十日頃より御丸にて両便とも取……十六日より御丸に御出遊ばし候事もいきがきれしやう仰られ候、夫よりむつきにて取申候、小水はひようたんにて取申候」

土佐、美濃屋忠治郎へ「……日々しよくじつねの事にて、あじおいしくたべられ候ゆへ……三度づつ少しづつにてもおいしくたべ、おかずにても自身よりこのみ、かるきさかな、しかしおうかた白かゆにてしようじん物がよろしく、いろかへ品かへて御めぐみのかつをだしに致候て、おしげなくつかい、どうぞとさと（砂糖）かげんよく致候てたべさし候。いつも心よくたべ候……しかしながらせきつよく夜分よこね出来がたく、いろいろとかんがへて、ふし候やうとかんがへ、やはりつくえにかかり、物どもかんがへ、そうこう（草稿）あらため申候」

小野招月へ「……誠に母もちからおとし候へども、またまたかねておもひわけよろしく候ゆへ、さしてかんどうもなしと承り、安心いたし居り。私へ其後度々文参。是より私に、おにのようになり候て、子どもをよき人にいたし候がその方のやく、よの中の有さまゆへめづらしからぬ事、家を大事にいたしべしと申こし、たえず書状参、安心致候事に候」

この他にも数多くの手紙を彼女は書きつづける。大切な、敬愛する夫の死の有様を誰かに語らずにはいられない切迫した気持である。山陽の生前には全く夫のかげにかくれて、表面にたつことをしなかった梨影が、はじめて自分の意志で行動する。夫の死をきっかけとして、一挙に自分の主体性を獲得したかのような感じさえする。

山陽の死を嘆くにも、細香は詩の世界へと飛翔し、梨影はぴったりと現実の世界に寄り添ってはなれない。山陽を愛することにおいても、二人の女性は各々自分の流儀を貫いて譲らない。

そして、どんなに辛くとも、細香はその道しかなかったのである。

江馬蘭斎は山陽より六年長生きした。山陽の死の前後、半年余り病床にあった蘭斎は、その後奇蹟的に回復し、以前の元気を取り戻した。そして六年後の天保九年に歿するまでの年月を、単なる余生として空しく過しはしなかった。
蘭斎が八十八歳の賀を迎えた天保五年の九月、家人や門人たちが集り、米寿の賀筵を開いた。その席上での細香の紀喜の詩。

年始六十卽致仕
素願著書欲上梓
七十不幸失繼嗣
再執刀圭憤然起
八十兩孫足承業
内外巨細一委彼
依舊復讀蟹行文
老益精研燈繼晷
…………

年始テ六十　即チ致仕シ
素願　書ヲ著シテ上梓セント欲ス
七十　不幸ニシテ継嗣ヲ失フ
再ビ刀圭《トウケイ》ヲ執リ　憤然トシテ起ツ
八十　両孫　業ヲ承《ウ》クルニ足ル
内外巨細　一ニ彼ニ委ス
旧ニ依ッテ　復タ蟹行ノ文ヲ読ム
老イテ　益ス精研　灯晷《トウキ》ニ継グ
…………

（致仕＝隠居する。刀圭＝薬を盛る匙。晷＝日時計のかげ）

八十をすぎ、二人の孫が学業を終えて医業を受け継いだ後もなお、横文字の書を読み、夜を日についで勉学を続ける。蘭学の草創期の人たちに共通して見られる骨太い、息の長い情熱である。

文化十三年に刊行された『五液診法』。文政五年に細香らの努力によって刊行され、蘭斎の儒者としての見識を示した『論語訓詁解』二十巻の他に、上梓には至らなかったが『泰西熱病集訳論』『江波医事問答』『水腫全書』などの著、訳述が成しとげられ、長年のオランダ語の勉強の結果として、七冊の手製の小辞典ができ上る。またオランダ語の文法書として貴重な中野柳圃著『三種諸格編』『四法諸時対訳』などの自筆の写本も残している。

蘭斎と同時代の、初期の蘭学者たちの多くは文法を理解せず、大槻玄沢が『蘭学階梯』の中に書いているように「幾遍トナク熟読暗誦スレバ自然ニ氷釈シテ其義通ズルモノナリ」という〝旧法〟によっていた。それに対し彼らよりはるかに長生きして勉学した蘭斎は、確実に文法を理解したいわゆる〝新法〟を会得していたのである。蘭斎の文法の知識は、当時はるかに他をぬきんでていた。

しかし蘭斎の強い生命力も、ついに年齢に勝てぬ日がくるのであった。

天保八年（一八三七）という年は大垣にとってはかなり悪い、凶の年であった。八月十四日、刈り入れを目前にしてたわわに実った稲は、大暴風雨に見舞われて倒れ、その後の出水に長く浸された。急いで刈り取られたわずかの稲の他は、皆、泥水の中で芽を出す有様となった。それから寒くなるまで雨が続き、熱病が流行した。前年、天保七年も全国的に凶作で、翌春まで諸国に飢饉が続いたが、大垣ではそれに加えてのこの災害であった。熱病は猖獗《しょうけつ》をきわめ、その勢いは翌九年になってもまだ収らなかった。

江馬家の二人の兄弟、元益、桂は蘭方の力でこの熱病を終結させるべく奔走していた。このため二人はドイツの医師フーヘランドの医書『熱病篇』を熟読することに力を費し、夜おそくまでその対策について話し合うのであった。このことは、弟の桂にとって「医師としての務めがどのように大切なものか」を初めて自覚させたほどの大事であった。

春もすぎようとする頃、二人の兄弟の母柘植子が熱病に罹って寝込み、高齢の蘭斎も鬱々として勝れず、兄元益の妻弥保が臨月の身で、まもなく出産しようとしていた。柘植子の熱病はかなり重く、一時危まれるほどの日もあった。そんな時、大垣藩主に従って江戸に下るようにという命令が元益に下った。

元益は迷った。老いたる祖父、病床の母、身重の妻を置き去りにしてどうして出発できようか。そして元益の幼い二人の子供は、父の迷いを敏感に感じとって、いつになく父のまわりにまといついた。細香はそれを見ると胸が痛んだ。——どうしてこの子はこのように心が優しいのだろうか。このように家のことに心を煩わせていては、公の務めがおろそかになる。まして家学の発展のためにこの有様ではならない——

「益也」「益也」と呼んで、連れ歩いた昔のことが偲ばれた。細香は心を鬼にして、彼を励す一文を草して甥を送り出した。

「……それ江戸は阿爺家学創造の地。若し能く汲々孜々として朝夕研精すれば能く家声を継がん。膝下の孝養は目前のことのみ……」

春から梅雨時に至る、すがすがしい季節は老人にとっても凌ぎやすい日々だった。蘭斎は気分のよい日は戸を開け放ち、庭や裏の薬草園に出て楽しんだ。長年の、蘭斎の重要な仕事であった薬草園は、忠実な老僕の働きでよく手入れされ、数々の草木が繁っている。遠くの土地のものや、中国からとりよせた植物もあった。更にどんな草を植えようか、そんなことが彼を娯しませた。また気が向くと机に向って、何かしきりに書いている。さすがに横文字の本を開くことはなくなって、心に浮ぶさまざまなことを書いている。細香は横から黙って見つめていた。蘭斎の文字が乱れている。これまでになかったような弱々しい乱れが見える。そのことが細香の胸をついた。

その前年、蘭斎は「遺書」を草している。この中で書きのこしたことは若い頃、京で志半ばにして中止した『太平聖恵方』のことであった。蘭斎にはそのことが大きな心残りであったのだ。

「……医道モ諸国第一番之事仕リタク、山脇道作老外台秘要出版致サレ候。此方ハ漢土ニモ再版之レ無キ太平聖恵方出版仕ルベク積リニテ取リ懸リ、漸ク二十巻迄出来仕リ候処、其ノ余京都大火ニテ焼失、焼残リ版九版之レ有リ、以後其ノ分ニ致シ置キ候。

何卒再版致シタキ了簡モ之レ有ル人之レ有リ候ハバ、差シ遣シ申シタク存ジ候事ニ御座候。諸事入用二百両及モカカリ居リ候様覚ヘ申シ候……」

しかし、思いは次第に学問のことからは遠くなる。幼い頃、質素で慈愛深かった養父江馬元澄の許で学んだ日々、またその言葉などを思いだして、心は遠い幼い日に戻るのであった。その養父元澄の言葉を思い出すままにまとめて、蘭斎は家訓を書いた。

家訓　十二ヶ条

一、自隠軒様（元澄）第一の御教訓、人たるは瑣細《ささい》の悪事はこれありと雖も、人に物語り成り難き悪事は慎しんでこれを守るべし。

一、同御教訓、医療致し候もの金銀を貯うべからず。然しながら臨時これ有るの事に候へば、其覚悟あるべし。今年の貯を以って来年を暮すこと専用なり……

一、人たる慈悲と実意これ無くては、仮令《たとい》如何様才芸これ有りと云へども取るに足らざる人と知るべし。医を業とする者尚又其心得あるべき事。

一、医術にて誤謬《ごびゅう》多きは不出精《ふしゅっせい》、粗忽《そこつ》より起ると知るべし。昼夜油断なく勉強する者に其過なし。

等々。養父自隠軒が折にふれ若い蘭斎に語った多くの教訓を、子孫にわかりやすいように、十二ヶ条にまとめて書いた。しかしそれらを一気に書くことができず、休み休み、少しずつ考えをまとめて書いた。

蘭斎は次第に寝ている日が多くなる。彼が自分の衰えを自覚していることが周囲の者にもよくわかった。

大垣地方の、湿度の高い、凌ぎにくい夏が来た。細香と柘植子、それに元益の嫁弥保も代り合って枕許に坐る。ことに細香は少し休息をとる以外は殆ど父の部屋にいた。熱病が癒えたばかりの柘植子や、元益の次男を無事出産したあとの弥保に無理はかけられなかった。江戸に下る甥元益があのように心を残して行った後である。

「私がついておる。家のことに心を煩わすではない」

そう言って励した細香だった。元益のためにも、家族のためにもしっかりしなければならなかった。

細香は父の寝顔をみつめていた。その顔は少しむくんで、大きくなったように見えた。強い意志を現していた太い、長い眉は疎らになり、真白で優しくなった。今は怒りを現すこともない。

ふと細香はこれと似た情景が以前にもあった、と思い出した。それは六年前、母さのが亡くなった後、父が病気で倒れた時のことだった。その時も病いが重く、父の命は危まれていた。殆ど三ヶ月近く、細香は外出もせずに父の枕許に付きそっていた。

ある日のこと、今日と同じように父の寝顔を見ていると、眠っていると見えた蘭斎が眼をあけて娘の顔をじっと見ている。細香が気がつくと、彼はにっこり笑った。

「どうなさいました。何かいい夢でもごらんになりましたか」

と問いかけると蘭斎はもう一度笑って、

「多保、お前も笑え」

と言う。

「何でございますか、そんなに楽しそうになさって。父さまがそのようにいいことがおありならば、私も是非ごいっしょに笑いたいものです。何でしょうか。話して下さいませ」

細香はわざと幼子のように父にねだってみせた。蘭斎は手まねで「紙と筆を」と言った。細香が扶

け起してそれを渡すと、蘭斎は二つ折りにした美濃紙の上に、いきなり、

「辞世の歌」

と書いた。

「まあそんな、不吉なことを」

しかし、それには取り合わずに、筆に墨を含ませるように促すと、蘭斎はゆっくりと書いた。

「死ぬ前にあまりに心のはれやかなれば
　月出でてちり雲もなし五月空
細香如何と問ふ　予答へて言ふ
　お身もわらひやれ　おれもわらふに」

それを父から示されて、あっけにとられている娘を見て、蘭斎はまた声をたてて笑ったのだった。

八十六歳の己れの生涯を省みて、

――おれは充分やった。やりたいことをみなやりとげた。しかも規を越えることはなかった――と
いう感慨が蘭斎の胸に湧然とわき、そして傍の細香の胸をも静かに満したのだ。

その頃から蘭斎の病いは少しずつ快方に向ったのであった。

――もう一度、あの時の力が父に戻らないものだろうか――

しかしその頃の力はもう蘭斎にはないようである。ふと、

――父はもう助からぬかもしれぬ――

細香は思った。しかしそれをとりわけ不吉なこととは感じなかった。人として生れて、成長し、力の限りつとめ励み、やがて衰えて死ぬ。生きとし生ける者の自然の姿と感じられた。

――父はよく生きた。並の人間ならもうとっくに衰え、呆けてもおかしくない年齢である。もっともっと生きていてほしいがそれは無理というものであろう。父はほんとうに充分生きた。この年齢まで怠ることなくつとめ励み、己れ自身を、子や孫たちを、そして多くの門人をぐんぐんと率いてゆく大きな力であった。だがその力ももはや尽きたであろう。まだ息のあるうちに、この世での命の瀬戸際にある父の顔をよくよく心に刻みつけておこう――

じっと見つめていると、自然に涙で眼が曇ってくる。大きな温い掌、今は痩せたが、がっしりと力のあった肩の感触も思い出された。

ふと気がつくと、眠っているように見えた蘭斎がうすく眼をあけてじっと細香を見つめているのである。しばらく父娘は黙したまま互に見つめ合っていた。父と娘の、これまでの長い歳月が一瞬に凝縮したような時であった。不思議な温かい感情が二人の間に流れた。この前の病気の時には笑って辞世の歌を詠んでみせたのである。此の度はもはやその気力はない。しかし慈しみの柔かい眼差しでうなずいて見せる。

――多保、案ずるな、死ぬるは息がなくて寝ぬるのと同じであるから――

聞きなれた穏やかな声で慰めてくれているようである。それが彼の口ぐせであり、医師としての心構えであった。死にゆく者が生き残る者をはげましてくれている。細香の眼に涙が溢れ、恩愛の情きわまって、彼女は次の間へすべり出ると、声を忍んで泣いた。

その夜心が騒いで、細香も柘植子もついに一睡もせずに父の傍に付きそって、その最期を見届けた。孫の桂、門人たち、見舞いにかけつけた従妹のおりと夫妻、みな枕許にいたが、蘭斎はついに眼をあけず、眠ったままのような安らかな往生をとげた。

「……其の寝ぬるや、呼吸ありて死し、其の死するや、呼吸なくして寝ぬ……」

蘭斎自身の草した『言志篇』の言葉の通りの、自らの意志で撰びとったかのような死であった。七月八日、夜明けであった。

江戸の大垣藩邸にいる孫の元益が、急ぎ呼び返された。


天保九年（一八三八）という年は、日本の蘭学にとって多くの出来事のあった年である。

その年、緒方洪庵が大坂で適々斎塾を開いた。それ以後蘭学を志す若い人々が多く入門し、この人たちが新しい時代を築く大きな力となってゆく。

また、この年四月、渡辺崋山が『鴃舌或問《げきぜつわくもん》』『慎機論』を著し、十月、高野長英が『戊戌《ぼじゅつ》夢物語』を著した。ともにその前年八月、幕府がアメリカの貿易船モリソン号を攻撃したことを批判し、外国船打払令の無謀を説き、異国に学ぶべきことを説いたものであった。これらの著作がきっかけとなって、幕府の蘭学者に対する弾圧がはじまり、翌十年の「蕃社の獄」へと発展する。

前野良沢、杉田玄白、大槻玄沢たち初期の蘭学者が当時の社会情勢から、蘭学を語学、医学の範囲にとどめざるを得なかったのに対し、次の世代の蘭学者たちはその範囲にとどまらず、西洋の事情を学び、社会に向って警告を発するようになる。その結果、いや応なく政治権力と向き合うようになった。こういう時期に、初期蘭学者たちの最後の生きのこりであり、孜々として学びつづけた九十二歳の江馬蘭斎が、美濃の一隅で、静かにその生涯を終えた。

蘭斎の死後、二、三ヶ月の月日が穏やかに過ぎた。彼の死は細香にとっても、江馬家の他の人々にとっても、一つの事件ではなくて、一つの節目であった。当然来たるべきことが来て、過ぎて行ったのである。

これまで江馬家の人々はみな、事あるごとに物事の判断を蘭斎に仰いできた。各々自分で判断する時にも蘭斎の考えを参考に、その承認を力強い支えとした。蘭斎はそこにいるだけで、人々の後楯となり、導き手となっていたのだ。今、細香も柘植子も、成人した二人の孫たちも、それぞれに蘭斎の俤を胸に抱きながら、彼の大きな庇護をはなれて一人になったことを感じている。

しかし蘭斎が亡くなったからといって、悲しみに沈んでばかりいることは許されない。それぞれに日々の務めがある。蘭斎の長い、勤勉な生涯がそのことを教えていた。

そして、細香がふと自分を省みた時、自分がこの家で一ばんの年長者になっていることに気がつくのだった。

――これからは私が家刀自としての責任を負わねばならぬ。父亡きあとの、その責任は重いのだ

——

細香は今はじめて、自分が一人になったことを感ずる。先には母さのを、次いで師山陽を失い、そしてこの年齢まで自分を庇護してくれた父蘭斎を失った。今はじめて、独り立ちしなければならぬことを、しみじみと感ずる。

——父の反対のために、ついに先生に嫁ぐことはならなかった。或る時は父の心を恨んだこともあったが、それも私を愛することのあまりに深き故と思えば、私には過ぎた慈しみであった——

さの、山陽、蘭斎、自分を愛してくれた人が、すべて亡き人になったということが、信じられぬ気持になることもあるのだった。

第十一章　源氏物語を詠む

「伯母さまには御書見中ですか」

細香の書斎、湘夢書屋の庭先に、元益が珍しく顔を見せた。

「まあ、これは珍しい、さあ、さ、お上りなさい。よく見えられた。今日はゆるりと暇がおありか」

「いそがしさに取りまぎれて、ごきげん伺いも怠りがちで、相すまぬことと思うております」

言葉づかいもどこか一家の家長らしく、重々しくなってきているのが細香には頼もしく思われた。

同じ敷地内に住みながら、元益が細香の書斎に顔を見せることは稀である。彼は医師としての毎日の仕事の他に、藩医として城へ出仕する日、門人の指導と忙しく、ゆっくりと話し合うことも少ない。

蘭斎の病中から一家揃って夜食に顔を合せる習慣もいつしか跡絶えていた。

細香はいそいでひろげたままの書物や帙《ちつ》などを片寄せて、甥のために座を作った。元益はしげしげと伯母細香の机のまわりを眺めた。いかにも勉強の途中という感じの、楽しげにとりちらかした雰囲気を見、また床の間近くに展げてある描きかけの墨竹も見て、羨ましそうに深いため息をついた。

「此所へ来るとまるで別世界のような気が致します。私は、何時の間にかこのような詩文風流の世界とは縁が遠くなってしまった。私の薬室（診療室）はまるで薬の匂いと、和蘭文字との無粋な工事場のようです」

十五歳で父松斎を失ってからは、祖父を助け、若くして家督を継ぎ、重い責任を負ってきた甥であった。「益也、益也」と呼んでは京都遊覧に連れ歩いたり、久瀬川の菱田毅斎の家へ、山陽に会うために連れていったりした昔のことが夢のように思われる。今、眼の前にいる元益は大垣藩の若手の蘭医として嘱望され、また江馬蘭学塾の若き主人として、多くの門人たちの信頼を集めている医師であった。

「私も暇を見つけて、好きな本草学の本を探したり、おじいさまの薬草園を私なりにやり直してみたりしたいのです。先頃江戸に下向しました折にはひと月余りでおじいさまの大変でとって返しましたので、本屋を歩くことも叶いませんでした。どうやら今年の暮にはまた江戸へ下向することになりそうです。その折には名古屋の本屋にも立ち寄り、伯母さまに頼まれていた国学の方の、何とやらいうあの書物も探してみましょう」

細香は元益のために茶を入れてやりながら、はて、何の書物であったか、と考えた。

「ああ、松坂の、本居宣長というお方の『玉の小櫛』でしたね。あれも刊行されて出まわっておるものやらどうやら。伊勢の旧知の人から伝え聞いたお話で、『源氏物語』の註釈書だということでした。

できることなら是非読んでみたいものです。源氏は何度読んでも心にしみる物語ですもの。そういえばお前さまはいつぞや患家の方から源氏を借りておいでだったが、あれはもう読んでおしまいになられたか」

　すると元益は吐きすてるように言った。

「あれはもう返却いたしました。まだおじいさまが亡くなられるずっと以前のことです」

「それは早く読めましたな。忙しい忙しいと言いながら殊勝な心がけ」

「いえ、そうではありません。少しばかり読みかけたら嫌気がさしてきました。大切な朝廷の内々のことを、あのように淫りがましく書くとは、作者はいったいどういうつもりでしょうか。私は許せないような気がします。伯母さまは如何お考えですか」

「ほほ……、さては初めを少し読みかけただけで投げ出してしまったのですね。それではあの物語の真髄はつかめませんよ。最後まで辛抱しなければ、その真の情は感じとれませんよ」

「作者もちゃんと書いているではありませんか。主人公のことを〝すきがましく、好ましからぬ御本性にて……〟と」

「たしか初めの辺りにそのように書いてありましたね。お前さまはあのような人物はおきらいか」

　細香はちょっと甥をからかって見たくなった。

「あのような男を如何思われますか。伯母さまは源氏を読んで美しい詩を幾つも作ってみえる。女性であられるから私とは受けとり方がちがうやもしれぬが、私はきらいです。私にはやはり漢詩文の方が性に合っているように思います」

話しているうちに元益は心中何か激してくるものがあるようであった。細香も甥の心の傷にふれたような思いがしてふと話すのを止めた。

しばらく二人とも黙って茶を飲んだ。――どう話しようか――細香は言葉を探した。元益から口を切った。

「これはどうやら言いすぎました。近頃、御用が繁多で、気を遣うばかり。そして自分の考え通りに行くことは少ない。伯母さまのお顔を見ていると、つい遠慮がのうなりました。お許し下さい。昔のようにゆっくりとした気分で、伯母さまの詩文のお話の相手ができないのが口惜しいのです」

「元益どの、心をあまり煩わせないように。御用が繁多なのはお前さまがそれだけ望みをかけられていることなのだから自信をもって。おじいさまの跡目にふさわしいお勤めを願いますよ」

自分をも他人をも少し厳しく律しすぎる、真面目一方の甥の気質をよく知って、細香はいたわった。しばらくすると気も静まって元益は穏やかな表情になった。

「私と違って桂はまだ暇がありそうです。せいぜいお相手をするように言っておきましょう。それにこの頃では信成（元益の長男）まで度々お邪魔しているようですが、ごめいわくではありませんか」

「あの子はあれで文章に対してとても勘が鋭い。行く末たのしみな子ですよ」

元益はすでに三人の子供の父である。十三歳になる長男の信成、九歳になるお澄。それに今年五月、元益が江戸へ下る直前に生れた次男の庄次郎がいる。信成もお澄もよく細香になついて、細香が暇だと見ると書斎へ遊びにきたがるのだった。

元益はそれから細香の近作の墨竹と山水を二、三点観賞すると、表へ戻って行った。

もう少し引きとめて、苦労話も聞いてやりたく思ったが、細香は控えた。甥の元益は三十三歳。二、三度の江戸勤務も無事につとめて、蘭斎の立派な跡目として認められ、門人も増してきている。何処へ出しても恥しくない、一人前の男性である。しかし一方では、最初の妻ゆいを、余儀ない事情から心ならずも離縁して、二度目の妻弥保を迎えた。そして今年、次男庄次郎が生れたばかりである。そのことがあってから、少し複雑な陰影が表情に現れる。その元益に対しては、家長に対する遠慮も働いて、昔、幼い甥に向ってしたように、気軽にその内面に立ち入ることは憚られるのだった。つい先刻『源氏物語』の話で、元益が突然に激したことをみても、彼の心の傷が癒えているとは思えなかった。

元益の最初の妻ゆいに、彼の江戸勤番中にふとした過ちがあった。それは過ちとも言えない中傷的な噂話にすぎなかったが、ゆいを愛していた真面目な元益は深く傷つき、それが許せなかった。ゆいは亡くなったさのの縁につながる、美江寺の本陣、山本家の娘である。幼い時から雛祭などには江馬家に出入りし、細香にも柘植子にも親しみ、元益をも兄のように慕っていた。明るい、気さくな生れつきで、誰彼となく、分けへだてせず接する大らかさが、要心の足りなさとなって災いした。江戸から帰って噂を聞いた元益は懊悩した。母親の柘植子は、

「私がついておりながら、至らなかった」

と泣いた。細香は、

「根も葉もない噂話にまどわされず、許してあげなさい」

と忠告した。しかし潔癖な元益は自己にも他人にも厳しく、許すことが出来ずに苦しんだ。若い二人の暗い顔は江馬家の人々の心を曇らせ、老蘭斎も、亡妻さのの身代りのように慈しんでいた孫の嫁のために、ひそかに涙を流したのだった。

結局、ゆいは二人の子を残して実家に帰ることになり、半年後に増田家の娘弥保が迎えられた。しかしゆいは蘭斎の葬儀にも目立ぬように会葬し、その後も細香や柘植子に他所ながら孝養をつくした。細香もまた時折、二人の子供の消息をゆいに知らせてやった。そういうことが細香の晩年まで続いた。元益はそれを知りつつ、決して咎め立てはしないのだった。

細香は元益ともっと話したかった。『源氏物語』について、あのように頭から毛嫌いせず、もっと深く作者の意図を味わい、巡り巡る人生の深い意味を汲み取れるように、話してやりたかった。文学作品の内容を、実生活と同じように考えて断罪してはいけないことを話してやりたかった。しかしそうする時には、いや応なく彼の心の傷にふれることになると思うと、それができなかった。

「罪《トガ》ムルコトナカレ通篇　事　淫ニワタルヲ
極メテ情ヲ尽スノ地ヲ説キ出サント欲ス」

細香はかねてから幾通りも下書きをして、詩想を練っていた「読紫史」の詩を完成させようと心に決めた。これは以前に師山陽からも勧められていた作品であった。そしてこの詩を完成しておけば、元益もいつか読んで、この伯母の言いたかったことを察してくれる日もあろう、そう思ったのだ。

細香と『源氏物語』との縁は長い。若い頃からこの物語に親しんで、文政十年頃から「読源語」と題して、この物語を素材とした詩を幾つも作っている。『湘夢遺稿』には「夕顔」「空蟬」「若菜」上・下が載せられており、『湘夢遺稿』に収録されなかった作品にも「鈴蟲」「夕霧」「御法」の各章を題材とした七言絶句がある。

これらの作品は、まだ健在であった山陽の批正を受けているが、山陽の批評はなかなか厳しいものであった。

「瞥見読源氏物語。題意必有正論卓異者。及読之。唯是如此。然亦好題目。苟作。則毎篇一詩。成五十四絶句。亦可耳。然後以五古一首為跋。用荘語終之。尽善矣」

（「読源氏物語」ヲ瞥見《ベッケン》スルニ、題意必ズヤ正論卓異《セイロンタクイ》ノモノ有ラント。シカルニ之ヲ読ムニ及ンデ唯是レ此ノ如シ。然レドモ亦好題目ナリ。苟《イヤシク》モ作ラバ、則チ毎篇一詩ニシテ、五十四絶句ヲ成サバ亦可ナランノミ。然ル後五古一首ヲ以テ跋《バツ》ト為シ、荘語ヲ以テ之ヲ終ラバ、善ヲ尽セリ）

（「読源氏物語」を一見したところ、詩の内容はきっと正論で卓抜なものであるらしいと思いましたが、読んでみると単にこの程度に過ぎません。しかしこれは好題目ですから、いっそのこと作るならばもうひとふんばりして、一篇ごとに一詩を作り、五十四絶句を作ったらよいでしょう。そして最後に五古一首を跋として、荘語（立派な言葉）で結ぶならば（美を尽した上に更に）善を尽したことになる

でしょう)

この批評の口ぶりからして、山陽はあまりこの作品を評価していないらしいのである。しかし細香が折角作ったのであるから、この程度の読み込みでは不足であると言い、更にこれからの勉強の一つの指針(五十四絶句を作るよう)を与えているわけである。山陽が細香の「読源語」に不満があったのは、『源氏物語』に対して彼なりの見識を持っていたからにちがいない。それは細香の「読源語」に対してまず「題意必ズヤ正論、卓異ノモノ有ラント」と期待を寄せていることでもわかる。山陽は生前、天保二年、広島にいる母梅颸にあてて、次のように手紙を書いている。梅颸はその頃病気勝ちで、山陽は度々母の見舞いに帰省していた。

「……芳樹丸といふ国学者参り源氏講、一度は御慰にも御聞被遊候よし、左様の事チトハ御気晴にも可相成候」

長門の近藤芳樹という国学者が広島で『源氏物語』の講義を開いて、梅颸もそれに出席した。老齢で病気勝ちとなった母のために、山陽は心を配って、積極的に気晴しを勧めていたのであろう。和歌に堪能で、流麗な擬古文の旅行記を残している梅颸にとっても、『源氏物語』はたのしみの多い物語であったにちがいない。

当時、このような源氏講に、一体どのような人々が出席したのであろうか。現代の各地の文化教室でも『源氏物語』の講義は大きな人気を集めていることと思い合せて興味をそそられる。

この物語を翻案した『修紫田舎源氏』は文政十二年の初篇刊行から、絶版を命ぜられる天保十三年までの十三年間に、三十八篇百七十二冊を刊行している。こういう絵草子の形でも浸透するほどに、この物語は広く親しまれていたと思われる。

本居宣長の源氏註釈書で、また優れた物語文学論といわれる『玉の小櫛』はすでに寛政年間に成立しているから、一般的な教養書として、梅颸や細香は読んでいるのではないか、と思われる。しかし宣長は『うひ山ぶみ』などで「からごころを排せよ」ということをくり返し、激しく主張している人であるから、山陽門下で漢詩文を学ぶ細香は、これをどのように感じたであろうか。

当時の大垣の学問的、文化的水準は非常に高く、漢学、蘭学の領域ですぐれた人が多く出ているが、また国学の分野でも宣長の高弟、大矢重門はじめ、鈴屋門下の人々が多く、伊勢松坂とも近くて交流は盛んであった。俳諧でも大垣は芭蕉の「奥の細道」の結びの地として知られ、盛んに行われている。大垣という狭い土地柄で、異った分野の学者、文人たちがお互にどのような折り合いをつけて交流していたのであろうか。

細香の七十歳の賀の席にはこれらの人々が集った形跡もあり、大そう興味を惹かれることである。

さて、細香の「読源語」の詩に戻ろう。

山陽の批評の中で「尽善」とあるのは、論語の中の言葉で、「尽美」と対になっているということであるから、山陽も細香が「読源語」の中で「美ヲ尽シ」たことは認めているらしい。たしかに「読源語」の中に、美しい詩句、美しい情景は捉えられているのである。

「夕　顔」

瓠花深巷見嬋娟
一扇相思兩世縁
香燼芳空根不斷
又抽柔蔓故纏綿

瓠花《コカ》　深巷《シンコウ》ニ嬋娟《センケン》ヲ見《アラ》ハシ
一扇　相イ思フ　兩世《リョウセ》ノ縁
香燼《コウジン》　芳《カヲリ》　空シケレドモ根断《コンタ》エズ
マタ柔蔓《ジュウマン》ヲ抽《ヌ》キテ　故《コトサラ》ニ　纏綿《テンメン》タリ

『源氏物語』の中でも、ことにあわれ深い夕顔の章である。
五条あたりのむつかしげなる小路にかくれ住んでいた夕顔は、乳母の病気見舞いに来た光源氏と扇のとり持つ縁で結ばれた。ある夜、源氏は鴨川畔のもの淋しい寺院に夕顔を伴って一夜を過すが、ふと一陣の風が吹きぬけて、物の怪におそわれ、夕顔は露が消えるように果敢《はか》なくなってしまった。

「若菜　上」

自惜娉婷宜遠嫌
輕心何事露眉尖
一重花影毬場近
無頼貍奴揚繡簾

自ラ惜シミテ　娉婷《ヘイテイ》　宜シク嫌《ケン》ニ遠ザカルベキニ
軽心　何事ゾ　眉尖《ビセン》ニ露《アラ》ハス
一重《イッチョウ》ノ花影　毬場《キュウジョウ》ニ近シ
無頼ノ貍奴《リド》　繡簾《シュウレン》ヲ揚グ

桜の花びらが吹雪のように散る六条の源氏の邸内である。若い殿上人達が花の散るのを惜しみもあえず、蹴鞠に打ち興じている。烏帽子の額など少し乱れて、寛いだ柏木と夕霧は御階の中程で一休みして息をついた。御簾の内側からは、息をころして蹴鞠を見物している女房たちの衣の色々がこぼれ出て「春の手向の幣袋《ぬさぶくろ》」のような華やかさである。突然、小さな唐猫が大きな猫に追われて御簾の端より走り出て人々を騒がせた。唐猫につけられた長い紐に引っかけられて御簾の裾が露わに引上げられたが、すぐに直す人もいない。すると、そのすぐ近く、几帳の際に、軽々しくも源氏の正妻女三宮が立っていたのである。紅梅襲《かさね》の袿《うちぎ》姿で、背丈になお余るけざやかな髪、そのほっそりと小柄で、ろうたげなる姿を見て、柏木は一目で心を奪われてしまった。

「若く、美しの人や」

傍にいた夕霧が気がついて咳ばらいしたので、女三宮はそのまますっと奥に入ってしまわれた。どきっとするような不倫の恋の、美しい始りである。この恋は光源氏の後半生の苦悩のもとであり、柏木の身の破滅、女三宮の出家へとつながる。

「夕　霧」

山荘一訪懶還車　山荘ヲ一訪シ　懶《モノウ》ク車還ル

記舊情思似更加　旧ヲ記スレバ　情思　更ニ加ハルニ似タリ

解事濛濛満郊霧
随君帰路好攀花

解事濛濛 満郊ノ霧
君ニ随ヒ 帰路 好シ 花ニ攀《タヨ》ル

柏木が女三宮との情事に懊悩のはて、病い重くなり亡くなられた後、柏木の正妻女二宮（落葉の宮）は母君とともに小野の山荘に引籠ってしまわれた。まめ人と名のある夕霧大将は、かつての親友柏木の妻落葉の宮に懸想し、小野の山荘まではるばると訪ねてゆく。宮はことの外用心深く、夕霧は空しく霧に紛れての帰る道、想いはつのるばかり。しとど霧に濡れた姿を、北の方雲井の雁に見露わされては、と父光源氏の邸内の東の対に住む花散里の許にころがりこんで、急場を救ってもらった。その後も夕霧は足しげく落葉の宮の許に通いつめ、ついに宮を自分に靡かせてしまう。

生真面目で、潔癖な元益が「淫りがましい」と怒るのも無理からぬような場面が続くのである。実生活ではついに風俗を紊《みだ》さず、節度を守る細香も、文学の世界では大胆に危険な領域に心を解放する。不倫の恋、破滅に至る恋人たちに心からなる理解と共感を惜しまないのである。

彼女の文学者としての柔軟さと、内面の豊かさが感じられる。

細香は五十四絶句までは作らなかったが、山陽の歿後、「読紫史」と題する七言古詩を作っている。二十四行に及ぶ長詩である。山陽の批正の言葉の中の「五古一首ヲ以テ跋ト為シ」に従ったものであろうか。初めと終りの部分を掲げてみよう。

「読紫史」

誰執彤管寫情事
千載讀者心如酔
分析妙處果女兒
自與丈夫風懷異
…………
五十四篇千萬言
畢竟不出情一字
情有歡樂有悲傷
就中鐘情是相思
勿罪通篇事渉淫
極欲説出盡情地
小窓挑燈夜寂寥
吾儂亦擬解深意

誰カ彤管《トウカン》ヲ執《ト》リテ　情事《ジョウジ》ヲ写ス
千載《センザイ》　読ム者　心　酔ヘルガ如シ
妙処《ミョウショ》ヲ分析スルハ　果シテ女児《ジョジ》
自ラ　丈夫《ジョウフ》ノ風懐《フウカイ》ト異ナル
…………
五十四篇　千万《センバン》ノ言《コトバ》
畢竟《ヒッキョウ》出デズ　情ノ一字
情ニ歓楽アリ悲傷アリ
就中《ナカンヅク》情ヲ鐘《アツ》ムルハ是レ相思
罪《トガ》ムル勿《ナカ》レ　通篇　事　淫《イン》ニ渉《ワタ》ルヲ
極テ情ヲ尽スノ地ヲ説キ出サント欲ス
小窓ニ灯ヲ挑《カカ》ゲテ　夜寂寥
吾儂《ワレ》モ亦　深意ヲ解カント擬《ホッ》ス

山陽が生前、「読源語」の批正の中で、「善ヲ尽ス」ようにと勧めた意図は、この「読紫史」で果されている。細香の「源氏物語論」と言ってもよいだろう。

夜更けるまで灯を挑げて、『源氏物語』を読む細香の胸に去来する思いは、何であったであろうか。その後も長く、細香の思いはこの物語の上にたゆたうのである。

この詩に付された後藤松陰の批正の言葉は、

「柳渓云尽情二字源語之骨亦是之篇骨髄」

であった。神田柳渓の批評をここに書き加えている。この頃の漢詩人たちが『源氏物語』を柔軟に理解していたことがわかる。それにしても、この言葉は何故か大へん遠慮がちである。蛇足を加えれば山陽歿後、細香の詩に付された批正の言葉を読む面白さは、半減するように思われるのは気のせいだろうか。

その年（天保九年）の暮近くなって、元益は再び江戸に下向することになった。この度は母柘植子も元気であり、五月に生れた次男庄次郎もすくすくと育っている。後事を託すべき弟の桂も、前年の大垣の疫病流行の時に大活躍をして以来、医師としての任務に自覚を持って修業に励むようになり、元益は安心して家を後にしたのだった。

詩文を好む桂は、それまでともすれば文学の道に強くひかれ、医の道に進むことに少したためらいがあった。それが天保七年、八年と打ちつづく飢饉、それに加えて猖獗《しょうけつ》をきわめた熱病のために、兄元益ともども、追われるように忙しい日々が続いた。当時、元益が買い入れたフーヘランドの『熱病篇』を熟読し、二人して夜おそくまでその対策を話し合ったのだ。江馬家には蘭斎以来の、長い経験に基づく処方がある。それに加えて、二人はゼーアユイン、ジキターリス、キナキナなどの新しい薬を用い、それらはよく効を著した。その時桂は自分の力に感動してこう言った。

「兄上、今日、私ははじめて医者としての務めがどのように大切なものかを悟りました。川の番小屋の悴の熱が収った時、あの子のお袋は我々を神か仏のように拝みました。私はこれで医者としてやってゆく自信がつきました。我々が救える命は、もとより小さいものですが、しかし医の仕事は、役人の仕事にはるかに勝る、と知りました。それにしてもあの薬のなんとよく効くこと」

「お前一人の力と思うなよ、お前の後には江馬蘭斎というおじいさまの余光がある。そのお前が薬を投ずれば、それはいっそう大きな力を発揮する。そのことを忘れず、お互いしっかりと働こう。しかしお前、投薬の時、忘れずに注意しているか。煎じ薬は必ず磁器を用うること。煎剤一服はこれを二合半の水にて二合にまで煮つめること。凡そ丸薬、散薬、練薬はこれを白湯にて服用すること。これらは自明のことのようなれど、薬を投ずる時必ずくどく言わねばならぬ」

元益は蘭書を読むのを止めて弟に言った。元益の机の上にも、桂の机の上にも、フーヘランドの著書があった。そして机の横にはズーフ・ハルマが置いてある。それまでの辞書は誤りが多いことがわかって、元益が先年購入した。シーボルトが来日して以来、日本の蘭学は大きな進歩をとげている。医書に関して言えば、蘭斎が『五液診法』を訳述して、大いに学んだボイセンの『プラクテーキ』やブランカールの医書などはすでに古書となってあまり用いられず、若い、向学心に燃える医師たちが争って読もうとしているのが、このフーヘランドの医書であった。

フーヘランド（一七六二～一八三六）は、ドイツ、チュービンゲンの人。祖父の代よりワイマール王室の侍医をつとめ、ベルリン大学の創立に尽力した名医であり、ゲーテもその診察をうけている。その医書は、天保四年に坪井信道が『神経熱論』を訳し、杉田成卿が『済生三方』を訳し、緒方洪庵が『病学通論』と『扶氏経験遺訓』を訳した。とくに『扶氏経験遺訓』二十七冊は、後に江馬塾でも多く購入し、門人たちの教科書として使っている。

桂は兄元益が江戸に下ってからもよく家業を守り、そして暇を見つけては勉強にはげんでいる。今、彼が熱心に読んでいるのは、元益が購入して桂のために置いていった、新しい『扶氏経験遺訓』であった。桂の語学力はほぼこれを読みこなせるまでに進んでいた。彼はこの書を熱中して読み、そしてその話を細香に聞かせるのであった。

熱心に、顔を上気させて語る桂の衣服から、松脂に似た龍涎香の甘い香りがした。

「この『経験遺訓』の一部は、兄上が買い入れたものです。兄上はたしかに先見の明がありますね。この舶来の書物は誰でもがのぞんだからというて、すぐ入手できるものではない。先年のわが大垣の疫病流行の際、私も兄上もこの医師の『熱病篇』を熟読しました。あの折助かった病人は、この人の処方のお陰をうけているわけです。その頃から兄上はこの遺訓が手に入るようにと書肆に頼んでいたのです。あの時にも感じたのですが、この医書を著したフーヘランドという医師は、立派な奴だと思います。伯母さま、毛唐だというて馬鹿にしてはいけませんね。この医書を読むと、漢方の医書などにありがちな、徒らに思弁を弄するところなど全くない。徹頭徹尾、実理に立ち、実際に即した症例にみちています。これからの医書はこうでなくてはかなわぬ」

桂がすっかり心服し、心を捉えられているフーヘランドは、広く諸学派の長所を取り入れた代表的な折衷家で、それ故に臨床家としてすぐれ、我国の蘭方医に大きな影響を与えた。我国の医師たちは病理よりも、まず実技を学ばねばならぬ段階であった。しかもフーヘランドはその先年一八三六年(天保七年)に七十四歳で歿したばかりである。彼の著書はその生前、すでに文化年間より舶来している。その点で、西欧と同時性を獲得している。若い医師たちの心を鼓舞するものがあるのは当然であった。桂が身動きする度にその衣服から漂う、龍涎香の甘い匂いをかぎながら、細香の心もまたいきいきと動くのである。

「それはよい所に気がつかれたの。お前のおじいさまが徒らに思弁的な後世方を捨てて「親試実験」の古医方に移られたのも、そこから更に進んで蘭方を学ばれたのも、みなその一点からです。お前はまさにおじいさまの衣鉢を継いでいる」

そう言って細香は涙ぐんだ。そして言葉をつづけた。「日進月歩という言葉があるが、それはまさに蘭学のためにある言葉のようじゃ。昔、お前がまだ子供仲間の親玉で、棒を振りまわして駆けていた頃です。おじいさまが『泰西熱病集訳』を訳述なされた。その初めの一節は今もすぐに思い浮びます。〝それ熱病は大法二あり。所謂《いわゆる》問断なく歇《や》まざるものと、往来間断あるものなり〟それはこんな言葉で始まっています。そして、〝この病を療するには、おおむね発汗せしめ、まず吐下をなす。刺《し》絡《らく》、発泡これに次ぐ〟私はこれを読んで跋文を書いたことがあるのですよ」

するると、その言葉を桂が引きついで、すらすらと答えた。

「儂《われ》和蘭書の医術を説くや、最も精粋なると聞く。一たび巻を開けば秦《しん》府に入るが如く、珠玉、金帛にあらざるはなし。然して争いて取る者鮮《すくな》し。家爺《かや》早くその秦府たるを悟る……」

「おや、よく知っていますこと。いつ覚えたのですか」

「伯母さま、お忘れですか。私も兄上も、子供の頃おじいさまにこれを暗誦させられたのですよ。塾から帰ってやれやれと書物を投げ出して走り出そうとすると、ちょうど手の空いたおじいさまにつかまって、これをやられました。その他にも蘭化先生の『和蘭訳筌』序文など……。あれは何とも難しい文章で、論語よりもっと始末におえなかった。論語はあれで、子供なりによくわかるのですよ」

「ほほほ、あれはね、私も全くわからなかった。わからないなりにお経のように覚えて書いた。大人になってからようやく意味のわかった点もあるのですよ、……泰西の文字僅に二十有五。その体衡列（横列）たるを以て、右行して万音尽く備わる……」

桂がその後をひきついだ。

「漢土の文字は凡そ三万有余。その体縦列たるを以て、左行して未だ尽くはその音を得ず……」

二人は顔を見合せて笑い合った。

蘭斎がいつも心がけて、自分の子や孫に家庭教育を施した。蘭学を家学とする家の人間としての心がまえを教え込んだ。今こうして娘と孫、伯母と甥二人で、蘭斎の古い文章を朗誦すれば、二人に通う同じ血の流れにかけられた、蘭斎の熱いのぞみが蘇る。

「……それ泰西は、その人則ち明敏高識、その学則ち星暦、医算、研尋、精確、各々其理を窮む……」

五十年近くも昔、四十六歳で蘭学を志し、新しい学問を学び始めた蘭斎の、泰西の文化に対する遠い憧れが蘇る。新しい言葉に出会い、異った世界観に触れた蘭斎の、戦慄にも似た驚きが二人に伝わってくる。新しい言葉に出会うことは、新しい思想に出会うことであったにちがいない。

「しかしおじいさまの昔の文章を読んでいると、その頃の和蘭医学は、この国の者にとっては宝の山、遠くにきらきらと輝いて、何とか手に入れたいとあこがれる、遠い宝の山のようなものだったのですね。それが四、五十年ほどたった今、お前たちはもうその宝の山に分け入って、それを自在に使いこなしている。先年の疫病の時にお前たちが施した薬を見ると、つくづくそれが思われますよ。ゼーアユイン、キナキナ、ジキターリスなど大効があるとやら。その名前を聞いただけでも宝が手中に有ると思いますよ。それにマグネシヤ、亜鉛華などもこの地で精製しているそうではないか。医学はどこまで開け、どこまで人間を救うのやら頼もしい限りですね」

「昔に比べれば薬品も多くなり、辞書もよいものができました。しかし我国の蘭学は進んでいるとばかりは言えないのですよ」

桂はここで言葉を切ると、声をひそめて話をつづけた。

「私が大坂で親しく教えをうけた高野長英先生は、今江戸の麴町で塾を開いておいでです。しかし幕吏の眼がことごとく先生の行動を見張っていると聞きました。蘭学が発展するのを必ずしも喜ばない人がいる」

「あのお方はいつか大坂から江戸に下る時我家にも立ち寄られたことがある。非常に優れた方だが、何か殺伐としたもののあるお人だった。元益の言うようには、翻訳では我国に二人とないお方だそうな。しかし己れの才を恃《たの》んで自ら災いを招かれねばよいが……」

そして二人の考えは申し合せたように、そんな時期に江戸に下った元益の身の上に及んだ。

桂が心配を打ち消すように言った。

「兄上は要心深い方です。それに医学一筋の真面目な方です。伯母さま、そんな心配なさるようなことはありませんよ」

そして更に続けた。「私は十六歳で山陽先生の門に入ったせいか、どうしても詩文の道にひかれて、医業を苦しく思うこともありました。しかし先年の疫病流行の時、はじめて医業がいかに人間にとって大切であるかを悟りました。今は医業に力を潜め、やがてフーヘランドのような、医学上の著述を成しとげたい、そう思っております。それが私の大望です」

「それが叶った時、亡きおじいさまもどのように喜ばれることか。おじいさまの願いが美しい花を咲かせるわけですから。その時は是非ともこの私が、お前の最初の著述の跋文を書いてあげましょう」

細香も桂の若々しい話に鼓舞されて、明るくそう言った。

第十二章　思い出す日々

細香の心の中に一つの大きな空洞があいている。何をもってそれを埋めるべきかは、細香自身にもよくわからない。そのうつろな空洞は以前は何で満されていたのか。師山陽への愛情か、父蘭斎への思慕の情か。あるいは、それらすべてを含んだ彼女自身の青春か。それが自分の掌中からこぼれ落ちていったと感ずることが屢々ある。人はみな一度はそれを失うものだ、ということを知っている。それを失った時、はじめて人は独り立ちしなければならぬことも知っている。

細香は山陽の歿後も生前と同じように精魂こめて詩を作り、画を描く。その緊張感は昔と少しも変りがない。しかしその情熱を受けとめてくれる人がいない。細香の作品を受けとめ、批評し、欠点を指摘し、長所を認め、それを善き方向へと導いてくれる人がいない。それを求めてはいけないのだと知ってはいるが、やはり空しいと感ずる時、細香の手は酒杯にのびるのである。しかし、酒を飲んでも若い時のように楽しい酔いが訪れるわけではなかった。

「初　夏」

獨酌難爲醉
孤吟足寫情
待人人不至
罵雨雨將晴
芍藥餘春色
杜鵑初夏聲
日長唯欲睡
庭院緑陰深

独酌《ドクシャク》　酔《スイ》ヲ為シ難ク
孤吟　情ヲ写スニ足ル
人ヲ待テドモ　人　至ラズ
雨ヲ罵《ノノシ》レバ　雨　将《マサ》ニ晴レントス
芍薬《シャクヤク》　春色ヲ余シ
杜鵑《ホトトギス》　初夏ノ声
日長クシテ　唯《タ》ダ　睡《ネム》ラント欲ス
庭院　緑陰　深シ

一人手酌で呑んでも面白うもなし、先刻からぶつぶつ呟いているのは、どうやら詩であるらしい。私が待っているのは来る筈のないお人。つまらなくなって雨を罵れば、雨までが私を小馬鹿にしたようにさあっと晴れ上って、さらさらと初夏の風さえ吹き出した。芍薬もまだ未練たっぷりに咲いており、杜鵑が一声鋭く鳴いた。深い緑の陰で、ああ、睡くなるような、虚空に摑みとられるようなこの空しさ。手応えのない、穏やかすぎる日々。私は何か大事なことを忘れているのではないだろうか——

この詩を見てくれたのは大坂にいる後藤松陰であったが、その批正の言葉は「全首無瑕。前聯特妙。想見藤江夏景」であった。

細香はこの批正の言葉を読んで、声を出さずに忍び笑いをした。細香と同じ美濃人で、彼女より九歳も若い、真面目で温厚な学者松陰にこのやるせない気持をわかってくれ、というのはおよそ無理な話である。また、たとえそれが松陰にわかったとしても、彼の方でわかった顔をすることを遠慮するのが当然だった。

――俊蔵ごときに――

という気持が細香のどこかにある。彼は今こそ松陰などと、しかつめらしい名を名乗っているが、細香がすぐ思い出すのは、俊蔵と呼ばれていた頃の少年時代の彼の俤だ。その頃、彼は菱田毅斎の内弟子で、藤江の江馬家へもよく毅斎の手紙を持って走り使いに来ていた。門の内で細香を見かけると、眩しいような顔をして柱の陰にかくれてしまった。今、篠崎小竹の女婿となり、浪華で学者として一家を成している松陰を軽んずる気持はさらさら無いが、少年時代の彼の記憶を拭い去ることも細香にはできなかった。

――もし先生であれば、この詩を何と批評して下さるだろう――

そう空想することがわずかに彼女を楽しませた。山陽ならば讃めるにせよ、貶《けな》すにせよ、ごく短い一行の鋭い語句の中で細香の気持をうけとめて批評し、そして彼女の心の奥に眠ってうずくまっているものを自覚させる力を持っている。彼女は山陽の言葉をじっと待ち受ける時の緊張感、山陽の生前の、張り合いのあった日々を思いおこした。

「読紫史」に寄せられた松陰の評語でも彼女は不服であった。讃めるにせよ、貶すにせよ、もっとはっきり、遠慮なくしてほしい。「柳渓云尽情二字源語之骨亦是之篇骨髄」では神田柳渓のかげにかくれて、後藤松陰の本音が聞えてこない。それでは彼女の心は満足しない。

そこで、かつての張り合いのあった日々を求めて、細香は古い詩稿をめくることになる。

——何とたくさんの詩を私は作っていることだろう——と半ば呆れながら、それらの詩稿を反古にもせず、宝物のようにしていることを自分でもおかしく思いながら、細香は一枚、また一枚と古い詩稿を拾い読んでいった。所々に自分が挿んだまま色褪せた押花があった。それらを拾い読みしていると、記憶が鮮やかによみがえって、細香を驚かせた。

——何という詩の力であろう——

すっかり忘れていた詩の幾行かを読むと、それを作った時の周囲の有様、自分の心の動き、それらが豊醇な酒のような香りとともによみがえってくる。その時の自分の気持の晴れやかさ、翳りまで、なまなましく思い出されてくる。もう掌からこぼれ落ちて、逃れ去ったと思った日々がそこにある。

——書きとめておいてよかった——

細香は言葉の持つ精妙な働きに驚きつつ古い作品を読み、師山陽の朱筆の跡を辿っていった。ある夏の夜の詩にふと眼がとまった。

「夏　夜」

雨晴庭上竹風多　　新月如眉纖影斜

深夜貪涼窓不掩　　暗香和枕合歡花

細香はこの詩を好きでよく覚えている。人に書いて与えたこともある。その詩の傍に朱筆で書き入れがある。

「不養生ナルヘシ」

師山陽の手の跡である。細香はこの一行をはじめて読んだように思った。今までは読んでも何も感じなかったか、見過していたのか。急にその一行が意味ありげに見えてくる。「窓ヲ掩《オホ》ハズ」とあるので、病気勝ちで風邪も引きやすかった山陽が、呑気な女弟子に注意を与えた、とばかり見ていた。しかし今読むと、たった七字のその言葉の中に、若かった自分と、師山陽との無言の中の交流が感じとられる。若い日の細香のひたむきの慕情を山陽が扱いかねて、それを避けたと見られるのである。──これは批評ではない。こんな批評はある筈がない──これは師山陽の韜晦《とうかい》ではないか、と細香は気付く。女弟子の、師山陽に対する恋心を真正面から受けとめず、気付かなかった如くにしてわざと無遠慮に「風邪を引きますよ」とそっ気なく言ってみせた。そこに気が付くと、細香は二十年の歳月を一挙にとびこえて、今、壮年の山陽が目の前にいるような心のときめきを覚えた。

「夏夜」という詩を作った時の細香は、ようやく三十歳になろうとする頃であった。その当時の細香の眼に映じた山陽は、七歳年長の、きらめくような才能の持主で、仰ぎ見る、慕わしい人であった。その頃の細香には、師山陽の存在だけが眼前一杯に迫っていて、山陽の心の動き、その揺れ、その翳りまで感じ取れようはずもなかった。今、細香も五十に手の届くような年齢になり、遙かに歳月の覆いを剝ぎとってみると、四十歳近い、壮年の頃の山陽の心の揺れ、とまどい、たゆたいが次第にはっきりと彼女の眼に映じてくるのである。

細香は心中ひそかに昂まってくるものを覚えて、詩稿をめくる手が思わず早くなった。

「冬夜作。時有瓶中挿梅花水仙」

小閤沈沈靜夜長　　微明灯影照書牀

可憐瓶裏雙清態　　人定更深暗合香

山陽評「雙字合字終見不能免情」

この評語を見た時、細香は師山陽を少からず恨んだものだった——先生は私の気持を一体どう思っていらっしゃるのであろう——と。

また、

「拈蓮子打鴛鴦」
雙浮雙浴緑波微　不解人間有別離
戲取蓮心擲池上　分飛要汝暫相思
山陽評「真女子語。又人未経道処。非慧心香口安能拈破」

そしてこの詩には手紙もあって、

「……昨夕、小石も見え、見せ申候。鴛鴦の詩は唐の小説中に置ても然るべくと申候」

と書かれていた。それを読んだ時細香は、山陽から突き放され、客観的に眺められているようで、物足りなく思ったのだ。

しかし——これは詩作品に対する批評なのだ。先生はこれを作品として鑑賞されている——と考え、自分を納得させてきた。

その考えは今も変らない。しかし、師山陽もまた、そうしなければ平静を保つことはできなかったのかもしれない。ふと、そのことに思いあたる。二十年近くも経た今、そのことに突きあたる。

——あの人はいい人だった。まことに真率な人だった——

そのことに気付かずに、細香はいつも少し苛立ち、少し恨んでいた。今は、師山陽の優しい心が自分を包んでいてくれたことをはっきりと悟る。

「題　竹」

玉立湘江碧　　玉立《ギョクリツ》ス　湘江ノ碧《ミドリ》
逢人寫數枝　　人ニ逢ヒテ　数枝ヲ写ス
流傳如有後　　流伝《ルデン》　後《ノチ》有ルガ如シ
不必恨無兒　　必ズシモ　児《コ》無キヲ恨ミズ

山陽評「真情実語讀之攬涕」（真情実語、之ヲ読ミテ涕ヲ攬《ト》ル）

私の描いた書画が後に残るのだから、作品が私の子供である。あえて子供のないことを恨みはしない。私がそう言ってまじめに心情を訴えると、先生もまた心を動かして下さった――

「贈　蘭」

劚得叢蘭曾手裁　　叢蘭《ソウラン》ヲ劚《ホ》リ得テ　曾テ手ヅカラ栽《ウ》ウ
罵渠負我弄狡獪　　罵ル　渠《カレ》ガ我ニ負《ソム》キテ　狡獪《カウクワイ》ヲ弄スルヲ
春風寂寞閑窓底　　春風　寂寞タリ　閑窓《カンソウ》ノ底《テイ》

何意年年並蔕開　　何ノ意ゾ　年々　蔕《ウテナ》ヲ並ベテ開ク

この詩には次のような意味の自註がある。

「私の部屋には二盆の蘭がある。私が掘りとって植えたものだ。そのうち一盆が年々花を開いて実を結ぶ。独り身の私にそむいて花をつけ、実を結ぶとはどういうつもり、と詰問すると、花は忽ちしおれてしまった。蘭にも心情があるのだろうか」

この詩に対して山陽は「佳詩佳話。志操芳芬尤佳」と書いた。

――私が自分の独り身の境涯を詩に作り、諧謔を弄して楽しむゆとりがある時には、先生もまた「佳詩佳話」と楽しんで下さった――

――すると、あの時も私は先生のお気持に気付かずに、自分の気持だけに没頭していたのではなかったろうか――

ふと、十年余りも前の一夜のことが思い出された。

「砂川飲賦呈山陽先生」

好在東郊賣酒亭　　好在《コウザイ》ナレ　東郊　売酒ノ亭

秋殘疎雨撲簾旌　　秋　残《ザン》シテ　疎雨《ソウ》　簾旌《レンセイ》ヲ撲《ウ》ツ

市燈未點長堤暗
同傘歸來此際情

市燈　未ダ点ゼズ　長堤《チョウテイ》暗ク
同傘《ドウサン》　帰リ来タル　此際ノ情
（簾旌＝すだれや旗）

細香の眼に暗い、長い鴨川べりの道と、二、三間先を足許を照しながら行く梅颸と梨影の白い脛が浮んだ。砂川の料亭から三本木の山陽の住居までの、小半時もかからぬ道のりである。木村力山の招待で、砂川での酒宴の果に雨となり、傘と提灯を借りた。

その日の梅颸日記には、

「十五日（九月）七つ頃より、予州の幾右衛門といふ人のふるまいにて砂川へ行く、細香同伴、帰り雨降り、砂川にてかさ釣灯かり、ぬれぬれ帰る」

とある。

着物の裾を少しからげて、梨影が梅颸に傘をさしかけた。もう一つの傘には山陽と細香。それを見て、

「これは、これは」

と言いながら木村たちも後に続いた。酒宴のほとぼりがまださめず、皆々笑いさざめきながら、後になり先になりして、影を連ねてひたひたと帰った。その夜、細香はこの詩を作ったのだった。

「君は京風といわんよりは、むしろ江戸風だ」と、常々山陽は細香に言い、また周囲の人にも語って

いた。だから、この詩を細香の洒脱な座興として山陽も読み、周囲の人もそう読んでくれるであろう、という細香の気持があった。もちろんその気持の陰に真情は隠されていた。

――さすがに先生は隠されたものをお察しなされて、この詩には一言の批評もなさらず、批点のみ施されて、「京遊の詩は是限に候哉。沙川の詩なども書いてもらひ申度、同社に可示候……」と言われた。この詩について、まともに御批評を求めたら先生も当惑なされ、私も困ったことであったろう。他の詩と同様に見なして、ことさらに気付かぬふりをして下さった。そして私もさばさばと時の流れゆくままにまかせた――

しかし細香は山陽から無視されていたのではなかったことを悟る。自分が山陽から愛されていたことを確信する。かつて、

舊歡一夢十三年　猶記投儂詩句研

と吟じ、古い話を持ち出したのも細香の方であった。そして細香が、

「先生定記之」

と問いかけたのに対して山陽は、

「能不記乎哉」

と応答した。細香が山陽の胸に真直に問いかけたことに対して、山陽もまた的をはずすことなく率直

に答えた。

——私から逃げ腰になったり、私を卑しめたりすることはなく、心の真底できちんと受けとめて下さった——

亡くなった人の大きな愛情と、優れた人柄がいきいきと思いおこされ、恋しさがこみあげてきた。

細香が山陽の歿後はじめて上京したのは天保四年の秋八月のことであった。その時は父蘭斎の病いも癒えて、細香は心おきなく留守にすることができた。

この時、京の頼家では訪れる人も少なくなった静かな家で、悲しみに沈んでばかりはいられない未亡人梨影の姿があった。その頃の頼家の有様は、梨影が知人に書き送った手紙によれば、

「わたくしも三人かかえ候へばかたおもく、壱人国元之世話に、がく物（学問）候人の子にいたしたく……」

ということで、十一歳になった山陽の次男又二郎は、長男聿庵に伴われて、広島の祖母梅颸の許へ送り出されたところであった。しかしその又二郎も、

「……国元に無事におり候よし、母より文にて申し来。しかしながらなかなか手ならい、よみ物をせよとせがみ候へども、とかくあそびこまると申こされ……」

梨影の心配の種はつきない。また、

「……此方ようこ（陽）も四歳に候へども、やはりちちにとりつきたまり不申。三木三郎が誠に誠に

わんぱくいけ不申……」

という状態で、梨影は育児に手一杯の暮しぶりであった。九歳になった三樹三郎は山陽の遺言通り、門人の児玉旗山の塾に通い、旗山の留守には牧百峰の塾に通って『論語』などを習っているところで、近頃次第に亡父山陽に似てきたという彼の顔を細香は見ることがなかった。

八月十五日、仲秋の名月の夜、浦上春琴、小石元瑞、山本梅逸ら、親しい人々が、鴨川ぞいの水亭で細香を迎えて観月の宴を催してくれた。そうして旧知が親しく集えば、そこに当然いるはずの人のことがひとしお偲ばれてくるのであった。

「京城秋遊、有懐亡先生」

重入京城人不存　重ネテ京城ニ入レバ　人　存《ア》ラズ
白楊青草暗銷魂　白楊青草　暗ニ魂ヲ銷《ケ》ス
撿來旬半秋遊袂　検《シラ》ベ来ル　旬半《ジュンパン》　秋遊ノ袂《タモト》
涕泪痕多於酒痕　涕泪《テイルイ》ノ痕《アト》ハ酒痕《シュコン》ヨリモ多シ

翌天保五年の八月、中秋の名月を細香は大垣で観る。その折、前年の京都、鴨川べりでの観月の宴を想い起した。

「甲午仲秋　有懐昨遊」

強呼杯酒手親傾　　強《シ》ヒテ杯酒《ハイシュ》ヲ呼ビテ　手親《ミヅカ》ラ傾ク
懶見嫦娥萬里明　　見ルニ懶《モノウ》シ　嫦娥《コウガ》　万里　明ラカナルヲ
此影同應照京洛　　此ノ影　同ジク　マサニ　京洛ヲ照ラスベシ
曾遊想起去年情　　曾遊《ソウイウ》　想ヒ起コス　去年《コゾ》ノ情《ココロ》

（嫦娥＝月）

一点の曇りもない明らかな月を見ながら、今まさにこの同じ月が照しているはずの京洛の町を思いうかべ、去年の鴨川べりでの中秋の宴をなつかしむ。その席でかつての楽しかった日々を想い起したのだ。細香の心は亡き人の上を行きつ戻りつしてたゆたいながら、思い出の時間は幾重にも層をなして、ゆらゆらと過去の淵から立ち現れ、詩は詩を喚び起した。

細香の父蘭斎が九十二年の生涯を終えたのは天保九年のことである。細香は高齢の父の世話のために、七年ほど上京することはなかった。その間、天保六年八月には、山陽の最も親しい友人であり、細香も信頼を寄せていた文人画家田能村竹田が、大坂の郊外吹田村で客死したことを知った。また、その二年後の正月には山陽と親交があり、お互に深く敬愛し合っていた大坂町奉行所与力、大塩平八郎が公然と幕府に対して武力反抗を試み、事敗れて、自爆に等しい死に方をしたことを知った。大塩平八郎はうち続く飢饉による百姓、町人の難渋を見かね、大商人と役人との悪徳を憤って決起したのだった。

山陽と親しく、細香も深く信頼を寄せていた人々が、一人また一人と、各々の運命に従ってその生涯を閉じてゆくのである。


細香が二十年近くに及ぶ山陽との歳月を省みて、これまで気付かなかった新しい局面を見出して深い感慨にふけっている頃、ある日、甥の桂が年少の友人を連れて細香の書斎を訪れた。

「伯母さま。この人物が誰であるかおわかりになりますか」

細香はその若者の顔を遠慮なく正面から見すえた。広い額、太い鼻梁、がっしりとした顔だちであるが、どこか幼い日の俤は残っている。

「おや、この方はたしか郭町の小原さまの惣領、本太郎さんではなかったか」

と桂を省みてその幼名を口にした。それが当ったので若者は少しはにかんで挨拶をした。

「このように立派に成人なされたのか。しばらく見ない間に……」

と細香はしげしげとその若者を見た。十二、三歳頃の彼を見たきりである。その後の男の子の激しい成長期を見ていないと、青年は全く別人のようになってしまう。

小原忠寛、通称を二兵衛という。大垣藩の大小姓組に属している。後に鐵心と号し、大垣藩の藩老として活躍することになる。桂より五歳年下で、少年の頃、漢学の塾での桂の後輩で、どこかうまが合うのか桂の後について遊び歩いていた。桂がまだ千次郎と呼ばれていた頃のことである。桂が京都、大坂で三年の修業を終えて帰ってくると、また交流が始ったと聞いていた。

「伯母さま。二兵衛は近頃山陽先生の『日本外史』の写本を作って読み耽っています。それでお話がしたいというので連れてきました」

細香はほほえんだ。師山陽の残した文章がこうして若い人々に読みつがれている。山陽が終生の情熱をかけた『日本外史』は、山陽を直接知らぬ若い人々の心をも感動させている。

「文章報国」

よく山陽が口にしていた言葉が生きている、と実感された。

細香は緊張して少し固くなっている若者を見た。細香の記憶ではその昔、本太郎と呼ばれていた頃の忠寛は、どこかぼうっとした捉え所のないような少年で、弟の方が利発で嘱望されているという噂があった。体つきは頑丈であったが動作もあまり敏捷ではなく、活潑に動きまわる千次郎の後について、汗をかきながら走っているような少年だった。つい先頃の噂では、忠寛は時折粗暴な振舞いがあって、後見の人を手古ずらせているとも聞いた。

忠寛の父忠行は大垣藩の上級の武士であったが、彼が十六歳の時江戸で客死した。またその二年後に母が病死した。忠寛の心に何か満されないものがあるのだろうか。細香はふとそのことに思い及んで、忠寛を不憫に思った。

その日、日暮れ近くまで話をして、細香が山陽の詠史を二、三書いて与えると、彼は満足そうに持って帰った。

山陽の『日本外史』はその歿後、上梓刊行されて、次第に読者が広がっていた。

「僕の体は亡びても、精神は文章の中に生き続ける」

と山陽は生前、口ぐせに言っていた。その言葉が真実であったと思いあたった。

その後、忠寛は屢々細香を訪ねてきた。文学好きの性質らしく、詩文の話に熱中し、また桃源寺の鴻雪爪禅師の許に通って修業していると言って、禅の話もした。また桂が不在の時でも一人で勝手に細香の書棚から書物を取り出して読んでいたり、半日も細香の傍に坐って、細香が画を描くのを飽きずに眺めていることもあった。そんな時の忠寛は、少年の頃と同じような、夢見がちの柔和な表情をしている。細香の揮う一筆一筆を感嘆して眺めている。描き終えて賛も入れ、細香がほっと息をつくと、忠寛も肩の力を抜いた。そして、

「画を描くことは撃剣の稽古ほどにも疲れるものですね」

と無邪気な感想を洩らして細香を楽しがらせた。そして、外で粗暴な振舞いをするとは思えない細やかな感性を示した。後年、大垣藩の命運を決するような辣腕の政治家になる片鱗も窺えない、のどかな表情で笑った。

細香もまた、このぼうっとしていながら、時折鋭い感覚のひらめきを見せる若者と詩文の話をすることを好んだ。話をしていると、その昔、京都で山陽やその周囲の親しい人たちと交流しあった、なつかしい若い日々が思い出されてくるのである。細香は甥やその子供たちにしてやったと同じように

心を配り、少しでもよい刺戟を与えて、自分の持てるものを残らず与えてやりたいような気持に駆られるのである。

文人の来客があったり、詩宴を催す時には必ず小原邸へ使いを走らせる。書画会のある時には都合のつく限り桂や忠寛を連れて行く。そこで顔見知りの人から、

「このように立派な御子息を二人もお持ちとは知りませなんだ」

とからかわれるのも楽しいことであった。

忠寛は江馬家に入り浸っていることが多く、つい羽目をはずすことも屢々なのである。

その年の九月九日の夜のこと。細香は自分の詩稿や、他の人の詩集の中から九月九日の重陽の節句の詩を丹念に拾い読みしていた。この節句には思い出すことどもが多い。ことに文政二年、京都で山陽や雲華上人の供をして、吉田山に登高した日のことは忘れがたい。その日には中国では近くの山に登り、厄払いをするということは知っていたが、実行するのは初めてであった。空気の澄んだ山上で、頬に熱い夕陽を感じながら酒をくみ交した。

吟歩三四里
清伴五六人
嵲峞撰平處
兼就眺望新

吟歩《ギンホ》　三四里
清伴《セイハン》　五六人
嵲峞《ゲツギ》　平処《ヘイショ》ヲ撰ビ
兼テ　眺望ノ新《アラ》タナルニ就《ツ》ク

瓢酒甘於蜜
酔顔背斜日
入洛二旬餘
此遊是第一

瓢酒《ヒョウシュ》　蜜ヨリモ甘ク
酔顔　斜日ニ背ク
洛《ラク》ニ入リテ二旬余
此ノ遊　是レ第一
（嶕嶢＝山の高いこと）

この山遊びの詩宴に交された言葉、雲華上人の艶々した額までがこの詩を読むと思い出された。若かった自分の酩酊気分もよみがえった。その時山陽が中国での古い習慣では九月九日に近くの山に登って、頭に赤いぐみの実を挿すのだと教えてくれた。

どれだけか時がたって、荒々しく廊下を渡る足音がした。ふりむくと、酒気をおびた桂が憤然とした様子でそこに立っていた。桂は少年の頃通っていた小川塾の詩宴に招かれての帰りのはずである。

「どうしたのですか」

細香はあきれて、敷居ぎわに突っ立っている桂の顔を見た。平素はそのように無作法なことは絶対にしない。

「入って、正しく坐りなさい。千次郎」

語気を強くして言った。桂は細香の近くに坐った。

「伯母さま。二兵衛の奴をきつく叱っておやり下さい」

二兵衛とは小原忠寛の通称である。

「お前さんは今宵は二兵衛どのと一しょだったのですか、清水町の先生の所ではなかったのか」

「いや、清水町の先生の所で奴と一しょになりました。二兵衛は初めから酒気を帯びてやって来て、その上更にしたたかに飲みました。大そうふざけて座の空気を乱し、詩を作る時も真面目にはやらなんだ。何かなぐり書きのようなものを私に示したので、腹が立って読んでやりませんでした。そして帰りぎわに急に足許が危うくなって……」

「あの人が足を取られるとは、よほどのことですね」

忠寛が若いに似ず酒豪であることは、細香もよく知っている。

「門を出ると、これから母上のところへ行こう、と言います。お前の母上は墓石の下ではないか、と言ってやると、いきなり私の腕を摑んでぐいぐいと引っぱります。そして駕籠を見つけると勝手に『藤江村、エンマ屋敷』大声で叫んで、それきり前後不覚です。今、内玄関に倒れこんで高鼾をかいています」

桂は本気でおこっているのである。

「おやおや」

細香は笑い出した。

「伯母さま。笑いごとではありません。平素から伯母さまが甘やかされるから奴はいい気になっている。伯母さまのことを母上だなどと失敬千万。それにしても奴はなんと馬鹿力だ。摑まれたところが、これ、痣になっています。あのような酔っぱらいの世話は御免蒙ります」

そう言う当人も話しているうちに、次第に酔いを発してくる様子である。細香はそんな桂をなだめ、「とにかく性根を失うまで飲むのはよろしくない。明朝きっときつく言って聞かせよう」と約束して、ようやく部屋へ引きとらせた。その後、婢と二人で玄関に寝こんでいる忠寛を近くの間に休ませ、下僕を煩わせて郭町の小原邸まで使いに走らせた。

翌朝、忠寛は昨夜のことを覚えているのかいないのか、悪びれる風もなく供された朝食をすっかり平らげ、何時もと変らぬ不得要領の、ぼうっとした表情で帰っていった。

――この子は一体どういう人物になるのやら――

細香は少し危惧を感じながらその将来を思い描くのであった。忠寛はその後も度々酒気を帯びて羽目をはずし、その癖は藩の重責を担う藩老となっても変らなかった。細香はこのことにつき、後々まで心を煩わし、彼の師斎藤拙堂や鴻雪爪と謀って諫めることがあったという。

忠寛は二十六歳のときに家督相続をし、鐵心という号をつける。以後小原鐵心として広く人に知られるようになる。彼ははじめ小普請組にいて、大小姓組、城代役見習、学問所惣司取と諸役を進み、藩政改革の大任を与えられたのは嘉永三年(一八五〇)、三十四歳の時であった。

徳川幕府も末期に近いその頃、多くの藩は財政が逼迫し、参勤交代などの無用、多額の出費に苦しみ、借財が増えている。大垣藩はそれに加えて、天保年間の飢饉の打撃と、例年の水害とで藩の内は困窮していた。

鐵心が藩主戸田氏正より「勝手取直しの御用向きを勤むべし」と命ぜられたのは、その年の十月末のことで、暮の十二月晦日には早くも改革御用向き格別尽力の旨をもって鐙《あぶみ》を拝領している。そして五年後の安政二年には財政を立て直し、なお余財を生み出して領民の困難を救うまでに至った。後に徴士として京都朝廷に召し出され、また明治政府の会計判事に任ぜられることになる鐵心の有能ぶりが早くも著れたのである。

夢見がちの、捉えどころのないようなぼうっとした少年、詩文好きで屢々失敗をしていた青年がどんな脱皮を重ねてこのような辣腕の政治家になったのであろうか。本来、彼の身内に眠っていたものが、苛酷な現実に鍛えられて、次第に磨き出されてきたものであろうか。かなり身近にあって、彼の成長を見守っていた細香さえ、不思議に思うのである。

話は脇道にそれるが、細香を非常に慕っていたこの青年政治家の財政改革のやり方を少し辿ってみよう。

鐵心には幾つかの著作がある。藩政改革に関するもの、兵制改革に関するもの、文学に関するものである。そのうち藩政改革に関するものには『改革十則』『矯弊私記』『矯弊私記附録』などがある。そのうち前二冊は散逸、あるいは「忌憚《きたん》する事多ければ」と著者自ら湮滅《いんめつ》して、伝わっていない。『矯弊私記附録』は、鐵心が『私記』を宮津藩の経世の士、中山晦三に示して意見を乞うたその記録である。中山晦三は宮津藩の財政改革に優れた手腕を発揮した人である。鐵心の明晰な現状認識と、その当時大方の藩がとった半高半減の法を俗論として斥けた鐵心の斬新な考えは、いたく中山晦三を感じ入らせ、自らの意見も加味して更に数条書き加えて鐵心に酬いた。半高半減の法とは、改革年限中、石高の半分を収入と考えて暮し方を定める方法である。

鐵心が藩政改革にたてた計画は、まず一年の定用金を借り入れる。次に、ここ二、三十年の大垣藩の米の収穫高を平均して一年の収穫高を割り出し、その一割あるいは五分を無いものと見なして一年の収入高を定め、余備米、家中扶持米にも減略を加える。そして残りの余米を借財の返済にあてるという、綿密な計算に基づいた方法であった。しかしこれは強力な権力の後楯があってはじめて実績をあげ得るというやり方であった。実行にあたって鐵心のとった方法をみると、まず江戸の豪商や領内の豪農を説いて一年の収納米を引当てに、一ヶ年の定用金を借り受けた。しかし秋の収穫時期に至るも一向に返済せず、その返済を一寸延しに延して、遂に改革年限中の返済を断り、こうして一年の収納米を全部余財として蓄えることに成功した。ここに至って金主たちの不満がつのり、一時蜂起するようなこともあったが、鐵心は断固として権力をもってこれを斥け、かつ明細な改革案を示して彼らを説得して沈黙させるという強硬な手段をとった。

『小原鐵心伝』(中村規一著)によれば鐵心は、

「……此等は民を欺き銀主を誑《たぶら》かし、不仁不義に似たりと雖も、回復法を立ざる時は国家の滅亡にも及び行末は実義を尽すべきなし。今日小義を立て他日大義を失はんよりは、今日の小義を欠きて他日の大義を立つるこそ道理なれ。今日の実意は実意中の不実意にて、今日の不実意は不実意中の実意と眼をつくべし……」

と、権謀術策のやむを得なかったことを述べている。しかし財政の立ち直った暁には、金主たちに返金し、礼を尽してその協力を謝したということである。

また鐵心は吏才縦横と評されるほど、人情の機微を巧みにつかんで、官吏を手足のごとく使いこなした。

「……夫《そ》の姦吏《かんり》と称せられるほどのものは才智脱凡なるが多し。故に之を利用して一鞭を加ふれば以て千里を行くべし。然るに荒政弊風《へいふう》の中にありて私曲《しきょく》に動かされざるは最も称美すべしと雖も、此輩多く駑《ど》にして、一鞭を加ふるも千里を行くの力を欠く……」

この辛辣な認識は、彼が人事を見る時の哲学であった。

鐵心は行政家としてばかりではなく、武人としてもかなり多彩な働きをしている。

嘉永六年(一八五三)、ペリーが浦賀に来航し、開港を迫った危急の時のことである。当時浦賀奉行を勤めていたのは大垣藩主戸田家の縁戚、戸田伊豆守氏栄であった。氏栄は大垣藩に援助を要請し、大垣藩は二度にわたって警護のための援兵を派遣した。二度目の時には鐵心自ら、三百の兵を率いて江戸屋敷より浦賀に出張した。そして浦賀奉行と副官アダムスとの応接の模様を奉行の後に控えて目のあたりに実見した。鐵心は陪臣の身ながら様々の意見を伊豆守に具申している。この体験は鐵心の思想に大変革を来たした大きな出来ごとであった。

鐵心は最初熱心な攘夷論者であったのが、この時の見聞により海外の形勢に留意するようになり、また幕府の閣僚たちのそれに対応するさまざまの態度を親しく見、種々の意見に触れ、単純な攘夷がもはや不可能であることに目ざめて行く。

その年の九月には自ら高島流の西洋兵法を学ぶために藩士数名とともに入門し、また小寺翠雨に蘭学の修業を命じた。二年後の安政三年には大垣藩に洋学館が設立され、鐵心の年長の友、江馬桂がその教授となって、主として泰西兵書を講義した。その結果、大垣藩は最も早い時期に西洋流の兵法を会得し、新しい銃砲を具えた藩の一つとなった。

鐵心は同郷の梁川星巌や細香らのつてによって、佐久間象山、大槻磐渓、高島秋帆たち、西洋の事情にくわしい人々との交りを深くして行くのである。しかし彼はこうして藩の中心的役割を担う分別ざかりの年齢になっても、昔、細香を心配させた、酒気をおびて暴発する癖がたびたび出るのであった。彼の「百飲中の奇遊」という一文によれば、ある風雨の甚しい日に、わざわざ大槻磐渓、高島秋帆の二翁を招待し、潮留橋の下に舟を用意して待っていたことがある。二翁は相ついで到着し、

「大夫《タイフ》、計有ルカ」

と問うた。鐵心は、

「有り。霈雨《ハイウ》開カズ、陰風怒号ス。時ヲ憂フルノ士感極リテ志ヲ発スルナカランヤ。是時ニ於テ舟ヲ芝浦ニ泛べ、濁浪空ヲ排シ、雄岳形ヲ潜メルノ状ヲ観、以テ快飲ヲ為サン」

「これが今日の計画でなくて何でありましょう」

と鐵心が平然として答えた。磐渓、秋帆の二翁は半ばあきれ、半ば危ぶんで、

「大夫は正気か」

と疑いつつ、鐵心の座興につき合わされることになった。

「二翁啞然《アゼン》トシテ舟ニ入ル」

後にこの話を鐵心から得意げに聞かされた細香は、いつに変らぬ鐵心の癖を危ぶみつつも大いに楽しんで、若き日の大槻磐渓のさわやかな印象をなつかしく思い出すのであった。

この後、鐵心は時代の趨勢のままに、劇的な力のぶつかり合う場へと引出されてゆく。もちろんそれは細香の歿後のことである。

元治元年の禁門の変には、鐵心は藩主戸田氏彬に従って京都護衛にあたり、長州藩と戦う。また同年冬には水戸藩の天狗党、武田耕雲斎の率いる浪士隊が甲州街道から中山道へと、木曽の山々を震撼させて通りすぎ、京都めざして西上してくる。鐵心はこれを阻止するために兵を率い、長良川を前に控えて砲列を敷き、対陣すること五日、ついに水戸浪士隊を北陸道へと迂回せしめ、なお敦賀近くまでこれを追撃した。

ここまでは大垣藩の譜代大名としての、筋の通った行動である。その後、大垣藩にとっても、鐵心にとっても劇的な転期が訪れた。

明治元年、徳川慶喜は大政を奉還した。その正月三日、鐵心は徴士として朝廷に召し出されて参与職に登用される。徴士とは、その時期、才能を認められて、諸藩から朝廷に召し出された人士をいう。

ところが、その日に鳥羽伏見の戦が起った。

大垣藩の藩兵は幕軍の先駆を勤めて大坂城にいる。大垣の藩兵を率いるのは鐵心の子息小原兵部であった。父は朝廷に仕え、子は幕府方にいる。鐵心は大へん驚いて、再三使いを大坂城の兵部の許に送り、官軍に向って発砲しないようにと説得する一方、単騎大垣に馳せ帰って、藩論を朝廷方へと一転させることに成功した。それは前後数時間に及ぶ激論の果であったと言われている。そして大垣藩は倒幕へと向う東征軍の先鋒隊を買って出た。この大垣藩の行動を見て、朝廷方へと転向する藩が続出した。

この功によって大垣藩は朝敵の汚名を蒙ることは免れたが、しかしこの一事によって、土地の人々は「二股膏薬」「寝返り」という言葉に敏感に嫌悪感を示すことになった。このことは今度の大戦が終るまで続いたという。

鐵心の行動は、もちろん君臣の道義と分限という大義名分論によるものであるが、その心の底に潜むものは、いずれが次の時代の主流になるかを懸命に読みとって、大垣藩という地理的に難しい場所にある藩を何とかして無傷に生き延びさせたいという、切実な郷党への愛であったように見える。

変革期の指導者は誰でも二者択一の難しい立場に立たされるものであろうが、鐵心の場合はことに劇的な情況であり、文学好きの、のん気な青年は周囲の情況に鍛えられて、次第に冷徹な現実主義の指導者へと変貌してゆくのである。

しかし、それらはいずれも細香の歿後のことに属する。

小原鐵心の心の中で終生変らなかったのは詩文への傾斜と、若い頃に薫陶を受けた鴻雪爪や、細香らに対する敬愛の情であった。

弘化のはじめ、鐵心は大垣ではすでに解消していた白鷗社にならって、黎祁《れいき》社と名付けた詩社を結び、毎月一回各自の家に集合して詩会を開いた。弘化五年の姓名録によれば社員は最高齢の水野陸沈六十六歳、江馬細香六十二歳から最年少の菱田海鷗十三歳まで十一名であった。詩会では同じ題の下に各々その詩才を闘わせるということをした。社名の黎祁とは豆腐のことである。

また、嘉永のはじめ、新に咬菜《こうさい》社という詩社を結合し、細香を推して社長とした。社員は黎祁社中の特に親しい五、六人である。江戸玉池吟社の梁川星巌の下にいた小野湖山は、このことを聞いて、

「女史を推して社長となす。これ大夫の風流。然れども亦以て女史の卓絶《たくぜつ》を見るべし」

と評したという。社中同人は月次詩会を開いて詩作に耽り、鐵心は政務に忙殺されて出席できない時でも必ず大急ぎで書状を認め、同人に挨拶を送ることを忘れなかった。

後に細香は、吾子のように愛したこの青年政治家から軽くしてやられることになる。

『濃飛偉人伝』によれば、

「……曽て城下に遊廓を設くるの議あり。細香之を聞き封内の風俗を紊《みだ》さんことを恐れ、建議してその非を弁ず。故にその世を終る迄、その議行はれざりき」

とある。

遊廓設置に反対した細香の考えはどんなところにあったのであろうか。公娼廃止とか、女性解放と

かいうことではないだろう。風俗（風紀）を紊乱《びんらん》しない、という社会秩序を重んずる意識と、潔癖感にあったと思われる。

細香には、

「私は風紀を紊さなかった」

という自信と誇りがあったにちがいない。そして彼女の周囲の人たちもそのような細香の言葉であるからこそ、それを納得し、それに従った。そして大垣藩も細香の意見を尊重した。『濃飛偉人伝』の語るとおり、大垣には細香の生前には遊廓はないのである。

ところが、細香の歿後六年目に小原鐵心は運上金を徴収するという口実を設けて、船町、瓶屋町に八軒の妓楼の開業を許してしまう。慶応三年のことである。許可の理由は、

「八軒のものの困窮救済と宿益など」

をあげている。藩の財政窮乏をこの方面からも潤すことを考えたのである。そして、この問題の協議には、細香にあのように愛された甥の桂や、菱田海鷗など、咬菜社の若い人たちも参画しているのだ。

——何という裏切り——

「怖い伯母さんがいなくなった。もうよかろう」

と、そろそろ羽目をはずしにかかる感じがしなくもない。

細香の老嬢らしい潔癖感と道義心は、財政という実利、鐵心の現実主義の前に、ひとたまりもなく押し切られた。

第十三章　大坂の旧友たち

「世の中はだんだんと悪くなるばかりですのね、つくづくいやになります」
と、つい先夜柘植子が細香にこぼしていた。細香はそう思いたくはない。飢饉や疫病流行などさまざまの災害は続くが、甥である元益や桂、それに彼女が眼をかけている小原鐵心やその他の若い人たちが第一線に立って働いている。彼らの努力で世の中は少しずつ進歩して善い方へ向っている、とそう考えたい。けれども蘭医である江馬家がこのところ何ということなくやりづらい空気にとり囲まれているのも事実だった。

江馬家に先代の頃から出入りしている薬種商の主人が先日元益を訪ねてきた。帰りぎわに勝手口からそっと顔を出し、柘植子の姿を見かけると愚痴をこぼしていった。その薬種商の店先に、ずっと以前から掲げてある看板に蘭字が彫ってある。それを町奉行所から咎められたのだという。

「あの看板は先代の頃にお宅の大先生に教えて頂いて、特別に作らせたものでございますよ。もう何十年もああして掲げてある。世の中に何の害毒を及ぼすこともございません。それに蘭字があると、有難味があって病人にはよく効くのでございますよ」

「ほんに、お上のなさることは、筋の通らぬことが多うございますね」

「奥さま。あまりそのようなことを、大声で言われぬほうがよろしいですよ。お互さまやりにくい世の中になりますする。大事にならぬよう気をつけてやることにいたしましょう」

薬種商は裏口からこっそりと帰っていった。その夜、柘植子は姉にそれを報告したのだ。そして続けて言った。

「父さまのお達者な頃はほんによかった。あの頃は何の心配もなく、世の中はだんだんよくなる。蘭学の発達につれて、今まで助からなかった病人も救われるようになる。そう信じていられたのですもの」

細香もその思いは同じである。しかしなぜ柘植子の言うように「だんだん悪い世の中になってゆく」のか、ここ二、三年の世の動きについて思いをめぐらしてみるのだった。

甥の桂が蘭学を学んだ高野長英や、田原藩の渡辺崋山が幕府に捕えられたのが、二年前の天保十年（一八三九）のことである。その年の暮、崋山は蟄居を命ぜられ、長英は終身禁獄に処せられた。彼らが捕えられたのは、浦賀に入港したアメリカ船モリソン号を幕府が砲撃して退去させた、そのことについて激しく批判し、相次いで著書を刊行して、海外に学ぶべきことを説いたためである。

その前後から、蘭学に対する幕府の統制が次第にきびしくなり、天保十一年には蘭書翻訳書の流布が禁じられた。その統制は、薬種商の看板に蘭字の使用を禁止するという些末事にまで及んできた。売薬を業とする者が、その効能を誇示するために、競って蘭語の看板を掲げたり、商標に取り入れたりしはじめた矢先のことである。

しかし、蘭学を堅実に学ぼうとする者が、そのために減るということはなく、かえって江馬家の門をひそかに叩く者がふえる傾向にあった。天保九年に大坂で緒方洪庵が開いた適々斎塾にも、全国諸藩から優れた若者が次第に集っているという噂も聞いた。

世の中の動きの、矛盾を孕んだ成りゆきに細香はふととまどいを覚える。父蘭斎が生きてあれば、どう判断するであろうか。師山陽ならば、どのように考えるであろうか。細香は広い見通しに立った人の言葉を時に聞きたくなるのである。

天保十二年の春、美濃の山々の雪が消える頃、細香は久しぶりに上京し、鴨川、東山に春を探り、かねて旧知の人々に会うことを思い立った。山陽の歿後三度目の上京である。はじめは山陽の死の翌年である。その年、父蘭斎の病いが癒えて、八月に上京することができ、中秋の名月を観た。その後高齢の蘭斎の世話と看病で、六年間は上京できなかった。蘭斎の死の翌年天保十年八月に上京し在京の諸友と会った。

今回は三度目の上京である。

「京城遊春作」

履齒春泥歩歩遲
天街細雨散輕絲
綺羅爲隊清明日
醉客無痕遏密時
花片白粘油傘雪
柳條翠展美人眉
依依迎我東山面
不道衰年減舊知

履歯《リシ》ノ春泥《シュンデイ》　歩歩　遅シ
天街ノ細雨　軽糸《ケイシ》ヲ散ズ
綺羅《キラ》　隊《タイ》ヲ為ス　清明ノ日
酔客　痕《アト》無シ　遏密《アツミツ》ノ時
花片　白ク粘ズ　油傘《ユサン》ノ雪
柳条　翠《ミドリ》ハ展《ノ》ブ　美人ノ眉
依依《イイ》トシテ我ヲ迎フ　東山ノ面《オモテ》
道《イ》ハズ　衰年《スイネン》　旧知ヲ減ズト

（遏密＝音曲停止。綺羅＝着かざった人）

苛酷な天保の改革がまもなく発せられようとしている時である。音曲も遠慮して静かな桜の下に酔客もあまり見かけない。ひっそりとした京の町である。いつもと変らず、美しい姿で細香を迎えてくれたのは東山だけで、予期しなかった旧知の人の死を知り、自分たちの時代が急速に衰えるのを感ずるばかりである。田能村竹田、大塩平八郎、みな故人となった。いつか共に画について語り合った岡田半江の妻絲桐女史も亡くなった。そして細香もすでに五十五歳である。

この時の滞京中に細香は大倉笠山の妻袖蘭を誘って浪華に下ったが、そこで細香には嬉しい、思いがけない邂逅があった。

山陽の三男、三樹三郎はこの年十七歳の若者になっている。その前年、天保十一年に彼は母の許をはなれて、浪華の後藤松陰の塾にはいり、併せて、亡父山陽の親友であった篠崎小竹の教えをも受けていた。

細香は勉学に励む三樹三郎を慰めようと、袖蘭とともに天保山沖の舟遊びを計画した。

その日の午後、三樹三郎は喜んで、短か目の袴に高下駄を鳴らして、肩をそびやかすようにしてやってきた。

朝から曇って気づかわれた空も、河口から舟をのり出す頃には次第に晴れ渡る。両岸の青草は柔かく萌え、少し濁った水は春の光をはらんで、満々と漲って流れてゆく。

数年会わなかった三樹三郎を見ると、幼顔はややのこるが、いっそう父親山陽に似てきて、顎のはった、意志の強そうな青年になっている。「父親に似ている」と言われたために彼は少しはにかんで、固くなった。しかし父山陽の、少し病的であった鋭さはなくて、首筋の太く、しっかりした体格は働き者の母親ゆずりであろうか。そして逞しい伸び盛りの身体に、書生着の袴は短く、裄丈も追いつかず、筒袖からは二の腕がにゅっと出ている。

細香の周辺には男の子が多かった。大垣にいる二人の甥や、甥の子供たち、この年頃の男の子のはげしい成長ぶりを身近に見なれていた細香にも、三樹三郎はたのもしい青年に映った。

少し馴れて遠慮のとれた三樹三郎はよく飲みよく食べて、屈託なく喋った。父はいなくとも、物怖じしない育ちの良さは自ずと現れて、細香は嬉しかった。そして三樹三郎の前途をつねに憂えていた山陽のこと、この年齢になっても息子のことを心配しつづける母親梨影のことを思いうかべた。今、細香の眼の前にいる三樹三郎は、子供の頃の腕白さは内に秘め、物事を深く考えつめる年頃になっている。

細香は三樹三郎の幼い頃のことを語った。水嵩の増した鴨川を真直に対岸まで渡り切って、得意満面で橋を駈け戻ってくるところを、門人の一人に捉えられて、父の言いつけで大きなやいとを据えられた。

三樹三郎は破顔一笑した。

「その話、細香先生から伺うと、何やら楽しい思い出のようになります。母上の口から聞かされると、私はまったく恐縮してしまうのです。母上はいまだに私を幼子のように思っておられて、心配される一方です。心配していなければ安心できないというふうのお方ですから」

細香は三樹三郎のその言い廻しがおかしいと笑ったが、ふと真顔になって、

「ああ、これ、めったなことを言うものではありません。お前さまの母上は、それはそれは子供おもいの方で、その点では広島のお祖母さまとどちらがどうとも言えないくらいなのです。亡き先生の御母堂も子を思う気持の何にもまして深い方なのです」

「広島のおばばさまもそのようですか。それでは広島にいる兄上はさぞ愛されていることでしょう」

と、山陽の歿後ずっと広島の祖母の許で勉学している兄又二郎のことを、なつかしそうに語った。

それから三樹三郎の話は、つい先年（天保八年）大坂市中でおこった大塩平八郎の乱のことに及んでいった。その乱の折、三樹三郎はまだ十三歳で、京で父の門人であった児玉旗山の塾で学んでいた。父山陽の晩年の頃、とくに親交があり、歿した時にも真っ先に心の籠った弔詞をのべてくれたこの高名な学者のことは話に聞いていた。その人の激しい行動は山陽の門人児玉旗山や牧百峰たちに大きな衝撃を与えた。彼らが額を寄せて話し合っている姿を三樹三郎は何度か見た。そのことが、理由はわからないながらに三樹三郎の子供心に強い印象をのこした。

三年のちに大坂の後藤松陰の塾に入ると、ここにも大塩平八郎の乱の痕跡は残されていた。後藤松陰の岳父で、山陽の親友でもあった篠崎小竹は、この乱につながって咎をうけ、三ヶ月余りも閉門に処されていたのである。

陽明学者大塩平八郎は、大坂町奉行所の与力として能吏の聞えが高かった。大商人と結んで私腹を肥やすことに熱心な大坂の役人たちの中にあって、一きわ清廉潔白の人として知られ、数々の業績があった。この頃から山陽とは親交があり、互に敬愛する間柄となっていた。のち、隠退して陽明学者として塾、洗心洞を開いていた。

うちつづく飢饉で、天保七年、大坂にも物価騰貴、米の売り惜しみで餓死者がでた時、彼は一万冊の蔵書を売り払い、「救民済世」を旗じるしにかかげて挙兵した。彼は農民たちにも蹶起をうながし、不正役人、商人たちに対し、公然と武力反抗を試みた。平生、私曲があった役人の家に大筒を打ちこみ、鴻池や平野屋などの大商人を襲って米、金を奪い貧民に分配し、北船場一帯を砲撃で焼き払った。

大坂城代、町奉行所の兵と平野橋、淡路町で戦い、のち自爆して果てた。

その激しい行動を知れば知るほど、そして「救民済世」の旗じるしを知るほど、三樹三郎の心はゆさぶられる。そして大坂の裏町の貧しい下積みの人々の間には、今も平八郎を神さまのように崇め、その人柄を慕う者がいるとも聞いた。

三樹三郎は坐り直し、容儀を正して言った。

「細香先生に是非お聞き致したいことがあります。父がもし存命中だったならば、中斎先生の挙兵に必ずや力を貸したのではないかと僕は考えます。このことは誰にも、まして母上にも話したことはありませんが、僕はそう信じています。如何でありましょうか」

言葉遣いもがらりと変った。これには細香も驚いてしまった。なるほど三樹三郎は昔の腕白ではない。叱られてもこりずに裸足で河原の焼石の上を走りまわっていた、真っ黒に日焼けした男の子ではない。深く物事を考え、問いつめ、善悪正邪を考えずにはいられない十七歳の青年である。細香は隣にいた袖蘭と顔見合せた。手にした盃を置くと、自分も坐り直した。

「今、この舟中で話すようなことで、京の母上を煩わせてはなりませんぞ」

まず、こう言った。続けて、

「亡き先生は、お前さまの考えられるように、中斎先生を援助なさるということは、まずあるまい、と私は考えます。まだ御在世の頃、中斎先生には度々忠告なされていたのですよ。

但恐罄折傷利器　　但ダ恐ル罄《ムナ》シク利器ヲ折傷センコトヲ

祈君善刀時蔵之　　君ニ祈ル刀ヲ善《ヌグ》ヒ時ニ之ヲ蔵セヨ

　これが文政十年に、中斎先生に贈られた詩の最後の一行だと覚えています。あまりにも切れすぎる中斎先生の手腕が、それゆえに脆くも折れ易いことを心配されていたのです。お前さまも知っておられよう。あの上有知《こうずち》の庄屋、村瀬藤城どのが江戸へ水争いの訴訟で下向される時も、亡き先生はほどほどにせよ、つまらぬことで身を誤るな、とくどいほど言われたのです。学者の踏むべき道は『文章報国』と決めておられた。行いの中にではなくて、文章の中にこそ、亡き先生の生命のすべてはこめられているのですよ」

　――そうなのだ。あの人は決して現実には手を下さない――

　三樹三郎は意外なことを聞く、という顔をした。細香はかまわず話しつづけた。

「中斎先生の奉ぜられる陽明学は『知行合一』を尊びます。学問は即ち実践。行って即ち知る。これが中斎先生の学問です。亡き先生は、実践する中斎先生があまりにも鋭く切れ、最後までやり抜く御気性であることを危ぶんでおられた。あの方には一片の私心もなく、善き事をのみ為そうとされた。不正を見て見ぬふりはなされなかった。それがどんな危なさを含んでいるか、お前さまも今少し成人なされればおわかりにちがいない」

　三樹三郎は少し不服な顔をした。

「僕は父の書いた文章を読んでいますと、とてもそうとは思われぬのです」

　――この子は必死に父を求めているのだ――と細香は思った。

八歳で父を喪い、生前の父から直接薫陶《くんとう》を受けることが少なかった。そこで今、三樹三郎は父山陽の遺した文章の中にしきりに父の面影を探し、父の気息を求めている。その気持はひたむきで強く、それ故にうける影響もいっそう純粋で激しいのであろう。細香はそのような若者をいとおしく思った。

「僕は亡き父上の『日本外史』を読んでいると、激しく心がゆさぶられるのです。父上がいま眼の前におわして、親しくお声を聞いているような気がいたします」

そう言いながら若々しい頬は次第に紅潮し、気持も激してくる様子である。

それは細香にも覚えがあった。夜更けに一人で『日本外史』を繙いていると、その文章の高い調子、勁《つよ》い力に酔って、思わず気持の昂ぶるのを感ずることがあった。死の間際まで著述の草稿に筆を加えて、その文章を練り上げた人の、文章の中にこめられた命は脈々と生き続けて、読む人の胸を打たずにはおかないのである。

ふと思いついて、細香は詩嚢《しのう》から矢立を取り出すと、その前年の冬作った詩を認めて、三樹三郎に示した。

「雪夜読日本外史」

黠童奇計夜還兵
士氣衝寒海口城
燈底讀來膚起粟

黠童《カツドウ》ノ奇計　夜　兵ヲ還《カヘ》ス
士気　寒ヲ衝《ツ》ク　海口ノ城
燈底《トウテイ》　読ミ来リテ　膚《ハダ》ニ粟ヲ起コス

撲窓風雪近三更　　窓ヲ撲《ウ》ツ風雪　三更ニ近シ

（黠童＝わるがしこい男。武田信玄。三更＝午後十二時前後、深夜）


三樹三郎はこの詩を二度、三度と声に出して読み、そしてこの詩に付された後藤松陰の評語が、

「深ク先師ノ神髄ヲ得タリ。九原（墓）作《オコ》スベカラザルヲ恨ムノミ」

であることを知ると、手を叩いて喜んだ。

「全く、今ここに父がいないことだけが残念です。父はこうした舟遊びを大そう好んだと聞いています。どうしてもっと生きていてくれなかったのでしょう。しかし、こうして細香先生とお話していますと、父とともにあるような気がします」

彼はその言葉をくりかえし、細香や袖蘭から父の思い出話をあきずに聞きほれた。お話をしてくれ、とせがむ幼子のようであった。そして快く盃を重ねた。

やがて三樹三郎は筆をとって、その日の感懐を長詩に認めた。祖父春水の書風を習った、まだ稚さののこる筆致で、彼は一気に書いた。

乗霽載酒放輕航　　霽《ハレ》ニ乗ジテ酒ヲ載セ軽航ヲ放ツ
兩堤青草廿里強　　両堤ノ青草廿里強
新漲滔滔水猶濁　　新漲滔滔トシテ水猶ホ濁リ

遠空未晴雲渺茫
…………
君似謝女摛才藻
吾唯馬家學酒囊
且竹掲簾倚舷望
淡山如浮河水長
満眼好景吟不盡
歸帆片片背夕陽

遠空未ダ晴レズ雲渺茫
…………
君ハ謝女ニ似テ才藻ヲ摛ベ
吾ハ唯馬家酒嚢ヲ学ブ
且竹簾ヲ掲ゲテ舷ニ倚《ヨ》ッテ望ム
淡山浮クガ如ク河水長シ
満眼ノ好景吟ジテ尽セズ
帰帆片片トシテ夕陽ニ背ク

（江馬家蔵『山陽先生真蹟詩巻附載』）

三樹三郎は、父山陽がかつて屢々細香を謝家の娘、道蘊にたとえたことを知っていて、若者らしくせいいっぱいの背のびをした、みずみずしい詩作を示した。

遠くに浮ぶ淡路島の影を眺め、大坂湾の沖に落ちかかる壮麗な夕陽を見、眼に入る限り、夕陽に赤く染められたはなやかな景色を見てから帰帆した。

その翌日、細香と袖蘭は後藤松陰に招かれて、そのあと松陰の案内で篠崎小竹を訪問した。小竹とは幾年ぶりの対面であろう。小石元瑞とともに、山陽の親友であり、よき援助者であったこの人も年をとった。この家でもまた、過ぐる天保八年の大塩平八郎の乱の後の騒動が話題となった。

小竹の語るところを聞けば、二月の乱が鎮圧されてから半年後に、小竹の貸家に住む店子の一人が、大塩の敗れたことを残念に思い、百姓たちとかたらって、池田、伊丹あたりを暴れまわるという事件があった。取りおさえられるや否や、その男は鉄砲で自分の腹を打ちぬいて自殺した。その男の家から大塩平八郎の書いた檄文が見つかり、家主からもらったということで小竹に累が及び、三ヶ月余りの閉門に処せられたのである。

細香と袖蘭は驚いて顔見合せた。

「それは思いもかけぬことで、とんだ御災難でございました」

「いや、そんなことがあったからというて、大塩氏を憎む気はさらさら起らぬのですわい。あの御仁がどのように百姓、町人の難儀を見かねて心を痛めておられたか、わしはよく存じておる。蹶起すると思いつめるまでに、あの仁は悩みに悩んで、己が身を苛んでおられたのじゃ。その挙句、ひどい頭痛におそわれていつも小石元瑞の投ずる薬を飲んでそれを抑えておられた。病気になる程までに、思いつめておったのじゃのう。あの御仁には一点の私心もなかった。それがあれば、また別の道も開けたやも知れぬのう」

と傍の松陰を省みて言った。小竹も大塩平八郎の人格の高潔さには深く感じ入っているのである。細香は言った。

「まことに、ここ数年のうち続く大飢饉ほど人の道を狂わせ、心ある人を苦しめたことはございませなんだ。大垣でもことに丁酉の年の八月には大暴風雨が襲って、洪水、疫病流行、病人、餓死者が数知れずという悲惨な有様でございました。今はもう一人前の医師になっております二人の甥どもも寝る間も惜しんで働いておりました。ことに下の甥の桂は、元齢と申しますが、医者よりも詩人になりたいなどと言うておった子でしたが、あの年の災難に遇ってはじめて医師としての覚悟ができたほどなのです。ああ、ちょうどよい。お恥しいものですが見てやって下さいますか」

そう言って細香は詩嚢より桂がその頃作った長詩をとり出して、小竹に披露した。

扶歇幾帙机上横　　扶歇《フヘ》幾帙机上ニ横タフ
夜々細讀對燈檠　　夜々細読、灯檠《トウケイ》ニ対ス
何圖天降斯疫毒　　何ゾ図《ハカ》ラン天コノ疫毒ヲ降ス
惱殺黎首聽喤々　　黎首《レイシュ》悩殺シ、喤々《クワウクワウ》ヲ聴《キ》ク
始知醫務勝吏務　　始メテ知ル医務《イム》ノ吏務《リム》ニ勝ルヲ
救民疾苦非求名　　救民疾苦、名ヲ求ムルニ非ズ
刀圭本是小經濟　　刀圭本ヨリ是レ小経済
豈與宰相敢爭衡　　豈《アニ》宰相ト敢テ衡《カウ》ヲ争ハンヤ
雖然。　　然リト雖モ
今日龍涎幾那一　　今日龍涎幾那《リユウゼンキナ》一七《サジ》

七。直如降勁兵　……直チニ勁兵《ケイヘイ》ヲ降スガ如シ

……（黎首＝人民。喤々＝泣き声。吏務＝行政。刀圭＝薬を盛る匙。衡＝優劣。龍涎、幾那＝龍涎香、キニーネ）

この桂の長詩を小竹は一読すると傍の松陰に渡し、

「蘭斎先生はこのように立派な継嗣を二人も持たれたのですな。さぞ泉下でお慶びでござろう」

と細香に言った。

「この初句の扶歇《フヘ》（フーヘランドの著書）と、十節目の幾那《キナ》と、二つの西洋の語を以て照応をとっている。ここに作者の苦心が見られます。桂君は忙しい間も詩文の勉強を怠ってはおられませんな」

松陰が言った。彼は十六歳で山陽の門に入った頃よりの桂をよく知っているのである。

細香、袖蘭二人の女流が辞したあと、小竹は娘婿である松陰に向って、

「細香女史こそは、真に女史と呼び得る人であるなあ。袖蘭女史もかなりの人であるが、しかしあれくらいの婦人ならいくらもいる」

と評したという。後に松陰は細香の墓誌銘にそう著した。

この日の小竹宅での歓談の際に、細香は思いもかけず、田能村竹田の最後の様子を知ることができ

たのだった。

竹田は天保六年、大坂郊外の吹田村で俄に病を得て他界した、とのみ聞いていた。

竹田は山陽とは最も心を許していた間柄であり、細香はかけちがって一度も会ったことはないが、最も信頼を寄せていた一人であった。竹田は細香の詩にも屢々深い理解を示した批評を寄せてくれたし、山陽が亡くなった時に細香が作った「奉挽山陽先生」の詩を読んで、

「予山陽ヲ哭スルノ詩ヲ作ラズ、又人ノ哭山陽ノ詩ヲ読ムコトモ厭《イト》ヘリ。春琴紀兄コノ稿ヲ出シ示セシガ読ミテ即チ竟《オハ》リ、悵然《チヤウゼン》トシテ涕《ナミダ》下レリ……」

と朱筆で書き入れてくれた。それほどに人恋しい、繊細な神経の持主であった。しかしその反面、豊後、岡藩の領内で悪政に耐えかねた百姓たちが度々一揆をおこすと、深く彼らに同情して藩主に二度建白書を提出した。それが容れられないとわかると直ちに隠退届を出してしまったほどの激情の持主でもあった。

その竹田が、親友山陽の死に遇ったその後から次第に近づいていったのが、やはり山陽と深く理解し合っていた大塩平八郎だったのである。その様子を竹田自身が、

「……大塩氏には少々用事御座候。三度ばかり参り候。あい替らず議論激発、快意の事なり……」

と知人に書き送っている。

その頃すでに大塩は官職を辞し、陽明学者として塾を開いている。そして幕府の政治を批判し「物価騰貴百姓困窮限りなき」と嘆き、時の老中、水野忠邦の苛酷な政治に心を痛めている人である。

竹田と中斎。二人の議論は何に関したものであったろう。「快意の事なり」、二人は屢々「議論激発」し、深く理解し合って、会心の思いをしている。竹田にとって、山陽に替る良友は大塩平八郎であった。

竹田は大塩から頼まれて王陽明の肖像画を描いた。大塩の奉ずる陽明学の始祖である。この肖像画は優れた出来ばえで、彼は非常に喜んだ。大坂の天満の祭礼の夜、竹田は洗心洞を訪問し、二人して酒を汲みながらしみじみと亡き山陽のことを語り合ったのだった。

しかし竹田も、大塩平八郎の蹶起《けっき》を見ることはなかった。天保六年の七月、大坂郊外の吹田村代官の家にいる時に、好物の焼茄子を食べた。少し生焼けのところがあったが、好きなので構わず食べてしまった。まもなくはげしい腹痛におそわれて、暑気当りで体が弱っていたところで急に重篤になった。知らせによって篠崎小竹、浦上春琴らが見舞いにかけつけ、彼は小康状態の時に大坂の藩邸へ送られた。次第に衰弱の加わる中で、故郷にいる一子太一に手紙を書いた。

「其方上阪日々待居候。此状参次第、万事取りすて、直ちに上り可申、小生死に目に逢可申、甚申置事有之候、只々早々。

太一へ　　　　　　　　　竹田」

唯一人の愛し子である太一はなかなか到着しなかった。竹田の心にかかるのはもはや太一のことばかりである。少年の頃からその利発さを山陽に愛された太一の来るのが待たれた。

西望郷山児未到　　西ノカタ郷山ヲ望ンデ　児未ダ到ラズ

待ちこがれた太一が到着した時、竹田は安心してまもなく眼を落した。沢山言いのこすことがあると言っていたのに、太一の顔を見た時には、もう何も言うことはなかった。太一は二十六歳の若者になっていた。竹田の享年は五十九歳。山陽に後れること三年であった。

細香は竹田の最後の模様を聞いてしばらくは涙がとまらなかった。

細香は今度の旅では山陽の遺児三樹三郎に会い、その成長ぶりに眼をみはった。また山陽の親友田能村竹田や、大塩平八郎の晩年の消息に接し、老いてなお衰えぬ篠崎小竹とも旧交を暖めることができた。いろいろと心にしみ入るような印象の多い旅であった。山陽の歿後、細香がいつも感じていたある空しさはこの旅で慰められ、力づけられたのである。

その後袖蘭とともに灘を通って、須磨、明石の方まで足をのばした。瀬戸内地方の土地のさらりとした乾いた感触を楽しみ、古来経済の豊かな土地の賑やかさ、明るさ、盛んな営み、夥しい人の往来を見た。港に船の出入りする光景を見た。家々は海に臨んで瓦を並べ、灘あたりでは酒の醸される香りがたちこめている。土地もまたよく肥えて、桑の葉がつやつやと繁っていた。

それらは健在だった頃の山陽が、故郷広島への帰省の度に往来し、なれ親しんだ風景である。細香にとっても、山陽から幾度も聞かされた風物であった。今そこを通れば、見るもの、頬を撫でる風、すべて初めてのようではなく、なつかしくないものはない。細香は姫路も、尾道も、広島までの道はことごとくそらんじているような、一度通ったことがあるような気さえするのだった。

明石では人丸の祠《ほこら》に詣でて、歌神の魂を慰め、詩を捧げた。

そこより摂州高槻へ出て藤井竹外を訪ね、その後袖蘭と別れて大垣へ帰った。

細香が大垣へ帰った頃、幕府の政治改革の布令が出された。いわゆる天保の改革で、苛酷な政策がはじまったのである。

その年の十月、蟄居中の渡辺崋山が自刃して果てた。

その頃、隣の清国ではアヘン戦争の真っ只中であった。鎖国政策をとり続けてきた幕府の首脳部と、一部の先覚的な知識人たちに欧米諸国の実力を認識せしめ、日本の開国の遠因ともなったアヘン戦争である。

イギリスの東インド会社は清国との貿易で輸入過多に陥り、銀の不足に悩んでいた。そこでインド綿とアヘンを清国に輸出した。アヘン吸飲の悪習が急速に清国に広まって、清国より多額の銀が流出した。清国では度々禁止令を出したが密貿易が絶えず、遂に清の道光帝は林則徐に命じて、イギリス商人よりアヘンを没収して焼き捨てさせた。これがアヘン戦争の発端である。一八四〇年（天保十一年）六月、イギリスは武力を行使し、広州、厦門《アモイ》を攻め、揚子江を遡って南京に迫った。遂に清国は屈服し、四二年（天保十三年）に南京条約を結んで香港をイギリスに譲り、多額の賠償金を支払うことなる。その後、清国は欧米諸国の植民地進出、利権争いの目標となったのである。

やがて細香の周囲にも、この戦争に関する詳細な報告がどっと入り込むことになるのであるが、今はまだ何も伝わっていなかった。

第十四章　逝く春

天保十四年（一八四三）の中頃のこと、十年余り江戸神田で玉池吟社《ぎょくちぎんしゃ》を主宰して活躍していた梁川星巌、紅蘭夫妻が故郷、大垣郊外の曽根村へ引揚げてくるという噂が細香のところへも伝えられた。天保三年に京都から江戸に下り、江戸詩壇の一方の旗頭として、多くの若い優れた詩人たちを集めていた星巌夫妻がなぜ帰ってくる気になったのか、細香は彼らを待つ嬉しさと同時に、そのことについて考えてみずにはいられなかった。

星巌は詩禅と号している。若い頃の彼は、山陽から「詩を嗜むこと命の如し」と評されたほど、詩三昧、文学一筋の青年であり、そのために貧しさなど眼中にはない人であった。そして紅蘭は夫の志を遂げさせるため、貧苦をもいとわず尽してきた人である。中年になり、志を得て江戸で隆盛を極めている玉池吟社をたたんで、何故帰ってくるのか、それには何か大きな理由がなければならなかった。

星巌が江戸神田お玉ケ池に玉池吟社を開いた頃は、寛政年間から化政期にかけて盛んであった市河寛斎の江湖社も衰え、そこに集っていた詩人たち大窪詩佛、菊池五山たちも年をとった。そこで若い詩人たちは星巌の名を慕って玉池吟社に集り、一時は社中が千人を越えたといわれる。斎藤竹堂、藤井竹外、また小野湖山、大沼枕山、鈴木松塘ら、明治中頃まで漢詩壇の中心となった若い才能が集って、星巌を中心にして華やかに詩作活動をしていた。その中には昌平黌に入学した頼三樹三郎もいた。藩主に従って江戸に下った小原鐵心もいた。

その星巌が玉池吟社を閉じて帰ってくるのだという。

天保十二年五月、老中水野忠邦によってはじめられた天保の改革は、功罪相半ばして、次第に人々の暮しに重くのしかかる圧力となっている。水野忠邦は目標を享保、寛政の改革において、倹約をすすめ、風俗の粛正をはかった。生産、販売、消費にきびしい統制を加えたため、市況は火の消えたようになった。また、農村人口を増やすための人返し政策や株仲間の解散、低物価政策などを強引に押しすすめ、芝居興行にも強烈な弾圧を加えたため、人気は冷えて、反感を買う結果となっていた。

一方、天保十一年に清国でおこったアヘン戦争は、清国にとって屈辱的な結果となり、その前後よりロシヤ船が我国の北辺を脅かし、イギリス船が江戸、長崎の沖に出没するなど、対外国の関係にも危機感が強くなってきていた。

偶然、玉池吟社の隣に住むことになった松代藩の佐久間象山は、早くから洋学、兵学の大家として名が高かったが、その時ようやく二十七歳の青年であった。彼は父親ほども年上の星巌を慕い、屢々訪問しては詩を語り、また海外の事情に照して、我国の状態を憂えて慨嘆して語ることが多かった。

このような状況の中で、純粋の詩人であった星巌の心にも国を憂うる情が次第に育ってくる。

この頃、社中でも昌平黌でも頼三樹三郎の先輩であった斎藤竹堂が、アヘン戦争の顚末を詳細に述べた『鴉片始末《あへんしまつ》』を書いた。これを読んだ星巌は、直ちに「讀鴉片始末」十五首を詩作し、激烈な文字で時勢の切迫と、海防の急務を説いたのである。

斎藤竹堂の『鴉片始末』は当時の知識人の間で非常に多く読まれ、二年後には細香のところへも村瀬藤城や神田柳溪からその読後感想文が寄せられている。

その頃から水戸藩の藤田東湖も玉池吟社へ盛んに出入りするようになり、それにつれて時世を憂うる慷慨家たちが集り、盛んに議論をし、星巌はその中心的存在となっていった。藤田東湖はその頃の星巌の風貌を「彼は乱世の奸雄《かんゆう》である」と評したという。山陽が健在の頃は純粋な詩人であった星巌も次第に国を憂うる国士に変貌している。

星巌と文学上で親交のあった渡辺崋山が蕃社の獄で捕えられたのは天保十年。二年後に崋山は自刃した。

星巌自身、江戸に居ては身辺が危険であると感ずることが多かったのであろう。京都に移りたい、と故郷の人に手紙を書いたりしている。

天保十五年の暮、弘化と年号が変った。

玉池吟社を閉じることはつらく、門人たちとの別れも悲しく、ついに帰郷は翌弘化二年の六月まで延引した。門人たち、大沼枕山や小野湖山、それに佐久間象山は板橋まで見送り、二人の門人は木曽路をへて美濃まで星巌夫妻に従って来た。

故郷の曽根村に落着いた星巌夫妻は、早速細香にそのことを知らせ、細香は折り返し返事を書いた。

「御認拝読、当月三日には御道中御滞りなく御帰村と承り、御目出度、去夏以来御帰村と承り御待申居り候事に候。……藤城山人も打絶え疎濶に御座候処、此間書状到来、当廿日頃参られ候趣、三十年後再び鷗盟相尋候事と相娯み候。万猶拝眉の上、早々頓首

細香」

上有知の庄屋村瀬藤城は二十三日に曽根村を訪問し、翌日星巌夫妻とともに細香を誘って、折から大垣に帰っていた小原鐵心を訪問した。

文政の初め頃、大垣で白鷗社を結成してからすでに二十五年がすぎている。二十五年たって、白鷗社の主な社友四人が顔を揃えた。挨拶よりもまず、細香はその人々の変貌に胸をつかれるのである。この時、細香は五十九歳、星巌は五十七歳、藤城は五十五歳である。山陽の行年五十三歳をみな越えた。当時、うら若かった紅蘭もすでに四十三歳である。もしここに山陽が来合せたら……と細香は思った。あのなつかしい声で呵々と笑って、

「君たちは一体誰だね、こんな白髪頭なんか、僕は知らない」

と言うにちがいない。全く、そんな年老いた山陽を想像することもできなかった。

紅蘭は変った。

「私はついに故郷に安住できぬ定めです」

と涙ぐんだ、ういういしい紅蘭ではない。夫星巌に従って旅から旅への日々。貧苦に耐え、放浪の中で鍛えられ、夫星巌をしっかりと支えた。また江戸玉池吟社での十二年間は塾を経営し、出入りする若い詩人、慷慨家たちを相手にきりまわした、気力あふれる女丈夫である。大垣藩の藩老とはいえ、三十になるやならずの小原鐵心をやや若僧扱いにしても、それは無理からぬことかも知れなかった。

——紅蘭ばかりではない、皆変った。そして私も——

と細香は思う。

美濃上有知の総庄屋村瀬藤城はめっきりと白髪が増え、額の皺が深くなった。彼は天保の初め頃、上有知村と隣村との間におきた曽代用水事件で、度々江戸へ下って、直接幕府を相手どって訴訟を起し、郷里のために身を挺して闘った。四年にわたる藤城の尽力で、その訴訟は勝訴となった。その後も彼は広い人望を集めて庄屋の責務を果している。のちに犬山藩に招かれて儒官となるほどに、勉学、詩作を怠らない篤学の人である。そのせいか額の皺は一だんと深く、叡知にみちた老年の顔となっていた。

一ばん変ったのは星巌であろう。かつて或人が彼の印象を「風貌清痩《ふうぼうせいそう》、鬚鬖《しゅさん》、鬖然《さんぜん》として頬頤《けふい》を蔽《おほ》ひ、長きこと十寸余……」と言ったことがある。清々しく痩せていて、髯は顎、頬を蔽い、胸まで垂れている。そして一日詩を語って、他のことは語らなかった。今、その姿こそ昔と変りはない。しかし星巌その人から発するものが違っている。かつての詩一途の、世間に疎い星巌ではない。江戸の詩壇で重きをなしたその自信に溢れ、多くの人々の心を支配するような、ある隠然とした力を身につけていることが窺われた。若い小原鐵心も深く星巌に心服している様子が見られる。

――かつての詩禅は詩禅ではない――と細香は思った――詩禅という号が最もふさわしい星巌であったが――

星巌の話には、以前はあまり聞かれなかった、時局を語る言葉が多く出た。そして我国の将来を憂い、海防の必要を説く言葉が出た。斎藤竹堂の『鴉片始末』も話題となった。細香も藤城もそれにはすぐ思いあたった。その書はすでに書き写されて、美濃の文人たちの間にも廻し読まれ、読後感想が語られていたからである。

星巌夫妻の話には、佐久間象山、藤田東湖らの名前も親しく語られ、そして頼三樹三郎の名前も出た。三樹三郎は心配性の母親梨影の許を遠くはなれ、父山陽の友人たちの眼もあまり届かぬ所で、かなり無鉄砲な生活をしているらしい。江戸へ下り昌平黌に入学してから細香によこした真面目な手紙とは、かなり違った生活をしているらしい、と細香は覚った。それについて、星巌はあまり心配を示さなかった。

「男児とはそのようなものです」

と、にべもなく言った。

その日細香は、小原鐵心や頼三樹三郎、咬菜社の若い詩人たちや二人の甥、彼ら若い人々の上に、自分たちの若い頃の、文化文政時代のなごやかな風ではなくて、荒々しく猛り狂う時代の風が吹きつけていることを感じた。若い人たちは集っても、細香の頃のように詩文の話に時のたつのを忘れたり、花に浮れて連日の花見にうつつを抜かしたりすることはないらしい。顔を合せれば時局を論じ、憂国という言葉に激し、詩を作れば慷慨家風のものになる。細香はそのことにある痛ましさを覚え、彼ら若い人たちに力添えし、彼らをかばってやりたいような気持がしきりに湧くのだった。

やがて酒がまわり、ほどよく酔いを発すると、みな一様に現実を離れ、白鷗社時代の若い心にかえり、なごやかな詩酒の席となった。

席上、分韻して藤城は、

泛泛白鷗盟未灰　　泛泛《ハンパン》タル白鷗　盟　未ダ灰セズ
一行聯歩上高臺　　一行聯歩シテ　高台ニ上ル
…………　　…………
道蘊眼花猶解頤　　道蘊眼花シテ　猶頤《イ》ヲ解ク
浪仙身痩轉馳才　　浪仙身痩セテ　転タ才ヲ馳ス

（眼花＝酔って眼がちらつくこと。解頤＝口があいてふさがらぬ、口をあけて笑う。浪仙＝星巌をさす）

道蘊（細香）は酔って眼がちらちらしながらも、口をあけて大いに笑い、浪仙（星巌）は昔ながらの痩軀で、一気に詩才を発揮した。一同、若い頃の心に戻って、大いになごやかに笑ったのである。

この日の集いで、星巌や藤城などから聞かされた京の頼家の淋しい近況は、細香の胸を痛ませた。師山陽が逝ってすでに十三年。人々はようやく山陽を忘れようとしている。それにまた別の便りでは、浦上春琴が長い患いに臥っているという。

出来るだけ早い機会に上京してみよう、と細香はそう思った。


この時、星巌夫妻の大垣滞在中に、細香と紅蘭の間で、珍しく詩の応酬があった。三十年に及ぶ長いつき合いの中で、はじめてのことであった。

まず紅蘭より細香へ贈った詩、

夙出風塵高自持　　夙《ツト》ニ風塵ヲ出デテ　高ク自ラ持ス
茗烟香靄讀書帷　　茗烟香靄《メイエンコウアイ》　読書ノ帷
貞心一片竹石見　　貞心一片　竹石ニ見ル
孝行百年天地知　　孝行百年　天地知ル
剣到張華方作寶　　剣張華ニ到リテ　マサニ宝トナル
馬非伯樂不稱奇　　馬伯楽ニ非ザレバ　奇ト称セズ

暗明有數復何嘆
萬古月輪盈則虧

暗明数アリ　マタ何ゾ嘆カン
万古月輪　盈《ミ》ツレバ即チ虧《カ》ク

（茗烟＝茶ノ煙。張華・伯楽＝ともに中国の故事に出る人名）

この詩に次韻して細香は、

「自　述」

休言筆研自矜持
老去寒閨下翠帷
魚躍鳶飛皆至理
梅香竹色舊相知
酒如交友偏宜淡
詩似見山更愛奇
人世箇中有閑樂
却疑天上月盈虧

言フヲ休《ヤ》メヨ　筆研　自ラ矜持《キョウジ》スト
老イ去レバ　寒閨《カンケイ》　翠帷《スイヰ》ヲ下《オロ》ス
魚《ウオ》躍リ　鳶《トビ》飛ブハ皆　至理《シイリ》
梅香竹色　旧相知
酒ハ友ニ交《マジハ》ル如ク　偏《ヒトヘ》ニ宜シク淡ナルベク
詩ハ山ヲ見ルニ似テ　更ニ奇ナルヲ愛ス
人世　箇ノ中ニ閑楽有リ
却ッテ疑フ　天上　月ノ盈虧《エイキ》スルヲ

紅蘭の詩は人の世の運不運にかなり敏感で、玉を抱いて世に隠れ住むという不遇感があり、紅蘭の野心が窺われる。江戸の玉池吟社をたたんで、故郷に帰らねばならなかったことに対する口惜しさがにじんでいるようだ。

それに対し、細香の詩は彼女の性格そのもののように淡泊で、自然の摂理に従って、人生個々にそれぞれの楽しみがあるという述懐である。しかし、大人しいながらに、かなりきっぱりとした自己主張を打ち出している。

年齢もちがい、性格もちがう、経験も全く異る二人の女流が、真正面から詩才を闘わせたのは、これが最初で最後であった。


その年の夏の盛り頃、涼しい風の吹く時刻に、ひっそりと裏口から湘夢書屋《しょうむしょおく》を訪ねてきた人があった。岐阜、美江寺に住む山本ゆいである。

人声を聞いたように思って細香が出てみると、ゆいは、

「伯母さま」

まだこの家の嫁として、元益の妻としていた頃と同じように、なつかしそうに呼んだ。

「おお、これは、おゆいではありませんか。ようこそ訪ねてくれました。久しくあなたの顔を見ないと存じておったが……。何か、近くに用事でもありましたか」

何食わぬ顔で驚いたように言ってみせる細香であったが、実はゆいを呼びよせたのは彼女自身なのである。「お手紙ありがとうございました」と言いかけるゆいを、細香は、しっと手でおしとどめた。

手を叩いて婢を呼ぶと、

「あちらへ行って大奥さんを呼んでおいで」

と言いつけた。

「さあ、早くお上りなさい。なに、この近くに用事があったのですか。あ、縁覚寺までお越しだと。そうそう、あそこはこの間危く火事にあうところだったでの、和尚《おっ》さんもとんだ災難で……」

まだゆいが何も言わぬのに、一人合点しつつ、せかせか話している細香は、世間で女史と言われ、尊敬されている人には見えぬ。どこの家にでもいるおばあさんのようである。

――伯母さまでもこのように年とられる――とゆいは思った。少女だった頃の彼女があこがれていた細香である。ゆいがこの家を不縁になって去る時に、涙を流してくれたのも細香であった。

四日ばかり前、細香から手紙がきた。

「……当十六日夜本町火事御座候而、縁覚寺にて止り候。御寺も先々別条無御座、此上之御事と存じ上候。何卒思召立られ縁覚寺へ御越しも可在候よふ存じ上候。私方留主中は御遠慮被下候人も御座なく何れも緩々御目に懸り御話しも申上度抔申居候……」

それを見たゆいは早速四日目に訪ねてきたのである。

「……留守中は御遠慮被下候人も御座なく」と書いて、この家の当主元益が不在であることを知らせて、ゆいが訪ねやすいようにと計らってくれる細香の心づかいが、ゆいには嬉しかった。しかし細香は手紙のことなど素知らぬふりで、

「よう見えられた。こんな老人をよう訪ねて下された」

と喜んでいる。そして自分の机のまわりを探しはじめた。

「はて、どこへ置き忘れたか」

例によって、ゆいに見せたいものがあるのだ。そこへ足音がして、

「お客さまと聞きましたが、どなたさまが見えられた」

そう言いながら柘植子が入ってきた。柘植子も「どなたさまが……」と言いながら、訪ねてきたのがゆいであることを察していたらしく、手に一通の書状を持っている。細香はそれを見ると、

「おや、あなたのところにありましたか、今、あちこち探していたところじゃ」

ゆいは坐り直した。

「お姑さま、お変りものうお達者そうで」

と挨拶したが、柘植子は、

「おゆい、そんなお行儀はやめて。早う早うこれを。江戸のあの子からよい便りが来ましたのじゃ、それが見せとうて」

と言った。

そしてゆいが江戸にいる元益から家のものにあてた手紙を開くと、柘植子も細香もその傍ににじり寄って、何度も読み返した手紙をまた読んだ。

その手紙には二十歳ではじめて江戸に下った元益の長男信成の消息が書かれていた。信成はゆいが

江馬家にのこしていった子供だった。彼が父元益とともに、美濃出身の蘭医坪井信道に招かれたことが詳しく書いてある。信道は当時、江戸で蘭方の大医であり、その温厚な人柄は広く信望をあつめていた。信成が、この同郷の大先輩に親しく接し、その時坪井信道は、信成にとっては曽祖父である江馬蘭斎の業績を語り、蘭斎を美濃蘭学の開祖と称え、若い信成に深い感銘を与えたことが書かれていた。ゆいは読みながら涙をおさえ、細香も柘植子もその心を思いやってそっと眼がしらをおさえたのだった。

ゆいは細香や柘植子の継母さのの姪にあたる。子供のときから江馬家に出入りし、蘭斎にも深く愛されていた。そして自分がこの家にのこした二人の子供、信成、お澄の消息を時折こうして聞かせてもらうのである。お澄は蘭医吉川家の養女となり、前年、大垣藩家中の木村敬職に嫁いでいた。

その頃、元益は三年ばかり江戸勤務が続いている。天保十四年六月、三十八歳の時、江戸勤務のため大垣を発ったが、この頃が元益にとって、もっとも充実した、稔りの多い時期であった。まず、江戸へ下る途中に立ち寄った名古屋で、シーボルトの門人であり、本草学者として有名な伊藤圭介の知遇を得、学問を通して生涯の交りを持つことができた。江戸では美濃出身の蘭学の先輩、坪井信道、宇田川榕庵たちに手厚く迎えられた。福岡藩主黒田斉清の眼疾を治療し、本草学について種々質問されて答えている。また、祖父蘭斎の恩師前野良沢の外孫小島春庵、幕府の官医として大きな権限のあった多紀安良たちと知り合いになった。その推挙により、幕府の医学館において『本草綱目』についての講義を行うこととなった。弘化元年七月のことであった。元益は大垣の藩医の誰も経験しなかったこの名誉について、のちに書き記している。

「……是レ全ク祖考蘭斎先生の余光ナリ。初メテ講義に出ルヤ、七十畳ノ講堂官医後ニ在リ。御小人、目付、拝謁医師側ニ在リテ見守ル。余怖レテ、書ヲ翻スノ手自ラ振フ……」（『藤渠漫筆』）

同じ年に富山藩主前田利保に召されて物産について講義し、十二月に医学館で銀五枚を賜った。翌年、拝謁医師、医学館講師ら十八人とともに『医術列伝』を上梓する仕事に携り、医学館薬品鑑定手伝いをも命ぜられた。

この頃、元益はまた神田玉池吟社に、梁川星巌を屢々訪ねている。星巌が故郷に引揚げる少し前である。ここで元益は出入りする佐久間象山らの話から、西洋砲術の優れていることを教えられ、大垣に帰ってから西洋砲術導入を藩へ進言することになる。

若い信成がはじめて江戸に下ったのは、父元益がこのように華やかに活躍している時期であった。蘭斎の門人で、のちに江馬家の分家を立てた京都の江馬榴園が京都御室門跡宮嘉彰法親王の侍医となったのもその頃であった。

細香は、父蘭斎の播いた蘭学の種が、幾星霜をへて次第に根をはり、枝を広げて、生い繁ってくるのを見るように思った。

その年の十月、元益は医学館講師を依願退職し、長男信成を従えて大垣に帰ってきた。

元益が大垣に帰ってまず行ったことは、西洋砲術を採用するように藩に進言することであった。江戸の玉池吟社で屢々星巌や佐久間象山からその優れたことを聞かされ、

「日本流と西洋流の砲術は、医術において漢方と蘭方の如きである」と星巌から説得された。元益は藩にその採用を進言しようと固く決心して帰ってきたのである。しかしながら元益のこの進言は、旧兵法に固執する藩士の多いこの時期に全く容れられず、小原鐵心ほか少数の人が耳を傾けたにすぎなかった。これに加えて藩主戸田公が「火器ヲ悪《ニク》ム、鴆毒《チンドク》ノ如シ」（鐵心）と言われるほど鉄砲類を嫌悪していたので、元益の進言通り西洋砲術が採用されるのは、嘉永六年の浦賀出兵以後のことになった。

藩主戸田公の縁戚戸田伊豆守の要請によって浦賀に出張した小原鐵心は、黒船の威容とその火力を目のあたりに見た。そして藩主を強く説得して、藩士数名とともに自ら高島流砲術を学ぶために、幕臣下曽根金三郎の門に入った。また小寺常之助（翠雨）には西洋兵法を学ぶために佐久間象山の門に入らしめた。

元益の進言より八年後であるが、それでも列藩に先がけての兵制改革であり、のちに「鉄砲の大垣」と言われるほどの基礎はこの時できた。

元益は大垣で西洋流大砲を鋳造する際にもさまざまに力を添え、江戸で二門の大砲模型を買い入れて、船町の全昌寺と南寺内の二ヶ所に鋳造所を創設した。またその頃創設された藩の洋学館では、元益の弟桂が西洋兵書の講義をすることになった。

元益の二人の息子、信成、庄次郎たちも蘭医としての修業にはげんでいる最中であった。

我家蘭族幾叢叢
各自吹香庭上風
乃祖當年曾下種
一時蕃殖渥恩中

我家　蘭族《ランゾク》　幾叢叢《イクソウソウ》
各自　香《カヲ》リヲ吹ク　庭上ノ風
乃祖《ダイソ》　当年　曾テ種ヲ下《オロ》ス
一時ニ蕃殖《ハンショク》ス　渥恩《アクオン》ノ中《ウチ》
（乃祖＝わが祖先。當年＝その昔）

のちに細香は、甥や、その子供たちが孜々《しし》として己が業に励む姿をこのように詠んだ。

細香が元益の長男で、二十一歳になる信成を伴って京に上ったのは、弘化三年の三月のことであった。山陽の歿後四度目の上京である。五年ぶりに、都の春に逢い、旧知の人々に逢いたい。その前年、父元益に従って江戸から帰ってきた姪孫《てつそん》信成に都の花を見せ、その成人した姿を旧い友人に見せたいと思う。そして長く患っているという浦上春琴を見舞いたい。細香が逢いたいのは人である。古くからのなつかしい人々である。時折、細香は飢えたように、人々に逢いたいと思う。

やがて二十年も前のことになる。やはりこうして、若かった甥の桂と老母さのを伴って、楽しく賑やかに京へ上ったことが思い出された。さのはすでに亡き人になり、桂も今は元齢と名乗って、天保十一年以来、大垣竹島町に別家開業している。

春の美濃路のたたずまいは少しも変らず、季節はくりかえし巡ってくるのに、人だけは次々と去って返らない。往時茫々という思いが深い。

「伯母さま、水です。あんなにきらきらしています。近江の湖ですね」

そう叫ぶ若い元気な桂の声を聞いたように思って、細香ははっと振り返った。姪孫信成はおっとりと落着いて、遠くの湖を眺め、早春の山々を見て、大人しく細香に従って来た。

京の寓居で旅装を解いたあと、まず訪ねた頼家では、未亡人梨影が一人ひっそりと留守居をしていた。

三樹三郎は江戸の昌平黌で勉学中である。そして梨影のそばにいていつも彼女を慰めていた末娘の陽は、その前年十六歳で病死した。孫娘陽を深く愛していた広島の梅颸も、過ぐる天保十四年の暮に八四歳で歿している。

家中森閑としていた。

かつてあのように多くの来客と、門人たちの出入りで賑わっていたのが嘘のようである。話には聞いていたが、忘れ去られたような淋しさに細香の胸は痛んだ。

細香が訪れた時、この家の主、山陽の二男又二郎も、折柄亡父山陽の著作刊行の件で、大坂の書肆河内屋吉兵衛方へ出かけて留守であった。その前年頃から『日本外史』『通議』の頼家正本による開板のことが実現することになって、又二郎は度々大坂へ出かけていた。

思いがけず細香と信成の姿を玄関先に見出した梨影は挨拶もそこそこに山陽の霊前に灯明を上げて細香たちを導いた。生前の山陽に急いで客を案内するのと少しも変らなかった。そして細香が礼拝を終るのを待ちかねて、胸に溜りに溜っているものを吐き出すのである。それは江戸に遊学中の三樹三郎についての心配だった。

「若いものは危ないものにて、どうぞどうぞとこうして朝な夕な神主の霊に祈っております。あれはことに何をしでかすやらわからぬ気象にて……。かというていつまで私の傍に置いても一人前にはなれず……」

「そのように心配なされずとも、江戸には羽倉さま、尾藤さま、他に門弟方多くがおられます。必ず無事修業を終えて帰られましょう。もっとお気を楽に……」

「私も一人ぽつねんと居りますと、あれもこれも考え、一人泣いたり慰めたりしておりますが、あなたさまのお顔を見れば、聞いて頂かずにはいられません。又二郎の申すには、羽倉さまもこの度お役御免になられましたとやら。少しお暇が出来て、三郎の身に眼を光らせて下されば……と念じています」

梨影はふと横をむいて涙をぬぐった。

「まあ、折角お出で下されたのに、かようなぐち話をお聞かせして……」

山陽の歿後、いつしか遠慮の垣根のとれた二人は姉と妹のように近々と顔を見合せている。二人してどんなに亡き人のことを語り合っても、尽きることはないのだった。

梨影は細香のあとに続いて礼拝を終えた信成を見て、

「お前さまも、親御さま、おばばさま方に心配かけぬ、立派なお人になって下されよ」

と言った。信成はなぜこの老婦人がこのように憂えるのか深くは知らない。しかし知らないながらに梨影の口調の真剣さにうたれて素直にうなずき、大伯母細香を振り返ってにっこり笑った。

梨影は一ばん後からまた礼拝し、灯明を手で消しながら、

「若いものは危ないものにて……」

とまた呟いた。

「母上は心配しつづけていなければ、片時も安心がならぬというお方です」

と、いつかの舟遊びの際、三樹三郎がいささか閉口しながら言ったことが思い出された。彼は母親を安心させられぬ我身を恥じている様子でもあった。

梨影はすぐに酒を暖めにかかり、肴の心配をし、山陽の在りし頃と同じように、いそがしく客をもてなそうとした。

その翌日、細香と信成を歓迎して、頼又二郎、立斎、大倉笠山とその妻袖蘭、藤井竹外の七人が東山に花を賞し、旗亭で詩宴を開いた。このような席には必ず出るはずの浦上春琴は病気であり、小石元瑞も出席できなかった。

席上、幾度か江戸に在る三樹三郎のことが話題に上った。つい先頃江戸から引揚げてきた梁川星巌の話と思い合せて、前日の梨影の心配があながち杞憂《きゆう》とばかり言えないことを細香は覚った。それは母親の本能からくる、直感的な怖れにちがいなかった。彼はすでに二十歳をすぎている。細香には時折大人びた礼儀正しい手紙をよこす。しかし彼は江戸でどのように暮しているのであろうか。そして

郷里で家の人たちがこのように心配しているのを知っているのであろうか。

その数日後浦上春琴を見舞い、その春の滞京は十日余りで細香と信成は大垣に帰った。京よりもおくれて、美濃にも花が咲いたが、花冷えといわれるような寒さが続いた。

四月に入って、梁川星巌夫妻が再び故郷を出て京へ移住した。江戸から引揚げて以来、わずか十ヶ月の故郷滞在であった。

第十五章　夕映え

牡丹の花がようやく咲きはじめた。湘夢書屋の窓から見える裏庭の、よく日の当る一隅である。その年は春になってから寒い日が続いて、牡丹の蕾もなかなかふくらまなかったのだ。楓《ふう》の木の下陰には、あつもり草が一かたまり簇生している。花はまだつけないが、長卵形の葉がかなり繁っている。初夏になると変った形の花をつける。薬効があるのだという。深山の植物であるが、老僕常助の丹精でようやく根付いた。

牡丹のまわりに蝶がとんでいる。蝶は風が吹くとさっと花のかげにかくれる。しかし、よくよく見ていると、蝶は決して牡丹の蜜を吸ってはいない。それが少し不吉に感じられた。

——今年の京の春は淋しかった——

と細香は思い出した。ことに浦上春琴の衰えた姿が細香を悲しませた。細香が見舞うと、彼は病床で涙を流したのだ。人の気持のよくわかる、心の練れた人で、いつも余裕があって、涙など見せたことのない人だった。山陽に対する細香の気持をよく理解していて、傍からそっと見守っていてくれた人だった。

「頼氏はなぜあのように早く逝ってしまったのかね。あの人物は我々から盛りの時を持って行ってしまったのだよ」

それから昔、山陽と二人で淡路や美濃へ旅をしたことを語るのだった。潤筆料目あての「旅芝居」と山陽が自嘲していた旅だったが、そのかわり、二人とも若く、気楽な境遇であった。世に容れられぬ不満はあっても、懐中は淋しくても、楽しさにはこと欠かなかった。そして時節も文化十年というおだやかな頃だった。

病床にある春琴には、四十年近く前のことが、昨日のことのように思い出されるらしかった。そして細香が別れを告げた時、またしても春琴は涙を浮べたのだ。

「もう会えぬというわけではありませぬ。誰か若い者が上京したいと言うたら、連れて出て来ます。私一人では、さすがに家の者が許してくれません。何というても私も年齢ですから……」

細香は最後をことさら明るくそう言って笑った。

「年齢などと言うてはいけない。あなたはいつまでも若くて達者でなければ……」

そう言って春琴も微笑んだ。そして別れたのだった。その時の春琴の顔が、いつまでも眼のあたりに浮んで消えなかった。

浦上春琴はその年五月に歿し、本能寺に葬られた。山陽の墓所のある長楽寺に二人の友情を記念する碑が建てられ、碑銘は二人の共通の友人である篠崎小竹が撰した。

五月も半ばすぎて、細香は思いがけず東北、仙台から発した三樹三郎の手紙をうけとった。江戸で勉学に励んでいるはずの三樹三郎がなぜ仙台に、と不審さが先に立つ。前年六月に星巌夫妻が帰郷して以来、また先日の京都でも常に話題となり、その動静が気にかかっていた三樹三郎である。細香は急いで封を切った。

東北の友人斎藤竹堂を訪ねて松島に遊び、近く蝦夷を巡る旅に出るという内容のごく短い、慌しい手紙であったが、その中の、

「……小生義、先月廿日夜、遂退寮被命……」という一行に細香の眼がとまった。その旅が何か異常の事態に押し出されるようにしての出発であることが推測された。皆が心配していたように、三樹三郎の身辺に何かおこったのだろうか。短い手紙だけでは詳しいことはわからない。

細香は話に聞いていた彼の父山陽の青年時代の不羈《ふき》奔放《ほんぽう》ぶりに思いあたった。それは周囲の人からも、山陽自身の口からも後悔と懐しさの入りまじった懐旧談として幾度も聞かされている。話し手の巧みな話しぶりと、時間もたって、事柄全体を掌握しての話であるから、安心して、或は笑って聞いていられた。しかしその時期、身近にいたものには身を削られるような事態であったにちがいない。父山陽の過激な面を受けついでいる三樹三郎の行動は、誰の眼にも不安なものに映った。

六年前、大坂天保山沖での舟遊びの際にも三樹三郎は大塩平八郎の乱を語り、激しい共感を示した。そして近年も、若い三樹三郎を激昂させるような事柄の多い時世である。

三樹三郎は天保十四年（一八四三）の閏九月、十九歳の秋、幕府の納戸頭羽倉簡堂に伴われて江戸に下り、江戸に着くと直ちに幕府の昌平黌に入学した。大坂の後藤松陰の塾で、母親梨影のすぐ眼の届く所にいた時ののどかな雰囲気に比べて、三樹三郎の周囲の空気は一変した。

彼が江戸に着いたその月の下旬に、天保の改革を強力に推進していた老中水野忠邦が、失脚した。水野忠邦の急激な改革は効果を上げる一方、大きな反感を買っていた。彼の挫折の直接の原因は上知《あげち》令《れい》が諸藩の反対にあったことと、彼が開港論を唱えたことである。上知令とは、江戸、大坂の十里四方を幕府領とする政策であった。

水野忠邦の失脚は、直ちにその配下である羽倉簡堂の罷免へとつながる。三樹三郎の才を見込んで彼を江戸へ伴ってきて、江戸での保護者、監督者となるはずだった羽倉簡堂は、地位を追われ、小普請組入りをしてしまった。三樹三郎は身近に起った政変の急激さにまず度胆をぬかれた。

昌平黌の寄宿寮久敬舎に入ると、十歳年長の斎藤竹堂が舎長で、詩文掛りをしていた。この人は若くして幾つかの歴史に関する著述があり、国外の情勢にも大そう明るかった。前にも述べた『鴉片始末』というこの人の著述は、大きな影響力のある文章だった。

三樹三郎は十歳年長の竹堂から、海外に対する広い視野を持つことを教えられ、歴史を見る眼を培われ、文章を鍛えられた。ここで三樹三郎の激昂しやすい性質は鎮静され、鍛えられたのである。

三樹三郎は父山陽の友人であった梁川星巌の玉池吟社の門を叩いた。そこには江戸中の有数の若手詩人が集っている。そして佐久間象山や藤田東湖も出入りしている。そこでは盛んに時事が論じられ、海防の必要が議論されているのであった。

弘化元年、三樹三郎が江戸に出た翌年、オランダが幕府に国書を呈出し、世界情勢を説いて鎖国政策を止め、開港するように勧めている。翌年、英艦が長崎に来航。翌三年にはアメリカ船員がエトロフに漂着、またアメリカ東インド艦隊が浦賀に来航し、薪水と漂流民の保護を求めている。どんなに固く国を閉していても、世界はひたひたと日本の水際まで押し寄せ、海防の必要が痛感されるのであった。

若い三樹三郎が江戸に来てぶつかったのはこのように湧き立つ現実の渦であった。大垣藩の若き藩老小原鐵心もまた、この時期江戸にいて玉池吟社に加わっている。

しかし玉池吟社の中心人物星巌は、この地で海防を声高く論ずる危険を覚って、弘化二年に故郷美濃へ引揚げた。先輩としてよく三樹三郎の面倒を見てくれた斎藤竹堂も、故郷仙台へ帰郷してしまった。三樹三郎は一人、江戸にとりのこされた。

細香は三樹三郎の退学の原因を、のちに本人の口から聞いた。三樹三郎は酔った勢いにまかせて、上野寛永寺の葵の紋のついた石灯籠を押し倒して乱暴を働き、捕えられて後もなお、幕府を罵ってやまなかったのだという。しかしその時はまだ、詳しい事情は細香にはわからなかった。

――あの子は退寮のこと、東北への旅のことを京の母に知らせたのだろうか。どんなつもりで蝦夷へ渡るのであろうか。旅費はあるのだろうか。そしてお梨影さまはどんなに嘆かれるだろうか――

時折、細香は不安を感ぜずにはいられなくなる。三樹三郎をも含めて、自分の周囲にいる若い人達、姪孫である信成や庄次郎。若くして藩の重責にある小原鐵心。そして細香が主宰している咬菜社に属する大垣藩の若い詩人たち。細香を慕ってくるそれら有為の青年たちの行く手が峻しい雲に覆われそうな、ただならぬ世の中の動きである。どうしたら彼らが皆無事で、各々がその持てる力を存分に発揮できるように導いてやれるだろうか。

——私にその力があるだろうか——

大胆で、しかも細心の心づかいで江馬家一門を、そして美濃の一隅に蘭学の灯を安泰に守り育てた父蘭斎の大きな力がしきりに偲ばれた。

細香は京にいる彼の母親梨影の心配もわからぬではないが、三樹三郎がなぜ東北へ旅に出たのか、まずそれを知りたかった。出来れば彼の志すところを理解し、はげましてやりたかった。

三樹三郎の父山陽も大の旅行好きであった。各地に文人墨客を訪ね、風光の美しさを求めて旅に出た。山陽の壮年期の大旅行も九州を目指している。

山陽は文政元年（一八一八）、父春水の三回忌をすませると九州へ向けて出発した。途中多くの文人を訪ねて、歓迎されたり、眉をひそめられたりしながら博多、佐賀を経て長崎へと着いた。明るい南国的風土、解放感、異国情緒に溢れ、逸楽的でさえある長崎で、オランダや清国から運ばれてくる新しい知識や文物にふれた。ナポレオンの生涯を主題とした「仏郎王歌」や、和蘭船の入港の情景をいきいきと描いた「荷蘭船行」はこの時に出来た。それらの詩は解放感に溢れ、覇気に飛んだ優れた作品と言われている。それより熊本、鹿児島にまで足をのばし、帰途、豊後の岡城下に田能村竹田を訪ね、日田の咸宜園に広瀬淡窓を訪ねている。その後、北上して豊前の雲華上人の寺に向った。雲華に案内されて、山陽は耶馬溪の風景美を発見することになった。「耶馬溪」とは山陽の命名である。現在の大分県の北部山国川の浸蝕した岩が約五十キロにわたって中国の南画のような奇景をなしている。当時は山国谷としてその地方の人々にのみ知られていたが、山陽の写生図と紀行文とによって、広く世間に知られるようになった。山陽の九州旅行は典型的な文人の旅行であった。そして同時代の人の多くが、それぞれ目的こそ違うが一度は長崎を志し、夥しい「西遊記」の類が書かれたのである。

今、山陽の子供である三樹三郎が目指す北方は、どんな力で彼を惹きつけるのであろうか。父山陽の旅行に比べて、ある暗さと危険を感じないではいられなかった。

その夜、細香はふと思い出して、書架の奥に埋っていた一綴りの写本を取り出して埃を払った。その本のことは、すっかり忘れていたのだが、三樹三郎の手紙を見て思い出した。紙魚に喰われもせず、綴じ糸も色あせたが切れてはいなかった。書名を『地北寓談』という。

それは文政十年の春、甥の桂と二人で京の松原通り烏丸にある平等寺に仮り住いしていた時、山陽より借り受けて写し取ったものである。暇をみて写し取るのに、かれこれ二十日近くもかかったことを覚えている。大したこともあるまい、と写しはじめたその書物は思いの外分量が多くあって、買い置きの紙が足りなくなり、春雨の中を紙を買いに走ったこともあった。その時、寺の門前の柳が大粒の涙のような薄緑の芽をいっせいにふき出していたことがみずみずしく甦ってきた。

この書物は寛政八、九年頃に書かれている。著者は奥州の人、大原呑響という。山陽の父春水や菅茶山とも親交があり、長崎へ赴いた帰りには頼家に立ち寄った。後に山陽は江戸でもこの人に会った。

寛政七年（一七九五）に呑響が松前藩に招聘せられて蝦夷へ向う時に、菅茶山は送別の詩「送原雲卿応聘赴松前府」を作り、当時十六歳の山陽も陰ながら「送大原雲卿東行序」を作った。その二つが巻末に付されている。その文章の中で山陽は国境の警備、ことに我国の東北に接する強大な異国に対して、防備を厳重にしなければならぬという考えを述べている。この書物を筆写する時、細香は「えさし」「こむさっか」「えとろふ」「彦館」などという不思議な鄙びた、しかし凄然とした辺境を思わせる異国的な地名に興味を覚え、珍しい風俗なども面白がって写したのだった。しかし、今改めて読み返してみると、その内容はただ面白いだけではすまされないものであった。

寛政四年、ロシヤ使節ラクスマンが漂民大黒屋光太夫を護送して根室に来航し、通商を求めたことがあった。そのあと度々ロシヤが日本の北辺を脅かす事実があったにも拘らず、松前藩は一向それに対して防備をせず、むしろロシヤと手を結ぼうとしていた、という内容なのであった。そのような事実があったかどうかはわからない。しかしその後文化四年に、ひそかにロシヤと通商した廉で、松前藩は奥州梁川に移封され、蝦夷は幕府の直轄地になった。

この本を山陽に返した時、彼は細香にこんな話をした。ここに書かれたような事柄のあった頃、父頼春水や菅茶山と山陽は外交問題に大きな関心を持ち、ロシヤ艦の動静に注意を払い、互に風聞書きを交換してその対策を論じ合っていた。また春水は領内仁方浦の漁夫新太郎や、木谷浦の船頭善松を邸内に呼び寄せ、知人を招いてその漂流談を聞いたことがある。新太郎は交易船で松前へ行き、宗谷辺りまで漂流し、ロシヤ艦が日本船に発砲するのを目撃している。また船頭善松は遠州灘より東海へ漂流し、オランダ船やアメリカ船に乗り、ジャワ辺りまで行ってようやく帰って来たのであった。春水は彼らの話を慰みに聞いたのではなく、「手当心得にも相成申べく……」と考えて、外国船に対する防備の参考にするため、彼らを呼び寄せたのである。このあと漁夫新太郎は城中に召し出されて藩主に漂流談を述べ、やがて藩の水主《かこ》組の配下に編入されて士分に列せられた。

このように国の安危に思いをめぐらせ、外交や防備について対策を考えて為政者に助言をするのも学者としての大きな務めであった。

細香は三樹三郎の蝦夷行きが、若者の気紛れや唐突な思いつきからなされたものではないことを覚った。つね日頃周囲の者をはらはらとさせ続けた三樹三郎であるが、その志すところは、学者の家に生れた者としての本質を違わず、父祖の関心のあったところを承けついでいる。そして学んだところを即ち試みるための蝦夷行きであると理解することができた。そして三樹三郎の行く方を見守り、励そうという心構えが細香にはできた。

それと同時にある感懐が細香の心に生れてきた。これまで深く考えることはなかった異国というものについてである。これまで細香にとって、異国とは一つの顔を持ったものであった。それが二つの顔を見せるようになった。

細香にとって異国とは、はじめて出会う恐しいものではない。父蘭斎のまわりには早くから常に蟹行の文があり、論語や漢詩文があった。それは新しい医術や文化をもたらす、明るい国オランダであり、学問や道徳の模範としての、聖人の国清国であった。これらの異国に対し、細香は何の疑いも抱かず信頼を寄せてきた。しかし三樹三郎がこれから赴こうとする日本の北辺に接して、常に領土を脅かすロシヤがあり、また近頃しきりに近海に出没するイギリスがある。それは優れた技術と戦力を持つ気心の知れない異国である。それらの紅毛碧眼の異国人に日本は侵略され、凌辱されるかもしれないのだ。

つい先年起ったアヘン戦争で、日本が長年師表と仰いできた清国がイギリスと戦って屈辱的な敗北を喫したことは、非常に早く日本の知識人たちの間に伝えられ、大きな衝撃を与えたばかりであった。多くの人々がそのことに関心を抱き、報告を書き、論評をなし、詩を作った。細香の友人たちも盛んにそのことを論じ、日本を清国のような立場に陥れてはならないと誰しもが考えた。

細香は三樹三郎の行動を理解しようと考えをめぐらしているうちに、自分が思いがけない大きな問題の前に立っていることに気がつくのだった。

晩年の細香を憂国の詩人、慷慨家と言う人がある。「言屢々国事に及ぶ」(斎藤拙堂)「慨然として憂国の気あり、有髯男子をして愧色あらしむ」(後藤松陰)など。また「常に喜んで古今を談じ、言国家興廃の事に及べば涙を揮ってこれを論ず。……意志強固にして頗る気概にとみ、慷慨憂国の志あり」(『濃飛文教史要』)。

『湘夢遺稿』下巻に次のような作品がある。

「次韻小寺翠雨薩埵嶺《サッタレイ》作」
憩留非敢弄風光　憩留《ケイリュウ》　敢《アヘ》テ風光ヲ弄《モテアソ》ブニ非ズ
満酌生豪顧建康　満酌《マンシャク》　豪《ゴウ》ヲ生ジテ建康ヲ顧《オモ》フ
不望芙蓉峰上雪　望マズ　芙蓉峰上ノ雪
奮然先睨豆州洋　奮然　先ヅ睨《ニラ》ム　豆州《トウシュウ》ノ洋《ウミ》

これは嘉永六年、ペリーが浦賀に来航した時、小原鐵心が藩兵三百を率いて援軍として出陣し、大垣にいた藩士小寺翠雨も急いで浦賀に向った。左に芙蓉峰（富士）右に伊豆の海を望む薩埵《さった》峠で翠雨が作った詩に細香が次韻したものである。

「翠雨が薩埵峠で一息入れるのは風光を賞するためではない。持参の酒を汲んで勇をふるいおこし、建康について思いをめぐらすためである（建康とは南京の古称で、アヘン戦争で敗北した清国が、イギリスと屈辱的な南京条約を結んだことを指している）。そして我国をそのような屈辱に陥れてなるものかと伊豆沖の海を睨む」という意味である。また浦賀へ出陣する小原鐵心の詩に次韻した作では、ペリー来航を弘安の役にたとえている。

これら憂国の詩は、細香の得意とする「日常の真を描く」詩とは異り、大げさな、観念的な言葉が目立つのであるが、これは詩の主題の故であり、このような詩に山陽の詠史の強い影響が現れるのである。

三年後の嘉永二年の正月、三樹三郎はほぼ三年にわたる東北、蝦夷遊歴の旅を終えて京に帰ってきた。それと入れかわるようにして兄の又二郎が江戸遊学に出た。

その冬の雪も殆ど消え、梅も盛りをすぎる頃、京の小石元瑞が歿したという知らせが甥の元益の許に届いた。小石元瑞は山陽や春琴とともに細香にとって親しい友人であったが、また江馬家とは蘭方医仲間として、元瑞の父小石元俊と江馬蘭斎以来の長いつき合いがあった。そこで大垣より誰か弔問の使者を出さねばならなかった。あいにく元益も、桂もすぐには出立できない事情があった。それでは元益の長男信成を、と話が決りかけた時、細香は、

「私が行こう」

と言った。「この使者は私をおいて外にはない。三年前に春琴先生が逝かれた。今また元瑞先生が亡くなられた。この人たちの霊を弔うのは私の外に誰があろう」

細香は殆ど涙ぐんで言った。元益が驚いて留めた。竹島町に開業している桂も話を聞いて驚いてかけつけてきた。

「伯母さま、無茶を言うてはいけない。先達ても目がくらくらする、障子の桟がむらむらとして見定められないと言うておられたばかりではないか。それに耳鳴りもするのでしょう。その躰で京までの旅は無理じゃ。余程行きたければ、私か兄上が手の空くまでお待ちなさい。いっしょに行ってあげま

す故」

桂がまるで子供をなだめるように言い聞かせた。いつもは我儘を言わぬ細香である。ことに年をってからは家人に迷惑をかけぬように、起居動作にも気をつけている。しかし、此の度はどうしても上京すると言って退かなかった。

「くやみ、とぶらいは老人の仕事じゃ。途中で倒れても悔はない」

とまで言った。

山陽はすでに遠くなった。田能村竹田も逝き、春琴も亡き人になった。そして今度は小石元瑞である。昔、山陽をとりまく厚い友情の環があって、細香もたえずその円居の中に加えられていた。そのうちの大半の人が歿し、のこる雲華上人は東本願寺枳東園《しとうえん》に老いた身を養っているが、すでに八十に近い。

春琴や元瑞のあとを弔い、雲華をも見舞いたい。そして淋しくなった都の花を見たい。何故か、今年の京の花を見たい。細香は子供のようにこらえ性もなく京の花にあこがれた。上京できるのも、これで最後ではないか、ふとそんな気がした。

元益は桂と相談をし、老僕庄兵衛の孫で、二代目庄兵衛として江馬家で働いている屈強の若者と、文政三年以来、ずっと細香の世話をしてきた婢のちよを供につけて出してくれた。

細香は元益と桂から小石家への弔慰の品を預り、詩嚢を背中にしっかりとくくりつけて駕籠にのった。

――私の我儘もこれでおしまいだ――

そう思った。

三年ぶりに入京した細香はまず小石家を弔問し、それから細香を歓迎して開かれた詩宴に出席した。出席の人々は、京粟田口に居を定めた梁川星巌、紅蘭夫妻、頼立斎、藤井竹外、大倉笠山、袖蘭夫妻である。それに三年にわたる東北遊歴を終えて、京で塾を開いている三樹三郎も、母親梨影の供をして宴席へ顔を見せた。

この時細香は三十日余り滞京したが、その間に二度、三度とこの人々とともに東山に、宇治に花を賞し、詩酒の宴を開いた。

出席するのは皆古くなつかしい人々で、それぞれに年老いた。そしてもう先師は遠くなってしまった。どうかするとその俤さえもうすらいでくる。しかし目の前にいる三樹三郎が何とよく先師に似てきたことか。

三年間の東北遊歴を終えた三樹三郎は、その表情に一種の厳しさと、思慮深い翳りを加えた。その昔の、大坂の舟遊びの際の、激しやすい紅顔の少年ではなくなっている。そして伴ってきた母親梨影に何くれとなく細かく気を配って仕えている。梨影はすっかり安心して、息子に委せきっているのだった。

「この子が帰りまして、私の寿命も伸びました。いまはこれの兄が江戸におりますが、何の心配もありません。可愛い子には旅を……その通りでございますねえ」

顔をほころばせるようにして、梨影は細香にそう言った。三樹三郎が江戸に遊学して四年、更に東北遊歴の三年の間にどんな辛酸をなめてきたかよりも、只今、その子が手許にいる安心の方が大きいようだった。眉間に皺のよらない、のどかな梨影の顔をはじめて見るように細香は思った。

三樹三郎が帰京すると同時に、入れ替るようにして兄の又二郎が江戸に遊学した。三樹三郎は京の自宅で塾を開き、兄の留守をまもり、亡父山陽の遺稿の整理、校正、出版の事務を真面目にやっている様子である。その頃、山陽の『日本外史』に松平楽翁の題辞を冠して出版することを許可されて、そのため京にいる三樹三郎と、桑名藩の家臣田内主税と、江戸にいる又二郎との間に打ち合せのため忙しく早飛脚が往来していた。三樹三郎は酒宴の席で出席の人々にそのことを披露し、一同は亡き山陽のために心からそれを喜んだ。

しかし、その一方で三樹三郎はひそかに星巌宅へ出入りして、梅田雲浜や池内陶所と連絡をとり、時事を論ずる時は誰よりも激しい、ということも細香は知った。

弘化三年の夏、郷里を引きはらって京都に移った梁川星巌は、表面は隠棲する詩人として、風流な日々を送っているが、たえず佐久間象山や吉田松陰から便りがあり、星巌自身も、京都で海防に関心を持つ公卿たちの動静を象山や小原鐵心に知らせ、連絡をつけはじめている。星巌は京都での一つの勢力の中心になりつつあった。

また三樹三郎は母親梨影のいない席で、東北遊歴三年間の苦労を細香に語った。そして最後に、

「蝦夷よりの帰り、酒田まできた時にその地で女史のお名を耳にしましたぞ」

と言って笑った。

「それはまた何処で。どういうお人から」

と聞きたがる細香に、

「女史のお名はどこにいても耳に入ります。父上のお名がどこまで行っても私についてまわるのと同様です」

と空とぼけてみせて細香を苦笑させた。

三樹三郎は松前に上陸してすぐ眼にした港の有様を話して聞かせた。ロシヤ船が盛んに出入りして、あたりを圧している様子である。それを見ることが、旅の大きな目的の一でもあった。マストを林立させて、我がもの顔に碇泊する鉄の異国船が幾隻もあり、甲板には屈強の赤毛の水夫のたむろする姿が見られた。我国の船は大きな異国船をはばかるように物かげにもやってある。この有様は江戸で伝え聞いていたよりもはるかに強く、三樹三郎の心をゆさぶった。異国の鉄の船は鯨のようにも、海の獅子のようにも居丈高に見えた。

その後彼は江刺に滞在中、のちの「北海道」の名付親である松浦武四郎の知遇を得た。この人はすでに北地探険家として著名であり、蝦夷の内奥まで探り、更にクナシリ、エトロフに渡る壮大な計画を持っていた。三樹三郎より七歳年長の、伊勢出身のこの人は伊勢なまりの穏やかな話しぶりの中に烈々とした気概を示した。たえず未知の土地に挑む彼の探険心は深く三樹三郎の心を捉え、武四郎もまた有名な儒家の出であるこの青年の純粋さと人なつっこさを愛した。三樹三郎のこの性質はつねに年長の友に恵まれ、愛されずにはおかなかった。三樹三郎は安政大獄で倒れ、武四郎は明治中期まで活躍していたが、彼はいつまでも三樹三郎の清らかな性格を語っていたという。江刺で知人の別荘に滞在中、ある夜そこの主人が思いつく題に三樹三郎は直ちに即興の五言絶句を作り、武四郎は篆刻をして暁方までに百に及んだ。こういう典雅な遊びに熱中するところに、父山陽の血が濃く流れていると細香は思った。

一ヶ月ほどの滞京の間に、細香は曾遊の地をなつかしんで巡り歩いたが、その度毎に故人の多くが鬼籍に入ったことが偲ばれて、楽しむには強いて心を奮いたたせねばならぬことが多かった。東本願寺枳東園に雲華上人を見舞った時にもその思いは深かった。

雲華上人は七十六歳になっていた。かつて酒席を愛し、女を愛し、多くの友人を持ち行動力のある破格の僧侶であったが、健康を害し起居に不自由を感ずるようになって殆ど外出をしなくなっていた。しかし精神は衰えず、細香の訪問をことの外喜び迎えてくれた。雲華と細香、二人の話の向うところは決っている。山陽を交えての数々の行楽の日々、伏見の梅渓のこと、九月九日の吉田山のこと、砂川料亭での度々の詩宴、そして平野の夜桜が遠近のぼんぼりに照り映える夢のような情景である。そして話は亡くなった知己たちの上に及んで、淋しさはひとしお増すのであった。

雲華は言った。

「仏のお眼からみれば、長いようでも人の生涯はうたかたのようなものなのだよ」

昔と少しも変らぬ、暖かい物の言い方であった。雲華は僧侶でありながら昔から少しも抹香臭いことを言わない人である。儒者であり蘭医である父に育てられ、仏の教えにはうとい細香も、雲華の言葉には素直にうなずくことができ、心が慰められるのであった。

一ヶ月余りの滞在で帰郷した細香の許へ、三樹三郎からたびたび便りが寄せられた。細香の詩稿にも後藤松陰と並んで、遠慮なく批評を加えてくる。そして細香の詩に対して、自信に満ちた考えを披瀝してくるようになった。しかしそれには必ず「醇僭批《じゅんせんび》」と僭の一字を加えることを忘れない。以前にはなかった謙虚さも加わった。

細香は三樹三郎の成長ぶりに眼をみはり、彼の将来に大きな期待をかけないではいられなかった。しかし三樹三郎をとりまく周囲とその時代は、彼の人間的成長を待ち、その学業を成就させるのに都合のよい、ゆとりのある時代ではなくなってきていた。

嘉永五年、六十六歳の春を迎えた細香には、もう一度楽しい花の宴があった。

その前年、長崎のオランダ商館長より幕府に対し、アメリカ使節が来航し開国を要求する旨の予告があった。しかしまだアメリカ船は現れず、姿を見せぬかぎりは世の中は何事もない穏やかな春である。やがて藩主に従い、江戸へ下向するはずの小原鐵心は、細香や桂を招いて詩会を開いた。席上、細香が月末に岐阜へ花見に行くつもりであるともらすと、聞きつけた鐵心は、

「私も是非お供をいたします」

と言った。

「大夫も来られるか。しかし江戸出府を目前に控えて、大事はないのですか」

細香はつい心配して咎める顔つきになった。鐵心は笑って言った。

「そのようなことで女史に御心配頂くほど若造ではありませんぞ」

「これは要らぬことを言いました。立派な御家老をつかまえて。ついお若い時のことを思うてしまう故」

細香も笑った。そこで早速鐵心は竹鼻村の安楽寺、霞山上人の許で落ち合うことを細香に約束させた。安楽寺の住職日野霞山は、咬菜社の準同人ともいえる親しい間柄である。

三月一日早朝。細香とは二日おくれて、小原鐵心は咬菜社の同人松倉瓦鶏と小寺翠雨を伴い、軽装で三騎、竹鼻村まで駆けつけた。

細香はすでに岐阜より到着し、霞山上人とともに鐵心たちを待ちうけている。細香はその前二日間岐阜に滞在し、伊奈波山の桜を賞して、詩も幾つか作っていた。

程なく三騎は到着した。僧院の床の間にかけられた書画を鑑賞し、霞山上人の愛蔵する唐の文房具を見、それより酒となったが、この日はまもなく江戸へ出府する鐵心に餞して、盛んな詩酒の宴となった。

夕方、冷え冷えとした風の吹く頃、一同山門を辞して舟にのる。これより長良川を溯って墨俣へ出るのである。「ついそこまで」と見送りに出て来た霞山上人も、別れ難く、一同に誘われて舟中の人となった。
快い川風にふかれて、舟中でも盃がめぐる。岸辺には若草が萌え、白い花が咲いている。桃の花や川辺の柳、のどかな村の家々が一行を迎えて見送った。詩作する者、朗誦する者、霞山上人と細香は移りゆく両岸の景色を写生するのに忙しく筆を運び、鐵心は大いに酔いを発して舳先に立って詩を吟じた。

韵僧舐筆描奇景　　韵僧筆ヲ舐《ネブ》リテ奇景ヲ描ク
才子驚人吐妙思　　才子人ヲ驚カシテ妙思ヲ吐ク
只吾一酔狂呼快　　只吾一酔狂シテ快ト呼ブ
飽看江山不要詩　　飽クマデ江山ヲ看テ詩ヲ要《モト》メズ

日頃政務に忙殺される鐵心であるが、このような席では昔の鐵心にもどり、細香のそばで心安らいで、若者のような稚気あふれる挙動をするのであった。

第十六章　あらし

嘉永六年（一八五三）の六月はじめ、アメリカ東インド艦隊司令長官のペリーが遣日大使として四隻の軍艦を率いて浦賀に来航し、人々を大いに驚愕させた。その知らせが大垣に届いた時、浦賀奉行を勤める戸田伊豆守氏栄が藩主戸田家の分家であるところから、皆わがことのように驚き、心を痛めたのであった。

細香はその前年の春、竹鼻村で、江戸に下る小原鐵心を送る花見の宴を催した時、ふと鐵心の洩らした言葉に思いあたった。

「来年もまたこのような、のどかな宴が持てればよいが……」

鐵心に似合わぬ弱気の言葉と受けとったが、それは理由のあることだった。

嘉永四年、長崎のオランダ商館長より、米艦隊が来航し、開国を要求する旨の予告があった。そして鐵心は、戸田伊豆守より、

「火急の場合には是非援助を……」

と頼まれていたのである。しかしその後米艦隊は一向に姿を現さず、現れぬかぎりは何ごともないと同様であり、山鹿流の兵法家である鐵心も、姿のない敵に対しては心構えはあっても現実にどう対処するか、手の下しようもなかった。鐵心はその当時はかなり強固な攘夷論者である。しかし彼は「異国恐るるに足らず」という空疎な言葉を吐かなかった。江戸の玉池吟社で、星巌や佐久間象山、頼三樹三郎たちと異国の戦力につき、我国の海防についてつねに議論をし考えていたからである。

六月四日、江戸の大垣藩邸にいる鐵心のところへ戸田伊豆守よりの急便が届いた。

「異国船四艘蒸気仕掛にて多く今持場へ乗込候。此段早々御注進申上候。何分兼ての御含可然御助力之一件奉願候。急ぎ短文不尽早々拝具　六月三日未ノ中刻　伊豆守

二兵衛様」

四日に伊豆守よりの急報をうけ、鐵心が藩の鉄砲組他総勢百三十人を出発させたのは五日未明である。その間に海防御用当番牧野備前守へ伺書を差し出して出兵の許可を得、武器を目立たぬように荷造りしてそっと送り出すという多忙さであった。

その時大垣にいた小寺翠雨は、浦賀出兵の知らせをうけると直ちに浦賀に向けて出立し、細香は鐵心に贈る詩を翠雨に言伝けた。

翌安政元年正月十六日、前年の返書を受け取りに再び米艦が来航した時に、戸田伊豆守の要請で、此の度は鐵心が自ら藩兵を率いて浦賀に出張した。この時は前年の来航より事態は更に切迫し、米艦

は浦賀を通りこして内海に入り、神奈川前面の小柴沖に碇泊していた。

一月二十日未明に雨をついて藩邸を出た鐵心は、大森、生麦を経て程ヶ谷に一泊、翌日金沢に到着した時はじめて異国の船を眼のあたりに見た。指させば一隻ずつ見わけられる近さに、七隻の軍艦が黒々と夕陽の中に浮んでいた。

伊豆守の書面で予め知らされていたその威容を、鐵心はしっかりと己れの眼で見きわめた。

「……アメリカ合衆国仕出しの軍艦、大筒二十挺余づつ相備へ、二段に相成居候へば四十挺づつ可有之、鉄を以て相包蒸気船にて碇と申者無之、石炭を焼き、車を以水上を前後左右自由自在にいたし、一日三百里を駛《はせ》候よし。小船ハッテイラ是又鉄にて八艘添有之、長さ三拾間位に有之候」

鐵心が見ている間に、その中の一隻が二度発砲し、その音が殷々と海陸に谺《こだま》した。四隻のバッテイラが舷を接するばかりにして素速く海上を行き交い、行き違いざまに発砲し、人も無げに威嚇的な行動をしている。その音に追われるようにして、わずかばかりの所帯道具をかついだ土地の人々が、山手の方へと逃れて行く列が続いた。

鐵心はこの時異国船の威力を具《つぶさ》に見、またペリーの副官アダムスと浦賀奉行との会見の有様を間近に見てさまざまに感ずるところが多かったが、また日本側の対応の仕方、日本側諸役の意見の喰いちがいにも苛立たしい思いをさせられたのであった。

まず、浦賀奉行の同役伊沢美作守から、戸田伊豆守がその都度本家大垣藩から援兵を請うことについて非難の声があがった。その上伊豆守が開港論者であったところから疑惑を招き、伊豆守と諸役との間に反目があった。そのため鐵心は幕府の許可を得ての出兵であったにも拘らず双方に気をつかった。警備に当るにも、戸田家紋章入りの紫の幕をはりめぐらしたり、片づけたりした。またこの日のために磨きあげた鉄砲も袋に入れたまま、兵も目立たぬように配慮しなければならなかった。

前にも述べたが、この時の見聞によって鐵心は大垣藩の兵制改革を一挙に実行に移したのである。また、攘夷と言い、開国と言っても、人それぞれに言い分の違いがあり、何れをなすのも容易ではないことをも覚った。

これらの話は鐵心が大垣に帰って後に細香に語ったところであった。その前後、京都の頼三樹三郎よりも細香に書簡が届いていた。

「……諸人海防の迂論《うろん》も最早此の如き時勢と相成りてはいたし方無し。旧冬蘭船急報には亜夷《あい》当十四日出船、十七日浦賀へ来着候由申来り候よし、如何に相成るべく候哉。関心の義に御座候。

天下泰平諸穀成　　天下泰平諸穀成ル
逢春誰有鳴不平　　春ニ逢ウテ誰カ不平ヲ鳴ラスアラン
梅花冷笑向書生　　梅花冷笑シテ書生ニ向フ
休説舌頭防海鯨　　説クヲ休メヨ舌頭海鯨ヲ防グヲ

余り防海の議論、書生うるさく慷慨がましく申聞け候故、右の戯作仕候也。咲正を博す……」

異国船が来航し、誰でも彼でもが海防、海防と叫ぶようになった。そのことについて、早くから真剣に考え、実地の踏査もしている三樹三郎はうんざりしているのだ。口先だけで海防を言うのはたやすいが、それで海鯨(異国船)を防げるものか、と思っている。

その頃、三樹三郎は梁川星巌と、そこに出入りする池内陶所、梅田雲浜とともに、「尊攘の四天王」と言われるようになっていた。この人たちは早くから海防に関心を持っていたが、積極的に動き出したのはやはり嘉永六年のペリー来航からである。

星巌はオランダ商館長からの予告があったにも拘らず、幕府の諸役が何の対策もたてずに一日延ばしに日を過し、今日に至ったことを憤って、激烈な詩を作って攘夷の意志を表現した。そして旧友藤田東湖、藤森弘庵、鷲津毅堂らとはかり、伊勢出身の海防論者松浦武四郎を遣して公卿たちに働きかけることに決定した。

その年の十月二十日、星巌、三樹三郎、池内陶所、松浦武四郎、鮫島正助の五人の連署で攘夷の建白書を認め、これを関白鷹司政通に差し出し、天皇から幕府へ攘夷の詔勅が降りるように働きかけた。十一月下旬、二人の公卿が勅使として江戸に下り、攘夷の詔勅を幕府の閣僚に伝えた。

それにも拘らず、安政元年正月、再びペリーが来航した時に、幕府はその要求を容れて神奈川で和親条約を結び、下田、箱館二港を開港し、ついでロシヤ、イギリス、オランダとも和親条約を結んだ。

それに対し、国内では一せいに非難の声があがった。

安政二年、乙卯の年のことである。梅雨の最中、来る日も来る日も雨で、屋内にも黴が生えるほどの鬱陶しさ、暑苦しさであった。こう雨が長びいては、またもや川の堤が切れることが心配される。人々は堤防の見廻りを強化し、洪水時に備えて軒先に吊した舟を下して手入れをしたり、水屋と呼ばれる、土盛りの上の土蔵の食糧の蓄えを点検したりに余念がなかった。

その頃、二人の若い武士が細香を訪ねて来た。出て見ると見知らぬ顔である。誰からの紹介の手紙もない。そして長州藩の山県半蔵、医師の青木具と名乗った。山県というその青年は長身で日焼けした、人見知りをしない弁舌のさわやかな男で、

「われわれは蝦夷めぐりの帰途にあります」

と言った。

その一言が細香の心を捉えた。

湿った旅装からは汗の匂い、埃の匂い、長旅の疲れが匂った。

――今宵、この家で宿をしなければ、この雨の中を若者たちはどこへ行くだろう――

細香は婢に言いつけて風呂をたてさせ、客用の着更えの衣服をととのえてやった。

江馬家ではこういう客を拒まない。もう四十年も昔、頼山陽もこうして旅の埃にまみれて訪ねてきた。更に司馬江漢も、昔、江戸での蘭斎との縁をたよって訪ね、逗留して行った。そうして人と人とのつながりが生れたのだ。

客が疲れをいやしている間に、細香は大急ぎで郭町の小原邸へ人を走らせる。「蝦夷からの帰りの

人がいる。至急おいでを乞う」と言伝けさせた。

火灯し頃から、雨の中を続々と細香の湘夢書屋に集ったのは小原鐵心、戸田睡翁、野村藤陰。その他に折から小原邸に逗留中の長州藩士高木致遠、阿州加茂永卿、越州大郷百穀であった。

降りつづく雨に鬱々としていた人たちは、湘夢書屋の明るい灯火の下に親しい人々の顔を見出すと、

「おお、早々とみえておられたか」

と顔を綻ばせた。楽しい語らいの予感で心がはずむ。

「えらい長降りですのう。静里輪中《しずさとわじゅう》では大分騒いでおると聞きました」

一人が言った。

「あそこはいつも真っ先に災難を蒙る所じゃのう」

とまた一人が嘆息して言った。

「さあ、こちらへ」

湯を浴びて旅の疲れをいやし、こざっぱりと着がえた山県と青木が細香に連れられて姿を現した。

高木致遠が二人を見るととび上らんばかりに驚いた。

「おぬしらは何処まで行っておったのか。鉄砲玉のようにとび出して行ったきり、かようなところに現れるとは」

高木は山県たちとは同藩の、遠慮のない間柄だった。それから高木致遠は二人を次々と出席者に引合せた。全く初めての者もおり、名前のみお互いに知っている者もあった。

一昔前に比べ、諸藩の武士たちはお互いに交流することが多くなり、黒船来航以後は一そうそれが繁くなり、同好、同臭の士の結びつきが親密になってきている。しかし藩としてはそれを禁じているので、公然と集るには憚りがあり、城下より離れた細香の書斎は恰好の場所なのであった。

この日の話題は、当然山県半蔵たちが見てきた箱館港のことになった。幕府はその前年オランダ、アメリカ、ロシヤ、イギリスに対して下田、箱館を開港していた。

「驚いたことに、異国船が港にみちみちていて、我国の船は影も見えない有様でした。よく見ればいることはいるのですが、それが異国船に備えつけのバッテイラほどもないはしけや伝馬船ばかりです」

「三樹三郎どのが蝦夷へ行ったのはもう八年も前のことです。あの時すでに箱館港の様子はそのようであると聞きました。我方の船をみず、と嘆いておりました。公然と開港された今はなおのことでしょう」

と細香が三樹三郎から聞いた話をした。

「頼三樹氏の足跡には随所で出会いました。彼が江刺滞在中に作った百詩も見、松浦北海の篆刻も見ました」

それから山県半蔵ははぎれのよい口調で、外国船のマストが林立し、霧笛が響く箱館港の模様をいきいきと再現してみせた。そして、偶然黄昏時に目撃したオットセイの姿を話した。たった一頭のオットセイが、沖合の岩めがけて豹のようにしなやかに、素速く波を切って泳いでいった。更に蝦夷の奥地にまで分け行って見た、唇のまわりに入れ墨をしたアイヌ婦人の風俗を語った。そして蝦夷を去る時にもやはり異国船の数は減ってはいなかった、と言って、半蔵はアメリカの威力に屈して、朝廷の意向を無視して急ぎ開港した幕府の無力を罵った。

「浦賀で奴らがいかに傍若無人であったか。今考えても腸が煮えかえるようじゃ」

と鐵心が言った。

米艦は度々威嚇的な発砲をして無辜《むこ》の人たちを脅かしたばかりでなく、武人としても許しがたい振舞いがあった、と話した。前年の正月二十五日、ペリーの副官アダムスと浦賀奉行の会見のあと、沖合の風浪が激しくなり、彼らが本艦に帰るのをしばらく見合せるということがあった。その間、アダムス及びその随員たちは勝手に諸方を歩きまわり、饗応の酒の残りを銚子に口をつけて飲み、酔って踊るという無作法があった。あとで聞けば、総身に軍艦や春画の彫り物をしたものもいたという。

「身につけた差料をみれば随分と立派な拵えで、身分相応の品と見たが、あの無作法はどうだ。水夫ならば許しもしようが、武人ならば許しがたいと刀の束に手のかかる思いをしたが、当方から事を構えるのは堅くさし止められている故致し方もなかった」

一同は深くうなずいた。半蔵が言った。

「たしかに火力、戦力においては彼らは優れています。我国の力ではとうてい太刀うちできません。しかし奴らが人たるの道を弁えておろうか。紅い毛、碧い眼を見ていると次第に疑わしくなってきます」

半蔵は箱館の模様を視察し、東北の海沿いの諸藩の警備の模様をたしかめる目的を持っていたので、出席者一同に熱心に意見を求めた。

やがて酒と肴が出て、一同寛いで詩酒の宴となった。韻を分って詩作し、一巻の詩華集を作り上げる。詩の主題は、今日の出会いを喜ぶもの、蝦夷の話に関するもの、それぞれに大いに興趣にのって書き上げた。

そして大郷百穀はこの夜の女主人公、老細香に捧げる七絶を作った。

荊釵野服古佳人
清操超群磨不磷
誰識金鍼繡上手
蘭章芷句別留春

荊釵《ケイサイ》野服古佳ノ人
清操超群磨シテ磷セズ
誰ゾ識ラン金鍼繡上ノ手
蘭章芷句《ランショウシク》別ニ春ヲ留ム

（荊釵＝いばらのかんざし。磷＝石がすりへること。蘭・芷＝ともに香草）

質素な衣服で外面を飾らない細香の、内面世界の華やかさがよく伝えられている。

現在、大垣市江馬家にのこるこの一巻の詩華集をみると、それぞれに個性の躍動する見事な筆跡で、字配りも美しく書き上げられている。この洗練された感覚の持主たちは、とくに文人と呼ばれる人々ではないらしい。幕末期の一般の武士の中の教養ある人たちであったと思われる。

山陽の妻梨影が、安政二年九月に歿し、山陽の墓のある長楽寺に葬られた。日頃からまめまめしく働く丈夫な梨影は、殆ど寝込むということがなかった。

「安政二年九月十七日に姉（君）が十五の時に、後室（梨影）は、突然ウムと唸って卒倒されたまま人事不省となり、一家驚き騒いで直ちに医師を迎えて介抱したのですが、其の甲斐もなく遂に絳《こと》切《き》れました。そこで改めて高橋御夫婦の媒酌で姉は三樹さんの妻となりました」

これは三樹三郎の妻君の妹八木久の話である。梨影は五十九歳であった。

細香は心を籠めて白い絹の袱紗に竹、蘭、茘枝《れいし》を描いて、弔慰の品として贈った。

安政三年夏、アメリカ総領事ハリスが大統領の国書を携えて下田に着任、翌四年に通商の必要性を説き、先の神奈川の和親条約を改め、通商条約を結ぶことを申し入れて来た。幕府はこれに応じ、大坂、兵庫、江戸など六港を開港して領事を置くこと、アメリカ人に対する幾つかの特権を認めた差別的条約の協定案を作り、これに勅許を得て後、調印することに話が決った。

梁川星巌や頼三樹三郎たちはこの条約に強く反対し、また松代に蟄居中の佐久間象山のような開国論者さえ、このような屈辱的条約に反対である旨を、度々星巌に訴えてきた。

「米使の要請は一旦は絶対に拒絶すべく、屈辱的条約は必ず破棄すべきこと」そして我国の世論を統一し、国力を蓄え、海防の備えをし、巨船を造り、しかる後「積極的に我国から大使を派遣して再交渉せよ」

これが開国論者佐久間象山やその弟子吉田松陰の考えであり、星巌や三樹三郎たちの考えでもあった。誰も彼も、旧来の鎖国がいつまでも通せるものとは思っていない。しかし国力も海防の備えもない時に弱腰で対応し、次第に押し切られて清国の二の舞になることを恐れた。

安政五年の正月、老中堀田正睦《まさよし》、海防掛川路聖謨らが条約の勅許を請うために上京した。しかし星巌たちが攘夷派の公卿を動かしたためこれは成功しなかった。

この問題が紛糾している間に更に将軍の継嗣問題がからみ、この間に彦根藩の井伊直弼《なおすけ》が大老職についた。やがて彼は勅許をまたずに条約調印を強行した。

星巌たちは幕政改革、攘夷の勅定をひそかに水戸藩に降すことを計画し、当時公卿たちのうちで最も英邁で実行力に富むと言われた近衛忠煕を動かすことになり、その使者に三樹三郎がえらばれた。

三樹三郎はその年四月頃、度々近衛忠煕と会談し、その考えを披瀝《ひれき》して聴き入れられた。そして八月、謹慎中の水戸家に対して朝廷より条約締結不満、攘夷の密勅が降されたのである。

四月二十五日、三樹三郎より星巌にあてて、

「……然らば予て御打合せの一件、其翌早々手運び仕り候処、何分簾中の諸卿とかく因循がちにて着々埓明き申さず、独り近衛公のみ余程御熱心にて、深く三郎の意見を嘉納在らせられ候に付、予《かね》て御教示の計策、此の公こそは御打明け申すべしと存じ、同夜病を冒し深更に及ぶまで密談罷在り候……遂に公の御承諾を得候に付ては、今明日中詔令御発下相成り申すべく候。左候へば御互平素の存

念も半ば相違し候儀と御喜び下さるべく候。

兎角この頃怪男子沢山徘徊致し居り候間、御同様警戒大事相守り申すべく候……」

何の後楯もない、一介の儒者にすぎないこの人たちが、どうしてこのような大きな力を持っていたのか不思議に思われる。この頃の儒者、知識人たちの影響力は大へん大きく、直接的なものであったらしい。

星巌や三樹三郎たちは、口先だけで感情的に攘夷を叫ぶ人たちに比べて、具体的な計画を持ち実行力に富み、それを支援する多くの人があった。その点で幕府側から最も恐れられ、つけ狙われることになった。七月下旬、江戸の小野湖山から京の星巌にあてて、

「……彦根の長野某も、十四、五日前鳥渡《ちよつと》帰国と申し出立の由……」

と手紙が届いた。大老井伊直弼が京の反幕府勢力を一掃するために、配下の長野主膳を京都へ派遣したのである。


その年の梅雨は空ツュで雨が少く、早くから暑さがきびしく、害虫が多く発生した。夜になると田圃のあちこちで虫送りの火が燃やされ、遠近で太鼓が打ち鳴らされた。

七十を二つすぎた細香にはこの暑さはことのほかこたえた。夜、涼風がたつ頃生気をとり戻し、蓬を干した蚊遣りを焚いて風に当っていると、年若い婢が紙片れを持って来た。

「お迎えにみえております」

と言う。みると鐵心の特徴のある走り書きで「御足労ながらおいでを願いたい」旨が書き付けられていた。そして小原家の駕籠と用人が表門のところで待っていた。

――今日は何の集りも聞いてはいなかったが、はて、誰ぞ珍しい客でもあったのか――

細香は駕籠にゆられつつ考えた。しかし鐵心の手紙に客の名前はなかった。

先刻から乱打されていた虫送りの太鼓が次第に遠ざかる。

城下に入ると郭町の小原邸へは向わずに外堀をまわった。不審に思っていると外側町まで来てとまった。

「おつきでございます」

と小原家の用人が誰かに言っている。

「女史がみえられたぞ」

と門の内へ申し入れる小さな声がする。駕籠から出てみると、物陰から大垣藩の郡奉行中西彦左衛門が現れた。

小柄で柔和な顔立ちをした人物で、年の頃は四十七、八。代々郡奉行を勤める家柄で、気骨のある武士として信頼をあつめている。明るい諧謔の持主で、笑うと鳶色の眼が細く光る。細香とは書画を通じての遠慮のない間柄であった。

「おや、お前さん、どうしてこんなところに」

彦左衛門は辺りを見まわすと、にこりともせずに言った。

「何を申されますか。ここは御存知の手前の住居ですぞ」

そしてすばやく細香をかかえ込むようにしてくぐり戸から門内へ招じ入れた。小原家の用人は「後刻また」と言い置いて、いつの間にか闇にまぎれてしまった。

彦左衛門は灯りをつけずに、用心深く細香を案内して土蔵へと導いた。すべて星明りの中で無言である。土蔵へ入ると、外気とちがった、ひんやりした風があった。奥の方に灯影がゆれて、酒の匂い、汗の匂い、低い話声がする。彦左衛門が、

「お足許に気をつけなされ」

と言い、奥へ向って、

「女史が見えられたぞ」

と言った。

「おお、これは夜更けに御足労かけました」

鐵心の声のする方へと進むと、そこに、柱にもたれて、灯影に照されている人物をみて、

「お前さんは……」

と、細香は絶句した。それをみて客は呵々と笑った。

「女史、三郎はついにかかる所まで追いつめられて、こんな姿でなすこともなく酒を飲んでおります。さあ、一杯ごいっしょに」

そう言って手にした湯呑を差し出した。一斗樽を脇において、湯呑で飲んでいる。

「お前さんは何も悪いことなどしてはおらぬ。逃げかくれするような悪いことなどしておらぬ。ただ時世なのじゃ」

細香は叫ぶようにそう言った時、自分の言葉に胸をつかれてはらはらと涙をこぼした。

「ここで女史の涙を見ようとは、三郎、思いもよりませんでした。母上の涙を見なくなって、これ幸いと存じておりましたのに」

と三樹三郎が言った。細香はその言葉にはっとして気をとりなおした。

「これは私が悪かった。思いがけずお前さんの無事な顔をみて、つい見さかいがのうなった。この年寄りを許して下されよ」

そう言って彼女は涙を拭った。「さあ、私にもなみなみと注いでおくれ。お前さんの無事を祝って、飲み干しましょう」

三樹三郎の差し出す湯呑を受けとった。鐵心が言った。

「藤江のお屋敷ではかえって怪しまれると存じ、此の度は彦左衛門に面倒かけることに相成りました」

「もっともなことです。だが、人目につかぬ時刻ならば、何時にてもよい。わが家へも遊びに来られるがよい。この町でお前さんに危害を加える者は一人もおらぬ。この町をわが古里と思うて……」

三樹三郎は日に焼けた、精悍な顔をふと灯影に背向けた。

京にいる江馬天江より細香へ、九月八日梁川星巌がコレラに罹って死亡したことを知らせてきた。細香は急いで美濃一円にいる知人たちにそのことを知らせ、紅蘭を慰めようとしていた矢先、紅蘭が星巌に代って捕えられたという知らせ、そして三樹三郎が捕えられたという知らせが息つく暇もなく入ってきた。

三樹三郎は大垣に三十日余り潜んでいた。その間江馬家をも、また志を同じくする人々をも訪ね、かなり動きまわった。やがて幕府の刺客が大垣に潜入したことを鐵心が嗅ぎつけ、中西彦左衛門と謀って、ひそかに彼を越前へと逃したのであった。越前でも長くは滞在できなかったのであろうか。

三樹三郎は京都、高倉の自宅で数人の客と歓談しているところを、突然拉致されていったのである。

三樹三郎の妻の妹、八木久の話によると、

「……例の如く七、八名の来客があって酒宴が始り、盛んに国事を論じておった。すると一人の武士がツト玄関へ這入って来て、先生にお目にかかりたいと申し入れました。兄（三樹）は何の気もなく、袴の上へ脇差を一本差して、玄関へ出て参ると、彼の武士は甚だ恐縮ですが、少々伺いたいことがあるから、町奉行所まで、御出でを願いたいと、叮嚀に述べました。兄は、ア、左様でござるか、では御同道申そうと答え、ちょっと座敷へ戻ってきて、御一同、直きに帰って参るからお待ちを願いたいと、羽織を着て表へ出まして、凡《およそ》半町も往ったと思う頃、ドヤドヤっと、十二、三名の捕吏《とりて》が進入してきて、階下といわず、階上といわず、尽《ことごと》く捜索して、書物《かきもの》は勿論、衣類、煙草盆まで没収して往きましたので、姉も来客も、唯呆然として居る許り、兄はそれっ限り、帰って来ません……」

あれほどの大事に加担し、計画した人にしては不用心のような、呑気なような話である。しかし三樹三郎は梅田雲浜や星巌の妻紅蘭が捕えられたことを知って、敢て逃げかくれしなかったのであろう。

その知らせをうけた細香の胸にまず浮んだのは、三樹三郎の母梨影が三年前に亡くなっていることだった。あれほど子煩悩で、心配性の梨影が、息子が拉致されるところを見たら、と想像するだけでも細香にはつらかった。

――本人は致し方ない。その覚悟はできていたはずだ――

男は、いつ戦いに出るか、いつ獄につながれるか、常にその覚悟がなければならない。中西家の土蔵で、三樹三郎はそう語っていた。

――それにしても、お梨影さまがその姿を見ずにすんでよかった――

またしてもその思いにかえって、細香は深く息をついた。

その後、京にいる頼立斎や、江馬天江からあいついで京の模様を知らせてきた。それによると、前年より始った「儒者狩り」は一そう激しくなり、江戸送りになる逮捕者の数が増しているようであった。

その模様を知った細香の甥、江馬家の当主である元益は深い不安を覚えずにはいられなかった。

――今盛んに行われている儒者狩りが、いつ風向きが変って蘭学者狩りにならぬとも限らない。お上とはそのように気紛れなところのあるもので、決して油断はしていられない――

元益はそう考えた。そして三樹三郎からの書簡や、彼の行動について届け出るようにと藩から内々の達しもあった。

そこで元益は、三樹三郎からの書簡を焼却しなければならない、そして憚るところなく「憂国の言」を口にして、有髯《ゆうぜん》男子を恐れ入らせている伯母細香に対して、その言動を慎むように言わなければならない、と決心した。

元益の危惧《きぐ》を杞憂とばかり笑えないような周囲の状況だった。


翌安政六年の二月頃、梁川紅蘭が赦免されたことが知らされ、三樹三郎もまもなく自由の身になるであろうと楽観している細香のところへ、十月、突然彼が処刑されたという凶報が入ってきた。

細香は甘く考えていたのだ。政治犯として獄につながれる者は、一時は苦しめられても信を曲げずにおれば、そのことが相手を感じ入らせ、状況が変った時手厚く迎えられることが多い。三樹三郎も必ずそうなる、と信じていた。

——それが、いきなり斬首とは——

今回の大変が、相手方もぎりぎりの、余裕のない瀬戸際にいる、と覚った時、細香ははじめて恐怖を感じ、全身にびっしりと冷汗をかいた。

もしこの場合、老獪な星巌ならばどう対処したであろうか。星巌は今回の大変の三日前にコレラで死亡して捕縛を免れ、死に方さえも巧みである「死に上手」（詩に上手）と噂された。常々細香が考えていたように、生一本の三樹三郎は自分の信ずるところを恐れることなく主張し、うわべだけでも恐れ入ってみせるということをしなかったのであろう。

幼い頃の腕白だった三樹三郎、大坂での舟遊びの時の三樹三郎が思い出された。そして前年の夏、中西家の土蔵での彼の俤が眼に浮んだ。三十五歳という男盛りの、さっぱりと清々しかったその俤に細香は涙がとまらなかった。

その夜おそく湘夢書屋へ来た元益は、前からの打ち合せ通り、

「三郎どのの書状を焼却しましょう」

と言った。

「待って下され。お前さんの心配もわからぬではないが、今はとてもとても……」

「しかし伯母さま。このようなことは機を失ってはなりません。めったなことはないと存じますが、捜索、没収などということは疾風《はやて》のように来るもので、そうなっては後の祭です。私ももう五十四歳です。そろそろ信成に家を譲らねばなりません。おじいさま以来の江馬家を傷つけずに信成に渡さねばならぬ。そうではありませんか、伯母さま。私とて三郎どのをいたむ心は同じです」

実生活の上であまり苦労をしていない細香は、責任のある元益のこの言葉には一言もない。それに信成の名前が出ると、細香は反対できなかった。元益の長男信成は三十四歳、医学の修業を終えて種痘を施行した功によって先年知行組医師格になっている。細香は詩文にも秀でたこの姪孫を深く愛していたのだ。しぶしぶ立って戸袋の奥深くにかくしておいた一束の手紙をとり出し、元益に渡そうとした細香は、その中から手当り次第に一片を抜きとると、自分の詩稿の中へと隠した。

元益はその夜更け、裏庭の隅で三樹三郎からの手紙を焼いたが、その前に、昔京都で遊んでやったこともある三樹三郎の無惨な最期を憐んで、自分の日記の中へ手紙の二、三通をひそかに書き写したのであった。

二日後の夜、裏口からそっと湘夢書屋を訪れたのは中西彦左衛門である。お互に顔見合せると、日頃の軽口の冗談は出ず、沈痛な雰囲気となった。

「幸いわが家に頼三樹氏が潜んでいたことは、未だ藩には知られておりません」

と低い声で言った。細香は無言でうなずいた。

「めったなことはあるまいと存じたが、今のうちに女史にこれをお目にかけようと持って参じました」

そう言って彦左衛門は懐中から一枚の書を取り出して拡げた。三樹三郎の書いたものであった。

芙蓉五千仞　能入眼中無
微雲動脚下　八朶忽模糊
三樹間人録舊作

潤達な、見事な書であった。細香はそれを床の間に置き、酒を供えた。

「お前には世話になった、と言うて越前からこれを届けてくれました。それが捕縛されたと同じ頃に到着して……。惜しい男でござったのう。憎めない人物だった」

彦左衛門がくりかえした。細香は涙を拭って言った。

「いつ行っても酒樽を抱えておったのう」

「あれには弱り申した。酒樽を左右に二つ置いてのう。片方がぴちゃぴちゃ音がし出すともう酒が切れたと機嫌が悪うなった。葡萄一粒に酒一升と言うほどの酒豪でござった」

彦左衛門がようやく笑った。


その年の冬のある夕方。突然三樹三郎の兄、頼又二郎からの手紙が細香に届いた。

「拝啓、向寒の節、御揃愈御多祥奉賀候。……扨小生事御存じの心痛筋にて胸中兎角鬱悶に堪へかね、京医にも診察を頼み候へ共、兎角治りかね候に付、親類衆医の勧により、養生のため貴地迄旅行致し、春齢先生（元益）に診察相願ひ候へば、又々養生の一端と申す事にて、此節は他行は仕兼候へ共、右に一決いたし、再昨日発京、唯今貴家御病家の宿へ草鞋を脱し候。御多用中御六かしく候へ共、春齢様御来光下され候様願ひ奉り度く候。苦しからず候へば、上堂仕るべくや、御尋ね申し上候……

十一月十六日　多岐清（大垣伝馬町）にて
頼　復二郎」

思いがけず又二郎は大垣、江馬家の近くまで来ているのであった。三樹三郎とちがって気の優しいところのある又二郎は、大切な弟の捕縛、処刑という大事件に遭遇して悲しみのあまり、神経を病んでいるのだろうか。四年前、母梨影の亡くなった後にも、又二郎は細香を訪ねて大垣に来遊し、二ヶ月余り美濃に滞在していった。

細香と元益は、門人に薬箱を持たせて、暮れかかる冬の野道を、伝馬町の宿へと急いだ。

終章　只憐病状似先師（ただ憐れむ病状先師に似たるを）

遠くで親しい懐しい人たちが賑やかに談笑しているのを聞きながら、その方へ近づこうとして身体がぐらっと前へ傾きかけた。細香ははっとして眼を醒した。まわりには誰もいない。静かな初夏の午後である。

明るい光がいっぱい庭にさして、さらさらした風が時折吹きすぎる。

あれは東の間の夢だったのか。

雲華上人が血色のよい顔を光らせて大きな声で話している。笑いながらそれに応じているのは山陽の朗らかな声であった。そして思いがけないことに、父蘭斎までが、壮年の頃の元気な姿で混っていた。

そこは伏見の梅渓であるのか、知恩院の満開の桜の大樹の下であるのか。不思議な思い出の明るさに満ちた場所である。すでに泉下に入った人たちばかりが円く車座になって談笑している。誰も細香の方などふりむきもしない。

「死んだらもう年齢はとらぬものよ」

とはっきり聞えたのは、たしか山陽の声であった。

——私も早くそこに加わらなければ——

と近づいてゆくところで眼が醒めた。

細香はまわりを見まわした。庭の一隅に燃えるように咲いているつつじのまわりに、二匹の白い蝶が飛び交っている。それ以外には動くものとてない。そのまま眼を閉じれば、先刻の夢の続きが見られそうな気がした。

——それにしても、死んだ人たちの何と明るく、楽しげだったことか、私だけを取りのこして——

ふと、口惜しいような気さえした。

細香の前にはまだ全く手をつけていない絵絹が展べられたままになっていた。それは揖斐郡大野村の医師大野茂作を通じて依頼されたものだったが、それが画であったか、書であったか、また寸法がどうであったのか、全く覚えていないことに気がついて、筆をとる気が失せた。そして考えているうちに、ついうとうととしたらしい。

細香は立ち上って、手紙を書くために机の前に坐り直した。

「其後は御疎潤《そかつ》打過候、……貴地崇福寺より拙画御嘱《たの》ミ事被仰下候よふ存じ居候。兎角《とかく》老年近来は四方の需《もとめ》も等閑《とうかん》勝チニも候。其上去々夏、去秋より日々腹痛気分も不快に付打捨置候事に御座候、當端午頃より大に快候。日々旧き画債《がさい》償《つぐな》ひ候事に御座候。崇福寺御嘱《たの》ミ存じ出し候得共、御好み御座候事も、寸法も頓と失念。何卒御序に帋《かみ》大サ寸法、且書トヤラ画トヤラ仰下され候御事、承り度御一書頼上候。今日御地迄幸便、匆々《そうそう》此書認御頼申上候。

　　六月十八日　　　　　　　　　　　　　　江馬氏細香

　大野茂作様　　　　　　　　　　　　　　　　　」

細香は手紙を書いているうちに、我ながら情無くなって笑った。嘱画の依頼主の好みを忘れたりすることは以前にはなかった。こんなにさっぱり忘れてしまうとは、自分を嘲うよりほか仕様のない失態であった。

気持は何時までも若いつもり、先刻の夢に現れた死者たちにつり合うような若さのつもりであるが、鏡を見れば髪は薄くなり、顔容は衰え、さながら優婆夷《うばい》の様相である。一昨年病気で寝込んでからは、一そう衰えが激しい。自分はあんな老人にはならない、そう思っていた老人に、今はなっているのだ。それ故近頃では鏡をあまり磨かないのである。

「偶　作」

少壮吾曾厭老人　　少壮吾曾テ老人ヲ厭フ
頭童歯豁語多陳　　頭童《トウドウ》歯豁《シカツ》　語多ク陳《フル》シ
自忘翻被他人厭　　自ラ忘ル　翻《ヒルガヘ》ツテ他人ニ厭ハルルヲ

醜状如今總在身

醜状　如今《イマ》　総テ身ニ在リ

（頭童歯豁＝頭がはげ、歯が欠けること）

――こんな有様では世間のことにも疎くなり、物忘れしても致し方ない――としきりに自嘲の気持が湧いた。それにしても世間さまは何を好んでか、こんな老婆のところへ画嘱が絶えず、絵絹やら画紙やらがどっさりと持ちこまれる。それ故寸法も忘れ、画トヤラ、書トヤラ、わからなくなってしまうのである。

その頃、細香の名前は「詩画を以て世に鳴る」（松倉瓦鶏）と言われるほどで、その偽筆さえ出現していた。

細香の画、ことに墨竹は筆数が少く、淡々としてあまり凝らないのが特徴である。若い頃の竹は穂先のよく切れる筆で、鋭く彫り込むように描いてあるが、年とともに柔か味を帯び、一気に描いた竹も筆に含ませた墨と水とのにじみ工合で、その丸みがよく表現されている。晩年、円熟味の増した細香の画は画嘱が絶えなかったようだ。

若かった頃、画債は細香をひどく苛々させたものだった。――私は他人に頼まれて書くために詩画を学んだのではない――そして金で謝礼が届くとなお一そう気が滅入った。

そんな細香に向って山陽はよく言った。

「己れの書画が金に代ることは恥しいことではない。金の他に何でその値打ちを測ることが出来ますか。金を汚れたものと思ってはいけない」

子供を諭すように言う師の言葉に、むきになって反論したこともあった。そんなことも遠い遠い日なのである。老細香は画嘱の謝礼金が届くと、直ちに筆をとって、こだわりなく礼状を書く。

「御細書拝見、御多用之御中御使被下、殊更御潤《じゅんぴつ》筆と御座候而、金壱両御恵贈被下、御厚意萬々謝し上候。然し御礼之拝受いたし候様之筆に而も無御座候に毎々御帯意甚痛却いたし候。御返し申上候も却失礼と拝受いたし置候……」

「去冬も御状被下、御潤筆と御座候而金一両香魚粕漬御贈與に預り、御厚意萬謝申上候……」

また、画の御礼にとその土地の名産が贈られてくると、早速晩酌の肴にして陶然と一杯を傾ける。

「過日は御訪被下誠御遠来珍品御贈與被下、晩酌毎に拝味相娯候。萬謝……」

画の依頼は多く、依頼主からの謝礼の金も相当高額にのぼる。

山陽との長いつき合いの間に、彼の金銭に対する用意周到な扱い方を親しく見聞してきたにも拘らず、それだけは全く細香の身につかなかった。一方、江馬家には初代からの家訓「平常倹約第一にあい守るべし……」が脈々と生きていて、蘭斎以来、質素な生活が身にしみこんでいるから、細香は金銭を浪費する習慣を持たない。衣服や身のまわりに贅沢をする趣味もない。甥の元益が気がついて始末してくれるまで、細香は依頼主から届けられた礼金を無頓着に湘夢書屋の床の間や棚の上に置いていた。

ある激しい颱風の過ぎた後、湘夢書屋の裏木戸が風で壊れたままになっている所から賊が忍びこんで、五両ほどの金を盗んでいった。しばらく後になってそれに気がついた。その後度々賊に狙われるようになって、それにこりた甥の元益は自分の手で嘱画控を作り、併せて謝礼の金も管理することにした。安政三年から七年までの五冊の嘱画控には数多くの依頼主の名前と礼金の額が書き込まれているのである。

六月の末、前年病気にかかる前からの画債をあらかた描き終えた細香は、さっぱりした単衣に着更え、若い婢に到来物の菓子包みを持たせて久しぶりに外出した。

しばらく会っていないもう一人の甥桂を訪ねようと思う。桂は二十九歳の時に別家して大垣、竹島町に開業していた。彼は青年時代からの夢であった医学上の著述『双頭胎説』や『療治口訳拾遺』その他をなしとげ、藩の種痘掛を勤め、更に安政三年からは藩の洋学館教授として主に泰西兵書の講義をしている。まもなく五十歳になる。三人の男の子があって、長男春熙《しゆんき》は医学の修業中であった。

日傘をさして歩きながら、細香は幾度も汗を拭った。繁った木蔭を選んで、二、三度涼をとった。五月なら芍薬や藤の咲くのが見られ、杜鵑《ほととぎす》も鳴くのが聞かれるが、今は一面の青田と盛んに生い繁る夏草である。燕がしきりに青田をかすめて飛ぶのが眼に快かった。

「お出かけなら駕籠になさいませ」

と元益の嫁がそう言ってくれたが、細香は歩いてきた。——しっかりと歩かなければ——こうやって歩いてくれば、やはり季節は実感できるのである。

お城の外堀近く、「江馬元齢」と表札をかかげた竹島町の家の門を入ると、表の入口に病人が待っているのが見えた。細香を知っているのか、彼女が入ってくるのを見かけると、みな居ずまいを正して会釈をした。

細香が勝手知った左手の木戸を開けて庭の方へ入って行くと、大きな榎の下で独楽まわしに熱中している数人の子供がいる。その中の一人、この家の三男富之助がいち早く細香を見つけた。

「やあ、おばばさまだ。藤江のおばばさま」

と大声で言った。すると誰もいないと思った縁側で、

「うむ、どちらだ」

という桂の声。よく風の通る縁側で午睡をしていたらしい。

「大きい方のおばばさまだ」

江馬家ではおばばさまと言えば二人いる。大きい方が細香、小さい方が柘植子である。

「おお、これは暑い中をようお越しなさった」

桂が衿元の汗を拭きながら起き上って細香を迎えた。

「お前さんはこんなところで昼寝してたのかい。表には御病人が待ってみえるに、早う行ってお上げなされ」

「いや、時刻がくればちゃんと表に出ます。昨日は一日洋学館に詰めていて、昼寝もできなんだ。今

日は少し気を抜いています。さあて、今日は何がいただけますかな」

と細香の後に従って来た婢の持つ包みに手を出そうとする。細香はその手を押しかえして、

「これは子供らにやるものじゃ。さあ早う表へ行って上げなさい。私はゆっくりと待っております」

「やれやれ、ではすぐに戻ってきますから、後ほどゆるりと」

と桂が立って行く姿を見て、

「やあ、父さまが叱られた」

と富之助がたのしそうに囃したてた。藤江の江馬家では元益の気質を反映して、まじめで厳格な気風があり、この家では桂の気質そのままに野放図な明るさがある。それぞれに老いた細香を満足させた。

　桂と入れかわりに、桂の嫁のひだが、

「ようおみえなさいました。道は暑い盛りでございましたろうに」

と言いながら、冷たい井戸水に今年穫れたばかりの大麦を焙ったこがしを溶かしたものを運んできてくれた。こがしはどこの家でも一年中蓄えてはいるが、やはり穫れたての大麦の香ばしさは格別で、しみじみと夏に出会ったという季節感があった。

　細香から菓子をもらって満足した子供たちは、また独楽まわしに興じている。細い麻紐がするするっと地上を走り、独楽はかすかな唸りを生じた。子供たちの快い敏捷な手の動き、腰の動き、細香は涼しい縁側に腰を下してそれらに見入っているうちに、ふと軽い眩暈におそわれた。

その時富之助と一しょに遊んでいた子供たちの中の一人、大垣の増田慥爾という人は、後年徳富蘇峰に次のような手紙を書いている。

「……小生は九歳の頃、江馬元齢宅にて三男富之助と遊び居り候際、細香来られ候。其時の姿今猶耿《あきら》かに相見え申候。肉は肥にあらず、痩にあらず、長《たけ》は高からず、短からず、少々高き方に候。顔は丸にも長にもあらず、腰は海老に相成り居られず、容貌は美人の方に候。察するに娘時代二八《にはち》の頃には嘸《さ》ぞ美人にてありしと想像され候。又気性は爽かにして江戸子の風の処有之候様相覚え申候……」

九歳の子供がその時受けた印象に、成人して後得た細香についての様々な知識を補って作り上げた、晩年の細香の肖像である。おそらく九歳の子供の眼には、どこの家にでもいる優しいおばあさんのようにも見え、医師である富之助の父さえかなわないえらいおばあさんのようにも見えたにちがいない。

安政三年丙辰の年四月四日に細香がちょうど七十歳になったのを祝って、元益と桂が親戚、知人を招いて賀宴を催してくれた。

その頃から細香は少し体に異和を感じはじめた。左の眼が痛み、障子の桟がむらむらとして見定められないことがあった。また終日蟬が鳴くように、耳鳴りに苦しめられることもあった。

その年の暮、寝ている時に胸苦しくなり、暖かいものがこみあげてくるのを感じた。枕許においた手拭でうけてみると、それは若干の血であった。ほの暗い灯火の光で見てもなまなましい、自分の年齢に似合わぬような赤い血である。人を呼ぼうとしたが、声を出すことが憚られた。まず安静に、と考えて仰臥した。それから胸苦しさが納まるまでのしばらくの時に、細香は亡き山陽のことを考えていた。

会ってまだまもない頃の元気な姿、最後に唐崎の松の下で別れた時の姿を、思い浮べた。そして血を吐いてからは、もう細香の方など振り返らずに、残る仕事をまっしぐらに仕遂げて死んでしまった——私もようやくその後に追いつけるかもしれない。同じ病で——

「只憐病状似先師」

詩句の一節が巧まずして頭に浮んだ。そうだった。どんな場合でも詩に表現することを教えてくれたのは、他ならぬその先師であった。——そのことの中に私の生きる力もあり、慰めもあった。私の一生はその道をただ一心に歩いてきただけ——

起き上って筆をとろうとしたがその力はなかった。

二人の甥元益と桂の手厚い看護によって小康を得た時、細香はその詩を完成させた。

嘔血歳残憑枕時　　嘔血《オウケツ》ス　歳残《サイザン》　枕ニ憑《ヨ》ル時
只憐病状似先師　　只憐レム　病状　先師ニ似タルヲ
人間司命冥官録　　人間《ジンカン》　司命《シメイ》　冥官《メイカン》ノ録

無用如吾毎被遺　　無用　吾ノ如キハ　毎《ツネ》ニ遺《ワス》レラル

幾度も自分の詩を読み返してみた。

ついに結ばれることのなかった愛は、見果てぬ夢であり、繰り返し歌われる歌である。七十をすぎた老醜をさらす身で、未だに一途に一人の男を慕い続ける自分が憐れであり、また愚かしくもあった。

そこでこの詩には次のような題をつけた。

「丙辰冬杪余嘔血若干合戯有此作」

二人の甥、元益と桂は見舞いに来た時に枕許にこの詩稿を見つけて読んだが、何も言わなかった。二人とも、何も言わなくとも、伯母細香の長い長い心の歴史を感じとっている。

ただ、若い信成だけが、なかなか納得しないのである。

「おばばさま、何故この詩の題に〝戯〟の一字が入るのですか、私にはそれがわかりません」

「そうであろうが、戯れでなくて、このような詩が作れるとお思いか」

「どうしてでしょうか。おばばさまの病いと、亡き山陽先生の病いが同じであっても少しも不思議ではありません。同じ病いを病む人はいくらでもいます。父上にも叔父上にも聞いたが、取り合っては下さらなんだ」

細香は信成の話に思わず声を出して笑ってしまった。隣の部屋にいた柘植子が、

「どうなさったの、体にさわりますよ。信成、気をおつけなさい」

と声をかけた。

「私にはやはりわかりません」

と首を傾けながら部屋を出てゆく信成を見送って、

――三十にもなるのに、もっと人情の機微を弁えなければ――

と思ったり、また、

――わからないふりをしているのか――

と思ったりした。

元益には娘も息子も多い。細香はどの子にも読み書きの手本を書いてやり、年頃になった娘には「女今川」を書いて与えるなど心を配っている。画の好きな長女お澄には彼女が嫁いだ後でも画の指導をしてやっている。しかしとりわけ長男の信成を深く愛し、詩文の好きな信成も細香によくなついていた。

その前年、安政二年に信成がはじめて藩主に従って江戸に下った時には、毎日のように信成からの手紙を待ちこがれて、柘植子にたしなめられたほどであった。

「うちには孫が多いのですよ。お姉さまは昔から信成のことばかり口になさるので、お澄やお仙たちがよく口をとがらせておりましたよ、大きいおばばさまは兄さまのことばかりだと申して……」

「わかっていますよ。私にはどの子も区別なんてありません。みんな可愛い孫たちばかり」

空とぼけて細香はそう言った。しかしその舌の根も乾かぬうちに、その夜細香はひそかに次の詩を作って、江戸の藩邸にいる信成に贈ったのだ。

「別後贈姪孫信成」

千里扈従　公駕班　　千里　扈従《コジュウ》ス　公駕《コウガ》ノ班
侵暁暑天出郷山　　暁ヲ侵《オカ》シテ　暑天　郷山ヲ出ヅ
一日將阻於一日　　一日　将ニ一日ヲ阻《ヘダ》テントス
算程今日過函關　　程《ミチノリ》ヲ算《カゾ》フレバ　今日　函関《カンカン》ヲ過ギン
閑窓獨坐分襟後　　閑窓《カンソウ》ニ独リ坐ス　分襟《ブンキン》ノ後
望汝東天白雲間　　汝ヲ望ム　東天　白雲ノ間《カン》
…………　　…………
晨夜唯是待來信　　晨夜《アサヨル》　唯《タ》ダ是レ　来信ヲ待ツ
一封郷書汝莫吝　　一封ノ郷書《キヨウシヨ》　汝　吝《オ》シム莫《ナカ》レ

「手紙の一本くらいは書きなさい」

と細香は言っているのだが、若い信成は江戸で様々な好奇心を満すにいそがしく、大垣のおばばさまのことなど忘れていたのかもしれない。

安政四年に京都の書肆が詩華集の出版を計画し、細香にも詩を出すようにと勧めてきた。細香はこれを断ったが、このことを一ばん惜しんだのも信成であった。

この詩集は『安政三十二家絶句』三巻であり、当時の詩壇の大家、広瀬淡窓、梁川星巌、斎藤拙堂、藤森弘庵その他の人たちの詩があつめられている。細香は早速これを購入したが、この詩集は当時大そう好評であったために、更に後篇を出版することが企画され、細香及び小原鐵心に詩を出すようにとの依頼が来た。細香は山陽に詩集上木を勧められた時さえ断ったのであるから、この時もまたこれを謝絶した。小原鐵心も細香を通じてこれを断った。

若い信成はその事情をあまり知らず、度々細香の書斎へ来て『三十二家絶句』を開いてみながら聞くのである。

「鐵心先生はなぜお断りなされたのですか」

「糊口のための上木は不面目じゃ、と言われてな」

「では、糊口のために文を売るのは卑しいことでしょうか」

「いや、そうではあるまい。亡き山陽先生のなされたように、文章報国という道があります。それもまた男子一生の仕事です。ただ鐵心大夫の本来の務めは藩老という重責で、詩文はあくまでも余技の嗜みじゃ。あの人の詩は韻律のことなど無視したような勢いがあって、なかなか覇気にとんだ優れたものじゃが……」

「では、おばばさまはなぜおのせなさらぬ」

信成は京都から送られてきたその詩集の表紙を大切そうに撫でながら言った。

「このような方々と肩を並べるのは名誉なことなのに」

「私の詩などはこれら先生方の御作と並べられるような代物ではないのですよ。平仄《ひょうそく》のことにしてから、初歩からきちんと学んだわけではない。私の詩は画とちがって、門前の小僧のように習い覚え、そのあとは亡き先生が赤子の手をとるようにして教え導いて下さったのです。だから私はいまだに勉強中で、このような場へ出せるものではない。また他人さまの詩の批評もしまいと思っていますよ。それに女の身で詩集を上木するなど、とんでもないこと」

「それでは、あのたくさんの詩稿はそのまま埋れてしまうのですか。惜しいことだ。私の大好きな詩もたくさんあるのに」

詩集の上木はしまい、と心に決めている細香の胸に、信成のこの言葉が柔かくしみ通った。

――私の詩。その時々の熱い想いもこめられている私の詩。これらの詩を私と同じ心で読んでくれる人もいるかもしれないのだ――

細香の心も二つに引裂かれている。

――これらの詩、私の子供も同然の、自分が生きていた証しでもある詩。誰にも知られず墓の中まで持ってゆきたい。しかしまたいつの日か、私の悲しみに共感して暖かい涙をそそいでくれる人がいるかもしれぬ。その日までこれらの詩を生きのびさせてやりたい――

細香は「湘夢詩草」と名付けた四冊の帳面に、自作の中でも良く出来たと思い、また山陽もほめてくれた作品を年代順にあつめてもあるのだ。それをすぐ板元に渡すことだってできる。

しかしそれを上梓する決心は、ついにつかなかった。

「私が死んだら」

と細香は言った。「信成、お前たちのよいようになされ」


その頃から細香は健康のすぐれないことが多く、外出も次第に少なくなっている。

安政五年の春には大垣藩主の分家より命ぜられて、墨竹を描いて献上し、賞賜として金三百疋を下賜された。その前にも度々城中に召されて、藩主夫妻の前で書画を作り、酒饌を賜り、菱牡丹の紋服を下賜されている。しかしそうした晴がましいことも次第に少なくなり、閉じこもりがちになる。

安政五年、六年の、嵐のような日々がすぎていった。

万延元年の三月、桜田門の変があり、大老井伊直弼が暗殺された。そのことを伝え聞いたとき、

――これで若くして無惨な最期をとげた三樹三郎や、長らく捕えられ、苦しめられた梁川紅蘭の怨みがはらせたのか――

と細香は考えた。しかしただ私ごとの怨みをはらした、と言うだけではすまない大きな、早い時代の流れを感じないではいられなかった。

だがそれがどういう意味を持っているのかまでは、細香にはわからなかった。

「偶　作」

吾年七十四　　吾ガ年　七十四
情味冷於灰　　情味　灰ヨリモ冷ヤヤカナリ
無病身仍瘦　　病ヒ無キニ　身ハ仍《ナ》ホ瘦セ
綿衣欲窄裁　　綿衣《メンイ》　窄《セマ》ク裁《タ》タント欲ス

この詩は『湘夢遺稿』の絶筆となった。

これと言ってはっきりした病気のある身ではないが、次第に痩せ、木綿の単衣を裁つにも身幅を窄く裁たなければならない。

体は衰えてもその眼は曇りなく、着物を裁つという日常の仕事を通して、自分の身に迫る老いの貌をしっかりと見つめ捉えている。

同じように、着物を裁つことを題材にした若い頃の作品があった。

「帰　家」

柔脚新侵霜露歸　　幽篁無恙映書幃
耽遊未有寒時計　　先掃繡床裁熟衣

これは「真女郎詩、絶佳」と山陽から絶讃された詩である。みずみずしい情感に溢れ、淡い憧れを秘めた、若い女の物思いがこめられている。

これに比べ、絶筆となった「偶作」は、過ぎ去った長い歳月と、自分の運命を静かに受容して老いた細香の澄んだ眼が感じられる。


文久元年（一八六一）、病いが再発して床についた細香は、自分の病いがついに治らぬと覚った時、小原鐵心を枕許に呼んだ。そして亡き山陽から贈られた書幅、浦上春琴より贈られた古硯、それら愛用の品を生き形見として鐵心に贈った。

「これ吾平生愛玩する所なれども、君ならでは伝ふべきものなし。故に挙げて遺物とすと。時に文久元年なり」（『小原鐵心伝』）

細香から愛用の品を贈られた鐵心は不覚にも涙ぐんだ。

若かった時、前後不覚に酔ってこの家の門内に倒れ込み、翌朝細香にきびしく戒められた懐しい思い出が甦った。嘉永五年には、岐阜へ花見に出かけた細香の後を追って、咬菜社の詩人たちと竹鼻村へ馬を走らせ、帰りに舟遊びをしたこともあった。忙しい政務の間の、わずか一日の遊びであったが、細香の傍に居ることで俗事を忘れ、若者に帰って遊ぶことができた。浦賀に出陣する時も、細香に励まされた。

事ある毎に細香に励まされ、その眼が自分を見守っていることを感じ、それを自分の心のより処にしてきたのだった。

その大切な人が、いつもしっかりと己れを崩さなかった人が、今は老い衰え、小さくなり、己れの死期を覚っている。

そう思うと鐵心の眼に涙が溢れ、細香の顔が滲んで見えた。

鐵心はその時の思いを次のように書いている。

「嗚呼予与細香天稟之異如氷炭。而交誼厚如膠漆者何。是予所以不能自解也」（嗚呼《アア》予細香ト、天稟ノ異氷炭ノ如シ。而シテ交誼ノ厚キコト膠漆ノ如キハ何。是予自ラ解スル能ハザル所以ナリ）

鐵心にとって細香は「永遠の女性」であり、鐵心の心の中には、母親を慕う息子の、あの甘い感情がつねに揺曳していた。

性来丈夫な細香は医師である元益や桂、その子供の信成たちにかこまれてよく半年を持ちこたえたが、残暑も峠をこした秋、九月四日払暁、静かにこの世を去った。
当時、すでに家督を継いで江馬家の当主となっていた信成の手によって、その日藩に次のような届出がなされたことが、勤方日記《つとめかた》（信成筆）に記されている。
「萬延二年（文久元年）九月四日
私厄介之大伯母病気之処、養生不相叶、今暁病死仕候。忌服ハ無御座候得共、同居罷有候ニ付、此

段御届申上候。　　　　　　　　　　　　　　以上

九月四日　　　　　　　　　　　　名　前　」

「私厄介之大伯母」という言葉が、その時の細香の身分を端的に表現している。「私の厄介になっている大伯母」つまり信成の寄食者、掛《かか》り人《うど》である大伯母、という意味である。「厄介伯母」という淋しい言葉もある。細香はその言葉から感ずるような扱いはうけていない。しかし細香ほどの詩画の実力を持ち、経済力のあった女性でも、当時の社会の中でその身分を公に言葉で表現すれば、こう言う以外にはなかったのであろうか。

細香の歿後三年目の元治元年九月の命日に、由縁の人たちによって筆塚を建立することが計画された。

筆塚というのは、単なる文学碑ではない。細香がその生涯に使った夥しい筆。穂先がちびて短くなり、彼女の精魂こめた詩書画への精進が眼のあたり偲ばれる多くの筆。それらはうず高い小山をなすほどであったというが、その筆を瘞《うず》めた塚である。

塚の上に一メートルほどの自然石を建て、その碑文は野村藤陰が撰した。この心のこもった追慕の碑は、大垣市の北の勝山に、今も城の方を向いて建っている。

文政七年、まだ若かった細香の姿を、雲華上人は次のように吟じている。

「送細香女史帰美濃」

携來彤管入京師
不爲時粧學畫眉
疎竹淡梅輕掃紙
好山佳水巧題詩
離堂一惜將殘燭
別酒休辭滿酌巵
明日併收奩具去
美濃煙月引相思

彤管《トウカン》ヲ携ヘ来リ京師ニ入ル
時粧ヲナシテ画眉ヲ学バズ
疎竹淡梅軽ク紙ヲ掃ク
好山佳水巧ニ詩ヲ題ス
離堂一惜残燭ヲ将《トモ》ニシ
別酒辞スルヲ休《ヤ》メヨ満酌ノ巵《シ》
明日奩具《レング》ヲ併セ収メ去ル
美濃ノ煙月相思ヲ引ク

（彤管＝女子用の赤い軸の筆。巵＝さかずき。奩具＝香ばこ。鏡ばこ）

度々の上京に細香が携えた赤い軸の筆。その時々の思いを託した筆も、その筆塚に瘞められたことであろう。

明治四年、細香の歿後十年目に元益、桂、信成たちの努力によって、『湘夢遺稿』上下二巻が出版され、細香と親しかった人々に贈られた。この詩集の序文は、小原鐵心が筆を執った。

小原鐵心、この現実的な辣腕の政治家は、その有能さを認められて、徴士として朝廷に召し出され、維新後は明治政府に出仕し、その時参議にまでなっていた。しかし彼は、心の中ではつねに細香の生きた文人世界への憧れを捨て切れなかった。明治四年、越前県知事に任ぜられたがついに任地に赴かず、故郷大垣に帰って、詩文と酒を友として五十余年の生涯を終えた。

小原鐵心の邸も、彼が愛した別荘、多くの人が集って国事を談じたといわれる「無何有荘《むかう》」もなくなって、「大醒榭《たいせいしゃ》」と呼ばれる茶室のみ残された。しかし彼の邸の門は、どのような経緯をへてか、江馬家の邸内に移築された。それは「鐵心門」と呼ばれて、大切に守られてきた。戦後の区劃整理の時に、「蘭斎門」と呼ばれる江馬家の門の内側に、内庭門として建てられた。寄り添って立つ二つの門は、あたかも細香と鐵心の母子の如き愛情の美しい記念碑のようであった。

二つの門は、安政の大地震、濃尾地震、第二次大戦の空襲と、度重なる災害を免れて生き延びたが、長年の風雨のために傷みが激しくなり、永久保存を願って大垣市に寄贈されることとなった。

そのためこの美しい記念碑も、今は取り払われてしまった。

終

江馬細香　略年譜

☆は日本史・女性史事項を示す

一七八七　天明七年（丁未）……………………　一歳
四月四日、美濃大垣藤江村（現大垣市）に、大垣藩医江馬蘭斎の長女として生まれる。名は多保・裊《じょう》、字は細香、号は湘夢。
☆一二月、本居宣長の「玉くしげ」成る。

一七八九　寛政元年（己酉）……………………　三歳
妹柘植《つげ》誕生。一二月一九日、母乃宇《のう》病没（二五歳）。同二四日、兄門太郎病没（八歳）。
☆五月、松前藩クナシリ、メナシのアイヌの決起を鎮圧。この冬、中井竹山「草茅危言」著す。

一七九〇　寛政二年（庚戌）……………………　四歳
父蘭斎、藩士山本氏の娘佐野《さの》と再婚。
☆五月、幕府、昌平黌で朱子学以外の儒学を禁ず（寛政異学の禁）。出版取締り厳しくなる。

一七九一　寛政三年（辛亥）……………………　五歳
「竹と雀」の画を描く。多保五才と署名がある。
☆三月、山東京伝、手鎖に処せられる。一〇月、大坂大火。この年、京の歌人大田垣蓮月生まれる。

一七九二　寛政四年（壬子）……………………　六歳
蘭斎、藩主の参勤交代に従って江戸に下る。杉田玄白から「解体新書」の講義を受ける。
☆五月、林子平の著書「海国兵談」絶版となり、子平は蟄居を命ぜられる。九月、ロシア使節ラクスマン、漂民大黒屋光太夫らを護送して根室に来航、通商を求める。

一七九三　寛政五年（癸丑）……………………　七歳
大垣郊外赤坂の矢橋家で、荻生徂徠の書「峨眉山月半輪秋」（李白）を臨書する。多保七才の署名がある。この年、蘭斎は前野良沢について、和蘭語を学び始める。
☆六月、林子平没。九月、将軍家斉、大黒屋光太夫を引見。

一七九四　寛政六年(甲寅)　…………………………　八歳

蘭斎、閏一一月一一日、大槻玄沢の塾芝蘭堂で開かれた新元会（オランダ正月）に出席。

☆六月、新井白石、著書「西洋紀聞」を幕府へ献上する。一二月、本居宣長「玉勝間」初編刊行。この年、柳川の女流漢詩人立花玉蘭没。

一七九五　寛政七年(乙卯)　…………………………　九歳

蘭斎、帰国して自宅で開業、併せて蘭学塾好蘭堂を開設する。藩主から褒詞を賜る。

☆この年、金沢の女流漢詩人津田蘭蝶生まれる。

一七九七　寛政九年(丁巳)　…………………………　一一歳

蘭斎が前野良沢の著書「和蘭訳筌」に書いた「序」を清書する。三野春齢庵江馬元恭謹序、女多保一一歳謹書の署名がある。

☆一〇月、南部・津軽両藩、松前・箱館の守備を命ぜられる。一一月、ロシア人エトロフに上陸。一二月、湯島聖堂、幕府の官立となる。

一七九八　寛政一〇年(戊午)　…………………………　一二歳

二月、蘭斎、京都西本願寺法主文如上人の難病を治療し、関西で初めて蘭法医療を行う。

☆六月、本居宣長の「古事記伝」成る。八月、本田利明「西域物語」完成。この年、福岡の女流漢詩人亀井少琴・秋月の原采蘋・越後の俳人貞心尼生まれる。

一七九九　寛政一一年(己未)　…………………………　一三歳

この頃より京都の画僧玉潾に師事して墨竹画を学ぶ。

☆七月、高田屋嘉兵衛、エトロフ航路を開く。

一八〇二　享和二年(壬戌)　…………………………　一六歳

この年、蘭斎三〇石加増、百石となる。この頃より、細香の墨竹画、藩内に知られる。

☆この冬、近藤重蔵エトロフ視察。この年、小野蘭山「本草綱目啓蒙」できる。十返舎一九「東海道中膝栗毛」初編刊行。この年、仙台の女流漢詩人高橋玉蕉生まれる。

一八〇四　文化元年(甲子)　…………………………　一八歳

一二月、蘭斎の甥温井元親（松斎）が妹柘植の婿養子となる。

☆六月、出羽大地震、象潟湖陸化する。九月、ロシア使節レザノフ漂流民を長崎に護送、貿易を求める。この年、美濃の女流漢詩人張紅蘭生まれる。

一八〇六　文化三年(丙寅)……………………二〇歳
三月、甥元益(幼名益也)誕生。のち四代春齢となり、晩年活堂と号す。
☆一月、伊勢の物語作家荒木田麗女没。三月、江戸芝大火。九月、ロシア船カラフトに来航、松前会所を襲う。この年、福岡の歌人野村もと生まれる。

一八〇七　文化四年(丁卯)……………………二一歳
三月、蘭斎隠退。松斎家督を継ぎ、三代春齢として藩医となる。
☆四月、ロシア船、カラフト・エトロフの会所を襲う。その後もしばしば来襲。アメリカ船長崎に来航、薪水を求める。八月　近藤重蔵ほか、利尻島、クナシリ島を巡視。一二月、ロシア船打払いを命ずる。この年、江戸の狂歌作者知恵内子没。

一八一〇　文化七年(庚午)……………………二四歳
東山永観堂禅林寺の住職玉翁が将軍に拝礼のため江戸へ下向の途次、江馬家を訪問。蘭斎に乞われて、細香に画家としての心得を諭す。
☆二月、会津・白川両藩、相模・房総海岸の警備を命ぜられる。この年、徳川治紀「大日本史紀伝」を朝廷に献ずる。江戸の狂歌作者節松嫁々没。女流漢詩人篠田雲鳳、伊豆下田で生まれる。

一八一一　文化八年(辛未)……………………二五歳
閏二月、細香・柘植(二三歳)・益也(六歳)の三人は京坂遊覧の旅に出る。名所旧跡、芝居見物。三月三日、御所の庭で御鶏合せ拝見、その後大坂、堺まで行く。この年、頼山陽上洛し、私塾を開く。
☆五月、天文方に蕃書和解御用掛を設け、馬場貞由、大槻玄沢ら「厚生新編」の翻訳を開始。六月、松前奉行所、ロシア艦長ゴロウニンらをクナシリで捕える。

一八一二　文化九年(壬申)……………………二六歳
七月、甥元齢(幼名千次郎)誕生。のち桂、金粟と号す。冬、司馬江漢が蘭斎を訪問。
☆四月、松平定信隠退。八月、ロシア船長リコルド、高田屋嘉兵衛をクナシリで捕える。一二月、「寛政重修諸家譜」できる。

一八一三　文化一〇年(癸酉)……………………二七歳
一〇月、頼山陽が美濃遊歴の途中、大垣の江馬蘭斎を訪問し、初めて細香と対面する。美濃上有知の門人村瀬藤城方に逗留の後、再び江馬家を訪問。その折、蘭斎は細香を山陽に入門させた。その後、山陽は細香との結婚を望んで蘭斎に拒絶されたと伝えられるが、定かではない。

☆一月、幕府は馬場佐十郎らにゴロウニンからロシア語を学ばせる。九月、ゴロウニン釈放する。一〇〜一一月、信濃、富山、能登で農民の打ちこわし起きる。

一八一四　文化一一年(甲戌) …………………… **二八歳**

二月下旬に上洛し、山陽から詩の指導を受ける。山陽・武元登々庵に従い、嵐山で花見。保津川舟遊。上洛中に大倉袖蘭と知り合い、終生の友となる。この年、国学者小山田与清著「松屋叢話」に、細香に関する記事が載った。

☆九月、馬琴の「南総里見八犬伝」第一輯刊行。伊能忠敬「沿海実測全図」完成する。諸国旱魃のため飢饉。四〜五月、越後各地で農民の打ちこわし続く。この年、武蔵八王子の俳人榎本星布没。

一八一六　文化一三年(丙子) …………………… **三〇歳**

父蘭斎の七〇歳の賀を祝い、寿詩を作る。九月、蘭斎の訳述書「五液診法」刊。

☆一〇月、イギリス船、琉球に来航し貿易を求める。一一月、掛川、浜松領で強訴、打ちこわし続発。

一八一七　文化一四年(丁丑) …………………… **三一歳**

九月に上洛し、山陽・登々庵らとの詩会に出席する。冬、登々庵が大垣に来遊し、細香を訪問。この年、蘭斎の訳述書「泰西熱病集訳」完成。

☆四月、杉田玄白没。九月、イギリス船浦賀に来航する。一一月、オランダ商館長ヅーフ日本を去る。

一八一八　文政元年(戊寅) …………………… **三二歳**

晩春、病臥中の母佐野を看病する。冬、江戸の詩人大窪詩佛より詩を贈られる。

☆四月、伊能忠敬没。五月、イギリス船再び浦賀に来て貿易を求めたが、幕府拒否する。一〇月、司馬江漢没。一二月、大和吉野郡の農民、代官所、大庄屋を打ちこわす。

一八一九　文政二年(己卯) …………………… **三三歳**

山陽の紹介と指導により、清人江芸閣との詩の贈答始まる。九月に上洛し、九日、山陽・雲華上人らと吉田山に登る。この時山陽に硯を選んでもらう。この頃から浦上春琴について画法を学ぶ。

☆一月、幕府、浦賀奉行を二人とする。徳川治保「大日本史紀伝」四五冊を幕府に献上。閏四月、幕府、財政改革のため小判改鋳する。六月、京都・伊勢・美濃地震。七月、諸物価引き下げを命ずる。この年、塙保己一の「群書類従」正編刊行。

一八二〇　文政三年（庚辰）……三四歳

五月、三代春齢松斎病没。嫡男元益、家督を相続し、四代春齢となる。この頃から梁川星巌・紅蘭夫妻、村瀬藤城らとともに白鷗社を結成し、月一回詩の会を開く。

☆八月、山片蟠桃著「夢の代」成る。この年から対馬藩、朝鮮から銀輸入始める。

一八二一　文政四年（辛巳）……三五歳

春、名古屋に滞在中の大窪詩佛を訪問。席上、画を描き、詩佛から詩を贈られる。この年、中国の史書を読む。

☆二月、山片蟠桃没。七月、伊能忠敬の「大日本沿海実測地図」完成、幕府に献上。九月、塙保己一没。この年、旱続く。

一八二二　文政五年（壬午）……三六歳

三月初旬上洛。山陽・浦上春琴・小石元瑞らと沙川に遊ぶ。九月、西遊の旅に出る星巌・紅蘭夫妻を見送る。この年、伊豆原麻石に「白鷗社集会図」を描かせる。翌年、藤城が賛を書く。この頃から詩を需められることが多くなる。

☆四月、イギリス船、浦賀に来て薪水を求める。八月～一〇月、西国にコレラ流行。

一八二四　文政七年（甲申）……三八歳

九月、上洛のため、春琴らと大垣出立。瀬田から舟で大津へ向かう。一三日、山陽宅で同席の海音尼のために画を描く。その夜、海音尼とともに、山陽宅で泊まる。一八日、山陽夫妻・その母梅颸・春琴・柚蘭らと高尾・栂尾の紅葉を観る。二七日、祇園の福屋で細香の送別宴。この年、菊池五山著「五山堂詩話」に細香の記事が載る。

☆二月、南鐐二朱判を改鋳。五月、イギリス船員、薪水を求めて常陸の浜に上陸、水戸藩に捕えられる。閏五月、文政一朱金を鋳造。八月、イギリス船員、薩摩の宝島に上陸、略奪をする。この年、シーボルト、長崎で鳴滝塾を開く。

一八二五　文政八年（乙酉）……三九歳

前野良沢の伝記「蘭化先生伝」を作る。冬、蘭斎信州へ往診に行く。

☆二月、幕府、諸藩に異国船打払令を出す。一二月、酒造株所持者以外の酒造を禁ずる。信州・播磨・美作の各地で打ちこわし。オランダ船に日本通商と書いた幟を交付。この年、仙台の女流思索者只野真葛没。

一八二六　文政九年（丙戌）……………………四〇歳

蘭斎の八〇歳を賀し、著書「論語訓詁解」刊行。その跋文を書く。六月、西国遊歴の旅より星巌・紅蘭夫妻帰国。八月、甥元益の長男信成誕生。一〇月、上有知村に藤城を訪問。三日滞在する。

☆三月、シーボルト、オランダ商館長の江戸参府に随行する。七月、飛驒大野郡大地震。この年、長門の女流文人田上菊舎没。

一八二七　文政一〇年（丁亥）……………………四一歳

二月、母佐野、甥元齢とともに上洛。二〇日、山陽・雲華・元瑞・元齢とともに伏見梅渓に遊ぶ。三月一三日、山陽夫妻・梅颸・山陽の叔父杏坪・元齢と加茂の馬場で花見。一六日は嵐山で花見。二七日、宿舎に仙台藩の大槻磐渓が訪ねてくる。二八日、磐渓も山陽の一行に加わり、平野へ花見に行く。一一月、雲華上人大垣に来遊。細香は宿舎に訪問する。この頃、中国の史書を読み、詩を作る。

☆三月、大槻玄沢没。四月、高田屋嘉兵衛没。五月、山陽は「日本外史」を松平定信に献ずる。八月、菅茶山没。

一八二九　文政一二年（己丑）……………………四三歳

この年、「源氏物語」を読み、「源語詩」を幾つも作る。八月末、式年遷宮参拝のため伊勢へ行く。山田詩社の詩人、大垣の詩友たち、その他多くの知人に会う。詩作多し。

☆五月、松平定信没。九月、幕府シーボルトに帰国を命じ、再入国を禁止する。

一八三〇　天保元年（庚寅）……………………四四歳

三月二〇日頃、上洛。山陽夫妻・星巌・岡田周輔らと嵐山、長楽寺、知恩院で花見。四月一三日、山陽・周輔・中島米華・塩谷宕陰に琵琶湖畔まで送られ、唐崎松下で別れる。一〇月、高野長英、名古屋に行く途中、江馬家を訪問。この年、母佐野病臥。看病する。一二月、山陽から詩集出版を薦める手紙くるが、熟慮して辞退する。

☆七月、京都大地震。一一月、凶作につき、酒造高減を命ずる。この年、米価騰貴のため打ちこわし、強訴多発。

一八三一　天保二年（辛卯）……………………四五歳

一〇月、佐野病没。父蘭斎も健康すぐれず、看病つづく。

☆二月、オーストラリア船東蝦夷に渡来、上陸して交戦。

七月、再び東蝦夷に外国船来航して上陸。一〇月、松前藩、辺境警備を命ぜられる。この年、津の女流漢学者富岡吟松没。

一八三二　天保三年(壬辰)……四六歳
六月、山陽が病に倒れる。九月二三日、病没。哭詩三首作る。
☆七月、琉球にイギリス船漂着。東蝦夷に外国船来て上陸。一一月、風邪流行。窮民に施米。この年、渡辺崋山・高野長英ら蘭学者によって尚歯会できる。

一八三三　天保四年(癸巳)……四七歳
四月二一日、蘭斎(八七歳)健康回復し、細香を供に越前敦賀まで往診に出かける。帰路、賤ヶ岳・姉川の古戦場を見る。八月、上洛して頼家を弔問。一五日、元瑞、春琴ほかと月見の宴。
☆二月、ロシアと密貿易の商人高田屋を処罰。四月、大垣大地震。大塩平八郎の「洗心堂劄記」できる。この冬、奥羽、関東飢饉。この年、「ヅーフハルマ」編纂。

一八三四　天保五年(甲午)……四八歳
九月二七日、蘭斎八八歳の賀宴。細香は寿詩を作る。
☆五月、頼杏坪没。六月～七月、大坂で米価騰貴のため米屋の打ちこわし起こる。大坂大火。

一八三六　天保七年(丙申)……五〇歳
蘭斎病臥。看病続く。
☆七月、ロシア船、漂流民を護送してエトロフに来航。この年、全国で飢饉、奥羽地方最も甚だしく、死者一〇万に及ぶ。各地で一揆、打ちこわし。この年、福井の女流漢詩人片山九畹没。

一八三七　天保八年(丁酉)……五一歳
冬、畑に麦を蒔く。この年大垣地方は大暴風に襲われ、飢饉と疫病で死者多数。元益・元齢は医師として大活躍。
☆二月、大塩平八郎の乱。三月、大坂・兵庫で打ちこわし。江戸・品川ほか三宿にお救い小屋を設け、窮民に施米。

一八三八　天保九年(戊戌)……五二歳
三月、頼梨影(山陽未亡人)より蘭斎へ見舞いの品来る。七月八日、蘭斎病没(九二歳)。哭詩を作る。
☆三月、渡辺崋山「鴃舌小記・或問」できる。六月、オランダ商館長、モリソン号渡来の事情を報告。幕府、対策を討議。八月、徳川斉昭、内憂外患についての意見書を書く。一〇月、中山みき、天理教をひらく。高野長英

「夢物語」できる。渡辺崋山「慎機論」できる。この年緒方洪庵、大坂に適塾を開く。

一八三九　天保一〇年（己亥）……………………五三歳

二月二六日、名古屋へ赴く途中、桑名から船に乗り、東海道七里の渡しで大風浪に遭う。名古屋で偶然村瀬藤城に会う。八月、上洛。大坂へ下り、後藤松陰を訪ね、次いで高槻に藤井竹外を訪問。この年、松崎慊堂「慊堂日歴」に細香の記事が載る。

☆春、京都で豊年踊り流行。五月、渡辺崋山・高野長英ら捕えられる（蕃社の獄）。一〇月、釧路・アッケシ大地震。この年、アヘン戦争起こる。

一八四〇　天保一一年（庚子）……………………五四歳

八月、伊勢神宮参拝に赴く。冬、山陽の「日本外史」を読む。

☆五月、蘭書翻訳書の流布を取り締まる。七月、オランダ船長崎に入港し、前年のアヘン戦争勃発を知らせる。この年、梁川星巌「星巌集」成る。

一八四一　天保一二年（辛丑）……………………五五歳

三月中旬、上洛。四月一六日、袖蘭と大坂へ下り、後藤松陰、篠崎小竹を訪問。頼三樹三郎と天保山沖で舟遊び。その後、高槻の藤井竹外を訪ね、桜井まで竹外に送られて、大垣へ帰る。

☆三月、駿河大地震。五月、高島秋帆、西洋砲術の訓練を行う。六月、中浜万次郎、漂流中をアメリカ船に救われる。一〇月、渡辺崋山自殺。

一八四三　天保一四年（癸卯）……………………五七歳

春、関ヶ原、不破を通り、彦根に赴く。この夏、眼を患う。二人の甥の、医師としての活躍を喜ぶ。一二月、頼梅颸没。

☆五月、ロシア船、漂流民を護送してエトロフに来航。七月、オランダ商館長、イギリス軍艦の来日計画を報ずる。この年、名古屋の歌人上田甲斐子没。

一八四四　弘化元年（甲辰）……………………五八歳

春、大垣藩の詩人たちと荒尾まで行く。夏、小原鐵心と田植を見る。冬、韓信の伝記を読む。この年、甥元益、幕府医学館で「本草綱目」を講義する。

☆三月、フランス船、琉球に来航、通商を求める。七月、オランダ軍艦来航し、開国を勧告するオランダ国王の書簡を呈出。

一八四五　弘化二年（乙巳）……五九歳

眼病なお全治せず。七月、星巌・紅蘭夫妻が江戸から帰郷。二三日、星巌と藤城が細香を訪問。一二月、病中の紅蘭に見舞として早梅一枝を贈り、答礼の贈詩があった。

☆一月、江戸大火。三月、アメリカ捕鯨船、漂流民を護送し浦賀に来航。幕府これを受けとる。五月、イギリス船、琉球に来航し、貿易を強要。六月、幕府、オランダ国王の開国勧告を拒否する。七月、海防掛を設置。

一八四六　弘化三年（丙午）……六〇歳

正月、家族全員揃っての新春を喜ぶ。三月、京都江馬塾に入る姪孫信成を伴って上洛。須磨・明石に遊ぶ。帰路、大坂に後藤松陰を訪問。二五日、大倉夫妻、竹外らと東山で花見。五月、浦上春琴没。この年、紅蘭と詩の応酬があった。この頃、大垣で黎祁吟社を結成。

☆三月、幕府、打払令復活と大艦建造について海防掛らに諮問する。四～八月、アメリカ・フランス・イギリス・デンマーク船艦、相次いで来航。八月、天皇、幕府に勅して、海防を厳重にさせる。

一八四八　嘉永元年（戊申）……六二歳

二月、上有知に藤城を訪ねるが、不在。三日間滞在して帰る。後日、藤城が訪ねてくる。この頃、大垣藩の若い詩人たちと詩社咬菜社を結成し、社長に推される。

☆三～四月、外国船しきりに日本沿岸を航行。一一月、滝沢馬琴没。斎藤月岑「武江年表」成る。

一八四九　嘉永二年（己酉）……六三歳

二月、小石元瑞没。三月上洛。一四日、三樹三郎らと嵐山に遊ぶ。二三日、東山で詩会。四月一日、宇治で細香の送別宴、頼三樹三郎は母梨影とともに出席。

☆三月、幕府、江戸城内での蘭法治療を外科・眼科に制限。閏四月、アメリカ軍艦、漂流民音吉を通訳として、浦賀にくる。一二月、幕府、打払令復活を予告、防備の強化を命ずる。この年、海防策の提言をする者多数。

一八五〇　嘉永三年（庚戌）……六四歳

六月、湘夢書屋（細香書斎）で黎祁吟社の詩会。九月一五日、関ヶ原戦の二五〇年祭に出かけたが、神田柳渓宅で、同じく来合わせた日野霞山と三人で話し込み、果たさなかった。

☆二月、江戸大火。三月、オランダ商館長、最後の江戸参府。九月、幕府、洋書の翻訳出版を制限。一〇月、高野長英自殺。この年、幕府、諸藩に江戸邸内での軍事調練を奨励。伊豆韮山に反射炉できる。

一八五一　嘉永四年（辛亥） ……………………… **六五歳**

二月、中山堂（松倉瓦鶏書斎）で黎祁吟社詩会。四月、神田柳渓没。五月、篠崎小竹没。夏、瓦鶏宅で詩会。この夏、残暑厳しく、両耳の耳鳴りに苦しむ。

☆一月、中浜万次郎、アメリカ船に送られ、琉球に上陸。幕府、武蔵大森に大砲演習場建設を決める。三月、下田の警備を韮山代官江川に命ずる。七月、オランダ船入港し、太平天国の乱を報ずる。一二月、イギリス軍艦那覇に上陸、首里城に入る。

一八五二　嘉永五年（壬子） ……………………… **六六歳**

二月末、岐阜で花見。翌日、竹鼻の安楽寺に日野霞山を訪ね、鐵心・瓦鶏・小寺翠雨が大垣から駆けつけて詩会。舟で長良川を遡り帰宅。

☆五月、彦根藩に西浦賀の警備を命ずる。六月、オランダ商館長、明年アメリカ使節来航を予告。ロシア軍艦、下田に来航し、漂流民を置いて去る。一一月、大坂大火。

一八五三　嘉永六年（癸丑） ……………………… **六七歳**

春、藤城が突然来訪し、慌ただしく帰る。六月、アメリカ使節ペリーが軍艦四隻で来航したため、小原鐵心は大垣藩兵を率いて浦賀へ出動。九月、藤城が城崎の宿で病没。哭詩を作る。

☆六月、幕府、ペリー来航を朝廷に伝える。七月、ロシア使節、軍艦四隻で長崎に来航。九月、幕府、オランダに軍艦・銃砲・兵書など注文。一一月、中浜万次郎を幕臣に登用。

一八五四　安政元年（甲寅） ……………………… **六八歳**

六月一四日、大垣地震。冬、雪の日、鐵心が一瓢を携えて来訪。一一月四日・五日、大垣大地震。この年、九月に梅が咲き、一二月に筍が出た。甥元益の「療治口訣補遺」完成。

☆一月、ペリー軍艦七隻を率い、再び神奈川沖に来航。二月、アメリカ軍艦の見物を禁止する。三月、幕府は日米和親条約を締結し、下田・箱館を開港する。吉田松陰、下田で密航を企て捕えられる。八月、幕府、日英和親条約締結。九月、天皇、異国船出没につき、七社七寺に祈禱させる。一二月、日露和親条約を締結。

一八五五　安政二年（乙卯） ……………………… **六九歳**

一月、病のため、五〇日間酒・茶を止めるが、その後、花見酒に酔って転び怪我する。四月、長州藩士山県半蔵が蝦夷視察の帰路、来訪。鐵心ほかの大垣藩士たちが湘夢書屋に集まる。六月、倉野氏の要請により、亀井少琴・原采蘋と松竹梅の三幅対を描いた。しかし細香は、生涯采蘋や少琴に会うことはなく、それを嘆いていた。九月一七日、頼梨影没。この頃二度、書斎に盗賊が入る。

☆一月、幕府、洋学所を建てる。三月、蝦夷地の警備を東北諸藩に命ずる。六月、大名・旗本に洋式銃訓練を命ずる。七月、長崎に海軍伝習所を設ける。一〇月、江戸大地震。一一月、江戸町会所、窮民に施米。

一八五六　安政三年（丙辰）……………………七〇歳

四月四日、誕生日に賀宴。藩主夫人・世子に墨竹画を献上し、菱牡丹の紋服を賜る。冬、吐血して病臥。

☆二月、洋学所を蕃書調所と改称。三月、江戸駒場で洋式訓練を行う。八月、江戸に大風雨洪水。九月、長崎奉行、浦上のキリシタンを投獄。一〇月、アメリカ総領事ハリス、下田に来航。この年、吉田松陰、松下村塾を開く。

一八五七　安政四年（丁巳）……………………七一歳

四月、頼又二郎が来訪し、滞在。七月一四日、江戸の藤森弘庵が大垣に来遊し、細香を訪問。ともに鵜飼を見る。九月、津藩の斎藤拙堂を囲んで詩会。江戸の詩人遠山雲如来訪。

☆四月、築地講武所内に軍艦教授所を設置。八月、オランダ海軍軍医ポンペ、伝習所教官として来日。一〇月、ハリス登城し、将軍に大統領の親書を提出。幕府、中浜万次郎に捕鯨の伝習を命ずる。この年、各地で農民強訴起きる。この年、福岡の亀井少琴没。

一八五八　安政五年（戊午）……………………七二歳

三月、藩主分家に命ぜられ、墨竹画を描き、金三〇〇疋を賜る。夏、頼三樹三郎は幕吏に追われ、大垣で細香・鐵心らに匿われ、藩士中西彦左衛門宅の土蔵に潜む。九月二日、星巌、コレラで没。五日、三樹三郎、次いで紅蘭も捕えられる（安政の大獄）。

☆四月、井伊直弼大老就任。六月、徳川慶福、将軍家定の継嗣となる。一〇月、福井藩士橋本左内捕えられる。一二月、長州藩、吉田松陰を投獄。

一八五九　安政六年（己未）……………………七三歳

二月、紅蘭釈放される。九月、池内大学突然来訪。一〇月七日、三樹三郎が処刑される。兄の又二郎が大垣に来て、元益の診察を受ける。

☆二月、江戸山の手大火。五月、幕府、露仏英蘭米との自由貿易を許可。七月、シーボルト再入国。九月、米宣教師ヘボン来航。一〇月、橋本左内、吉田松陰らも死罪。

この年、秋月の原采蘋没。

一八六〇　万延元年（庚申）……………………七四歳

三月二二日、一人で駕籠に乗り、大垣近郊の桜を見て回る。四月、藩主から九曜の紋服を賜る。冬、五言絶句「偶作」を作る。これが絶筆となる。

☆一月、勝海舟ら、咸臨丸で米国に向かう。三月三日、大老井伊直弼、桜田門外で水戸浪士らに襲われ没。七月、江戸下谷種痘所で幼児に種痘を命ずる。八月、朝廷、幕府に和宮の降嫁を許可する。一二月、米国通訳ヒュースケン、浪士に斬殺される。

一八六一　文久元年（辛酉）……………………七五歳

二月、甥元益、病気のため隠退し、活堂と号する。その嫡男信成、家督を継ぎ、五代春齢として藩医となる。九月四日早朝、細香病没。脳出血のためと見られる。藤江村禅桂寺の、父蘭斎の墓の隣に葬られた。墓誌は後藤松陰が書いた。

☆二月、幕府、江戸の窮民に救い米を支給。五月、高輪の英国公使館、浪士に襲撃される。六月、蕃書調所に仏学科を設置。七月、各国公使館を品川に設置と決める。一〇月、和宮、京都を出発。幕府、種痘所を西洋医学所と改称。

一八六六　慶応二年（丙寅）

大垣郊外の勝山に、細香の筆塚が建てられた。碑文は小原鐵心撰、野村藤陰書。

一八七一　明治四年（辛未）

詩集「湘夢遺稿」上下が遺族の手によって刊行された。厖大な詩稿の中から、信成が三五〇首を選び、元齢の長男春熙が校訂。巻頭に頼山陽の書簡と小原鐵心の序、巻末に後藤松陰の墓誌、野村藤陰の跋、甥元齢の題詩を収める。

一八八三　明治一六年（癸未）

中国で刊行された日本人の漢詩集「東瀛《とうえい》詩選」（兪樾曲園選）の中に、細香詩二六首が入集した。

主要人物注

＊五十音順

猪飼敬所（いがい・けいしょ／一七六一―一八四五）　江戸後期の儒学者。名は彦博、字は希文・文郷。近江の人。津藩儒。頼山陽と親交があり、山陽が病床にある時、見舞いに来て、南北朝正統論で大激論になる。その直後に山陽が「南朝正統論」を書いた。著書に「管子補正」など。

池内大学（いけうち・だいがく／一八一四―六三）　名は捧時、字は子辰、号は陶所。京の人。嘉永六年「攘夷論」を著し、攘夷、一橋派として活躍。安政の大獄の際に自首して中追放となり、大坂に住む。のち難波橋上で斬られた。

池大雅（いけの・たいが／一七二三―七六）　名は無名《ありな》。号は九霞山樵・大雅堂など。京の人。江戸中期の文人画家。明・清代の文人画を柳沢淇園に学び、祇園南海にも影響を受けた。のち日本文人画の大成者と言われる。天真爛漫、逸事奇聞多く、書にもすぐれた。

市河寛斎（いちかわ・かんさい／一七四九―一八二〇）　江戸後期の儒学者・漢詩人。名は世寧、字は子静、通称は小左衛門、号は寛斎・西野など。上州の人。林家に学び、昌平黌で学員長になったが、寛政異学の禁に触れ、江戸市中で詩社江湖社を興す。大窪詩佛・柏木如亭・菊池五山らが集まり、江戸の詩風は一変した。のち富山藩に仕官。著書に「日本詩紀」「全唐詩逸」「寛斎先生遺稿」など。

伊藤圭介（いとう・けいすけ／一八〇三―一九〇一）　名古屋の町医西山玄道の次男。父の実家伊藤姓を継ぐ。名は清民、字は戴堯のち圭介、号は錦窠・太古山樵・花繞書屋など。父について医学を修め、文政一〇年（一八二三）長崎に赴き、シーボルトに学ぶ。シーボルトからツュンベリーの「日本植物誌」を贈られ、「泰西本草名疏」を刊行。リンネの植物分類法を初めて日本に紹介した。尾張藩の洋学館で蘭学を教授。文久元年（一八六一）、幕府の蕃書調所に出仕。明治以後は東京大学理学部教授となり、小石川植物園で植物調査にあたる。明治二一年

（一八八八）、我国最初の理学博士となる。著書は「日本産物志」「日本植物図説」など。細香の甥の活堂と親交があった。

伊藤信（いとう・まこと／一八八七―一九五七）　美濃海津町（現海津市）の人。幼時より祖母から漢字を習い、小学校・高等小学校時代に漢学を学ぶ。岐阜師範学校卒。女子師範・大垣中学校で教鞭をとる。のち大垣図書館長を勤め、同時に郷土史研究に力を入れる。編著書に「梁川星巌全集」五巻、「濃飛偉人伝」「宝暦治水と薩摩藩士」「細香と紅蘭」など。

宇田川榕庵（うだがわ・ようあん／一七九八―一八四六）　江戸後期の蘭学者・科学者。大垣藩医江沢養樹の子。のち宇田川榛斎の養子となる。化学・植物学・動物学・薬学に造詣が深く、かつ識見に富んだ。著書に「舎密開宗《せいみかいそう》」「植学啓原」「菩多尼訶経《ぼたにかきょう》」など。

梅田雲浜（うめだ・うんぴん／一八一五―五九）　幕末の勤皇家。名は定明、通称は源次郎。もと若狭小浜藩士。山崎闇斎派に学び、尊攘論を唱える。京で梁川星巌宅に出入りして志士たちと交わり、安政の大獄で捕えられ、江戸の獄舎で病死。

梅辻春樵（うめつじ・しゅんしょう／一七七六―一八五七）　名は希声、字は延調・無絃、通称は勘解由、号は春樵・愷軒《がいけん》など。近江坂本の日吉神社の祠官をつとめ、従四位。文化四年（一八〇七）より京で多くの門弟に詩文を教授。諸侯から寵遇を受けたが、性格は狷介で、あまり人と交わらなかった。著書に「春樵詩草」など。

浦上春琴（うらがみ・しゅんきん／一七七九―一八四六）　江戸後期の南画家。浦上玉堂の長男。姓は紀、名は選、字は伯挙・十千、通称は喜一郎、号は春琴のほか睡庵・文鏡亭、二卿など。一六歳の時、鴨方藩を脱藩した父に従い、弟秋琴とともに諸国を遊歴。画を父に学ぶ。文化八年（一八一一）、長崎から京に帰り、父の没後烏丸二条に住む。画風は父玉堂の破格な画に対し、山水・花鳥とも繊細で色彩鮮やかである。詩書も能くした。頼山陽・篠崎小竹・柏木如亭らと親交。古書画の鑑識にすぐれ、煎茶を好んだ。細香は山陽の勧めで、春琴に画法を学んだ。著書に「論画詩」二巻、詩文若干がある。

雲華（うんげ／一七七三―一八五〇）　姓は末広、名は大含、号は雲華のほか、鴻雪、染香人、王之巨など。豊後竹田の人。日田の広円寺法蘭に学び、中津の倉成龍渚・福岡の亀井南冥に学ぶ。中津の正行寺住職となり、のち京の東本願寺学職に就任する。枳殻邸の東に住み枳東園と号した。詩文を能くし、蘭画を得意とした。山陽、小竹、田能村竹田らと親交があった。著書に「唱和集」

「雲華上人遺稿」がある。

江馬活堂（えま・かつどう／一八〇六―九一）　名は元益・椿、字は子友、幼名は益也、通称春齢（四代）、号は藤渠または万春。隠退後は活堂と号した。江馬松斎・柘植夫妻の長男。幼時から漢籍の素読を伯母細香から受けた。のち経書を菱田毅斎に、蘭書を吉川廣簡に学び、飯沼慾斎と蘭書会読をする。一五歳で父を亡くし、跡を継いで藩医となる。のち江戸・京で蘭学・本草学を修め、本草家として認められる。幕府医学館で「本草綱目」を講義した。五六歳で隠退したが、その後も患者を治療し、塾で多くの門人を指導した。性格は几帳面で、江馬家に伝わる文書類、来簡をすべて整理・保存した。講義録に「藤渠江馬先生常用方彙」「療治口訣」、著訳書に「重訂眼科必読」「重訂医学捷徑」「シーボルト和産本草名目」ほか多数、随筆に「藤渠漫筆」「近聞雑録」がある。

江馬元澄（えま・げんちょう／?―一七七四）　名は元澄、通称は春齢（初代）。自穏軒と号した。もと伊予国桑邨郡の浅見氏の裔で、祖父庄助正房が大垣に来て、その子正好が大垣藩に仕えた。その次男が門右衛門元澄で、初めて江馬氏を称した。藩医北尾春圃に医術を学び、やがて七代藩主戸田氏教《うじのり》に召し出されて藩医となった。

江馬元齢（えま・げんれい／一八一二―八二）　名は桂、幼名は千次郎、字は秋齢、通称は元齢、号は金粟・黄雨楼。松斎・柘植夫妻の次男。詩を梁川星巌、文を村瀬藤城・神田柳渓に学ぶ。一六歳で上洛し山陽に学ぶ。一九歳で再び上洛して高野長英に、また大坂で岡研介に蘭学を学ぶ。天保八年（一八三七）夏、大垣に疫病流行し、兄元益とともに、治療にあたった。二九歳で大垣竹島町に別家開業、安政三年（一八五六）、大垣藩洋学館教授となる。のち大垣医師取締を命ぜられる。明治後は信州飯田病院長となる。漢詩文、画にもすぐれ、多芸・多才であった。著訳書に「黄雨楼集」「金粟題画詩鈔」「医事問答」「内科摘要抄語解」「製薬試験表」ほか多数。細香は二人の甥を愛して、詩の中にも詠んでいる。

江馬春熙（えま・しゅんき／一八五四―一九〇一）　江馬元齢の長男。名は芬。父について蘭学を学び、一四歳で藩の蘭学助教授。明治三年（一八七〇）、長崎で洋学を学ぶ。同六年、長野県飯田病院に勤務。翌年、横浜の十全病院に転勤し、次いで福島県の須賀川病院長となる。明治一一年上京、神田今川町で開業。著書に「対症備考」、弟富之助との共著「七科医事捷徑」ほか多数。細香詩集「湘夢遺稿」の校訂をした。

江馬松斎（えま・しょうさい／一七七九―一八二〇）　名は元弘、幼名安之丞、字は子道、通称は元齢・祥甫、のち春齢（三代）、号は松斎。蘭斎の妹温井美与の次男。蘭斎に学び、のち次女柘植の婿養子となり、家督を継ぐ。文化一一年（一八一四）、松平定信の病気を治し、信頼を得て彼の侍医四人を門人とした。勤勉な性格でよく蘭学を学び、オランダ語に堪能であった。著訳書は「和蘭医方纂要」「診脈図説」「溺死活法」「薬性解」など多数。

江馬信成（えま・しんぜい／一八二六―七四）　名は元義、字は信成、幼名千太郎、通称は春齢（五代）、号は筍荘《じゅんそう》。江馬活堂の長男。幼時から大伯母細香に愛され、詩文の指導を受けた。一五歳で京に遊学、貫名海屋、江馬榴園らに学ぶ。次いで江戸で坪井信道に学ぶ。嘉永二年（一八四九）緒方洪庵に入門、また木村長蔵、竹内玄同に学ぶ。安政三年（一八五六）、種痘療治の功によって、知行組医師格。三六歳の時、父活堂が隠退したため家督相続。江馬蘭学塾で門人の指導に緒方洪庵の著訳書「扶氏経験遺訓」「病学通論」などを多く使ったので、洪庵から信成あての書簡が多くある。

江馬柘植（えま・つげ／一七八九―一八八〇）　江馬蘭斎の次女、細香の妹。一五歳の時、従兄にあたる温井松斎を婿養子に迎える。父蘭斎が文化四年（一八〇七）隠退し、夫が家督を継いだので、三代春齢夫人となる。元益・元齢の男子二人、女子（名は栄）一人を生んだが、女子は早世。三二歳の時、夫松斎が亡くなり、その後、円照院と号した。詩書画の道に精進する姉細香に代わって、江馬家を切り盛りし、経営を裏面で支えたと思われる。明治一三年（一八八〇）三月、九二歳の天寿を全うした。

江馬天江（えま・てんこう／一八二五―一九〇一）　名は聖欽、字は永弼、通称は正人、号は天江。近江坂田郡六荘村の儒者下坂篁斎の六男。弘化三年（一八四六）より江馬元齢に医学を学び、江馬榴園の養嗣子となり、ともに御室門跡宮の侍医を勤めた。嘉永元年（一八四八）、適塾に入門し、また梁川星巌に詩文を学ぶ。明治元年（一八六八）、徴士として太政官に出仕、史官として筆生百余人を監督。官を辞して後は後進に教授し、著述の傍ら詩酒自適の生活をした。著書に「眼科真筌」「古詩声譜」「退享園詩鈔」など。

江馬蘭斎（えま・らんさい／一七四七―一八三八）　名は元恭、号は好蘭斎、略して蘭斎、通称春齢（二代）。美濃大垣（現大垣市）伝馬町鷺見庄蔵の長男。同町の町医江馬元澄に書を学び、のち養嗣子となる。元澄が藩医となったので、やがてその跡を継いだ。寛政四年（一七九二）、四六歳の時、蘭学を志し、江戸勤務の折に杉田玄白に師事、次いで前野良沢について蘭学を学んだ。三年後帰国して自宅で開業、併せて蘭学塾好蘭堂を開設。多くの門人を育てた。六一歳で隠退し、九二歳で没するまで蘭学の勉強を怠らなかった。美濃蘭学の開祖といわれる。著訳書に「論語訓詁解」「五液診法」「泰西熱病集訳」「好蘭斎漫筆」「本草千種」ほか多数。

江馬榴園（えま・りゅうえん／一八〇四―九〇）　美濃国本巣郡身延村（現岐阜県糸貫町）飯尾兵蔵の四男。名は静安、通称は権之介、号は榴園。文政二年（一八一九）、江馬塾に入門。一〇年余修学ののち、江戸で宇田川榕庵に学ぶ。天保五年（一八三四）、京都で開業。蘭斎から江馬姓を許され、活堂の義弟となる。弘化元年（一八四四）、御室門跡宮に侍医となる。嘉永二年（一八四九）、京で初めて種痘を実施。明治以後は府の医業取締となり、府立医科大学の創立に参画。著訳書に「室速篤《ちそつと》内科書」「薬性提要」「和蘭局方薬名字彙」など。

大窪詩佛（おおくぼ・しぶつ／一七六七―一八三七）　江戸後期の詩人。名は行、字は天民、通称は柳太郎、号は詩佛、詩聖堂、江山詩庵、柳垞痩梅など。常陸大久保村の医家大窪宗春の子。山本北山の奚疑塾に学び、市河寛斎の江湖社に入る。家の医業を継がず、専門の詩人として立つ。文化三年（一八〇六）神田お玉ヶ池に住み、詩聖堂と称して江戸詩壇の一中心となる。詩風は平明清新、書画も能くし、多くの文人墨客が出入りした。また信州、北陸、関西と広く旅をし、詩作している。文政元年（一八一八）と四年の二度にわたり、細香は名古屋滞在中の詩佛を訪問。著書に「詩聖堂詩集」「北遊詩草」「西遊詩草」ほか多数。

大倉笠山（おおくら・りゅうざん／一七八五―一八五〇）　名は穀、字は国宝、号は笠山・義邦。山城国笠置の富豪の長男に生まれ、幼時より文墨を好んだ。家業を弟に譲り、頼山陽に詩を、中林竹洞に画を学ぶ。妻は一子を残して早世。のち吉田袖蘭と再婚。夫婦趣味を同じくし、ともに名所旧跡を訪ね、多くの文人と交流した。

大崎文姫（おおさき・ぶんき／生没年不詳）　江戸後期の女流漢詩人。姓は大崎氏、名は栄、字は文姫、号は小窗。若い頃、総州に住んでいたらしい。窪木清淵という学者について学び、のち江戸に帰り山本北山に学んだ。三四歳で家族を喪い、独り身で機織りしながら暮し、その余暇に書物を読み、詩を作る孤独な暮らしを送った。

大塩平八郎（おおしお・へいはちろう／一七九三―一八三七）　江戸後期の陽明学者。大坂町奉行所の与力。名は正高、号は中斎、大坂天満生まれ。家塾を洗心洞と名付け門人を教授した。廉直で吏務に練達していた。天保の飢饉において町奉行に救済を請うが容れられず、自分の蔵書を売り払って窮民を救った。天保八年（一八三七）二月、役人たちの腐敗ぶりを怒り、大坂で救民・幕政批判の兵をあげ、敗れて潜伏後に放火して自殺した。頼山陽とは互いに深く理解しあった仲である。著書に「洗心洞箚記」「古本大学刮目」など。

大田錦城（おおた・きんじょう／一七六五―一八二五） 江戸後期の儒者・考証学者。加賀大聖寺の医家・本草家大田玄覚の子。名は元貞、字は公幹、通称は才佐、号は錦城。はじめ京の皆川淇園に、次いで江戸の山本北山に学ぶ。江戸市中で教授したのち、三河吉田藩の儒官となる。また加賀藩にも仕えた。清朝の考証学を学んで、我国考証学の先駆となった。著書に「九経談」「仁説三書」「疑問録」など。文政三年（一八二〇）、京から江戸への途中、大垣で細香に会っている。

大田蘭香（おおた・らんこう／一七九八―一八五六） 江戸後期の女流詩人。加賀藩儒大田錦城の娘。名は晋、字は景昭、号は蘭香。江戸で生まれた。幼少から父の教えを受け、詩書画ともにすぐれていた。古筆家一一代了伴に嫁ぐが間もなく離別。尼となって金沢に移住。その後は文人の道を歩んだ。著書に「蘭香詩」数巻があると言われる。

大槻玄沢（おおつき・げんたく／一七五七―一八二七） 江戸後期の蘭医。名は茂質《しげかた》、字は子煥、号は磐水、通称玄沢。陸奥一ノ関藩医大槻玄梁の子。同藩医建部清庵に師事、江戸に出て杉田玄白の門人となり、また前野良沢から和蘭語を学んだ。天明五年（一七八五）、長崎に遊学、その後、工藤平助の推薦で本藩仙台藩の医師となった。江戸で蘭学塾芝蘭堂を開き、門人を教授。寛政六年（一七九四）閏一一月一一日、第一回新元会（オランダ正月）を催し、蘭学者同士の交流を図った。江戸に出府中の江馬蘭斎も出席した。幕府の蕃書和解《わげ》御用の掛となり、ショメールの「家庭百科辞典」の翻訳にあたった。和蘭語の入門書「蘭学階梯」はじめ「重訂解体新書」など著訳書は三百巻にものぼり、蘭学普及の功績は大きい。

大槻磐渓（おおつき・ばんけい／一八〇一―一八七八） 大槻玄沢の次男。幕末維新期の洋学者・砲術者、仙台藩の儒者。名は清崇、字は士廣、通称は平次、号は磐渓。はじめ昌平黌に学び、文政一〇年（一八二七）長崎に遊学、蘭学を修める。詩文を能くし、松崎慊堂・梁川星巌に私淑。江川塾でも砲術を学び、藩兵の調練を行った。ペリー来航に際し開国説を建議。文久二年（一八六二）、仙台藩校養賢堂学頭となる。戊辰戦争の際、奥羽列藩同盟を支持して投獄。赦されて明治以後は東京に住む。文政一〇年二月、上洛中の細香を宿舎に訪問し、また頼山陽たちとの平野の花見に同行。著書に「孟子約解」「近古史談」「寧静閣詩文集」ほか多数。

鴻雪爪（おおとり・せっそう／一八一四―一九〇四）　大垣全昌寺の第二五世住職。瀬戸因島の人。津和野大定院住職無底和尚の弟子となる。弘化三年（一八四六）、大垣全昌寺の住職となった。小原鐵心はこの僧を師と仰ぎ、多くの人が帰依した。安政五年（一八五八）、松平春嶽に請われて福井の孝顕寺に移る。明治以後、春嶽・山内容堂、鍋島閑叟らと交流し、従四位に叙せられた。

大沼枕山（おおぬま・ちんざん／一八一八―九一）　名は厚、字は子寿、通称は捨吉、号は枕山、熙々堂、水竹居。江戸下谷御徒町に生まれる。父は尾張藩儒大沼竹渓。年少の時、鷲津益斎に学ぶ。のち梁川星巌の玉池吟社に参加。その後下谷吟社を主宰し、多くの詩人を育てた。明治詩壇で小野湖山・森春濤と並び称された。著書に「枕山詩鈔」「枕山詠物詩」「日本詠史百律」「江戸名勝詩」ほか多数。江戸で小原鐵心らと詩会をしている。

岡田絲桐（おかだ・しとう／生没年不詳）　女流画家、岡田半江の妻。

岡田周輔（おかだ・しゅうすけ／一八〇六―八〇）　徳島藩儒官。名は僑、字は周輔、号は鴨里。淡路津名郡中田村の砂川佐一郎の四男。のち岡田家を継ぐ。頼山陽門下第一の英才と言われた。天保元年（一八三〇）、美濃へ帰る細香を山陽ほか二人とともに琵琶湖畔まで見送った。山陽は死ぬ前年に「日本外史」の不備を補うことを彼に託した。一九年後、「日本外史補」が公刊された。のち洲本学問所の教授となり、明治以後、新政府に出仕した。著書は「名節録」「蜂須賀家記」「鴨里文稿」など。

岡田半江（おかだ・はんこう／一七八二―一八四六）　江戸後期の山水画家。名は粛、字は子羽、通称は宇右衛門、号は半江。書画・詩文を父米山人に学ぶ。津藩に仕え四三歳の時に隠退。のち田能村竹田・頼山陽・篠崎小竹らと交わり、大坂文人画壇の中心となる。

緒方洪庵（おがた・こうあん／一八一〇―六三）　名は章、字は公裁、号は華院・適々斎。大坂で中天游について医学・理学を学ぶ。師の勧めで江戸に出て、坪井信道につき和蘭語と医学を修めた。天保七年（一八三六）、長崎に遊学。間もなく大坂で開業、家塾を適々斎塾（適塾）と称し、多くの有能な門人を育てた。のち江戸に出て幕府の医学頭取となった。日々の診療、多くの医学書の翻訳、公衆衛生面の仕事（種痘やコレラ対策）など功績大である。江馬家の蘭学塾では彼の訳述書「扶氏経験遺訓」を門人の教科書として多く使っていた。著訳書「扶氏経験遺訓」「病学通論」ほか多数。

荻生徂徠（おぎゅう・そらい／一六六六―一七二八）　江戸中期の儒者。名は双松、字は茂卿、通称は惣右衛門、本姓は物部氏。物徂徠と称した。江戸の人。はじめ朱子学を学び、のち古文辞学を唱え、家塾蘐園《けんえん》を開設。門下に太宰春台・服部南郭らがいる。著書に「訳文筌蹄」「弁道」「弁名」「論語徴」「蘐園随筆」ほか多数。細香は七歳の時、徂徠の書を臨書した。

小野湖山（おの・こざん／一八一四―一九一〇）　名は長愿、字は懐之・士達・舒公、通称は仙助・侗之助、号は湖山・晏斎・狂々道人・賜硯楼。近江浅井郡田根村の医家横山玄篤の子。一七歳で梁川星巌の門人となり、尾藤水竹・藤森弘庵らから儒学を学び、頭角を現す。嘉永五年、三河吉田藩の儒官となる。尊王の志士と交わり、安政の大獄に連座して一時幽閉。文久三年、藩校時習館教授となり、藩内尊王論の中心となった。明治以後は徴士として出仕、のち豊橋藩権少参事。その後は上京し詩文をもって一家をなし、大沼枕山・森春濤と明治の三詩人と称された。安政元年（一八五四）一〇月、細香を訪問している。著書に「湖山楼詩鈔」「湖山老後詩」など。

小野招月（おの・しょうげつ／生没年不詳）　備中長尾（現高梁市?・）の富農小野蘇庵の甥。名は達、字は泉蔵、号は招月・樗山。詩を茶山・山陽に学んだ。小野家は尾道の橋本竹下と同様に、山陽の後援者の一人である。蘇庵の父の櫟斎は山陽がはじめて京で塾を開くときから、支援していた。招月の詩風は明澄・快活で、その著作「招月亭詩鈔」五巻に山陽は序を撰し、全巻にわたって頭評を加えている。ほかに「社友詩律論」がある。

小原鐵心（おはら・てっしん／一八一七―七二）　名は忠寛、字は栗卿、通称は二兵衛、号は鐵心・是水・酔逸。大垣藩城代小原忠行の長男。嘉永三年（一八五〇）、藩政改革の任に命ぜられ、ペリー来航の際、藩兵を率いて浦賀奉行の援助に赴く。文久三年、藩老として藩主に従い京都守備。明治元年（一八六八）、参与として朝廷に出仕。詩文書画を能くし、津藩儒斎藤拙堂に入門、江戸では梁川星巌・佐久間象山・高島秋帆らと親交。また青年時代から細香と親しく、詩社咬菜社を結んで、細香を社長に推した。別荘無何有《むかう》荘に多くの文人墨客を招いた。著書に「鐵心遺稿」「鐵心居小稿」「鐵心文稿」「地下十二友詩」ほか。

小山田与清（おやまだ・ともきよ／一七八三―一八四七）　江戸後期の国学者。武蔵の人。字は将曹、号は松屋《まつのや》。群書を蒐集し、その書庫を擁書楼といった。考証学に精通し、水戸藩の史館に出仕。膨大な蔵書は彰考館に収められた。著書は「松屋筆記」「擁書楼日記」ほか。

柏淵蛙亭（かしぶち・あてい／一七八五―一八三五）　名は嘉一、字は純甫、通称は藤太夫、号は蛙亭・修斎。美濃多芸郡高田村（現岐阜県養老郡高田）の人。馬淵嵐山・秦滄浪らについて経史・詩文を学ぶ。国学を小原君雄・鬼島広蔭に学び、その他、武技・蹴鞠・琴・謡曲など諸芸に通じた。白鷗社の同人で養老谷の蛙鳴を愛し、「渓蛙歌」を作った。

片山九畹（かたやま・くえん／一七七七―一八三六）　江戸後期の女流漢詩人。名は蘭。越前福井の御用商人片山平三郎の娘。家業は蠟燭・鬢付けを扱い、屋号を大黒屋といった。父が和歌を嗜む風流人であったため、九畹の姉妹はいずれも文学を好んだ。九畹は藩儒高野真斎に漢学を学び、漢詩は菊池五山の添削を受けたと言われる。京で頼山陽や十時梅崖らと交流した。儒者梅辻春樵に嫁いだが、離別。福井に帰り、次いで江戸に出て詩を学んでいる。父の没後帰郷し、父が建立した寺を守って晩年を過ごした。山陽の手紙によれば、かなりの詩稿があったらしいが、生家は福井空襲で焼け、すべて失われた。

亀井少琴（かめい・しょうきん／一七九八―一八五七）　名は友・友之、号は少琴、少栞と署名することが多い。福岡藩士亀井昭陽の長女。弟が幼かったため、父の期待が大きく、幼時から父について儒学を学んだ。九歳の時、秋月藩主が書画会を催し、少琴は行書一行を出品し、褒賞を賜った。一九歳で三苫源吾を婿養子に迎える。女児一人を生んだが、六歳で早世し、のち末の弟を養子とした。結婚までの詩作を「窈窕稿乙亥」としてまとめている。古典的詩風の作が多い。

亀井昭陽（かめい・しょうよう／一七七三―一八三六）　江戸後期の儒者。名は昱、字は元鳳、号は昭陽・空石、月窟など。古文辞学者亀井南冥の長男。福岡藩士。経学に詳しく、徂徠学の立場をとったが、徂徠の説には批判的であった。著書に「左伝纉考」「読弁道」など。特に文章にすぐれ「烽山日記」という文学的記録がある。

加茂永卿（かも・えいきょう／生没年不詳）　阿波徳島藩士。本姓は三木、通称は永吉・直人、号は可庵。若い頃、篠崎小竹・古賀謹堂に学び、のち昌平黌に入学。嘉永・安政頃から勤皇家として活躍。安政二年（一八五五）、長州藩士山県半蔵が蝦夷視察の帰途、細香を訪問。その折、鐵心はじめ藩士たちと、他藩の士が細香の書斎湘夢書屋に集まった。中に加茂永卿（与一郎）がいたことが、詩稿でわかる。安政の大獄で一時捕われ、明治以後は兵庫県はじめ各県の知事を歴任。元老院議官・貴族院議員を勤めた。彼が中島棕隠の養嗣子であったことは、頼立斎の書簡でわかる。

菅茶山（かん・ちゃざん／一七四八―一八二七）　江戸後期の儒者・漢詩人。本姓は菅波氏、名は晋帥《ときのり》、通称は太中、号は茶山、備後神辺（現福山市）の人。京の那波魯堂に学び、帰郷して廉塾を開き門人を教えた。詩にすぐれ、宋詩風の詩を作った。寛政以後、随一の詩人と言われる。頼山陽も、一時この塾の代講を勤めた。著書に「黄葉夕陽村舎詩」「筆のすさび」など。茶山は没後の遺稿の整理・刊行を山陽に託した。

神田柳渓（かんだ・りゅうけい／一七九三―一八五一）　名は充、字は実甫、号は柳渓、屋号を南宮山房と称した。美濃不破郡岩手村（現岐阜県垂井町）の旗本竹中氏の用人神田重寛の三男。一四歳で彦根に遊学、儒学と医学を学ぶ。のち京で小石元瑞に内科を、奥劣斎に産科を学ぶ。また頼山陽に文を学ぶ。文政三年（一八二〇）、帰郷して開業。詩を能くし、村瀬藤城・細香らの白鷗舎に参加。美濃詩壇の重鎮であった。著書に「南宮詩鈔」「蘭学実験」など。

菊池五山（きくち・ござん／一七六九―一八四九）　江戸後期の詩人。讃岐高松藩儒官。名は桐孫、字は無絃、通称は左大夫、号は五山・娯庵、小釣舎など。江戸で柴野栗山、市河寛斎らに儒学を学び、のち塾を開く。詩文に秀で、江湖社に入り宋詩風の詩を作って、詩佛・柏木如亭らと並び称された。書画も得意とした。昌平黌学頭菊池半隠の跡を継いだ。著書に「五山堂詩話」「五山堂詩稿」など。「詩話」はことに当時の人々に読まれた。

木崎好尚（きざき・こうしょう／一八六五―一九四四）　小説家、新聞記者。大阪の人。本名は愛吉。明治二四年（一八九一）、西村天囚、渡辺霞亭らと浪華文学会をはじめ、読売新聞、「しがらみ草紙」「文芸」などに作品を発表する。大阪朝日新聞に入社し、政治、社会、文芸欄編集に従事。のち頼山陽の研究に着手、徳富蘇峰らとの共編で、「頼山陽書簡集」三巻「頼山陽全書」第一部・第二部を完成する。ほかに「家庭の頼山陽」「手紙の頼山陽」「頼山陽と其母」の著書がある。また金石史の分野でも大きな業績がある。

玉翁（ぎょくおう／一七四〇―一八二一）　東山永観堂禅林寺の第六二世住職。法名は澹空、字は旭応、号は岳陽、熙庵、蒼蔔叟など。俗姓は岡氏。近江栗太郡の生れ。一二歳で得度。安永九年、名古屋熱田の正覚寺で修行。天明七年、美濃西之荘の立政寺四四世住職となる。文化七年（一八一〇）、東山禅林寺の六二世住職。詩文を能くし、墨竹にすぐれ、また肖像画を多く残したが、名の顕れるのを嫌ってしばしば称号を改めた。著書に「無量寿経論註疏」がある。文化七年、将軍に拝礼のため江戸下向の途中、大垣江馬家に立ち寄った。その時蘭斎に乞われて、細香に墨竹画修業のための心得を教えた。

玉潾（ぎょくりん／一七五一—一八一四）　江戸後期、京の画僧。名は正邃《せいすい》、法号は曇空、淵々斎、墨石堂など。俗姓は馬場《ばんば》氏。近江栗太郡の生れ。東山永観堂禅林寺の住職玉翁の弟子。墨竹を得意とした。文化元年（一八〇四）より山科来迎寺に住んだ。細香は一三歳の頃から師事して、墨竹画を学んだ。

小石元瑞（こいし・げんずい／一七八四—一八四九）　京の蘭医小石元俊の子。名は龍、字は元瑞、号は檉園・蘭斎・硁軒・拙斎・秋岩仙史など。九歳から大坂の篠崎三島に学ぶ。一六歳から江戸の大槻玄沢に学ぶ。次いで京の皆川淇園につく。二五歳で父の塾究理堂を継ぎ、多くの門人を教授。やがて新宮涼庭と並ぶ名医といわれる。人柄は寛容で信頼され、詩文を好んで、頼山陽ほか多くの文人・学者と往来した。山陽没後、細香の詩稿を時折添削批評している。江馬家とは蘭医同士の付き合いがあった。小石家の古文書には頼山陽らのカルテ類も現存する。著書は「究理堂備用方符」「東西医説析義」「蘭薬分量考」「檉園随筆」ほか多数。

江芸閣（こう・うんかく／生没年不詳）　名は大楣、字は辛夷、号は芸閣。清国の姑蘇の商人で詩文を能くした。度々長崎に滞在。遊学中の学者・文人たちと詩の唱和を好んだ。山陽は長崎滞在中に会えなかったが、文通があり、細香は彼の仲介・指導で芸閣と詩の贈答をした。

児玉旗山（こだま・きざん／一八〇一—一三五）　名は慎、字は壬敬、通称は三郎、号は旗山・空々。加賀大聖寺藩士の三男。晩年の山陽門下で最も目をかけられた一人である。山陽の世話で結婚し、京で塾を開いた。師の没後は、その三男の三樹三郎を預かり教育したが、旗山は惜しくも三五歳で没した。三樹三郎はその後大坂の後藤松陰の下に送られた。頼山陽の多くの批評的文章は、「書後題跋」として旗山の手で編纂され、彼の没後に刊行、同時代及び後世の諸家から高い評価を受けた。旗山の墓は、山陽の墓地の中にある。

小寺翠雨（こでら・すいう／一八二五—六〇）　名は弘、字は士毅、通称は常之助、号は翠雨。幼少から利発で学問を好み、周囲から嘱望された。下級武士の家柄で、一六歳で郡役所に出仕、やがて藩の役人となる。藩老小原鐵心に認められ、二八歳で江戸に遊学。坪井芳洲に蘭学を学び、高島秋帆・佐久間象山・村田蔵六らについて兵学・砲術を修めた。象山塾では塾頭をつとめた。安政二年（一八五五）、大垣藩で西洋式操練が行われるため、帰国してその教官となったが、惜しくも三六歳で亡くなった。詩文・画を能くし、気概に富む人柄であった。選ばれて遊学する時、細香はじめ鐵心・戸田睡翁・松倉瓦鶏らが壮行の詩を贈った。細香詩集の中に翠雨の詩に次韻する作があり、画も贈っている。

後藤松陰（ごとう・しょういん／一七九七―一八六四）江戸後期の儒学者。美濃安八郡（現大垣市）の生れ。名は機、字は世張、通称は春蔵、号は松陰・春草・兼山。はじめ大垣の菱田毅斎に学び、のち山陽につく。文政元年（一八一八）、山陽の西遊に従う。同三年、大坂で塾を開き、八年に篠崎小竹の娘町を娶る。山陽没後、その遺族の保護に尽力した。また山陽の後を継いで、細香の詩稿の添削・批評を最後まで行った。細香の墓誌は松陰の撰文である。大垣の詩人たちとは終生親しく交わった。著書は「春草詩鈔」「松陰亭集」「竹深荷浄書屋集」ほか。

小林香雪（こばやし・こうせつ／一七五五―一八二〇）尾張藩医。名は文和、字は亮迪、号は香雪・香祖山房。美濃海西郡（現海津市）の近藤市右衛門の子。早くから医を志し、尾張の医小林嘉仲に師事、やがてその養嗣子となる。尾張藩医大河内存真の門人となり、小児科医となる。寛政一〇年、藩医となり、近衛家に嫁ぐ姫の侍医として出仕。人柄は明朗闊達、文雅を好み、書画を能くした。文人たちとの交流が多く、文化一〇年（一八一三）、山陽が美濃尾張を遊歴した時には、宮町（現名古屋市熱田）の香雪宅に滞在した。

斎藤拙堂（さいとう・せつどう／一七九七―一八六五）津藩儒官。名は正謙、字は有終、通称は徳蔵、号は拙堂・鉄研学人・のち拙翁。江戸藩邸内の舎宅で生まれる。昌平黌で古賀精里に学ぶ。二三歳で儒員試補・右筆格となり、翌年藩校講師。その頃京に赴き、頼山陽に会った。文政六年、藩主侍読となり、藩主に従って度々江戸に出て、次第に文名が知られる。弘化元年（一八四四）、藩校督学となり、「資治通鑑」を刊行する。また洋学館を創設し、学生を長崎に遊学させ、藩内に種痘を普及させた。歴史と文章を最も得意とし、幕府の儒官に招かれたが辞退した。学識と人格を慕って、藩外からも大垣の小原鐵心ほか多くの門人が集まった。安政四年（一八五七）、大垣に来遊した時、細香も詩会に出席している。著書に「救荒事宜」「拙堂文活」「月瀬紀勝」「高青邱詩醇」「士道要論」ほか多数。

斎藤竹堂（さいとう・ちくどう／一八一五―五二）名は馨、字は子徳、通称は順治、号は竹堂。仙台の人。養賢堂に学び、のち昌平黌に入る。文章にすぐれ、詩文掛として後輩の指導をした。のち舎長。社会情勢、外国事情にも明るく、敏感であった。仙台藩校から教員に任命されたが辞退、江戸下谷で塾を開いた。三樹三郎は昌平黌で竹堂から多大の指導を受けた。著書「鴉片始末」は当時の知識人に大きな衝撃を与え、その読後感想は細香の許へも村瀬藤城から届いた。そのほかに「村居三十律」「竹堂詩鈔」「読史贅議」「竹堂游記」など。

佐久間象山（さくま・しょうざん／一八一一―六四）　幕末の儒者・兵学者。信州松代藩士。名は啓、字は子迪・子明、通称は修理。佐藤一斎に朱子学を学ぶ。のち蘭学・砲術を学び、天保一三年、「海防八策」を藩主に献策。安政元年（一八五四）、吉田松陰の密航事件に連座して入獄。のち許され、幕命によって上洛したが、攘夷派に暗殺された。門人に吉田松陰・勝海舟・坂本龍馬らがいる。江戸で梁川星巌の玉池吟社の隣に住み、親交があった。

塩谷宕陰（しおのや・とういん／一八〇九―六七）　江戸末期の儒学者。浜松医官の子。江戸で生まれる。名は世弘、字は毅侯、通称は中蔵。号は宕陰。天保初年頃、山陽の塾で学ぶ。のち松崎慊堂《こうどう》に学ぶ。実用の学を重んじ、阿片戦争の情報を集めて「阿芙蓉彙聞」を著し、海防の急を論じた。水野忠邦に仕え、のち幕府儒官となった。天保元年（一八三〇）、京から美濃に帰る細香を、山陽は塩谷宕陰ほか二人の門人と琵琶湖畔まで送った。

篠崎小竹（しのざき・しょうちく／一七八一―一八五一）大坂の儒者。名は弼、字は承弼、通称は長左衛門、号は小竹・畏堂、南豊、退庵など。豊後速見郡八坂村の医加藤吉翁の次男。九歳で大坂の篠崎三島に学び、のち養嗣子となる。さらに江戸で古賀精里・尾藤二洲に学ぶ。大坂に帰り家塾を継ぐ。頼山陽・田能村竹田らと親交、学問は経史にわたり、また詩文にすぐれ、大坂で第一人者と言われた。篳篥、横笛を嗜んだ。著書に「小竹斎文稿」「小竹斎詩鈔」など。なお万巻に及ぶ蔵書家であった。細香は大坂で再度訪問している。

シーボルト（Philipp Franz von Siebold／一七九六―一八六六）　ドイツの医学者・博物学者。オランダ商館の医員。日本の動植物・地理・歴史・言語を研究。長崎の鳴滝に塾を開いて実地に診療し、また高野長英はじめ多くの医師を育てた。文政九年（一八二六）、商館長の江戸参府に随行、その間に対談・指導した人は三～四〇人にのぼる。文政一一年、帰国の際に日本の地図を持ち出そうとした罪に問われ、再入国を禁じられた。帰国後、日本研究に励み、日本開国のために奔走。安政六年（一八五九）、長男を伴い再来日。幕府に招かれ外事顧問となる。著作「ニッポン」「日本動物誌」「日本植物誌」は代表三部作。日本の洋学に多大の影響を及ぼした。

下曾根金三郎（しもそね・きんざぶろう／生没年不詳）　幕末の砲術家。名は信敦、筒井政憲の次男。天保一二年、幕府鉄砲方として、韮山代官江川太郎左衛門とともに高島秋帆に洋式砲術を学び、門下に教授。嘉永六年（一八五三）、米国国書受領の際、銃隊を率いて警護に当たる。安政三年、講武所の砲術師範、翌年歩兵奉行。慶応二年（一八六六）、陸軍の教授方頭取。新式砲術家として幕府・諸藩に重んぜられた。

謝道蘊（しゃどううん／三七六年頃）　六朝時代の女流詩人。晋の名臣謝安の姪女。雪の降るさまを柳絮の飛ぶのに譬えた逸話で有名である。山陽はしばしば細香を道蘊に準えて、詩の中にも詠んでいる。

杉田玄白（すぎた・げんぱく／一七三三―一八一七）　名は翼《たすく》、字は子鳳、号は鷧斎《いさい》・九幸翁。若狭小浜藩医杉田甫仙の子。西玄哲について蘭方外科を、宮瀬龍門に経史を学んだ。明和八年（一七七一）、江戸の骨が原で行われた腑分けを同志と見学、協力してクルムス著「ターヘル・アナトミア」の蘭語訳書を翻訳し、安永三年（一七七四）、「解体新書」五巻を刊行。のちに出版した「蘭学事始」は有名。ほかに「狂医之言」「和蘭医事問答」「形影夜話」など多数。江馬蘭斎は寛政四年（四六歳）、江戸に出府の際玄白に入門し、「解体新書」の講義を受けている。

杉田成卿（すぎた・せいけい／一八一七―五九）　江戸後期の蘭学者。名は信、号は梅里。玄白の孫。坪井信道に学び、幕府の蕃書和解《わげ》御用出役を勤める。訳書は「医戒」「済生三方」など医学書のほか、兵学・理学・史書に及ぶ。

鈴木松塘（すずき・しょうとう／一八二三―九八）　安房国府村の人。名は元邦、字は彦之、号は松塘・東洋釣史。天保十年、梁川星巌の門人となる。大沼枕山・小野湖山と並び称された。明治元年（一八六八）、浅草に七曲吟社を開き、多くの門人を集めた。彼の詩は陸放翁、高青邱に学び、精練深厚の詩風で、その真情実語は人を動かす、と評された。

関藤藤陰（せきとう・とういん／一八〇七―七八）　名は成章、字は君達、通称は五郎。備中の人。山陽晩年の門人たちの中で最もすぐれた一人。死の直前、山陽は彼に主要著作「日本政記」を清書させた。山紫水明塾の塾頭として、門人たちの中心となり師の没後の処理をした。その後、幕府老中福山藩主阿部正弘に仕え、ペリー来航の時浦賀に赴き、最も有能な外交官僚として活躍、水戸烈公からねぎらいを受けた。著書に「藤陰舎遺稿」「遊月瀬記」など。

高島秋帆（たかしま・しゅうはん／一七九八―一八六六）　幕末の兵学者、近代砲術の祖。名は茂敦、字は子厚・舜臣、通称は四郎太夫のち喜平、号は秋帆。長崎の町年寄兼鉄砲方。和蘭商館より砲術を学び、高島流と称した。阿片戦争の際、幕府に西洋砲術の採用を建議。江戸で調練をした。讒言によって一時投獄されたが許され、安政三年（一八五六）、講武所砲術指南役、武具奉行格となり、兵制改革を建言。訳書に「高島流砲術伝書」がある。江戸で小原鐵心と親交があり、大垣藩士小寺翠雨が入門した。

高野長英（たかの・ちょうえい／一八〇四―五〇）　江戸後期の蘭学者。名は譲、のち長英、号は瑞皐など。陸奥水沢の人。はじめ江戸で学び、のち長崎でシーボルトに学ぶ。また一時、豊後日田の咸宜園にも学んでいる。のち江戸で開業。渡辺崋山・小関三英らと尚歯会を作る。モリソン号来航につき「戊戌夢物語」を著して幕政を批判し、投獄。その後脱獄し、諸国に潜伏し活動したが、幕吏に追われて自殺した。著書はほかに「三兵答古知機」など、医学・理化学・兵書を多く訳述している。細香の甥元齢が大坂で長英に学んでおり、その縁で大垣の江馬家を訪問したことがある。

高橋景保（たかはし・かげやす／一七八五―一八二九）　江戸後期の天文・地理・蘭学者。幕府の天文方を勤め寛政暦を作った至時《よしとき》の長男。字は子昌、通称は作左衛門、号は蕃蕪・観巣・玉岡など。大坂生まれ。語学力にすぐれ、満州語、ロシア語にも通じた。海外事情にも明るく、蕃書和解御用《ばんしょわげごよう》設置を推進した。伊能忠敬の測量を監督し、その地図を修正した。シーボルトに日本地図を与えた罪を問われ獄死した。

田上菊舎（たがみ・きくしゃ／一七五三―一八二六）　江戸中期の女流文人。名は道。長州藩側用人田上由永の長女。一六歳で庄屋村田利之助に嫁ぐ。二四歳の時、夫が亡くなったので養子を迎えて家を継がせ、自分は実家に戻る。二八歳で尼となり、俳諧の道に入る。京へ出て美濃に赴き、美濃派の俳人の門人となる。その後江戸に出て俳人たちと交流し、さらに北陸路から奥の細道の跡を慕って松島まで行脚した。また帰国後、たびたび九州を遊歴し、その間に漢詩、琴、茶道も学び、旅の途上の画も多く描き、長崎では清の儒者と詩の贈答もしている。俳人の枠に納まらず、広く文人として活躍した。晩年は故郷に落ち着いて、それまでの作品を「手折菊」四巻にまとめた。その他の稿本も多い。

多紀安良（たき・あんりょう／一八〇六―五七）　幕府奥医師。名は元昕、字は兆寿、通称は安良、号は暁湖。将軍家斉に仕え、天保一〇年奥医師となる。元版「千金翼方」、宋版「備急千金要方」、古写本「医心方」の復刻を行った。細香の甥元益は、彼の推薦で幕府医学館で「本草綱目」の講義をした。

武元登々庵（たけもと・とうとうあん／一七六七―一八一八）　名は正質、字は景文、通称は周平、号は登々庵・行庵。備前和気郡の大庄屋の家に生まれる。幼時から学問を好み、詩書を能くし、閑谷黌に学んで神童と言われた。二〇歳ころ柴野栗山に入門、のち播州で眼科を学ぶ。文化七年（一八一〇）、菅茶山、頼山陽を知る。上洛して山陽、細香、春琴らと交流。書は篆隷真草ともに能くした。古詩を好み、蘭学も学んだ。著書に「古詩韻範」「行庵詩草」など。文化一四年（一八一七）、大垣に来遊し、細香を訪問した。

田能村竹田（たのむら・ちくでん／一七七七―一八三五）　名は孝憲、字は君彜、通称は行蔵、幼名は磯吉、号は竹田・花竹窓主人・九畳仙史・随縁居士・藍水狂客・雪月楼主人など。豊後岡藩医田能村碩庵の次男。早くから画、漢学を学んだ。二〇歳で熊本の藩儒高本紫冥に師事し、また医学も学んだ。帰藩して藩校に出仕。のち江戸・京坂に遊学、藩校総裁となる。文化八年（一八一一）の農民一揆に際して藩政改革を建言するが容れられず隠退。以後詩画を専らにして自適した。画は明清風の穏やかな画風である。著書はすぐれた南画論「山中人饒舌」の他、「卜夜快語」など。作品は「亦復一楽帖」その他すぐれたものが多い。頼山陽とは深い友情で結ばれていた。

張紅蘭（ちょう・こうらん／一八〇四―七九）　幕末・維新期の女流漢詩人・画家。美濃安八郡曽根（現大垣市）の稲津長好の娘。名は景、姓は張を名乗った。はじめ華渓寺の住職太随和尚に読み書きを習う。一四歳の時、又従兄に当たる梁川星巌が帰郷して塾を開いたので入門。星巌は紅蘭の詩才を高く評価したという。やがて紅蘭は自ら望んで星巌の妻となった。文政五年（一八二二）から夫に従って西遊の旅に出る。近畿・中国・九州をめぐり多くの文人を訪ねる大旅行となった。やがて夫とともに江戸に出て玉池吟社をおこし、多くの詩人を集めた。隣家に佐久間象山が住み、親しく付き合った。弘化三年（一八四六）、京に移り住む。多くの勤皇攘夷の志士たちが出入りした。夫星巌は安政の大獄の直前にコレラで没し、紅蘭はその代わりに投獄。釈放されると夫の遺稿の整理保存に努め、また女子のための塾を開いて女子教育に尽力。明治後は京都府から二人扶持を賜った。細香とともに白鷗社に参加して、終生の友であった。著書に「紅蘭小集」、画幅に「群蝶の図」ほか多数。

坪井信道（つぼい・しんどう／一七九五―一八四八）江戸後期の蘭学者。名は道、幼名は環、通称は信道、号は拙誠軒・誠軒・冬樹。美濃池田郡脛永（現揖斐川町）の坪井信之の四男。幼くして両親を亡くし、長兄に従って各地で儒学・医学を学んだ。文政三年（一八二〇）、江戸で宇田川玄真について蘭学を学ぶ。同六年から「ブールハーベ万病治準」の翻訳を始め、同九年に完成。同年「診候大概」を著した。江戸で蘭学塾を開いて門人を育て、天保九年（一八三八）、長州藩医となる。細香の甥活堂への書簡があり、その長男の信成は江戸で信道の塾で学んでいる。著書に「遠西二十四方」「扶氏神経熱論」「冬樹先生遺稿」など。

徳山玉瀾（とくやま・ぎょくらん／一七二七―八四）江戸中期の女流画家・歌人。池大雅の妻。名は町、号は遊可・玉瀾・松風・葛覃居など。父は江戸の浪士徳山氏。母百合女、祖母梶女ともに歌人。一九歳で池大雅に嫁ぎ、夫とともに柳沢淇園に画を学ぶ。また和歌はともに冷泉為村についた。夫婦仲睦まじく、貧しさを厭わず、風雅を楽しみ、琴酒を嗜む暮らしで、奇行逸話が多い。夫大雅の没後も、扇子の画を描いて暮らしを立てた。明治四三年に刊行された「祇園三女歌集」には梶女、百合女、町子三人の和歌が収められている。

戸田睡翁（とだ・すいおう／一七九一―一八五七）名は頼及、幼名鶴太郎、通称は五郎左衛門、号は厳斎、義竹、楓軒、氷壺。晩年は睡翁。大垣藩主戸田家の分家で、代々藩の執政であり、文化四年、家督を継いだ。文政二年、城代となり、藩校の創設を進めた。天保一五年（一八四四）、家老次席、嘉永三年、隠退して風流を楽しむ。学を好み、詩を能くし、小原鐵心や細香と文学上の交わりをした。

中島棕隠（なかじま・そういん／一七八〇―一八五六）名は徳規・規、字は景寛、通称は文吉、号は棕隠・棕軒、因果居士・画餅居士・道華庵など戯号も使った。京の人。村瀬栲亭に学ぶ。京二条に住み、銅駝余霞楼と称した。化政・天保頃の最も華やかな流行作家と言われた。晩年も風流三昧の暮らしで、奇行逸事多く、詩・和歌・戯文・小説も作ったが、最も詩にすぐれた。著書は祇園の繁華を詠んだ「鴨東竹枝」「都繁盛記」ほか多数。細香は上洛時には、書物の貸し借りなど親しく交わった。

中島米華（なかしま・べいか／一八〇一―三四）名は大

賚、字は子玉、通称は増太、号は米華・海棠窠。豊後の人。広瀬淡窓の咸宜園に学び、秀才とうたわれた。文政元年（一八一八）、山陽が淡窓を訪ねた時、一八歳の米華が接待にあたった。やがてこの縁で山陽に入門。のち江戸に出て昌平黌で古賀侗庵に学び、寮長を務める。帰郷して佐伯藩の儒者となるが、三〇代半ばで亡くなった。山陽の塾にいた天保元年、京から美濃に帰る細香を、山陽ほか二人と琵琶湖畔まで見送った。咸宜園の優秀な塾生の詩を集めた「宜園百家詩」に、その詩が多く収められている。

中西彦左衛門（なかにし・ひこざえもん／一八一三―七〇）名は忠真、通称彦左衛門。大垣藩に仕える譜代の家臣で、忠真は六代忠融の子。文政六年に家督相続、天保四年（一八三三）に郡奉行となり、安政四年には羽根谷の改修工事に従事した。万延年間に用人となり、慶応四年には藩政の中枢に参画。細香や鐵心とは詩画を通じて親しく、安政五年（一八五八）の夏、頼三樹三郎が幕吏に追われ大垣に逃れた時には、自宅の土蔵にしばらく彼を匿った。

中林竹洞（なかばやし・ちくどう／一七七六―一八五三）名は成昌、字は伯名、号は竹洞、太原庵、東山隠士、沖澹など。名古屋の医師中林玄棟の子。はじめ山田宮常・神谷天遊について画を学ぶ。京に出て宮崎筠圃に画を、佐野少進に儒学を学ぶ。墨竹・山水に長じ、晩年は西陣で特別に織らせた絵絹に描いた。著書に「竹洞画稿」「画道金剛杵」「竹洞画論」など。細香とは親交があり、大倉笠山はその門人。

野村藤陰（のむら・とういん／一八二七―九九）　名は政煥・煥、字は子章、幼名喜三郎・龍之助、号は藤陰。大垣藩士野村龍左衛門の子。一五歳で藩校致道館に入学、一八歳で藩校の助教補となる。嘉永三年、家督を継ぎ、大坂の後藤松陰に入門。さらに津藩の斎藤拙堂に学ぶ。安政元年（一八五四）藩校教官となり、また江戸で塩谷宕陰に入門。明治元年（一八六八）、藩校督学、郡奉行兼務。同五年、新政府の大蔵省に出仕、翌年帰郷して、子弟の教育に従事した。著書に「藤陰遺稿」がある。黎祁吟社の同人であり、細香詩集「湘夢遺稿」の跋文は藤陰の撰である。

羽倉簡堂（はくら・かんどう／一七九〇―一八六二）　江戸後期の儒者・幕臣。名は用九《ようきゅう》、通称は外記、号は簡堂。古賀精里に学び、幕府代官を勤めた。天保一三年（一八四二）、水野忠邦に抜擢され、勘定吟味役として天保の改革に活躍したが、忠邦が失脚し罷免された。著書に「海防私策」編著に「従吾所好」など。寛容かつ好学の人で、山陽に蔵書を贈り感謝されている。また大坂の後藤松陰の塾にいた三樹三郎を、江戸へ伴って昌平黌に入学させた。

橋本竹下（はしもと・ちくか／一七九〇―一八六二）　名は旋・徳聰、字は元吉、号は竹下。尾道の豪商であった橋本徳貞の養嗣子。質、両替、酒造業を営んだ。屋号は灰谷吉兵衛、略称は灰吉。山陽の初期からの門人で、また強力な後援者であった。山陽が尾道で、持っていた細香の画に詩を題して贈ったと手紙に書いているのは、おそらく竹下であろう。

葉山鎧軒（はやま・がいけん／生没年不詳）　平戸藩重臣。名は高行、号は鎧軒。若いころ江戸で佐藤一斎について陽明学を学び、山鹿流の兵法を修めた。平戸藩主松浦静山以下三代に仕えて重用された。その学徳は広く聞こえ、のち吉田松陰も平戸にきて教えを受けた。嘉永五年（一八五二）、細香に詩を寄せ、文場の女丈夫と称えた。

原古処（はら・こしょ／一七六七―一八二七）　筑前秋月藩の儒者。藩士手塚甚兵衛の次男。藩校教授原坦斎の養嗣子となった。若くして福岡藩儒亀井南冥について学び、頭角を現す。特に詩にすぐれ、文にすぐれた南冥の嗣子昭陽とともに「文の昭陽・詩の古処」と並び称された。彼が藩校教授となると、その学識と人柄を慕って、他藩からも入門者があった。娘の采蘋に期待をかけ、江戸へ修業に出すとき、「名無クシテ　故城ニ入ルヲ許サズ」と餞の詩を与えたことは有名である。

原采蘋（はら・さいひん／一七九八―一八五九）　筑前秋月藩の儒者原古処の長女。名は猷《みち》、号は采蘋。兄と弟が病弱であったため、父は采蘋に大きな期待をかけ、学問、詩作を教えた。古処は隠退後、私塾古処山堂を開いたが、采蘋は父の代講を勤めるほどの学力があった。父に従って九州・中国地方を遊歴し、その詩才が広く知られた。亀井昭陽の娘少琴とは幼馴染であった。父の勧めで江戸へ遊学の旅に出て、二〇年間勉学し、塾を開き、また各地を遊歴して詩作した。嘉永元年（一八四八）、帰郷。母に孝養をつくし、母の没後は父の遺稿の出版を志して江戸へ向かう。途中病に倒れ、長州萩で没した。細香は少琴や采蘋に会えないことを嘆いている。

菱田海鷗（ひしだ・かいおう／一八三六―九五）　名は重禧、字は士瑞、通称は文蔵、号は海鷗・初遜斎。大垣藩儒菱田毅斎の六男。幼少から父に学び、のち安積艮斎の門人となる。帰郷後、藩校の教官となる。鳥羽伏見の戦いで長州藩に捕えられ斬首される所を、辞世の詩を賦して助命となった。明治以後、新政府に出仕、学校取調委員、侍詔局御用掛、さらに福島県権知事、青森県権令などを歴任。黎祁吟社に、最年少の一三歳で参加した。著書に「海鷗遺稿」「海鷗詩刺」など。

菱田毅斎（ひしだ・きさい／一七八四―一八五七）　名は重明、字は伯麗、通称は清次、号は毅斎。美濃安八郡久瀬川（現大垣市）の人。家業は陶器商。皆川淇園に学び、帰郷して私塾を開き子弟を教育した。天保一一年、藩校の助教となり、のち藩主の侍講を勤めた。後藤松陰ははじめ毅斎に学び、のち山陽の門人となった。細香とも親しい間柄で、黎祁吟社の同人ではないが、時折詩会に出席した。著書は「理気説」「菱田重明詩集」など。

尾藤二洲（びとう・じしゅう／一七四五―一八一三）　江戸中期の儒者。名は孝肇、字は志尹、通称は良佐、号は二洲・約山。伊予川之江の回船業者の家に生まれた。大坂に出て古文辞学系の混沌社で片山北海に学ぶ。のち朱子学に転じた。寛政三年（一七九一）、昌平黌儒官に登用され、寛政異学の禁に参画。柴野栗山、古賀精里とともに寛政の三博士と言われた。妻は山陽の母静子の妹である。著書に「正学指掌」「素餐録」「称謂私言」など。

日野霞山（ひの・かざん／一七八八―一八七二）　名は日生、字は遠恕、号は霞山、一地院日生上人と号した。俗姓市原氏。土佐小高坂村の人。五歳の時、潮江村の要法寺に入り、のち宝蔵寺の三世住職を継ぐ。さらに山科壇林で修行し、近江湖東の常昌寺の住職となる。書画風流を好み、京で浦上春琴に画を、山陽に詩文を学ぶ。晩年、美濃羽島郡江吉良（現羽島市）の安楽寺一三世住職となる。星巌・細香・鐵心・鴻雪爪らと親交、塾を開いて漢籍・画法を教授した。著書に「神弁書」がある。

平田玉蘊（ひらた・ぎょくおん／一七八七―一八五五）　江戸後期の画家。尾道東御所町（現尾道市）の人。名は豊・章、号は玉蘊。木綿問屋福岡屋の平田信太郎の次女。幼少から画を好み福原五岳について学び、のち円山派の八田古秀に師事した。画風は華麗な花鳥人物画が多い。頼山陽と結婚の意思があったが、不首尾に終わった。のち家が没落すると、画筆で生計を立て、母に孝養をつくした。山陽、頼杏坪、菅茶山らが彼女の画に賛を寄せている。住まいを鳳尾軒といった。

広江秋水（ひろえ・しゅうすい／一七八五―一八三四）　文人。名は鐘、字は大声、号は秋水。父殿峰は下関の醤油醸造家で、町年寄格であった。秋水は高本紫溟・頼山陽に学び、詩にすぐれ、書・篆刻をよくした。

広瀬淡窓（ひろせ・たんそう／一七八二―一八五六）　江戸後期の儒者。名は簡・建、字は子基、号は淡窓・青渓・

苓陽。豊後日田の商家の生れ。福岡の亀井南冥・昭陽父子に入門。咸宜園を開設し、門人三千人余を教えた。身分にとらわれず、学力本位の合理的な教育法で高野長英や大村益次郎ら逸材を育てた。自分は九州を出なかったが、多くの人の訪問を受け、山陽も九州遊歴の時、訪問した。著書に「迂言」「遠思楼詩鈔」「淡窓詩話」など。

藤井竹外（ふじい・ちくがい／一八〇七―六六） 名は啓、字は士開、通称は啓次郎、号は竹外・雨香仙史・強哉・小広寒宮主人など。高槻藩鉄砲奉行。頼山陽に師事、しばしば高槻から山陽塾に通い、隠退後は山陽旧宅近くに住み、また没後は師の墓域内に碑を建ててもらうほど山陽を慕った。絶句にすぐれ、とくに「芳野懐古」の詩は幕末の志士に愛唱された。著書に「竹外二十八字詩」「竹外詩鈔」「竹外亭百絶」など。細香は大坂・須磨・明石などに旅をした帰路は、必ず高槻の竹外を訪問している。また細香の墨竹画と竹外の書の合作の屏風もある。

フーヘランド（C.W.Hufeland／一七六二―一八三六） ワイマール王宮の侍医。一八一〇年、ベルリン大学創立に尽くし、内科学教授として名声が高かった。彼の著書の蘭訳はほぼ同時代に日本にもたらされ、杉田成卿訳「済生三方」、緒方洪庵訳「病学通論」「扶氏経験遺訓」は我国蘭方医に大きな影響を与えた。江馬蘭学塾でもテキストとして多くを販売した。

藤田東湖（ふじた・とうこ／一八〇六―五五） 幕末期の儒者で、水戸学を確立した中心の一人。名は彪、通称は虎之助、号は東湖。父は彰考館総裁を勤めた藤田幽谷。徳川斉昭の側用人として藩政改革を進めた。橋本左内・横井小楠らと交わり、尊攘派の指導的地位にあったが、安政の大地震で圧死した。梁川星巌と江戸で親交を結び、彼の推薦によって、星巌は斉昭に小学を進講し知遇を得た。東湖が星巌を「乱世の奸雄」と評したことは有名である。著書に「回天詩史」「弘道館記述義」など。

藤森弘庵（ふじもり・こうあん／一七九九―一八六二） 名は大雅、字は淳風、通称は恭助、号は弘庵・天山。柴野碧海・古賀穀堂・古賀侗庵らに学び、詩・書を能くした。伊予小松藩の祐筆となり、世子の侍読となる。時事につき藩主に建言したが容れられず、江戸に出て塾を開く。のち土浦藩に招かれ、藩校を創立、さらに下谷に塾を開く。嘉永六年（一八五三）「海防備論」を著し、水戸藩主にも建言した。安政の大獄に連座して江戸を追放になり、のち赦免。著書は「新政談」「弘庵文集」「春雨楼詩抄」「郡制改革対問」「救荒事宜」ほか多数。安政四年（一八五七）、大垣に来遊した時細香を訪問し、ともに鵜飼を見た。

前野良沢（まえの・りょうたく／一七二三―一八〇三）
草創期の蘭学者。豊前中津藩主の侍医。本姓は谷口氏。名は熹《よみす》、字は子悦、号は楽山、通称は良沢、俗称は蘭化。大叔父の宮田全沢に育てられた。蘭学を志し、晩年の青木昆陽に師事、明和六年（一七六九）、長崎に遊学し、吉雄幸左衛門・楢林栄左衛門・小川悦之進ら通詞について和蘭語を学んだ。「ターヘル・アナトミア」蘭訳書の翻訳にあたっては、指導的役割を果たしたが、「解体新書」の出版には関らず、門戸を閉ざして和蘭語の本に読み耽っていた。著書は「蘭訳筌」「蘭語随筆」「和蘭訳文略」ほか多数。江馬蘭斎は最晩年の弟子である。良沢が根岸に住居を建てる時、蘭斎は蔵書を売り払って援助し、また寛政一〇年（一七九八）の年賀に白銀二両を贈っている。江馬家には珍しい良沢の画譜（竹譜一冊、山水譜四冊）が残っている。

牧百峰（まき・ひゃっぽう／一八〇一―六三）　名は輗、字は信侯・信吾、通称は善助、号は百峰山人・虀斎《こうさい》。美濃本巣郡文殊村（現本巣市）の人。文政初年、京に出て山陽に師事。のち塾を開く。詩を能くして名声があった。住居が山陽と近かったので、常に往来した。のち山陽の「日本楽府」の註解を作った。弘化年間、学習院の創設に際して、その儒師となった。小石元瑞の次女を娶った。著書に「虀斎漫稿」など。

松浦武四郎（まつうら・たけしろう／一八一八―八八）
幕末期の北方探検家。幼名竹四郎、名は弘。号は北海道人。伊勢三雲町（現松阪市）の人。若年より各地を旅行。弘化二年（一八四五）以降蝦夷地を調査して「蝦夷日誌」を著す。安政以降、幕府の蝦夷地支配に従事した。この間に「東西蝦夷山川地理取調日誌」を著す。明治二年（一八六九）、開拓判官となり、北海道の名付け親となったが、アイヌ人を冷遇する開拓使を批判して辞任。弘化三年（一八四六）、東北・蝦夷遊歴に赴いた頼三樹三郎と江刺で知りあう。二人は冬至の日を選び、一日の中に三樹三郎は百の詩を、武四郎は百の詩題の篆刻をした。「百印百詩」として知られる。その後武四郎は、三樹三郎とともに京の星巌の家にも出入りした。ほかに「近世蝦夷人物誌」など。

松倉瓦鶏（まつくら・がけい／一八〇〇―六〇）　大垣藩医。名は広美、通称は元策、号は瓦鶏・大迂・中山など。藩医松倉春仙の子。大垣堤町に開業。藩医として度々江戸に赴き、また詩を能くし、黎祁社・咬菜社同人である。瓦鶏宅でもしばしば詩会が開かれた。

松崎慊堂（まつざき・こうどう／一七七一―一八四四）

江戸後期の儒学者。名は復、字は明復、通称は退蔵、号は慊堂。肥後の人。はじめ僧となったが、還俗して昌平校に入学。林述斎に学び、漢・唐の注疏を研究した考証学者。掛川藩の儒者となる。隠退して江戸郊外で門人に教授しつつ研究生活を送った。蕃社の獄で渡辺崋山が捕らわれると、赦免運動に命がけで取り組んだ。著書「慊堂日暦」を長年書き続けた。天保一〇年（一八三九）の項には細香に関する記事がある。また多くの古書の校訂をした。

松平定信（まつだいら・さだのぶ／一七五八―一八二九）江戸後期、寛政の改革を断行した幕府老中。幼名は賢丸、名は定信、号は楽翁・花月翁。八代将軍吉宗の孫で、父は田安宗武。陸奥白川藩主となる。天明の飢饉を無事乗り切って、名君と言われた。天明七年（一七八七）、老中となり将軍を補佐する。国内外さまざまな改革をして、思想統制、文教振興も図った。寛政五年辞職、文化九年隠居。著書に「宇下人言《うげのひとごと》」「国体論」「花月草紙」ほかがある。細香の従兄松斎（三代春齢）は、文化一一年（一八一四）定信の病を治療し、彼と医学を論じて信任された。定信は侍医四人を松斎に入門させた。また頼山陽は主著「日本外史」を文政一〇年（一八二七）、定信に献上して序文を得ている。

水野忠邦（みずの・ただくに／一七九四―一八五一）江戸後期の老中。浜松藩主。唐津藩主水野忠光の次男。号は松軒・菊園など。文化一四年、唐津から浜松に移り、寺社奉行、大坂城代、京都所司代を歴任して天保五年（一八三四）老中となる。天保の改革を推進したが苛酷に過ぎて失敗し、罷免される。

水野陸沈（みずの・りくちん／一七八二―一八五四）大垣藩儒。名は民興、通称は政五郎、号は陸沈・訥斎。詩を能くし、儒学を修め、関流和算にも通じた。戸田睡翁に推薦され藩校の講官となった。黎祁吟社の同人中、最年長であった。

皆川淇園（みながわ・きえん／一七三四―一八〇七）江戸中期の儒学者。名は愿、字は伯恭、通称は文蔵、号は淇園。京の人。経書の言語の研究を重んじた。門人三千人と言われるほど実力があった。寛政異学の禁で仕官せず、平戸藩・丹波亀山藩・膳所藩などから厚遇された。書画を能くし、山陽の親友竹田も、皆川の門人である。著書に「名疇《めいちゅう》」「易学開物」「問学挙要」「虚字解」など。

村瀬藤城（むらせ・とうじょう／一七九一―一八五三）名は褧《けい》、字は士錦、通称は敬治、のち平治郎と称した。号は藤城・庸斎。美濃武儀郡上有知《こうずち》村（現美濃市）の庄屋村瀬敬忠の長男。造り酒屋を営み、屋号は十一屋。幼少の頃から善応寺の禅智和尚に学ぶ。二一歳の時、大坂に遊学、頼山陽に出会って師事する。文化一〇年（一八一三）に美濃に山陽を招く。山陽が最も信頼する初めての門人である。細香・星巌らと白鷗社を創設。また藤城山麓に梅樹三千本を植え、梅花村舎を建て門人を教授した。郡上藩校、犬山藩校に招かれ講義した。曾代用水事件の解決に、庄屋として奔走し、江戸・名古屋を往復した。板取川洪水の救済に、私財を投じて努力した。嘉永六年、城崎の旅宿で病没。旅に出る前に細香に会いに行っている。細香は哭詩を作った。細香とは最も気心の知れた友人だった。著書に「宋詩合璧」「二家対策」「藤城詩文集」ほか多数。弟に尾張藩医村瀬立斎・画家村瀬秋水がいる。

文如（もんにょ／生没年不詳）　京の西本願寺一八世法主。寛政一〇年（一七九八）、重病の床にあったが、信徒の紹介で、江馬蘭斎に診療が依頼された。蘭斎は門人三人と供人を連れて往診し、蘭方による処方で全快した。この時多くの患者を治療し、また門人も増えた。関西で蘭方による治療が行われた初めてであるという。

梁川星巌（やながわ・せいがん／一七八九―一八五八）　幕末の漢詩人。美濃安八郡曽根（現大垣市）の人。本姓稲津氏。名は孟緯、長澄ほか、字は伯兎、号は詩禅・星巌・百峰・天谷ほか。文化四年、江戸で山本北山らに学ぶ。のち帰郷して細香・藤城らと白鷗社を作る。同族の稲津長好の娘紅蘭と結婚。夫妻で、文政五年（一八二二）から五年にわたる西遊の旅に出て、菅茶山・広瀬淡窓ら多くの文人と交流した。天保三年（一八三二）、江戸で玉池吟社を開き、多くの詩人を集め、また藤田東湖・佐久間象山らと国事を論じた。弘化三年（一八四六）、京に移るが、その住まいにも横井小楠・吉田松陰・梅田雲浜・頼三樹三郎その他が集まり、星巌はその中心であった。安政の大獄直前に、コレラで没した。著書に「星巌集」「星巌遺稿」など。

山県半蔵（やまがた・はんぞう／一八二九―一九〇一）　幕末の勤皇家。長州藩士安田直温の三男。幼名辰三郎、名は子誠、通称は三郎。早くから玉木文之進に学び、のち兵学を吉田松陰に学ぶ。嘉永元年、山県太華の養子となり、通称は半蔵となる。安政元年（一八五四）、蝦夷地を巡見、翌年四月、蝦夷からの帰途、大垣に細香を訪問。その際、細香の書斎で鐵心ら藩士たちと他藩の士も交えて国事を語り、詩を作った。慶応元年（一八六五）、長藩が幕府の問責を受けた時、家老宍戸備前の養子として宍戸璣《たまき》を名乗り、広島で大目付永井尚志の審問に答えた。のち宍戸の別家となる。明治後は山口藩権大参事・刑部少輔・司法大輔・文部大輔を歴任。のち元老院議官、清国特命全権公使。明治二〇年、勲功により子爵、貴族院議員となる。

山本細桃（やまもと・しょうとう／生没年不詳） 江戸中期の女流画家・漢詩人。名は多美、字は如雪、号は細桃。四君子図を能くし、また漢詩も作った。儒者山本北山の後妻。

山本梅逸（やまもと・ばいいつ／一七八三―一八五六） 江戸後期の南画家。名は親亮、字は明卿、幼名は卯吉、号は梅逸・玉禅、天道外史、梅華など。名古屋の人。彫刻師山本友右衛門の子。幼少から草花鳥獣を描いて楽しむ。一二歳で父が没し、神谷天游方で育つ。二〇歳頃、上洛、中林竹洞とともに明・清人の遺墨を見て修業、画家として一家をなす。その後、画を求められることが多くなる。安政元年（一八五四）帰郷、名古屋御園町に住む。藩の御絵師格となり帯刀を許された。詩歌を能くし、煎茶も嗜んだ。細香とは親交があった。

山本北山（やまもと・ほくざん／一七五二―一八一二） 江戸中期の儒学者。名は信有。通称は喜六、号は北山。江戸の人。折衷学派の井上金峨に学ぶ。「作詩志彀《さくししこう》」を著し、古文辞学を批判、清新な宋詩風の詩を興す機運を作る。文は韓愈・柳宗元を手本とした。寛政異学の禁に反対し、秋田藩に迎えられ、また江戸で多くの門人を教授した。細香は、はじめ緑玉という号を北山からもらったが、山陽の提案によって字の細香を使うようになった。著書はほかに「孝経集覧」など。

山脇東洋（やまわき・とうよう／一七〇五―六二） 江戸中期の医家。本姓は清水、名は尚徳、字は玄飛、号は東洋。京の人。山脇玄修の養嗣子となる。後藤艮山に古医方を学び、実験主義を主張した。宝暦四年（一七五四）、死刑囚の死体を解剖し従来の説の誤りを指摘した。著書にこの時の解剖記録「臓志」がある。

吉田袖蘭（よしだ・しゅうらん／一七九七―一八六六） 江戸後期の女流画家。京の人。大倉笠山の妻。名は佐登。父は小野蘭山門下で、麩屋町に開業していた医家吉田南涯。幼少の頃から詩画を好んだが、笠山に嫁してから上達し、山水梅竹を好んで描いた。夫妻ともによい景色を求めて旅をし、多くの文人と交流した。夫の没後は、その生家笠置村に隠棲した。細香とは文化一一年（一八一四）、京ではじめて出会ってから生涯の友となった。

吉田松陰（よしだ・しょういん／一八三〇―五九） 幕末期の勤皇家、長州藩士。名は矩方《のりかた》、字は義卿・子義、通称は寅次郎、号は松陰・二十一回猛士・蓬頭生。萩郊外の松本村で生まれる。五歳で叔父吉田賢良の養嗣子となった。早くから九州を遊歴。江戸で佐久間象山に師事。嘉永四年、藩に無許可で東北遊歴をした罪で、士籍を剝奪される。安政元年（一八五四）、ペリー来航の時、密航を企てて失敗。この罪で幽閉されたが、実家の松下村塾で高杉晋作、伊藤博文ら、多くの青年を教育した。彼の尊王攘夷思想は草莽の士を主体とした。のち安政の大獄で刑死。著書に「西遊日記」「講孟余話」「留魂録」など。

頼聿庵（らい・いつあん／一八〇一―五六）　幼名は都具雄、名は元協、字は承緒、通称は餘一、号は聿庵・春嶂。頼山陽の長男。母は広島藩医御園氏の娘淳。山陽が脱藩して廃嫡されたため、母淳は離縁して実家に帰り、聿庵は山陽の父春水の子として、頼家で祖母梅颸に育てられた。一五歳で祖父春水の跡を継ぐ。文政元年藩校教授となる。天保二年（一八三一）、江戸へ赴く途中、京都で父に会ったが、翌年山陽は没した。詩書を能くした。細香と直接会ったことはないが、知人たちの書簡で消息を知っていた。

頼杏坪（らい・きょうへい／一七五六―一八三四）　名は惟柔、字は千祺、通称は万四郎。二人の兄に従って大坂で学び、江戸に出て服部栗斎の教えを受けた。帰郷し広島藩の儒員となる。のち郡奉行となり、役人として業績をあげた。また詩文にすぐれ、詠史を能くした。老年になっても役務に励み、藩史の撰述に従事、その余暇に詩歌を作った。山陽を幼い頃から可愛がり、良き理解者であった。著書に自ら編纂した「纂評春草堂詩鈔」八巻がある。

頼山陽（らい・さんよう／一七八〇―一八三二）　名は襄《のぼる》、字は子成、通称は久太郎、号は山陽・三十六峰外史。広島藩儒頼春水の長男として大坂に生まれる。幼少から叔父杏坪について学び、九歳で藩校入学、一八歳の時昌平黌に入る。遊学一年で帰郷、奔放不羈な性格で、二一歳の時京へ脱藩し、連れ戻されて三年間閉居を命ぜられ、廃嫡の身となった。この間に、主著「日本外史」の一部を書いた。三〇歳で備後神辺にある菅茶山の廉塾の代講をつとめた。二年後、上洛して開塾する。以後、詩人・史家・文章家として新境地を開いた。主著「日本外史」は後世に大きな影響を与えた。文化一〇年（一八一三）、門人村瀬藤城の招きで美濃尾張遊歴の旅に出た際、大垣の江馬家を訪問し、細香を門人とした。以後天保三年（一八三二）に亡くなる前まで、誠実に指導した。その他の著書は「日本政記」「通議」「山陽詩集」ほか多数。

頼静子（らい・しずこ／一七六〇―一八四三）　頼春水の妻、山陽の母。大坂の医家飯岡義斎の次女。夫の没後は梅颸と号した。夫春水が広島藩儒に登用されたため、広島に移住。山陽の下にも女子、男子が生まれたが早くして亡くなった。長男山陽の健康不安、また常軌を逸した行動に非常に心を砕いた。また山陽廃嫡後に養嗣子となった景譲や、山陽の長男聿庵を世話するなど、頼家の中心であった。山陽は後年、母を度々京に迎えて孝養を尽くした。梅颸は天明五年（一七八五）から亡くなる三月前の天保一四年（一八四三）閏九月二四日まで、長年「梅颸日記」を書き続けた。それは山陽の生涯や、頼家の日常・近世の武家の暮らしを窺わせる貴重な史料である。また香川景樹について桂園派の和歌を能くし、旅日記もある。

頼支峰（らい・しほう／一八二三―一八八九）　山陽の次男。名は復、字は士剛、通称は又二郎、号は支峰。家学を継承し、後藤松陰・牧百峰らに学ぶ。のち江戸に出て関藤藤陰らに学び、帰郷して父の塾を継いだ。安政の大獄で弟が刑死した際に、心を病み、大垣に来て細香の甥活堂の診療を受けている。明治元年（一八六八）、天皇東行の際、選ばれて扈従。上京後は大学教授に任ぜられた。のち辞職して帰郷。父山陽の五〇年祭、弟三樹三郎の二五年祭を執り行った。著書に「支峰詩文集」「神皇紀略」など。

頼春水（らい・しゅんすい／一七四六―一八一六）　江戸中・後期の儒者。山陽の父。名は惟完、字は千秋、通称は弥太郎。父は安芸竹原の紺屋頼亨翁。大坂で片山北海に入門。尾藤二洲らと朱子学を学んだ。天明元年（一七八一）、広島藩儒となり、藩学を朱子学に改め、藩校でも講義した。主著「春水遺稿」は山陽が整理、編纂した。

頼三樹三郎（らい・みきさぶろう／一八二五―五九）　名は醇、字は子春・士春、通称は三樹三郎、号は鴨厓・古狂生・三樹など。山陽の三男で京の三本木で生まれた。父の没後は児玉旗山に預けられ学んだが、旗山の没後は大坂の後藤松陰、篠崎小竹の下で学ぶ。天保十三年、昌平黌に入学、傍ら佐藤一斎、菊池五山、梁川星巌らの下に出入りする。弘化三年（一八四六）、昌平黌書生寮を退去させられ、東北・蝦夷地を遊歴する。この機会に松浦武四郎と知合う。嘉永二年、帰郷。ペリー来航後は尊王攘夷論を唱え、星巌・梅田雲浜らとさまざまに運動し、安政の大獄で捕えられ、刑死した。著書に「北溟遺珠」「鴨厓頼先生一日百首」など。細香に度々書簡を送り、詩の添削もしている。安政の大獄前に大垣に来て、鐵心・細香らに匿われた。

頼梨影（らい・りえ／一七九七—一八五五）　山陽の後妻。近江蒲生郡西大路（現彦根市三津屋町）の機屋兼農業の疋田藤右衛門の四女。のち京の機屋大崎嘉兵衛の養女となり、一二歳で小石元瑞の家に奉公にでる。山陽の家に手伝いに行き、やがて妻となる。又二郎、三樹三郎、陽の三児を産み、良妻賢母として山陽の活躍を支え、また多くの塾生の世話もした。はじめ文字を読めなかったが、努力して読み書きを覚え、蘭画も描くようになった。

頼立斎（らい・りっさい／一八〇三—六三）　名は綱、字は士常、号は立斎。山陽の祖父惟清の弟伝五郎の孫。山陽に師事し、詩文、書、篆刻を能くした。江馬家にある多くの細香の印の中にも、立斎の作があると思われる。安政の大獄の折、同姓であるため、取り調べを受けたことが、細香あての書簡から窺われる。

林則徐（りん・そくじょ／一七八五—一八五〇）　清末の政治家。字は元撫・少穆、諡は文忠。福建侯官の人。阿片禁止論を主張。広東でイギリス人の持ち込んだ阿片を焼き捨て、一八四〇年、阿片戦争の端を開いた。その責任で流罪となるが、四五年に許された。著書に「林文忠公政書」「林文忠公遺書」など。

鷲津毅堂（わしづ・きどう／一八二五—八二）　名は宜光、字は重光、通称は郁太郎・九蔵、号は毅堂・蘇州。尾張丹羽郡丹羽村（現愛知県扶桑町）の儒者鷲津益斎の長男。幼時から父に学び、二〇歳頃から津藩儒猪飼敬所につく。のち昌平黌で学ぶ。慶応元年（一八六五）、尾張藩の侍読となる。のち藩校明倫堂の篤学。維新後は家老成瀬隼人正とともに藩主を補佐。のち新政府に出仕して大学少丞・陸前登米県権知事・司法少書記官などを歴任。明治一四年（一八八一）、東京学士会員となる。小原鐵心が江戸勤務の時、大槻磐渓・大沼枕山・小野湖山ら有力詩人たちに伍して、毅堂も詩会に参加したことが、細香あての鐵心の書簡でわかる。永井荷風の外祖父にあたる。

渡辺崋山（わたなべ・かざん／一七九三—一八四一）　幕末の文人画家・洋学者。名は定静《さだやす》、字は伯登・子安、通称は登、号は崋山・寓絵堂・全楽堂。三河田原藩の家老。佐藤一斎に儒学を学び、蘭学にも通じた。絵画を谷文晁門に学び、西洋画法を取り入れた鋭い筆致で、写実的なすぐれた肖像画を多く残した。高野長英・小関三英らと尚歯会を結成、「慎機論」を著し、幕府の攘夷政策を批判した。蕃社の獄で捕らわれ、郷国田原に蟄居中に自刃した。著書はほかに「西洋事情書」など、絵画では「鷹見泉石像」「千山万水図」などが名高い。

＊「主要人物注」参考資料

四七六頁にあげた参考資料・参考書の他に新たに次のものを参考にした。

『江馬家来簡集』　江馬文書研究会編　一九八四年　思文閣出版

『江馬細香来簡集』　江馬文書研究会編　一九八八年　思文閣出版

『岐阜県郷土偉人傳』　岐阜県郷土偉人傳編纂会　一九三三年

「中西家寄贈文書」　大垣市史編纂室資料　第二四集（現在刊行準備中）

「伊沢蘭軒」人名注　『鷗外歴史文学集』第六・七巻所収　二〇〇〇年　岩波書店

『日本人名大事典』　一九七九年覆刻　平凡社

『日本文学大辞典』　一九五〇年　新潮社

『人物レファレンス事典』　日外アソシエーツ株式会社

『改訂・増補　郷土大垣の輝やく先人』　二〇〇四年八月　大垣市文教協会

『郷土歴史人物事典〈岐阜〉』　一九八〇年十二月　吉岡勲編著　第一法規出版

参考資料・参考書

*順不同。明示したもの以外は不詳である

「江馬家文書類」　江馬寿美子氏所蔵（現在岐阜県教育文化財団歴史資料館に寄託）
『湘夢遺稿』上下　江馬細香女史著　明治四辛未（一八七一）新鐫　春齢庵蔵版
『山陽先生朱批細香女史詩稿』付録「女詩人」徳富蘇峰／「頼山陽と江馬細香」木崎好尚編
『頼山陽全伝』上下二巻　木崎好尚編　一九三二年七月　頼山陽先生遺蹟顕彰会発行
『錦西随筆』　中島棕隠
『大垣市史』　一九三〇年二月　大垣市役所発行
『小原鐵心伝』　中村規一著
『雲華上人遺稿』
『頼山陽とその時代』　中村真一郎著　一九七一年六月　中央公論社
『江戸後期の詩人たち』　富士川英郎著　一九七三年十二月　筑摩叢書二〇八　筑摩書房
『池大雅』　松下英磨著
『桑山玉洲』　松下英磨著

『細香と紅蘭』 伊藤信著 一九六九年五月 矢橋龍吉発行
『大垣藩医 江馬蘭斎』 青木一郎著 一九七六年三月 江馬蘭斎顕彰会発行
『大垣藩の洋医 江馬元齢』 青木一郎著 一九七七年五月 江馬文書研究会発行
『江馬文書目録』 江馬文書研究会編 一九七六年五月 江馬文書研究会発行

＊以下は参考書
『新唐詩選』 吉川幸次郎・三好達治著 岩波新書一〇六 一九五二年八月 岩波書店
『吉川幸次郎講演集』 吉川幸次郎著 朝日選書一 一九七四年二月 朝日新聞社
『比較文学読本』 島田謹二・富士川英郎・氷上英廣編 一九七三年一月 研究社
『江戸参府紀行』 ジーボルト著 斎藤信訳 東洋文庫八七 一九六七年三月 平凡社
『小梅日記』 一 川合小梅著 志賀裕春・村田静子校訂 東洋文庫二五六 一九七四年八月 平凡社
『武家の女性』 山川菊栄著 岩波文庫三三―一六二―一 一九八三年四月 岩波書店

初版あとがき

七年近い〝細香女史〟とのお付合いが一段落いたしました。この長いお付合いの間、私がいつもすがすがしく感じていたことは、細香が師山陽を心の中で愛しつづけながら、それについて全く罪の意識を持っていないことでした。山陽の妻梨影に対しても悪いなどとは思っていないようです。精神的な愛だから罪ではない、というのとは少し違うようです。細香は「女は罪深い」「女は業の深いものである」という仏教的女性観に全く染っていません。それが細香の精神像に新鮮さと明確な輪郭を与えているように思われました。

大垣市の江馬庄次郎氏に伺ったところ、「蘭斎・細香時代は一応仏教徒であったが、元益の代に神道に改宗した。しかし代々無神論に近い考え方である」とお話し下さいました。以前に、『吉川幸次郎講演集』（朝日選書）の中に「儒教は無神論の立場に立つ」と書いてあるのを読んで、眼から鱗が落ちるように感じたことがあります。それと思い合せて、細香が儒教による精神形成をした人であることを納得しました。しかしこれは大きな問題を含んでいると思われますので、今は私の実感のみ記しておきます。

江馬家の二つの門は解体され、「鐵心門」は鐵心の墓のある船町全昌寺に移築され、「蘭斎門」は大垣城内に保管されています。この二つの門は昭和四十八年頃から私が毎月通い、百五十年前の世界に足を踏み入れた懐しい通い路でした。そこをくぐると忽然と百五十年前の世界へ出ることができたのです。それは古風で、しかもモダーンな魅力に満ちた世界でした。

医師で、蘭学研究家の青木一郎先生、シーボルトの研究家であり、彼の著作の多くを翻訳しておられる斎藤信先生、日本史の杉本勲先生、片桐一男先生、岩崎鐵志先生、田崎哲郎先生、エーザイの「内藤記念くすり博物館」の青木允夫先生、医師で蘭学研究家の安井広先生、竹内幹彦先生、その他の方々が毎月一回集って、江馬家の厖大な資料の整理に当っておられました。初めの頃、時々京都から野間光辰先生もおいでになりました。

一日の仕事が終ると御当主の江馬庄次郎氏を囲んで、お酒が出て、寿美子夫人のお手料理を御馳走になりました。その席で蘭学、歴史、医史学などさまざまの分野のお話が出て、昔の文人学者の集いのような楽しい会となりました。四十七年頃から四年余り月一回このような会が続きました。この会の名を「江馬文書研究会」と言います。資料の整理が終った今は、岐阜県川島町のエーザイの「くすり博物館」の一室で、手紙の解読作業をしています。

この会も、初めは青木一郎先生が、蘭医坪井信道の事跡を調べていると屢々江馬家の名前が出てくるところから、大垣市藤江の江馬家を訪問され、次に片桐一男先生とともに再訪問して、天井裏に埃に埋もれていた厖大な文書類を発見されたことから始ったのです。そして前記の蘭学、日本史、医史学、語学、薬学の専門家たちが続々と参集されました。私は、といえば「細香女史」の名にひかれて、御子孫が住んで居られるとも知らずに、早春のある日、ふらりと江馬家の御門を拝見に伺って、たちまちこの世界にとり込まれてしまったのです。

この共同作業の間に数々の貴重な発見があり、幻の本と言われていたオランダ語の文法書、中野柳圃著『四法諸時対訳』『三種諸格編』が確認されました。また江馬家と交渉のあった多くの蘭学の先覚者、漢学者、志士たちの消息があきらかになりました。その成果として、書籍目録、書状目録、年譜、門人姓名録を含む「江馬文書目録」の発刊がありました。

細香が生れ、その生涯を過したのは、このような環境でした。細香はこの場にいて決して安逸を貪らず、この場を自分の学ぶ場と決めて詩を作り、画を描きました、そして親に孝養をつくし、若い人々の導き手となりました。細香の生涯を辿ってゆく過程で、江戸時代後期の、蘭学と漢学とに通じた人々の豊かな世界の一端に触れ、多くの魅力ある人物を知りました。

未知の世界を勉強しながら書き、書くことで理解を深めつつ、初め同人誌「朱鷺」に発表しましたところ、思いがけず多くの方に読んで頂くことができて驚きました。今、七年の歳月を経て一冊にまとめることができて大へん嬉しく思っています。

この作品を書くにあたり、大切な文書類をいつも快く見せて下さって、多大の御援助をして下さいました江馬庄次郎氏御夫妻に心から御礼申し上げます。また多くのことをお教え下さいました京都市の頼新氏、お茶の水女子大教授の頼惟勤先生、江馬文書研究会の諸先生方、大垣市の中西忠敬氏に心から感謝いたします。また、この作品が完成するようにと絶えず励して下さった恩師の西義之先生、「朱鷺」に掲載中、辛抱づよくつき合って下さった同人諸姉に心から御礼申し上げます。また、〝細香女史〟を大へん愛して、この作が出版できるよう配慮して下さった深田志げ子夫人が、この本を見ることなく亡くなられました。ここに特にお名前を記し、御冥福をお祈りいたします。

この本の出版にあたって、何も知らない私のために、大学で同期であった卯辰山文庫主人神崎忠夫氏が一切を引きうけて下さいました。またここに至るまでに坂本一亀氏、依田喜代さん、岩野晶子さんに一方ならずお世話になりました。

一冊の本を出すために、このように多くの方々のお力添えがあったことを心に銘記して、筆をおきます。

一九七九年初秋

門　玲子

新装本あとがき

『江馬細香＝化政期の女流詩人』の初版を出したのは昭和五十四年秋でした。それまで同人誌『朱鷺』に連載したものを全面的に書き直し、卯辰山文庫主人神崎氏の美しい装幀で一冊にまとめました。ちょうど大垣市文化会館で大垣の先賢展「蘭斎と細香」が開催されている時でした。大垣市民の方々、蘭学研究の方が多く読んで下さいました。翌五十五年秋に金沢市民文学賞を頂くことになり、本書は金沢市にも多くの読者を持つことになりました。この時少し増刷いたしました。

忘れられていた女流詩人江馬細香の生涯にとりくんだ本書は思いがけず広範囲の方に読んで頂くことができました。その中にはわざわざお手紙で漢詩の訓み方の誤りや適正でないものをお教え下さった方が沢山ありました。新装本ではそれに従ってできる限り訂正させて頂きましたことを有難く御礼申し上げます。

江馬細香の生涯を理解するために、儒学や漢詩について、吉川幸次郎先生の御著書で勉強しましたので、本が出ました時一冊をお送りいたしました。吉川先生はその時御病気でしたのに熱心にお読み下さって、長文のお手紙を頂いたことは忘れがたい思い出です。先生のお手紙を読むと現代の日本の中国文学研究が、江戸時代の儒学とは全く別の地点から出発したことが、私にはよくわかりました。従って古くから、江戸、明治、大正へと続く日本の漢詩文が、急激に忘れられてしまった事情もよく理解できました。

それより何より、世界的な中国文学研究の大家が、素人の主婦の作品を、このように丹念にお読み下さり、一つ一つ誤りを指摘して御指導下さった御親切が、有難く胸に沁みとおりました。台所の一隅の机で勉強している者にとって、何より大きな御褒美であり、励ましでありました。（先生のお手紙は、巻頭に掲載させて頂きましたので御参照下さい）

お元気になられたら是非お礼を申し上げに伺いたいと思っていましたのに、それから五か月後にお亡くなりになられました。

その後、女性史を学ぶ友人から本書を入手したいという御希望が多くあり、学生に読ませたいというお声もあって、この度ＢＯＣ出版から装いを新しくして再版することになりました。

江馬細香が頼山陽の恋人だということだけで注目されるのではなくて、江戸後期の詩壇に清新な詩境を切り拓いた優れた女流詩人として評価されるきっかけになってほしいと念じています。

ＢＯＣ出版の斎藤千代さん、後藤多見さん、東海ＢＯＣの高橋ますみさんには一方ならぬお世話になりました。そのほか多くの方々の御厚意が集まり、こうして再び本書が世に出ることになりました。心から感謝を捧げます。

一九八四年秋

門　玲子

藤原書店版あとがき

この度、旧著『江馬細香——化政期の女流詩人』を藤原書店から復刊して頂くことになりました。昭和五四年（一九七九）、私家版として友人の卯辰山文庫から二刷まで出版し、その後ＢＯＣ出版部のご厚意で、普及版として改訂四刷まで支えて頂きました。ちょうどその頃から、江戸漢詩、江戸時代女性史の研究者が増えました。頼山陽の女弟子として、独身で生涯芸術の道に精進した江馬細香の生き方が広く知られるようになり、大学で卒論に取り上げる学生も出てきました。今度の復刊で、また新しい読者に読まれることを願っています。

復刊にあたり、三〇年前の初版本に対し、故吉川幸次郎先生から頂いた長文のお手紙を是非公開するようにと、一海知義先生がお勧め下さいました。そしてご子息の吉川忠夫先生がそれを快くお許し下さいました。吉川先生のお手紙を拙著に収めるのは誠に畏れ多いことですが、吉川先生が江馬細香の文人として精進した生涯を嘉して下さった証と思い、心から御礼申し上げます。このお手紙も初めは解読さえ難しく、なかなか理解できませんでした。故野間光辰先生が解読して下さって、多くの事を学びました。さらに昨年、一海先生がまだ読めなかった部分を完全に解読して下さり、公開できる運びとなりました。先生方の親切なご指導に深く御礼申し上げます。

藤原書店から復刊するには人名注をつけるようにと、言われました。伝記小説に人名注は大袈裟かなと思いながら、作ってみると発見がありました。取り上げた人名はおよそ一三二名、その内女性は一六名に過ぎません。細香の研究を始めた頃、彼女の交際相手が殆ど男性なので驚いたことがあります。この人名注はそれを裏付ける結果となりました。

細香にはもちろん妹柘植があり、親戚・知人の女性も多くいます。しかし対等に詩や書画について話しあえる教養を持った女性はごく僅かでした。安政二年（一八五五）頃、細香は原采蘋や亀井少琴と会えないことを嘆いているし、同じ頃、京にいた張紅蘭は女流の友の少ないことを嘆いています。この時代の知識人女性の困難な状況がわかります。

人名注にあげた人々はすべて細香と親交があったわけではありません。手紙や詩を贈られただけの人、名前だけ知っていた人も含みます。彼等は、当時の一流の詩人たち、幕末維新期に活躍した人、明治新政府の高官になった人々です。細香が生きた時代は、新しい時代の予兆を孕んだ、ただならぬ変革の時期であったことを示していますので、あえて割愛しませんでした。

私が細香の名前を知った昭和四八年（一九七三）頃は、江戸漢詩は古臭いものと思われ、江馬細香も大垣の郷土の先賢の一人という存在に過ぎませんでした。それも、あの戦争中に愛国精神を煽り立てた頼山陽の女弟子・愛人という位置づけにありました。

富士川英郎著『江戸後期の詩人たち』（一九七三、筑摩書房）と、中村真一郎著『頼山陽とその時代』

（一九七一、中央公論社）の二著書が、その古臭いイメージを払拭してくれました。前者はドイツ文学の大家で、リルケやホーフマンシュタールの研究・翻訳家である著者が、諄々と江戸漢詩の魅力を説いて下さる趣があり、その中の「閨秀詩人たち」の章を私は繰り返し読みました。後者は江戸後期に最も盛名をはせた詩人頼山陽とその周囲の詩人たちの、著作と交流の様相を縦横に語っています。フランス文学者で小説家である著者は、フランスの詩人たちの作品と比較しながら、江戸漢詩の斬新で繊細な魅力を生き生きと描いていて飽きさせません。

その後私は、吉川幸次郎・三好達治共著『新唐詩選』（一九五二、岩波書店）と『吉川幸次郎講演集』（一九七四、朝日新聞社）を繰り返し読み、細香も親しんだ唐詩や、これまで知らなかった中国文学とその歴史・社会状況を学びました。この『講演集』はたいへん高度な内容を分かりやすく語った講演記録で、繰り返し読み、中国文学の大家の滋味あふれる語り口に魅了されました。

次に私が熟読したのは、伊藤信著『細香と紅蘭』（昭和四四年（一九六九）、矢橋龍吉発行）という私家版の一冊です。伊藤信という方は大正・昭和初期に大垣地方で国語・漢文の教師を勤めた人です。中国文学者というより、日本古来の漢学者の流れを汲む儒者というに相応しい存在です。その著書は、江馬細香や梁川星巌・紅蘭夫妻の業績を、郷土の先賢として深い敬意をもって祖述しております。記述は古風ですが、先人の業績・生き方に真正面から誠実に向き合っており、私はこの著書からどんなに多くのことを学んだか測りしれません。こうして私は江馬細香の世界に没入していきました。

私の学年は女学校三年の夏に敗戦を迎えました。最後の二年近くは農作業・挺身隊として工場での作業に明け暮れました。敗戦までは教科書は旧字体、旧仮名遣い。戦後民主主義の輝くようなシャワーを浴びた後は、教科書は新字体、新仮名遣いとなりました。私は少し戸惑ったものの、新旧両様の文字使用に馴染んでいきました。江馬細香の生きた時代を学び、表現するのに、この点は有利に感じられました。さらに敗戦まで古い女性道徳による教育を受けたことさえ、儒教による人格形成をした細香の心情を理解するのに役立ったと思います。

私は細香の生涯とその作品について書く際に、戦中に勉強する時間がなかった同世代の女性たちに是非読んでほしいと思いましたが、同級生たちからは、難しすぎると敬遠されました。反響は意外な所からありました。昭和五四年（一九七九）の秋、朝日新聞の書評欄に小さく紹介された後、アメリカの図書館関係者から一〇部ほど注文があったと版元から知らされて驚きました。その後熱心に読んで、感想文を寄せてきたのはほとんど高齢の男性で、最高齢は大阪の或る地域の、九〇歳になる老人会長さんでした。私は不思議に思いましたが、ある時、ああ、あの高齢の男性たちは昔の文学青年なのでは、と気づきました。日本の漢詩文は江戸後期に最盛期となり、明治・大正時代にもう一度、最期の輝かしい時期を迎えます。その時代に多感な青春時代を過ごした青年たちの憧れの女性が、江馬細香であり、星巌の妻紅蘭だったのではないか、と考えると納得できました。

その後、私は娘の高校時代の漢文の教科書で学び直し、故入谷仙介先生のご指導を受けて、『江馬細香詩集「湘夢遺稿」』上・下訳注（汲古書院）の仕事を完成させることができました。この仕事を参考にして、ニューヨーク在住の佐藤紘彰氏が『湘夢遺稿』の抄訳をコロンビア大学から出版されたのは、一九九七年のことでした。

初めて『江馬細香』を出版してからほぼ三〇年たって、江馬細香に対する評価は大きく変わりました。江戸時代の、細香の同時代人が書いたものには、彼女の生き方を理解してその作品を正当に評価したものが多いのですが、明治・大正・昭和になると細香を頼山陽の女弟子、あるいは愛人・情人、つまり山陽の付属物として見る見方が多くなりました。故中村真一郎でさえも、『頼山陽とその時代』の中では同様な見方ですが、『江戸漢詩』(一九八五、岩波書店)になると、「注目すべきは細香は、山陽のために生涯を独身で過したけれども、あくまで独立した生き方を通したのであって、山陽の妾、従属物ではなかった。」と、その評価を変えています。一五~六年の間に女性史・女性学の研究が大きく進み、女性の人格を無視することはできなくなってきたのです。

平成五年(一九九三)一一月、岐阜県主催で「第四回ひだ・みの文化のつどい」が催され、ミュージカル「I am Free 女流詩人・江馬細香」が上演されました。拙著『江馬細香』と『湘夢遺稿』訳注を原作とした企画です。この企画が決定した直後に、私は脚本家麻創けい子さんと演出家池山奈都子さんの訪問を受けました。二人はともに三〇歳前後の新進気鋭の女性でした。彼女たちは初めて知った江戸時代の女流詩人について「細香の生き方や詩を読むと、私たちの胸にびんびん響くものがあるのです……」と熱い口調で語りました。二人とも自立して自分の仕事をしている人たちです。ああ、こんな所に細香の生き方に共感する女性たちがいた、と私も熱いものを感じました。

東海地方のプロの俳優さんと、オーディションに応募した若い人々、それに楽団演奏も加わって、一一月の三回の公演は大盛況となりました。最後のシーンで「三従総欠一生涯」という掛軸を背にして、細香役の深尾明美さんが「……わたしのえらんだ道」と絶唱すると、一斉に拍手がわき起こり、私も涙がこみあげました。古臭い漢詩人江馬細香ではなく、江戸時代に新しい生き方を切り開いた女性細香の姿が、人々の胸に届いたと強く感じました。

その後、脚本・演出を担当した女性と、細香役を演じた三人はそれぞれ、東海地方を中心に、また全国各地で仕事を続け、その活躍が年老いた私を励ましてくれています。

長年、『江馬細香』を支え続けて下さったBOC出版部の斎藤千代さんは「さみしくなります……」とおっしゃりながら、藤原書店から復刊することを承諾して下さいました。長年のご厚意に心から御礼申し上げます。そしてこの度もまた、藤原良雄様と編集者の山﨑優子さんにお世話になります。ありがとうございました。

二〇一〇年三月

門　玲子

ら　行

わ　行

ま　行

や　行

た　行

な　行

は　行

さ　行

か 行

人名索引

＊江馬細香を除く人名を50音順に配列した
＊「『江馬細香』讀後」「略年譜」「主要人物注」での頁数は記載していない

あ　行

著者紹介

門　玲子（かど・れいこ）

1931年、石川県加賀市生まれ。1953年、金沢大学文学部卒業。作家、女性史研究家。総合女性史研究会、知る史の会。著書に『江戸女流文学の発見――光ある身こそくるしき思ひなれ』（毎日出版文化賞、1998、新版2006）『わが真葛物語――江戸の女流思索者探訪』（藤原書店、2006）。訳注に『江馬細香詩集「湘夢遺稿」上下』訳注（汲古書院、1992）。論文に「江戸女流文学史の試み」（『女と男の時空――日本女性史再考　爛熟する女と男　近世』藤原書店、1995、所収）他。

江馬細香《えまさいこう》――化政期《かせいき》の女流詩人《じょりゅうしじん》

2010年8月30日　初版第1刷発行©

著者　門　玲子
発行者　藤原良雄
発行所　株式会社　藤原書店

〒162-0041　東京都新宿区早稲田鶴巻町523
TEL　03（5272）0301
FAX　03（5272）0450
振替　00160-4-17013

印刷・製本　中央精版印刷

落丁本・乱丁本はお取替えいたします
定価はカバーに表示してあります

Printed in Japan
ISBN978-4-89434-756-4

漢詩に魅入られた文人たち

詩魔

（二十世紀の人間と漢詩）

一海知義

同時代文学としての漢詩はすでに役目を終えたと考えられている二十世紀に、漢詩の魔力に魅入られてその思想形成をなした夏目漱石、河上肇、魯迅らに焦点を当て、「漢詩の思想」をあらためて現代に問う。

四六上製貼函入　三二八頁　**四二〇〇円**
（一九九九年三月刊）
◇978-4-89434-125-8

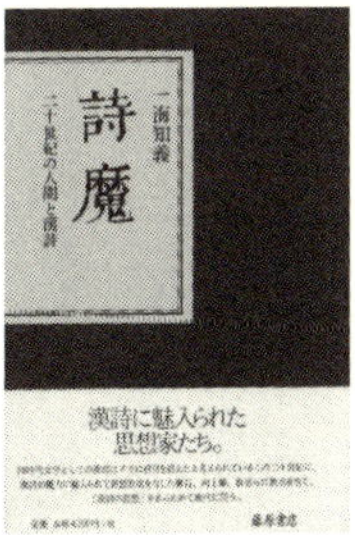

「世捨て人の憎まれ口」

閑人侃語《かんじんかんご》

一海知義

陶淵明、陸放翁から、大津皇子、華岡青洲、内村鑑三、幸徳秋水、そして河上肇まで、漢詩という糸に導かれ、時代を超えて中国・日本を逍遙。ことばの本質に迫る考察から現代社会に鋭く投げかけられる「世捨て人の憎まれ口」。

四六上製　三六八頁　**四二〇〇円**
（二〇〇二年一一月刊）
◇978-4-89434-312-2

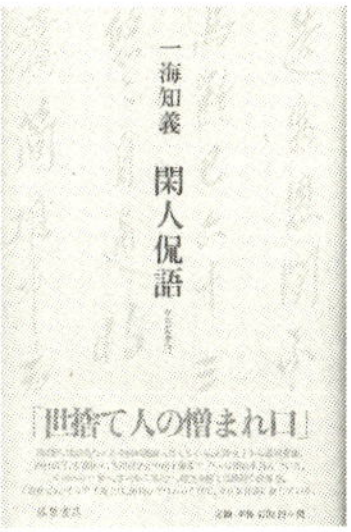

〝言葉〟から『論語』を読み解く

論語語論

一海知義

『論語』の〈論〉〈語〉とは何か？　孔子は〈学〉や〈思〉、〈女〉〈神〉をいかに語ったか？　そして〈仁〉とは？　中国古典文学の碩学が、永遠のベストセラー『論語』を、その中の〝言葉〟にこだわって横断的に読み解く。逸話・脱線をふんだんに織り交ぜながら、『論語』の新しい読み方を提示する名講義録。

四六上製　三三六頁　**三〇〇〇円**
（二〇〇五年一二月刊）
◇978-4-89434-487-7

中国文学の碩学による最新随筆集

漢詩逍遥

一海知義

「詩言志――詩とは志を言う」。中国の古代から現代へ、近代中国に影響を与えた河上肇へ、そして河上が愛した陸放翁へ――。漢詩をこよなく愛する中国古典文学の第一人者が、中国・日本の古今の漢詩人たちが作品に託した思いをたどりつつ、中国古典の豊饒な世界を遊歩する、読者待望の最新随筆集。

四六上製　三二八頁　**三六〇〇円**
（二〇〇六年七月刊）
◇978-4-89434-529-4

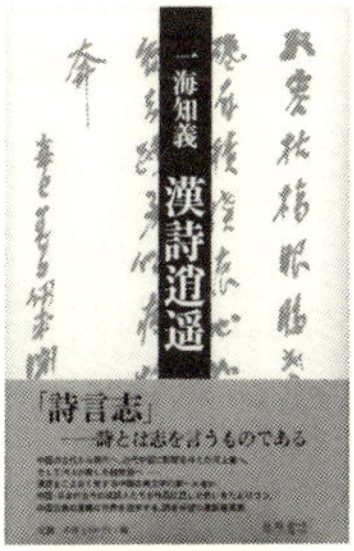

絶対平和を貫いた女の一生

絶対平和の生涯

（アメリカ最初の女性国会議員ジャネット・ランキン）

櫛田ふき監修
H・ジョセフソン著　小林勇訳

二度の世界大戦にわたり議会の参戦決議に唯一人反対票を投じ、ベトナム戦争では八十八歳にして大デモ行進の先頭に。激動の二十世紀アメリカで平和の理想を貫いた「米史上最も恐れを知らぬ女性」（ケネディ）の九十三年。

四六上製　三五二頁　**三二〇〇円**
（一九九七年二月刊）
◇978-4-89434-062-6

JEANNETTE RANKIN
Hannah JOSEPHSON

二人の関係に肉薄する衝撃の書

蘆花の妻、愛子

（阿修羅のごとき夫《つま》なれど）

本田節子

偉大なる言論人・徳富蘇峰の〝愚弟〟、徳富蘆花。公開されるや否や一大センセーションを巻き起こした蘆花の日記に遺された妻愛子との凄絶な夫婦関係や、愛子の日記などの数少ない資料から、愛子の視点で蘆花を描く初の試み。

四六上製　三八四頁　**二八〇〇円**
（二〇〇七年一〇月刊）
◇978-4-89434-598-0

百通の恋文の謎とは？

サムライに恋した英国娘

（男爵いも、川田龍吉への恋文）

伊丹政太郎＋A・コビング

明治初頭の英国に造船留学し、帰国後、横浜ドック建設の難事業を成し遂げながら、名声に背を向け北海道に隠棲し、〝男爵いも〟の栽培に没頭した川田龍吉。留学時代の悲恋を心に秘めながら、近代日本国家建設に尽力した一人の〝サムライ〟の烈々たる生涯。

四六上製　二九六頁　**二八〇〇円**　**口絵四頁**
（二〇〇五年九月刊）
◇978-4-89434-466-2

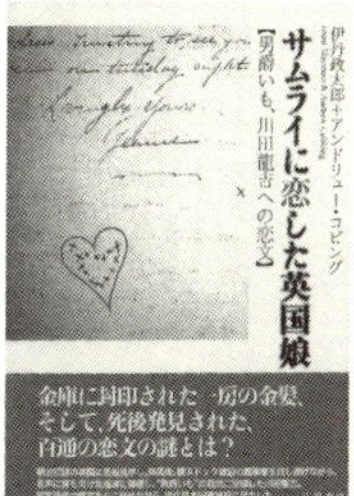

日本人になりたかった男

ピーチ・ブロッサムへ

（英国貴族軍人が変体仮名で綴る千の恋文）

葉月奈津・若林尚司

一九〇二年、日本を訪れた英国貴族軍人アーサーは、下町育ちの大和撫子まさと恋に落ちる。しかし、世界大戦は二人を引き裂き、「家族の夢」は絶たれる――。柳行李の中から発見された、アーサーが日本に残る妻にあてた千通の手紙から、二つの世界大戦と「分断家族」の悲劇を描くノンフィクション。

四六上製　二七二頁　**二四〇〇円**
（一九九八年七月刊）
◇978-4-89434-106-7

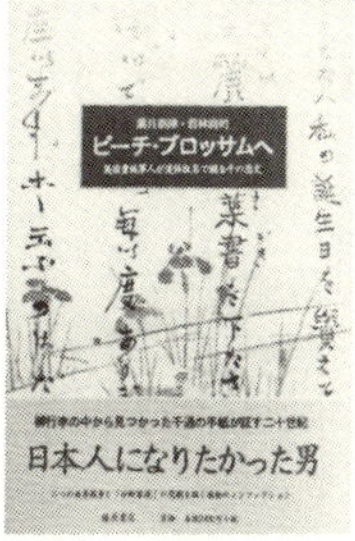